长篇年代小说

蒋涌 ▼著

穿云鸟

重庆出版集团 重庆出版社

图书在版编目(CIP)数据

穿云鸟 / 蒋涌著. — 重庆：重庆出版社，2011.1
(2018.8 重印)

ISBN 978-7-229-03311-8

Ⅰ.①穿… Ⅱ.①蒋… Ⅲ.①长篇小说－中国－当代 Ⅳ.①I247.5

中国版本图书馆 CIP 数据核字 (2010) 第 238870 号

穿云鸟
CHUANYUN NIAO
蒋　涌　著

责任编辑：周北川
责任校对：李小君
装帧设计：白一岑

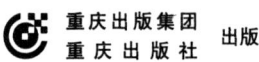
重庆出版集团
重庆出版社　出版

重庆市南岸区南滨路 162 号 1 幢 邮政编码：400061 http://www.cqph.com
重庆市国丰印务有限责任公司印刷
重庆出版集团图书发行有限公司发行
全国新华书店经销

开本：880mm×1230mm　1/32　印张：12.625　字数：286 千
2011 年 1 月第 1 版第 1 次印刷　2018 年 8 月第 2 次印刷
ISBN 978-7-229-03311-8

定价：39.00 元

如有印装质量问题，请向本集团图书发行有限公司调换：023-61520678

版权所有　侵权必究

目 录

遥远的知青屋
——《穿云鸟》再版序　　　　　　　　杨文镒 /1
一部特殊年代的青春史诗　　　　　　　邓遂夫 /1

第一章　　金色韶华　　　　　　　　　　　　/1
第二章　　毕业悲歌　　　　　　　　　　　　/17
第三章　　逆流而上　　　　　　　　　　　　/37
第四章　　夜色茫茫　　　　　　　　　　　　/55
第五章　　山外有景　　　　　　　　　　　　/71
第六章　　人生如戏　　　　　　　　　　　　/87
第七章　　酒入愁肠　　　　　　　　　　　　/109
第八章　　北上南下　　　　　　　　　　　　/127
第九章　　血肉长城　　　　　　　　　　　　/145
第十章　　眼前天边　　　　　　　　　　　　/163
第十一章　门掩黄昏　　　　　　　　　　　　/183
第十二章　冷弦热心　　　　　　　　　　　　/201
第十三章　瞒天过海　　　　　　　　　　　　/217
第十四章　无人可共　　　　　　　　　　　　/233
第十五章　莫问归期　　　　　　　　　　　　/253
第十六章　泪洒荒山　　　　　　　　　　　　/271
第十七章　校园重来　　　　　　　　　　　　/291
第十八章　血色斜阳　　　　　　　　　　　　/311
第十九章　拨云见天　　　　　　　　　　　　/329
第二十章　忽闻佳音　　　　　　　　　　　　/345
第二十一章　顺江而下　　　　　　　　　　　/363
后　记　　　　　　　　　　　　　　　　　　/379

遥远的知青屋

——《穿云鸟》再版序

杨文镒

这是荆棘的桂冠。

这是啼血的玫瑰。

轻轻翻开这部《穿云鸟》,轻轻翻开那段厚重的知青记忆,刻骨铭心的历史烟云扑面而来。

半个世纪前的隆冬,中国曾出现过世界上绝无仅有的知青现象。几乎整整一代青少年"上山下乡",去接受广阔天地的"再教育",去从事史无前例的"改天换地的斗争"。一时间,窑洞、窝棚、竹楼、土坯房、茅草屋,知青屋撒落在祖国的南国北疆,山乡荒原。知青屋和它的主人从此定格了一个历史的画面,也凝固了一个恒久的文化哲学概念。

(一)

十多岁的人生年轮,本属玫瑰色的梦,伊甸园的诗,本该去成

为校园里的学霸,科技苑内的名流。然而繁重的劳作,贫困的生活,严酷的"阶级斗争"和余威下的"文化大革命",置整整一代人于空前独特的逆境。太多的悲怆,太多的忧患,太多的使命感,风雪酷暑煎熬着羽毛难丰的人生,圣洁的信念掩盖着对命运的深深迷惘。少男少女们用青春,汗水,也有血和泪,写下一首首特殊年代的恋曲。

知青屋,油灯下,无根的体验也有歌,盘旋在大江南北的知青歌曲不约而同。在深夜的屋檐下低喃,在想妈妈的梦呓里诉说,人生解析的苦涩,青春压抑的形变,至今仍成为诗歌、小说、影视、美术音乐领域反复咏叹的创作题材,更成为知青作家、知青艺术家执着担当的使命。五十年里风华不绝。

当然,也许正是有了这苦涩悲凉的变奏,人们才那么钟情于日后的开放新潮,一任邓丽君式的缠绵,敢为迈克式的呐喊。当好不容易终结"文革",邓小平以无畏的政治担当治理沉疴,幸运的知青才终于走进中国的大开放,踏上了迟来的春天舞台。

《穿云鸟》,也正是力图对这一历史片段进行自己的文学体察和解构,以怀旧的色彩跻身漫山遍野的知青文学的百花苑。

(二)

那是一个早已逝去的绝无仅有的历史现象。

绝无仅有的历史现象造就绝无仅有的文化群落,自然会留下绝无仅有的历史的咏叹和延伸。

今天,无论身居要职的各级政要,功勋卓著的科研院士,驰骋商海的创业精英,或是笔墨正酣的作家记者,红极世界的歌星名导,外交俊才，他们大多都曾以昨日的"知哥""知妹"为自己的乳名，都走过属于自己的乡间小路。

本色的知青生活早消逝在浩瀚时空，但作为精神现象却在永存。

这是知青屋不朽的础石。

这是《穿云鸟》翱翔的理由。

我也曾作为50年前共和国的一名知青，落户在川东开县的凤凰山深山。生产队12户人家，连同两个男知青在内的16个"全劳力"男人，几乎承担着83亩水田，130亩山地耕耘的全部重活。桐子花开，布谷鸟叫，犁田，栽秧，薅草，打谷，送公粮；霜雪寒冬，农事息歇，则又伐木，盖房，烧石灰，挖煤窑，垒田坎。年复一年，稚嫩的肩头承载着稚嫩的生命难以承载之重。

"皇粮国库"，是农民教会这个至高无上的道理。秋后稻谷"上公粮"后，生产队所剩无几，主要靠红苕土豆果腹。太重太苦的农活，善良的乡亲总是抢着替知青扛。逢年过节，挨家挨户把咸菜鸡蛋送进知青屋的情景，注定成了自己终生挥之不去的心酸记忆。

往事历历，一蓑烟雨。

25年后，作为记者的我，曾经翻越崇山峻岭，专程回到那个撒满青春足印的深山，去看望那些甘苦与共的乡亲，和为我遮挡过风雨的山林。

重走松涛阵阵的山间老小路，还是那一道道亲切的梯田，还是那一户户熟悉的炊烟。梦痕依稀，房东和乡邻喜极而泣，离情别绪从田间地头拉到堂屋旧舍，相拥而坐，篝火如昔。

但，竹林中梦魂萦绕的知青屋几经风霜雨雪，断垣残壁都已荡

然无存，唯有房屋地基石还在依然坚守，清晰可辨。

月照归途，我一路思絮——

"没有一个时代有如此之多的青少年如此集中地经历如此众多的磨难、迷惘和迷茫。但'人就是人的世界'，遵循人的定义必然跋涉人的思路山水，怀疑自我，否定自我，又找寻自我，肯定自我，知青屋和他的主人在现实与心灵的搏斗中获得了坚实独立的性格品质。刚毅，执著，务实于人生，一代人也在此汇集起凝重的心理聚点。特殊的环境大大缩短了人生的成熟期，不知天高地厚的少年英气，为悟得人生真谛提供了雄厚资本。对社会的真切审视，便从知青屋开始，共和国的第三代，无意中盲从而虔诚地选择知青屋作了自己的精神摇篮。

"'曾经沧海难为水，除却巫山不是云。'如今，'我是知青'，已不是简单的履历，而成为了一代人个性和理念的庄严表达，一代人磨难，奋进，追求，甚至成功的标记。"

一篇《月照知青屋》的文化随笔这样写就。（摘自《中国人的境界》杨文镒著，北京出版集团出版）

这是题外。

（三）

唯有文化精神的追寻，才能在这时光不断冲刷的世界留存。知青屋延续的文化思考，自然已经作为上世纪中国人文化精神风貌不可或缺的动人历史章节。

从遥远的知青屋走来,或许这就是《穿云鸟》再版执意让我写上序言文字的良苦所在。

无论以什么视角重新审视那段知青历史,今天都无可置疑的是,青春消逝,苦痛人生才变得如此现实;春回大地,总有累累伤痕的隆冬孕育出的人生春色。世界总是以时代的风雨沧桑为代价蹒跚前行,中国历史将为有过知青自豪,因为民族最珍贵的品格——逆境中的豪迈自信,困惑中的纯真圣洁,曾经被知青忠实继承。遥想当年,知青们的理想饱含太多的无知,也不乏年少的轻狂,但无知和轻狂不属于知青而属于那个时代。人们可以为那个时代羞辱,但我们民族母亲却应该为那个时代不死的知青精神而深感慰藉。

半世纪风雨兼程。

今天,当我们站在生命旅途的廊桥回望,分明能看到——

那知青屋前飘零的红叶

那山间小路飘零的烟雨

不,更有那一团团青春点燃的篝火

映照着未来历史文化前行的行列

(四)

《穿云鸟》问世,七年有余,再版,是读者点赞。

今年,恰逢"知识青年上山下乡"五十周年,《穿云鸟》盛装再出发,更显生机。

作为那段岁月的文学文本,《穿云鸟》独具自己的观照。

  但在浩瀚的知青生活的原始林中，《穿云鸟》只不过是一笔素描，一幅剪影。她所描写的川南沱江流域的知青画面，力图对那段特定历史时期知青命运进行饱含热泪的文学再现。理想、渴望、挣扎、迷惘，乃至绝望，知青屋檐下的生命感受或有不同，而正是不一样的艺术感受才孕育多元的创作之源。这与遍布于深山密林，黄土高坡，茫茫草原，以及西双版纳、天山南北、松辽大地建设兵团的知青文学一起，共同汇成一部壮阔的交响史诗，一尊文化思考的浮雕之墙。

  是的，对任何过往的文化探究，往往更多是从个人久远的体验和记忆里展开。而对作品本身的审美，则需要读者和时间去作出价值的评判。

  唯有多样的文学审美评判，才是作品的上帝。

  权以《月照知青屋》的这样一段文字，作为本文的结束。

  "时光抹去屋檐下的层层苔藓，知青屋更还原其不朽的风姿，不竭的豪情。千古明月在，不朽知青屋，当中国文明翻开了幸运的大开放纪元，遥远的知青屋仍在默默地为下一代青年真诚祈祷祝福，质朴憨厚地为未来人讲述风霜雨雪，社会人生……"

  是为序。

成都 天涯石
2018 年春三月

一部特殊年代的青春史诗

邓遂夫

（一）

故乡作家蒋涌，沉寂数年，忽然拿出一部沉甸甸的长篇小说《穿云鸟》。

一看书名，就有新意，再看内容，更是新到家了。所谓"知青文学"，竟这样写，还真没见过。可话又说回来，若是见过的那些章法，还写它作甚，看它作甚？这是文学的常理，更是一部优秀作品最起码的立足点。

《穿云鸟》之新，主要新在它不是简单地去重揭"文革"的伤疤，去展示"知青"的苦难；而是站在一个历史的制高点上，真实地、深刻地，同时也是冷静而充满激情地，去抒写那个远逝的特殊年代的青春史诗——也可以说是写那个时代的热血青年的心灵史。

常见的"知青文学"，往往难脱痞子文学的俗套；往往会突出知青们确曾有过的消极颓唐、自暴自弃、偷鸡摸狗、打架斗殴之类——所谓"血淋淋的真实"。而《穿云鸟》的描写，亦不可谓不真实。它也并没有回避知青群体的消极、迷茫和绝望的一面；但它笔

锋所及的着力点,却是在真实地描绘那个群体中的精英。他们是"暗夜的微光,林中的响箭",如同当年俄国的十二月党人,以他们高洁的灵魂、不死的信念,鼓舞并引导着人们顽强地走出黑暗,迎来光明。

这正是历史最本质的真实。

只要历数我国改革开放以来,撑起共和国复兴的大厦,在实现强国之梦中堪称"中国的脊梁"的那些人物,岂不是大多来自那个特殊年代中有着不死信念的精英们?

这一部分人,当然不是神,不是先知。他们当初也是凡人,也有通常的喜怒哀乐,也有迷茫、痛苦、沉沦、挣扎。但最宝贵的一点,他们往往都有不同寻常的童年记忆、家庭影响和好学上进、理想不灭等特征。不论处在何种艰难困苦和阴沉晦暗的环境里,都会让人感觉出其精神内核里透射出的金子般的光芒。

人类的进化和社会的发展,都需要这样的精英作为脊梁。中外古今,概莫能外。

所以,要写出那个特殊年代的青春史诗,其着重点,便是要写出这一批曾经壮气蒿莱的青年精英的心灵史。作家蒋涌的《穿云鸟》做到了这一点,而且完成得相当精彩,值得向他道贺。

真的,在当代文学中,已经好长时间没读到这样的长篇小说了。首先是作品的整体语言风格,既有浓郁的川南地方特色,又是经过提炼与美化的纯文学性的语言。不论写景、叙事或描写人物,字里行间都流泻着一种诗的氛围与抒情气息,会让读者于不经意间感受到一种久违了的阅读文学名著般的语言魅力。这在当

一部特殊年代的青春史诗

今小说多趋于世俗与调侃的语境潮流里，有如一股清风吹进文学园地，令人心旷神怡。

其次是人物形象细腻丰满，甚具独特的质感。不论是书中着力刻画的男主人公张良，抑或用几度惊鸿一瞥般地勾勒与反复晕染烘托所描绘的女主人公冷梅，还是仅仅选取有限的典型场景而凸显出来的赵振东、许澄清等知青中不同类型的精英人物，都给人留下了永难磨灭的深刻印象，这些鲜活的人物形象，很有可能在当代文学的画廊中，增添新的陈列。

再有就是整个作品所呈现的史诗气象。这是《穿云鸟》贯穿始终的一种特质，一种由准确的历史氛围、典型的地域特征、厚重的故事架构、深邃的思想内涵，加上生动典型的人物形象所综合体现出来的文学特质。这里面特别值得一提的是，书中对男女主人公的家庭尤其是父辈——同为抗日将士的老一辈知识分子张志贤和冷剑锋的经历、遭遇和品格、节操的描写，都为这一史诗的特质增加了深度与广度。

总之，蒋涌的《穿云鸟》，就像那只插上梦想的金翅膀，穿越历史的风云，飞向浩瀚碧空的美丽鸟儿，给当代文学带来一抹亮色、一道独特的风景。不论是作为作者的同乡还是同道，我都由衷地为之而欣喜、而赞叹、而鼓呼。是为跋。

（二）

以上文字，是我在七年前本书出第一版的时候写下的。

如今正迎来2018年——1968年12月毛泽东主席发出"知识

青年到农村去，接受贫下中农再教育"的指示 50 周年的节点——此书又要隆重推出修订第二版的时刻，作者蒋涌和重庆出版社都请我再补写一点新的内容。我自然是义不容辞，欣然应允。

但是我必须先作一点说明。就在我写出初版的以上序文之际，我刚刚完成了自己的《脂砚斋重评石头记甲戌校本》第八版和《脂砚斋重评石头记庚辰校本（四卷本）》第四版的修订出版工作。而后匆匆告别年届 94 岁高龄却仍在奋力著述的恩师周汝昌先生，返回到我的故乡自贡料理一些家事。可万万没有想到，返乡不到一年，便突然传来了恩师于 95 岁高龄猝然辞世的消息。这件事情对我的精神和心理打击，几乎是致命的——之后的几年间，我都在一种强作镇静的外表掩盖下，陷于精神上的崩溃和心理上的沉沦……

为什么谈蒋涌这部小说，却忽然拉扯上我自己的精神状态？

就因为，在我一生中从未发生过的这一极度出人意料的情景，不仅严重影响了我个人研究著述的进展，极大地辜负了热爱我的海内外读者的期望；竟连文坛学界的诸多变化，文朋学友的种种成功，在我眼前都消失于无形……

就说蒋涌吧，直到他此时此刻要我在这个序言里补写一点什么，我这才惊讶地发现：不仅他近年的许多创作新成果令我大感意外，竟连他这部小说《穿云鸟》在首版印行后很快脱销，并在普通读者甚至网络上产生强烈反响等情形，也让我惊叹不已。尽管之前我对这部小说的诸多过人之处，评价甚高。但我毕竟太了解这些年来图书出版发行受到网络阅读冲击而陷入低迷的现状。况且，一位虽有才华，却并非专业作家，更非名作家的地方干部；一部在我看来尽

一部特殊年代的青春史诗

管手法高妙,却依然属于纯文学的"怀旧之作",且在并无任何常见的宣传炒作的情况下,由一家远离北上广深、地处西南一隅的重庆出版社静悄悄地出版发行,居然就敢首印7000册,且很快销售一空。网上淘购这一旧书的价格居然涨到了原定价的三四倍以上仍一书难求。

凡此种种,至少在十余年来的中国文坛,算是极为罕见的奇事一桩。

今天来补写这个序言,也就不能不让我长久地陷入沉思了:《穿云鸟》这部长篇小说的独特魅力究竟何在?除了我已经揭示过的以写知青中的"精英"为要务这一特色之外,我脑海中很快冒出一个关键词——"诗性"。

何谓"诗性"?我可以从本书的两个层面来解读。

层面一,是作者在小说的艺术手法和语言运用上,具有浓郁的诗情画意。凡读过《穿云鸟》的读者或许都能深切感受到:作者不论是抒情、写景还是刻画人物,其在艺术手法和语言运用上都显得格外的文采飞扬、诗意盎然,给人以独特的审美享受。我总觉得,这和作者深厚的古典文学功底有关,同时也和他熟读《红楼梦》并有意识地从里面汲取其艺术精粹分不开。的确,作为中国古代小说最高经典的《红楼梦》,在这方面体现得最为突出。我在一次给某高校讲《红楼梦》的艺术特色和语言风格时,所定的题目便是《〈红楼梦〉——一部诗性的小说》。但这一个层面,我只想点到为止。

现在着重要谈的,是《穿云鸟》体现"诗性"的第二个层面。那就是:对于当过四年多知青,遍尝了各种苦难与心酸却始终不失

其奋斗追求之志的小说作者蒋涌,在他深入地挖掘、剖析、塑造那个不甘沉沦的"知青精英"群体的种种优良品格,以及如实地表现这一群体最终必将成为改革开放后支撑起共和国复兴大厦,真正能实现强国之梦的"中国脊梁"式人物的诸般特质当中,作者于有意无意之间,恰好揭示并暗合了100年前德国诗人荷尔德林面对冷漠的现实所写出的不朽名句:"人,诗意地栖居在大地上。"

德国存在主义哲学家海德格尔在其哲学著作中,对此诠释道:荷尔德林的这一名句是一种人生的至高境界,其中"诗"的内涵,已经不是普通意义上的文学之"诗",而是一种更高层次的、具有哲学意味的"诗"。它除了包含每一个时代的精英人物所具备的文学审美上的诗意之外,更包含了人的主观能动的构筑与创造——这是人实现人生自我价值的重要途径。

另有学者则认为,它还应该包括"以审美的人生态度居住在大地上"——在"人"的层次上,真正能以积极乐观、诗意妙觉的态度去应物、处事、待己的一种化境。

蒋涌的《穿云鸟》所描绘的以张良、冷梅为代表的那个特殊年代的青年精英,正是这种无论面对任何苦难、彷徨与艰辛,都有着"诗意地栖居在大地上"的高贵灵魂。他们这一特殊群体,后来在改革开放年代所激发出来的无穷力量,以及足可扭转乾坤的英雄业绩,我觉得将来的历史学家哪怕用再高的评价去估量都不过分。他们正是20世纪末、21世纪初中国真正走向复兴之路的社会中坚。

这个在特殊年代曾历经磨难,却又"诗意地栖居"在中国大地上的特殊群体——知青中的精英——何以会在中国这一史无前例的

一部特殊年代的青春史诗

转折时期，在各个方面突然释放出如此强大的能量？我依然只能用德国哲学家海德格尔在其《人诗意地栖居》一文中所概述的一段话，来加以说明：

"无论在何种情形下，只有当我们知道了诗意，我们才能体验到我们的非诗意栖居以及我们何以会非诗意地栖居。只有当我们保持着对诗意的关注，我们方可期待，非诗意栖居的转折是否以及何时在我们这里出现。只有当我们严肃对待诗意时，我们才能向自己证明，我们的所作所为，如何以及在多大程度上能对这一转折作出贡献……"

总而言之，人类的精英在憧憬和追求"诗意栖居"这一属性上，并不局限于某一时代或某一国度。同理，作家或诗人在发掘和表现任何精英群体所存在的高贵"诗性"时，也绝不会受到时代或国度的任何局限。

外国的莎士比亚、托尔斯泰、乔伊斯及其作品，可以为此作证！

中国的屈原、李白、苏东坡、汤显祖、曹雪芹及其作品，也可以为此作证！

2018 年 1 月 26 日匆草于蜀南释梦斋

  我登上岁月的瞭望塔，转过身来，把眼光投向极远，穿透遗忘的烟雾，越过纷扰的峰峦，涉过悲凉的河流。现在，我拭去潆漫的泪水，清晰地看到了那座小城，恨不能任凭自己的脚步在天路上飞奔，从云朵上降下，赶紧俯下身子，去拾起险些打碎的童真和几乎随风而逝的清脆笑声。

  是的，那是一个四处插满反叛旗帜的年代。人们通常对秩序不屑一顾，相反，对混乱有习惯性的认同。贫穷讥嘲富有，精神蔑视物质，无知怠慢学问。一些名不见经传的人物，以造反为时尚，纷纷借革命的名义揭竿而起，你来登台，我去易帜，争出风头，抢演闹剧，一度赚足了人们的眼球。

  大串联、大辩论、大字报、大批判、大游行，这些颇带流行色彩的词组，与伴之出现的所谓大革命的特写镜头，气度非凡地刺激与兴奋着人们的脆弱神经。

  一场牵涉到整个社会的所谓大革命，创造出了奇特的史无前例的大文化：一类是手写体的文化，它象征着对传统的颠覆，对现实的批判，其表现形式为刷满、挂满、贴满了机关、校园、街道、村落的标语、口号、大字报、大批判专栏，领袖的姓名每每用神圣的红颜色书写，被批判、被打击人物的姓名用带负罪感的黑颜色书写，并且不会忽略加一个具有宣判、否决性质的红颜色叉叉。大字报是群众文化创作一种颇为壮观的表达手段，浪漫主义的想象和居心叵测的谣言，都可以公开发布。效仿鲁迅口吻的挖苦、讽刺，极易博得读者的捧场。人们厌恶一切等级，又在创造新的等级，那些曾经作为权力、财产和知识的强势所有者，遭遇了不可抗拒的剥夺与贬

第一章　金色韶华

损,无以复加的恶意与羞辱全都指向他们。另一类是口头文化,其中最风行的是歌唱,其内容大抵一分为二,一是人间造神的颂歌;二是政治运动发起者认同的英雄的颂歌。所有的歌曲都注入了红色的兴奋剂,充满了偶像崇拜的狂热,歌声高亢,气势磅礴。还有闲话和流言,小道消息插翅窜飞,谣言、谎言雅俗共赏。再有一类是肢体文化,一方面是宣泄愤懑、仇恨的大打出手,它用于从肉体上击败已处于下风的被批判者,或者用于消灭不同派别的竞争者与障碍者;一方面是自我形象的张扬和自我立场的宣扬,总之,是充满自豪感地精神抖擞地去创造舞台的中心、会场的亮点以及视线的焦点。

对于那个时代的荒诞背景,人们只有亲历其间,才会感慨居然真有囊括混乱的高度艺术,综合矛盾的超级诙谐。在蓝天白云下,一幕幕史无前例的"革命",消耗了无数物质,只为创造与人性、人生疏远的精神……

哦,我们那动荡的青春啊,为什么允许泪花流不干,却禁止鲜花开一朵?它究竟荟萃了多少反常的奇特?凡人的声音太无能,对遥远时空的追问太微弱,太渺茫。我们伸出自己的双手去捧,只剩下韶华流逝后的虚空……

哦,我们的青春虽然碰上了小年代,却到处是大戏剧,这能够在记忆中轻易抹净吗?

那座小城是我出生的地方,沿街两侧排列着青瓦顶平房,一条条高过屋脊的黑皮电线歇满了拥挤不堪的麻雀或青燕,它们见识过万人游行的盛大场面,数点过色彩斑斓的三角形、横竖随意的长方

形的各类运动旗，经历过"撼山易，撼红卫兵难"的激情声浪考验，也观摩过伴随"美帝国主义从越南滚出去"的怒吼而朝天挥动的拳林。等到行人稀少时，这些不怯人、不避人的麻雀或青燕们很乐意与人同行，迈开碎步逍遥街市。在夕阳落山之后，人声渐远，步音渐稀，优雅的胡琴、清亮的竹笛、脆响的琵琶和瓢盆碗盏交响齐奏，青石板街路洒上一片纯银般的月辉。

我的家坐落在城镇和乡村的交接处，是一座依山借坡而建的、竹篾夹壁的、粉墙砖柱瓦顶平房的四合院。迈进院门正面是六户人家，左右各三户人家，中间是砌有花台的宽敞坪坝，住户晾衣晒物、玩耍有阔绰的空间。大院的背后一带是壮硕的樟树林围护的大片桃林，春季一望遍山粉红，妻妾成群、子女绕膝的黄蜂、彩蝶忙进忙出，那真是欣欣向荣的繁华。到了夏天，无遮无拦的夜空繁星闪烁，左邻右舍的少年便卷一床竹席或扛一扇门板摊放在院坝间的草坪上，在有效范围内点燃一条木屑添药填制的熏蚊烟，手捏一把竹篾扇或蒲扇，盘腿打坐消夏，仰躺放松纳凉。一旦天上出现流星划过的雪亮，大家便在一片惊呼声中举目仰视。晚风吹拂，大门外原野上送来清新空气，蛙鸣、蝉唱、蟋蟀叫以及远处过客招引出的狗吠，此起彼伏，彼唱此和，在静谧的夜色中相互调侃着助兴。

少年朋友们夜晚聚在一起总要交流一番白日的见闻，分享一件件新鲜的趣事，而后，便是各自的才艺表演。这一带的住户多属机关企事业单位职工和中小学教师家庭，文化品位居小城的上乘。小伙伴们笛子、口琴、二胡、月琴、琵琶、小提琴、手风琴应有尽有，其中最出风头的是县医院"靠边站"的副院长郭光复的儿子郭天弦，

第一章　　金色韶华

他会摆弄所有能到场的一切乐器,尤其是小提琴拉得十分出色。这天,他得意扬扬地架起一把小提琴,用琴弓试了一下弦音,随即打住朝我说:

"张良,你父亲真会捡便宜,给你取了一个古为今用的名字。"

郭天弦的讽刺让我羞红了脸,忍不住以牙还牙地回应:

"你行?你拉的曲子都是别人写的,有古人的遗作,还有外国人的洋曲谱,你借人家,还是偷人家?不过,你的琴艺好像是一锅没煮熟的夹生饭,我听起来不是叫嚷杀鸡,就是哼哈杀鹅,难听死了。"

我见郭天弦一时语塞,伸手去捕捉那向草丛飞去的萤火虫,心里说不出有多痛快!

"你解气了吧?我们讲和,算我不好。"郭天弦挂出免战牌,继续调轴试音,拉起一支新曲。

其实,郭天弦的手艺是挺不错的,那琴弦吐出的从不是那种如今五音不全的人也争先恐后高唱的时髦曲调,而是在场者谁都没有听过的小提琴协奏曲《梁山伯与祝英台》,它陌生中有一份亲切,高雅中有一份通俗,妩媚中有一份纯洁,凄婉中有一份渴望。他颔腮枕琴,细长指头娴熟的触弦,来回游走的琴弓牵动了听众的心弦。这时,平常男女界线划得一清二楚的姑娘们循着琴音围上来,羞羞涩涩地在一曲收弓时,急切询问演奏的曲名。

郭天弦用指头拨拢额上的散乱垂发,一昂头抱琴在怀,不无得意地谦称:

"我这手艺欠佳,让你们见笑了。有人说,听了这支曲子,工

人拿不起榔头,农民拿不起锄头,而你们走路还两脚生风,挺有精神,是我的曲子没拉好,起不到反面教材的作用,还得努力。"

郭天弦扮演了一阵过河的虾子——谦虚了一番,话音才落,又拉起了人人熟悉的《北风吹》。

北风那个吹,

雪花那个飘,

年来那个到……

几个姑娘和着琴音,轻声哼唱起来。突然,平时就多嘴多舌的朱艳插句话:

"听说,东方红小学的钟老师家来了个亲戚叫冷梅,人长得清秀标致,歌唱得跟芭蕾舞《白毛女》配歌的朱逢博差不多。不信,明天你们去问?"

"乌鸦张嘴,多言多语。"其余的姑娘见郭天弦收弓止曲,禁不住埋怨她扫了大家的兴。

人群散了,彻夜不眠的天上星星,依旧以脉脉眼神凝视着大地。

次日,刚吃过早饭,门前坡下过路的同学一声吆喝,我立刻闻声出门,被卷入人流,沿着一条碎石铺筑的马路步行约五华里,到县二中上课。"文化大革命"爆发以来,停课闹革命已时髦了三年,终于有一天有人开始痛惜虚掷的青春,于是,我们成了县里改弦易辙实施复课新政的首批受益者。这一下,积累的小学六七级、六八级、六九级三个年段的学生,一律按居住地点就近入学,县里各个

第一章　金色韶华

中学一下子均人满为患，兄弟姐妹同读一个年级、同读一个班的现象屡见不鲜。

我所在的县二中，当年就招了二十个班的学生。由于越南战争白热化，加之中苏边境对峙剑拔弩张，上级发出了"备战备荒为人民"的号召，学校教育半军事化，学生编班改称为排，五个排组合成一个加强连，四个加强连组合成一个加强营。教学提倡革命化，主课除语文、政治外，还有工业基础课、农业基础课，同学们戏称为"公鸡"、"笼鸡"。体育则改为军训课，效法抗日战争时的童子军，练队列，练刺杀，练拳腿。现在，已经是初二年级了，很少正经上课，连"文化大革命"前一年级的课都还没学完。近段时间，这所位处川南腹地的学校，居然服从政治需要，安排学生拿起钢钎、铁锤、十字镐、铁铲、锄头、箢篼、扁担等劳动工具，在操场四周和附近的山岭上挖战壕、掏防空洞，摆开随时准备和侵略者血战到底的阵势。四川盆地是远古的海洋，这一带又是沱江的故道，挖开地表层就见黄泥里纠结埋藏着数不清的大小鹅卵石，用力挖凿只见火星迸溅，坚硬难啃。同学们多数没戴施工手套，磨得两掌血泡叠血泡。那些只钻得进野狗的防空洞，那些齐腰深的纵横战壕，乱陈四野，天一下雨很快成了积水坑洼，人不敢近，唯向鼠蛇大方开放，任凭杂草漫长。

我们刚到学校就接到通知，上午全连各班取消原定课程或修筑战备工程的劳动，全体同学自带坐凳到大礼堂参加大会。我正愁掌心血泡未痊愈，扁担磨过的肩头还隐隐作痛，听此消息乐得心花怒放。谁知今天的大会不是传达中央文件，也不是学习《人民日报》

《解放军报》《红旗》杂志"两报一刊"的重要社论,而是由校革委会主任魏志坚训话。这位据说是因为外语不过关而从国外大使馆撤回的行政领导,身板挺直,举止持重,不苟言笑,他要到场的同学先翻开红宝书齐声朗诵毛主席的语录:

  任何犯错误的人,只要他不讳疾忌医,不固执错误,以至于达到不可救药的地步,而是老老实实,真正愿意医治,愿意改正,我们就要欢迎他,把他的毛病治好,使他变为一个好同志。

稍叙几句开场白,魏主任把话锋一转,站在了对同学们世界观、人生观负责的高度,一一列举学生中需要防微杜渐的非无产阶级思想的种种不良现象。等到他为一件事一拍桌子站立起来时,同学们才恍然大悟,他前面讲的都是铺垫。原来,昨天有一位叫王建国的同学为了争取评选"五好战士",内急时裤袋里揣着一本学生人手一册的"红宝书",他一边蹲厕所,一边苦读,稍不留神把"红宝书"掉到了最不该掉的地方。王建国以为无人瞧见,一擦屁股,系好腰带,赶紧争分夺秒地溜走。谁知另一位同学徐华全,已看在眼里,记在心上,找来绑有特长竹竿把的笤瓢把"红宝书"捞了起来,再到江畔冲洗后晒干,然后双手捧起"红宝书"给主人"请"回去。没料到王建国不吃敬酒,偏说不是他掉的,拒绝"请"回"红宝书"。徐华全一怒之下,去找排辅导员老师告状。排辅导员老师原本想先找王建国个别谈话,可又不见人影,她左右为难,最后怕自己担不

第一章　金色韶华

起责任,便忙向校领导汇报。于是,导致出现了今天的盛大场面。

会上,魏主任表扬徐华全出身贫农,本质好,思想觉悟高,对伟大领袖的无产阶级革命感情深厚,号召同学们向他学习。王建国则站在主席台的边沿,额头直冒虚汗,结结巴巴地读检讨书,不嫌多不嫌累地给自己扣了一顶又一顶的大帽子。说自己虽然出身工人家庭,平时刻苦学习毛泽东著作,但是,世界观没有得到根本改造,没有养成良好的生活习惯,上厕所前没有把红宝书放进书包或放在书桌上,导致了不良的政治影响。更严重的是徐华全把洗净晒干的红宝书"请"回来时,他明知是自己掉的但怕挨批评居然死不认账。其实,洗干净的"红宝书"不脏,是自己的思想脏、灵魂脏。现在,他要拿起革命大批判的武器,在自己灵魂深处闹一次革命,把钻进头脑中的非无产阶级思想彻底清除干净,让无产阶级的红旗在自己的思想阵地上高高飘扬,永远飘扬。

幸好,这一天空气闷热,同学们都不愿挤在不透气礼堂里耗时久磨。王建国如大祸临头,额上汗珠成串坠落,上身背心、下身裤腿全被汗水湿透,加之他战战兢兢牙齿不停打架,结结巴巴地检讨给人留下深刻的印象。同学们口诛笔伐一阵后无心恋战,对他没有过分为难。魏志坚见状,代表校革委宣布今天的批评帮助会暂时告一个段落,并强调希望老师们、同学们对王建国的批评教育要严格按照"惩前毖后,治病救人"的方针,既要严肃认真,又不能无限上纲,绝不能把工人阶级的子女一棒子打死,要给他一条洗心革面的出路。

散会后,同学们议论纷纷,责怪王建国觉悟太低,太不识相。

同时,背地里感慨徐华全做事过于较真,和他打交道要小心。不过,将他们的身份对换,徐华全掉"红宝书",王建国捞起来,徐华全会不会采取或明或暗的方式拒收呢?这个话题的结果,人人不得而知,不敢深究。事情过了好长一段时间,结局出乎意外,同学们公开场合如放排炮似的批评了王建国,背后却替他说了不少求情话,希望学校领导给他一个改过自新的机会。学校领导则提得高,放得轻,除强调对王建国要继续加强教育外,处分一事不了了之,从此没有下文。而徐华全申请加入共青团时,反对意见占多数,说他平时爱说脏话,不讲卫生,攻击过"两报一刊",说元旦社论写得"读毯不懂",还偷过一个女同学的饭票,需要进一步提高觉悟,树立大公无私的无产阶级世界观。

这天周末,云白天蓝,阳光明亮而不毒辣,凉风拂面爽身宜人。我捧着一册欧阳山著的小说《三家巷》,从后院钻出门,沿着一条黄泥细径绕到东方红小学背山坡上,待在一棵银杏树下阅读。这一棵银杏树真是高大、挺拔、秀丽,两三人才搂得住的粗木有七八丈高,笔直探云。树下十几步方圆掉满了一层扇形的银杏叶,它们在阳光的映照下,闪烁金黄的色彩。我弯下腰拾起几片洁净无残缺的叶片,把它们夹进书页里,真是天然雅致的书签。我面朝山岭,背靠树干,席地而坐,不时有微风拂落的树叶飘上头顶、肩膀、书页,人的心情特别惬意,很快注意力集中在小说家编织的故事情节中。这时,一泡鸟粪从天而落,啪地打在书页上,我仰望头顶的一个硕大的鸟窝,气得咬牙。只恨平时用的弹弓没带身上,不然我会瞄准它一阵猛射。若这树不是太粗、太高,我还真想攀上去,纵一把毒火,

-10-

第一章　　金色韶华

烧掉那欺人太甚的坏鸟的巢穴。正在此刻,我的耳边传来了话音:

"妈妈呀,你已经离开我和爸爸两年了,你的冤案依然不得昭雪,逼死你的造反派照旧还在猖獗,苍天真该给恶人显一次雷霆威,为你下一场六月雪。尽管人家都说我的外貌很像你,可惜,我甚至找不到一张能够保留下来的你的照片。作为你的独生女,有理由埋怨命运不公平,我享受母爱的时间真是太短太短,太少太少。今天,我只好在与你同名的树木下悼念你,献上你喜欢的花,献上你喜欢的歌。"

我一扭头,脸上贴着树身悄悄望过去,只见一位十五六岁的姑娘,穿着短袖镶金边、开着心形领口的白绸衫,前胸绣有一枝栩栩如生的黑丫红朵的梅花,腰间系着一条带褶皱紫色丝裙,脚上穿一双黄色的塑料凉鞋,她一弯腰把一束红玫瑰花放在我背后的树脚。我紧张得大气不敢出,胸膛里一颗心怦怦急跳。她的双颊雪白中透着红晕,眼睛乌黑闪亮,双眶泪波粼粼,一张花手绢束着显然是刚洗不久的散披长发。

她似乎没有注意到树后有人,继续诉说:

"妈妈呀,女儿要给你唱一支你在世时最喜爱的《夕歌》,它是外婆在你读小学时教会你的,我清楚地记得,你是在我上小学二年级时教会了我。你叮嘱我,记住每一句歌词,记住每一个音符,在心灵中领会歌曲的美好精神,在心里歌唱,在家里低唱,在没有人的地方轻唱。我照你的嘱咐做了,我一定会尽心尽力地像你要求那样去做人做事,即使我得不到我渴望的明天,我也会珍惜,也会把握好已经到临的今天。"

接着,她用低细激扬的嗓音,清晰清丽地唱起母亲教会自己的歌:

> 光阴似流水,
>
> 不一会儿课毕放学归。
>
> 我们仔细想一会,
>
> 今天功课明白未?
>
> 老师讲的话,
>
> 可曾有违背?
>
> 父母望儿归,
>
> 我们一路莫徘徊。
>
> 将来治国平天下,
>
> 全靠吾辈。
>
> 大家努力啊,
>
> 同学们明天再会。

这支歌,词是那样的通俗浅白,曲是那样的恳切本真,歌唱者极有天赋与素养,三者相互辉映,真正有珠联璧合的完美。那支优美的歌曲,像叮嘱,像勉励,像期待,像心窝淌出的汩汩清泉,有一种激励人奋发向上的丰满内涵,有一种令人一听难忘的艺术魅力。

耳闻她唱的歌,我的脑海像划过一道闪电,把多年来笼罩着我心智的阴霾撕开了一道裂缝,使我为过去的许许多多白白虚度的日子感到痛惜。我开始在心里责备自己,整天整日漫无目标,无所事

第一章　金色韶华

事，没想过将来，没想过老师和父母的期待，没想过于国于家于己有用无用，比起眼前这位年龄和自己差不多的姑娘，太迷惘、太糊涂、太蠢笨。我希望她再唱一遍这支歌，不，唱两遍，我就大概能记住歌的词曲了。可惜，她解下束头发的手绢，擦拭面颊上的泪瓣，抽泣着、哽咽着，很快转身走开了。她好比一只插翅飞过的百灵鸟，飞远了，寻不见踪影，看不见一度来去云天的路痕，只剩下勾起无限思量的苍茫。假使，不是银杏树脚还放着一束鲜艳的红玫瑰，不是一拧自己的胳膊有疼痛感，我会觉得刚才不过是一阵幻觉。现在，她的歌声把过去只是偶尔飘移脑际的闪念，由点变成面，由模糊变清晰，进而逐渐定格、拓展。人的一生应该有一个高尚的方向，应该做一番一刻也不懈怠的努力，尤其在人的青春时期，更应该为迎接将来准备些什么。

　　我合上书页，踩着她的足迹，站在她站立过的地方，久久盯着那束像火焰般燃烧的红玫瑰，再向她的母亲的替身——面前这棵穿雾揽云的挺秀银杏树，深深鞠一躬。

　　接下来的好几个星期天，我都扔下饭碗便来到银杏树下看书，希望看见她的倩影。可是，那一束不胜日晒雨淋的红玫瑰一天天枯萎了，飘零了，最后消失得无踪无影了，她却再也没有出现过。我不知道她的名字，只知道她母亲的名字叫银杏，她唱的歌表达出了世间最值得珍惜的情感，寄托了人生最美好的期待和向往。

　　炎热的暑假，同学们由学校统一安排到工厂充当见习钳工，做些拧螺丝帽、锯钢条、用木槌捶直铁皮等简单劳动，其收效是单纯了思想，强健了肌体。

　　到了深秋,学校决策者的眼光由注视城区转变为放眼郊外,要同学们自带被盖卷、席子和床单,到农村当见习农民。厌烦摸书本的同学乐得四脚朝天,渴求知识的同学暗自叹息求学的时间太短,而家在农村的同学则增添了几分自豪感:"瞧,你们还在见习,我们已可以当教授了!"

　　出发那天,我们打着两面红旗,一面是二连十排的战旗,一面是共青团的团旗,大家挺胸正步高唱《红旗飘飘军号响》,胸中大有战士出征的慷慨激昂。

　　到了目的地,我所在班的十个男同学住在大队民兵连长家的堂屋里,一张饭桌居中,左右两边对称各排列五个地铺位。早晚是红薯稀饭,中午是红薯干饭,咸菜是泡得金黄的酸菜,鲜菜是炒莲花白、煮芋头和早秋储存的大黄南瓜,饭菜管饱不限量。劳动是为青壮农民挖出来的红薯打堆,去泥屑。同学们先要把连泥带土抛在垄沟卜的带泥薯,搬运成堆,再团坐下来用手抹去黄泥屑装进筐,等待城里来的人凭户口簿过秤领走。

　　那年代,除去战备粮,计划供应居民细粮凑不够份额,便按一比五的比例搭配粗粮,城市对农村的依存感前所未有。由城里人家自带装盛家什,步行一二十华里到郊外自取自运,肩挑、肩扛、手拎、肩背、人力架架车装载等,五花八门的方式自助搬运的人潮挤满大道。那些体弱多病的人家,为这每月一人几十斤、往返搬运几十里的配搭粗粮,弄得苦不堪言。而县革委领导正是需要通过这种劳累身体的方式来触及人们的灵魂,以此达到改造思想的预期效果。

　　同学们一边劳动,一边高唱歌曲,或者听老师讲革命故事,时

第一章　金色韶华

间很容易混。收工回院落，双手两掌粘满黄色泥屑和黑糊糊的红薯浆汁，得用皂角反复摩擦手掌才能洗净。不过，这种洋溢着歌声和笑声的劳动，等到我们以后走出校门，走向社会，就成了不易再现、值得回忆的场面。

一天，我们收工回来有点空闲时间，便按排辅导员的交代，要学习雷锋叔叔好榜样，主动到农家院落做好事，扫地、洗衣、挑水、劈柴，以加快自己的思想革命化。等我们几个结伴的男同学穿过一条囤水田坎，走进一个院落，听到屋里有人招呼。抬头一看，屋里坐着个秃发癞头的中年人，他用篾刀破开竹筒剖篾丝，屈放的两腿上搭着一块白麻布，一大簇薄薄的细篾丝颤巍巍地晃动。他皮肤很白，张口露出两排黄牙，一脸嬉笑：

"同学，到我这里来耍，不干活路，我出几个谜语给你们猜猜。"

我们一哄而上围上去，直嚷：

"叔叔，你的名字？快出题。"

"我叫高三辈。我现在出题，什么结子高又高，什么结子半中央，什么结子成双对，什么结子棒棒敲？你们耳朵听好啰，快猜！"

我抢答：

"我知道电影《刘三姐》里头的山歌唱过，分别是高粱，包谷，豆角，芝麻。"

"好，你过关了。"他用眼光扫扫旁边几位同学，再把头转向我："《刘三姐》算个狗屁歌，有个老曲子叫《十八摸》，听见过吗？没听见过，我今天可以一句一句地教你们，安逸得很，一呀一……"他突然顿口失语，脸皮一阵抽搐，悬拿着一把篾刀。

"刘二流子,你敢教坏学生,老娘要收拾你!"

没等我们回过神来,门外闯进一个中年妇女,舞起一把沾满鸡粪的叉头竹扫帚,扑,扑,扑,直朝刘癞子脸上戳,身上打,惊得一只待在屋中的麻母鸡咯咯直叫,拍翅腾空,掉下几支杂色鸡毛旋转着飘坠。

"孙大姐,孙队长,我没多说,刚开头,不敢了,不敢了。"

刘癞子忙狼狈躲闪,嘴上连连求饶,慌乱中,抬脚将板凳旁放着的一盆泡篾丝的清水蹬翻;眉毛有鸡粪抹过的污垢,脸皮被扫帚竹叉戳出了几道刺眼的血印,他形象十足猥琐。

妇女队长孙大姐狠瞪刘癞子一眼,朝地啐一口痰,招呼我们离开,她边走边说:

"同学们,我这一辈子就恨初中没念完,知识学得半生不熟。毛主席号召你们到农村接受再教育,就要学好啊,不要学坏啊。毛主席还说过,严重的问题在于教育农民,农村也复杂,也有坏人,像刘朝富这个二流子,你们就不能打堆堆。你们还年轻,好好读书啊。"

看见孙大姐的背影消失在晚霞中,我心里有敬重,有感激,有惶恐,立地思忖良久。这农村并非世外桃源,生活的道路真不会平坦,以后会碰上多少看不穿的世相,多少难翻的山坳,书不容易静下来读,社会更不容易深下去体验,未来前程迷茫,不知走向何处?

暮色渐浓,一带清澈的小溪穿过足下的石桥孔,溅着浪花流淌远方,一只昏鸦在背后的洋槐枝头发出了几声凄厉的噪叫。

第二章
毕业悲歌

这一年的春天，迎来一场纷纷扬扬的大雪，青松变做白头翁，道路成了洁白的哈达。孩子们倒在雪地上快乐地翻滚，沿街的雪娃娃翘着长鼻，举着红旗，人人蔑视即将抛在身后的厄运，让窒息已久的笑声痛快地喷出胸膛。

在噼噼啪啪的爆竹声中，谁不期待有一个美好如意的来年啊！

等到学校开学典礼一过，才上一两周课，大礼堂不期而至地举行了一次批判大会。原因是一位叫肖天逸的老教师，历来有些文才，年近花甲怀旧情怀难丢难舍，便在无聊之时写小说。那些半自传、半编造的故事，其实仅是一类释放寂寞的消遣，只有外星人造访时，才有到银河系外发表的可能，地球人很难对它产生阅读兴趣，最终的归宿不过就是束之高阁，一年复一年地"巴结"蛛网，蒙染尘埃。万万没想到这个老天真邀约自己的老庚、同事和邻居王斯文战象棋时，居然将小说文稿不收不捡，明晃晃地放在茶几上。王斯文喝过两盏热茶，随手抓来一看，肖天逸还客客气气地请他指正。

王斯文平常为人处世也不算过分，但在以阶级斗争为纲的大环境中，一场接一场的政治运动的不断冲击，注定有一些人的情绪会亢奋，人性会变态，人格会扭曲。其时，香花与毒草的意识早已深入人心，愤怒揭发未必皆是品质低下，那渗入血脉的纯真信仰一旦介入了与人斗的因子，必然有"士隔三日，刮目相看"的异端行为。

肖天逸在王斯文离开半个小时后被抄家，他纵有百口，难辩一句。一周后，校方针对铁证如山的文稿，召开了全校师生参加的批判大会。肖天逸站在主席台下的一张方凳上弯着腰，脖子上挂着一个硬壳纸上贴白纸的吊牌，上面一行粗大黑字为他罪行定性——地

第二章　毕业悲歌

主阶级的孝子贤孙。王斯文对肖天逸的私下指正，变成了众目睽睽下的批判，二十余页的批判文章写得文采飞扬，他的排比句像机关枪扫射自己的邻居。肖天逸被人抓住的最大把柄，现在成了靶子，就是把自己四十年代的结婚场面一一白描——迎亲队伍排了半里长，几十桌流水筵席热闹了半条街，露骨地表现了对剥削阶级奢侈生活的怀恋，大有暗藏变天账、伺机充当还乡团的可能。由此层层推理，缕缕剖析，他怀有颠覆无产阶级江山的狼子野心，梦寐以求让劳动人民受二次苦，遭二次罪，这论断岂不合情合理？

肖天逸此刻在讨伐声中魂飞魄丧，对批判者的每一次质问，都一低头二低头再低头地认罪，口里连答："我有罪，我悔过，我该死……"一个多小时过去，王斯文的批判发言还在继续临场发挥，肖天逸早已招架不住，口吐白沫，一头从凳子上栽下来。这时，主持会场的校革委主任魏志坚脸色铁青，嗖地起身，抓起扩音器话筒，当即宣布：

"鉴于被批判者患有严重的高血压，他犯下的罪行换个时间，换个场合，换个形式继续清算。今天，我们批判他的思想错误，不是摧毁他的肉体。为了体现革命的人道主义，现在立即送肖天逸到医院检查治疗，批判大会到此结束，同学们继续回教室专心为革命学习！"

这些年，我们见识了太多的大批判会，见识了太多的人被打倒在地再踏上一只脚，见识了太多的批判者和被批判者角色的戏剧性转换，谁都担心自己的灵魂深处某一天不经意地暴露出不合时宜的苗头，改造世界观需要时时居安思危。实际上，像王斯文老师这样的邻居，骨子里并不斯文，不但眼睛贼亮，他们如匍匐着的狼狗随时保持着扑向猎物的高度警觉。把自己的嘴巴管好，把自己心扉关好，才能多享有限的平安。

在这纷扰与安宁、屈辱与尊严、幻灭与希望犬牙交错的年月，守纪律的舆论一向是齐步走，把空话和假话不限定量地批发给读者。悬挂桉树枝头的高音喇叭，气势非凡的豪情壮语，好似精神的力量真的足以把群山降格为平原，把海洋抬升为陆地。美国总统安全助理基辛格博士的秘密访华，中美联合公报的发布，写入党章条款的领袖接班人林副统帅的叛党叛国，使得那些蔑视法制的群众团体领袖开始收缩翘过头顶的尾巴。一连串戏剧性的变化，令人对翻天覆地变局的推动者肃然起敬。历史转机的曙光出现了，等待和忍耐已久的社会进步力量，不失时机地公开清算林彪的罪行，大张旗鼓地批判读书无用论。可惜呀，我们的学习生涯已经进入最后百天的倒计时，仰天长啸是白搭，壮怀激烈有何用？

对于翻过新年的门槛就要毕业的我们，校方以年满十六岁为政策线，上限则走出校门实行"面向农村、面向边疆、面向基层、面向工矿"四个分配原则，对于大多数人而言，其实只有一个面向——当农民；年龄处下限范围是造物主遴选的幸运儿，学生无论成绩好歹都能顺利直升高中，学校的大门向他们过分热情地敞开。

教师们终于认识到，自己虽然受困于无理性的严峻环境，到底还是没尽到应有的责任。于是，他们借批判读书无用论的东风，整理过去的教学笔记，加班刻印补充教材，为过于瘦身的官方统一教材补充营养。同时，科目课程设计也予以查漏补缺，恢复了过去的

第二章　毕业悲歌

常规体系：政治、语文、外语、数学、物理、化学、生物等等。只叹这一波新浪，直到我们快毕业时才掀起。我从进初中校门那天起，哪一门功课都成绩不俗，总分稳居全班前茅，进入了颇受诸位老师青睐的核心圈子。自己也颇有进取的雄心，却常有牛啃南瓜不知从何处下口的懊恼。这天，到音乐教室上课，我一见戴着高度近视眼镜的汤老师，踩着风琴憋红脸教唱一支新歌《全世界人民一定胜利》，就觉得这首威风八面的歌曲听两遍就行了，嘴里咕哝附和着，人却悄悄迈步溜走。

我刚刚钻出音乐教室所在的大院门，迎头撞上排辅导员秦紫霞，她一把抓住我的胳膊，用责备的口吻说：

"张良，你要做一个对社会有用的人，应该知识全面，不能偏科。上完课，到我办公室来一趟。回去，快！"

我只得打消撤退的念头，回到音乐教室摇头晃脑地和同学们一起向美帝国主义发出震天吼声。

东风吹，战鼓擂，
现在世界上究竟谁怕谁？
不是人民怕美帝，
而是美帝怕人民……

上完课，眼见同学们邀邀约约三五成群，兴高采烈地回家去。我则忐忑不安、诚惶诚恐，迈开两条软绵绵的腿，慢腾腾地朝秦老师办公室走，准备去接受无法躲避的"修理"。

"报告！"

"请进。"

我抬头一看，秦老师和颜悦色，笑吟吟地看着我，一颗心稍稍踏实。

"张良，坐下。这是我给你准备的一套完整的数理化三科的讲义，比发给一般同学的要多些，要难些。你是我在'文化大革命'中教过的悟性挺高的学生之一，如果在以前，你只要勤奋努力，是有可能到首都北京读重点大学的。希望你不要中断学习，国家迟早需要建设，需要知识，需要人才。听说，毛主席最近讲过，理工科大学还是要办的。"

说着，秦老师将约半尺厚的讲义放在我面前，她一转身又抱出一个报纸包着的匣子递给我，眼里露出关切：

"张良，这是一把小提琴，我在废品收购站花三元钱买的，算占了大便宜。里面有一本中央音乐学院的小提琴专业基础教程，是我向教你们音乐课的汤老师借来的，你回去背着人抄一份，虽说辛苦了一些，但是，能够加深印象。很快，过不了多久，你就要响应毛主席的号召，上山下乡了，刚满十六岁，还太小啊！尤其是你家庭背景不太好，道路会走得不平顺，要有经历比别人更严峻磨难的思想准备。农村很艰苦，你内心免不了寂寞，学一种乐器时间更好打发。教材看不懂的，趁现在还没毕业，可以去请教汤老师，这是他家的地址，我向他打过招呼，他答应了。只是，他反复强调这事儿不能张扬，要注意不让其他人知道，懂吗？"

我忙接过秦老师亲笔写的便条，直点头，鼻子一酸泪水淌了出

第二章　　毕业悲歌

来。我站起身来，扯起衣袖拭去泪花，口中喃喃低语：

"秦老师，我不会忘记你的教诲，不会辜负你的殷切希望！"

回家的路上，劲吹的寒风带来穿透棉袄的寒凉，可我塞在书包里的讲义和怀中紧抱的琴匣像一团燃烧的火炭，足以暖和我的肢体与心灵。多少年来，我因家庭出身问题备受社会的轻蔑、歧视，一颗无邪的心被无数次伤害过。今天，我感受到了人的尊重、人的关心，尤其她是我敬爱的老师，难道我可以容忍自己去亵渎比黄金更贵重的期待，还要放任自己去等闲白了少年头吗？我在心里不停地对秦老师发誓，不管世路多么艰难，不管来日会遭逢多少不公平，我一定自强不息，奋发向上，用无愧的努力去冲破厄运编织的樊笼，去汲取滋养心智的知识，去迎接属于我的灿烂曙光。

这天中午，我拿着搪瓷碗在学校食堂打上饭，一边往嘴里扒，一边漫无目标地闲逛，恰好碰上同班同学赵云鹏、舒畅、杨子浪、方志远等人邀约着向附近的一座山坡走去，便混入他们的行列凑热闹。一群人走到一个掩隐在芭茅草中的汉墓旁，一人选一块风吹雨淋得干净干燥的石头坐下来。身为副连长的赵云鹏先开口说话：

"各位，我们天天在一起的日子不长了，全校二十个应届毕业班，一千一百多个学生，除去三百四十多个农村同学，还有一百多个升高中，其他的人大多数以后的身份是插队知青，不说冠冕堂皇的漂亮话，是农民，到场的诸位全是农夫。大家今天就不要学小说《艳阳天》上的'弯弯绕'，敞开心窝说几句大实话，要得不？"

杨子浪把吃空了的饭盅往身边一搁，抢先说一句：

"云鹏，是不是学校要动员了？你要早点儿透消息，有事来照看一下，拜托。"

赵云鹏扯片草叶在指头上缠绕着，头也不抬：

"学校肯定要动员，也仅仅是动员。具体落实的单位是父母所在的单位，或者是居委会。其实，说穿了是八仙过海各显神通，谁都是各人顾各人，谁也顾不了别人。就是我们几个人下乡到一个村，面子上是一堆，实质上抱不成团，人与人之间会变成争斗关系，出口太狭窄，注定会你挤我推。要打交道，干脆和陌生人打交道，免得面子放不下，伤了和气更生分。"

方志远把饭盅倒扣着，用饭匙不停敲打，用嘲讽的口吻说：

"赵连长，我认为你工人出身思想境界比我高，可你这一番话却说得我心发毛，这世界上真就哪个人都信不过了？不过，不瞒你说，我父亲已经在给我落实下乡去处了，那个公社的李书记说，一年之内保证推荐我出来。妈呀，乡坝头，活路好重啊！一年时间太长，除非天天有同学来看我，不然寂寞死了。"

舒畅扒完最后一口饭，哽咽着吞下肚子，接上话：

"赵云鹏说的是真话，我哥哥舒展也是知青，他下乡快两年了。平头百姓家的子女，除非没人去的单位或者不长脸面的工种，比如说，火葬场的火炉匠，理发店的剃头匠，洗澡堂的搓背匠，好事情真是不容易轮到你。我哥哥说，有靠山的红五类，眼里的目标就能实现，所以，他们谈的是理想；无靠山的红五类，有的是脚步走不拢的目标，他们谈的是假想。麻五类的前途，是久望久等的痴想。黑五类的出路，是癞蛤蟆吃天鹅蛋——妄想。出身好不如关系好，觉悟高不如娘老子地位高。近水楼台先得月，向阳花木遭逢春，谁

第二章　毕业悲歌

占了好位置好家庭，谁的出路就好。我说方志远，你是饱汉不知饿汉饥，你靠的是你老汉儿当县革委公交组组长，有权有势，并不是你比别人有能耐，多长了一对子耳朵。你下乡一年嫌长，我可能是熬了三年五年脚杆还在烂泥巴头陷起的。我们哪个敢和你比？我和赵云鹏一样家庭出身好，你是革委会养的亲儿，我们是革委会抱的干儿，充其量不受歧视，其实是背一个虚名。"

方志远张口想骂人，一看众人脸色，欲言又止，便把饭匙哐当扔进饭缸，赌气起身走下山去。一群人见气氛不妙，不欢而散。

两三年来，在县城首席学府的求学生涯中，颇多走题跑调的穿插和南辕北辙的折腾，令人内心隐痛。我们真没学到多少知识，偏偏不合算地戴上了一顶知识青年的帽子，而这顶帽子很快又成了一个金色的"紧箍圈"。毕业日子未到，动员学生上山下乡的大戏紧锣密鼓地提前开场，学校负责政治灌输的教师和居委会负责转化后进群体的老太婆，都成了穿红色袈裟的唐僧，他们喋喋不休地念开了"关心经"。按照学校的统一布置，全校二十个应届毕业班都要停课安排一天时间，在集中组织政治学习的基础上，分别召开"广阔天地大有作为"主题班会。会上，城里的同学表决心，农村的同学致欢迎词，每人五分钟时间，人人都要鲜明表态。并且，发言稿要一律用作文本的格子纸抄写，统统张贴在教室后面的专栏墙壁上，以互相交流扩大影响。

晚上，我在家里伏在桌上写次日的发言稿，偏偏是越急脑筋越笨拙，一连报废了七八张纸，废纸团扔了一地。

"别着急，慢慢推敲，文理通泰不通泰不打紧。这是一个政治态度,旗帜一定要鲜明,即使不加分,不减分也行,你不要太别扭。"

我臊得脸皮发烧,转过头来埋怨道:

"妈妈,我烦死了,你还来笑话。"

父亲刚从门外漱过口进门,听到妈妈的话,插上句:

"小凤,你不要去管他,随他写。我翻过他读的语文书,多数像是我们单位政治学习的那类材料,全国都是文抄公,抄去抄来一个调门。他的俄语书我也翻过,都是适合于顶天立地的英雄人物的大词,如全世界、全人类、世界革命的心脏、伟大、光荣、正确、万岁、等等;或者是适合于军人的斗词,如命令、射击、开炮、上刺刀、卧倒、举起手来、缴枪不杀、等等。只是,今后在工作和生活中怕是用得不多,表演文艺节目倒是捡现成的戏词。读书近三年了,他开口恐怕和我们馆里的领导作报告一样,大道理一套接一套,简直是工厂里一个模子浇铸出来的通用件,比你说得更对头。"

妈妈白了一眼父亲,对我说下去:

"老二,你表不表态都要下乡去,气鼓气胀地被动下去,不如说几句漂亮话还占个主动。现在各个单位都在统计下乡对象,督促家长快行动。居委会今天也开了无公职家庭家长的动员会,属于黑五类的家庭父母已经被召集去办关门的学习班了,进了门就休想轻易跨出来。不给饭吃,不给水喝,不让你睡觉,看你还拗得起,还能熬多久?有个地主家庭出身的女学生叫洪东芳,她父亲怕女儿是风一吹就下去,到时候牛拖都不回来,便稳起不吭声。这下好了,不光挨了斗,还被拉去游街。说他给女儿取名就有反动目的,听起来是'红东方'以为不错,一看字面才知道有'洪水淹东方'的歹

第二章　毕业悲歌

毒用心。"

父亲在旁边听着，又插上一句：

"扯淡！明摆着是要逼人家子女去当农民，绕弯子，施加压力，让人家喝几壶罚酒。假使给他女儿重改一个名字叫'洪亮'、'洪钟'、'洪宝'，甚至'洪桃'，八成又被说黑五类不夹着尾巴做人，还敢张扬……"

妈妈的脸骤然一变，打断父亲的话说：

"志贤，你糊涂！事实明晃晃地摆着，红五类是依靠对象，麻五类是团结对象，黑五类是打击和改造的对象，到处都一样。你自己屁股沟子还在流血，还操心给别人医痔疮？当心别人抓你的把柄，拖累下一代。我看你是不汲取教训，嘴巴闭上要发臭！"

父亲被妈妈抢白几句，自知理屈，悻悻无言，从书柜里掏出一本书闷读起来。妈妈见状，脸色有些缓和，转过身子朝厨房走去。

当时，社会上盛行类似印度种姓制度的家庭成分划分，总归为三大类：革命军人、革命干部、工人、农民、贫民等是红五类，地主（资本家）、富农、反革命分子、流氓坏分子、右派分子等是黑五类，医生、教师、职员、中农、小商贩等是麻五类。属于黑五类家庭成分的，仿佛是人见人嫌的麻风病患者，是人人喊打的过街老鼠，连子女都辈辈代代抬不起头，政治生活、社会活动、升学、择业等方方面面都受牵连列入另册，打入冷宫；属于麻五类家庭成分的，则像倒霉患上了肝炎、肺病一样，人人和你打交道都不踏实，怕你有传染性，免不了备受怀疑与挑剔，凡事排不上正席，只能分享一些别人吃剩的残汤剩羹，很难有机会被重视，被重用；属于红五类家庭成分的,则具备了万事顺遂的天赋,一生下来就享有机遇优先、待遇优等的特许权,处于通吃黑五类、麻五类的强势地位,他们的眼光对低层次成分的人群是鄙夷的、俯瞰的。尽管大家都明白各类家庭成分出身的人,都有品质优秀和不优秀的、值得尊敬和不值得尊敬的,但是无人敢对"龙生龙,凤生凤,老鼠生儿打地洞"的血统论公开表示质疑。

现在,上山下乡运动一来,家庭条件好的同学的父母,早已未雨绸缪,为子女物色好离家近、交通便利、与关键人物关系热络的富庶村落,只消打过泥滚,镀层金装,很快能插翅高飞。家庭条件差的同学,父母苦于自己无法可想、无能为力,更知道子女一旦丢掉了城镇户籍去当农民种地,想再拔出泥腿回城镇,肯定是别时容易见时难。所以,这些人的态度是消极的,至少是听天由命,像躲壮丁一样和主事者玩猫捉老鼠的游戏,能拖一天算一天。当然,上山下乡也有政策,比如独生子女免下乡,病残免下乡,多子女二抽一、三抽二、四抽三等。话说回来,没有背景的人家留在城里没工作,要饿肚皮。有的出于万般无奈,干脆不再要政府照顾,宁肯上山下乡当农民挣工分混饭吃;还有的觉得自己下乡当农民,是苍蝇钻进玻璃瓶,前途光明无出路,暗下决心躲闪到底,又需要防范不虞风险,就找门路到医院开具出带保护性的病残体检证明,为自己穿上一件政治防弹衣,自谋生路,宁肯赖脸活,不愿讨好死。这样,各个社会阶层的家庭,为了给子女谋条出路,开始不拘形式、不顾代价、不计后果地运作,请客、送礼、拉关系、勾兑、走后门等,一大堆新社会的陌生名词频率极高地挂在人们嘴上。

第二章　毕业悲歌

我一家姐弟三人。大姐张丹芳,与新中国同年出生,是初中六六级毕业生,早在1968年冬就上山下乡当农民,两年后招工到县丝绸厂做缫丝工。她人回了城,却把去时的一脸笑容丢在山村。当年她因能说会唱被人叫做张巧嘴儿,两年后变得性格迥异,平常沉默寡语如哑巴,恋爱不谈,对象不见,下班回家就抱着书本死啃。弟弟张肯如今还在读小学五年级。按二抽一的比例,我当农民已是宿命。抗战期间,父亲张志贤才在西南联大读一年书,便弃笔从戎投奔远征军,腿上留有一个被日军三八式步枪击中的老伤疤。他参加过国民党,并且官至少尉,抗战胜利后即脱下军装回老家当小学教员。等到政权更迭后再教书不合时宜,他就改行到县文化馆作图书管理员,1957年被划为内部掌控的右倾分子。二十年来次次运动都是被冲击的对象,写不完的交代,做不完的反省。他开初还不服气,声称自己平生没做过坏事,上战场是为救国家,况且与日军对阵,未与共军对阵。当他看到自己的历史疑难已成附身的鬼影,纵有千口万舌也摆不脱干系,便选择逆来顺受的沉默和忍耐。"文化大革命"初期,他被红卫兵认定为国民党潜伏的特务,被用牛皮带猛抽,被戴尖顶纸帽游街,被屎尿淋身、唾沫啐脸,即使在当时痛苦难当,事后很快会恢复自我安慰和重拾不愠不怒的安详,才侥幸熬到今天。他为我取名的用意,我慢慢猜得三分,显然不是羡慕张良是彪炳青史的一代名臣,而是佩服他是功成引退的避祸奇才。母亲华小凤是小学数学教师,只为家庭成分是地主,加之受父亲历史问题和政治错误的牵连,脸上始终无法抹去眉头紧蹙的凄苦。我的家庭成分填写的是职员,似乎归属麻五类,一按政审程序上溯三代，最终归属麻、黑两类兼而有之。同时，我父母均属见人矮三分又无实权可握的知识分子——臭老九，这决定了我的政治气候或背景，严格地说，是阴天兼有小雨雪，想享有晴空万里的爽朗是不实际的梦想。

剩下来的学习时间，我的勤奋不输于西汉匡衡凿壁偷光、晋朝孙康映雪读书。我坚持每天早上五点钟起床，先跑步到学校操场上做一些简单动作，再打一套军体课上学到的红卫兵拳，然后，到双杠上摆浪一阵。末了，才掏出随身带的俄语课本，倚着一棵老榕树念念有词地诵读。等到六点半左右，我才跑步回家，端起母亲放在桌上的稀饭，抓起薯粉窝窝头，夹上一点儿咸菜，狼吞虎咽下肚，紧接着背起书包出门汇入出城到校的人流。学习时间，我自信可以够得上是最专一的学生之一，听课聚精会神，作业一丝不苟。放学回家把在校尚未来得及完成的家庭作业一消灭，再搜寻一番家中有无待劈的木柴、待碎的煤炭块。假使没有，又揭开水缸盖瞧瞧，如果水缸盛水不多，则义不容辞地取来水桶，直奔附近的饮用水井取水，间或等到吃过晚饭再到两华里外的沱江挑水。一到江边，我从不轻纵良机，扒掉衣裤好歹得领教一番中流击水的刺激。晚上，我除了预习次日课程，还其乐无穷地读谱、练琴、看杂书。缘此，我在极其有限的条件下，保证了门门功课全优，为自己打牢了受益一生的知识基础。

临毕业的一天，排辅导员老师秦紫霞推门进到教室向同学们交代相关事宜。她穿一身带毛领的军用棉衣，紧绷的身坯显得丰盈结实，说话鼻孔直喷热气。她见同学们精神有些不振作，于是，她提

第二章　毕业悲歌

议由排长朱红英领唱一首歌。

排长朱红英起身走到秦老师身旁，扬起手臂指挥节拍，口中说道：

"唱《毕业歌》，预备，起！"

同学们随着手势齐唱：

> 同学们！大家起来！
> 奔向那抗战的前方！
> 听吧！抗战的号角已吹响；
> 看吧！革命的红旗在飘扬……

秦老师觉得不对劲儿，微微一蹙眉头，挥手叫暂停，掉头示意朱红英回到座上。

秦老师转身关好前后教室门，搓了一阵手掌，鼻翼略略张翕，显得有些激动，谈吐带颤音：

"同学们，你们刚才唱这支《毕业歌》，是重填的歌词，作者显然没有理解聂耳创作《毕业歌》的时代背景，更没有体验过敌寇压境、亡国在即的惨痛，所以，缺乏唤醒人们投入时代洪流保家卫国那种带震撼性的号召力，简直是空洞的拼凑口号式的豪言壮语。由于它与激荡人心的音乐魂魄不般配，这样，它对于唱的人、听的人，都难以产生出令人热血沸腾的艺术力量。现在，大家就要毕业了，就要走向社会，以后的长长路程，会有灿烂阳光，也会有风雨雷电，你们准备好了吗？当你们发觉现实生活与自己的理想存在太多、太大的差距，你们会陷入幻灭、彷徨、动摇、消沉，乃至于颓废、堕落吗？我作为一个教师，并且曾经是这个学校的学生团委书记，也有过脆弱、迷惘的时候，我出于利己主义的念头，向你们说过一些违心话、一些空话，甚至是一些误导你们的错话。在这里，我要向你们说一声对不起，我要诚恳地表达自己心里的一份愧疚。我的妹妹也是下乡知青，你们中绝大部分人也要经历同样的命运了，我恨自己无能力，想帮助你们做点什么都做不到。我只希望你们，在最困难的严峻关头，在最无助的恶劣环境，都不要让胸中飘扬的理想旗帜倒下，都不要放弃对未来对前途的期待与追求。现在，我利用这点时间，利用这能够给你们上最后一堂课的有限时间，把我在毛泽东思想照耀下学过、唱过的《毕业歌》的歌词转赠给大家。在此之前，我先给你们讲讲这支歌的来历。"接着，她给同学们讲了20世纪30年代左翼电影《桃李劫》的故事梗概，然后，拿起粉笔刷擦净黑板，用粉笔写下一行行端正秀丽的文字：

同学们！大家起来！
担负起天下的兴亡！
听吧！满耳是大众的嗟伤；
看吧！一年年国土的沦丧……

写完歌词，秦老师拍拍手上的粉笔灰，一挺胸脯拿起颤巍巍的教鞭指点着粉笔板书，竭力控制着声量唱起原版《毕业歌》。起初泪珠在她黑密的睫毛上晃动，眨眼工夫即成串掉落，打湿衣襟，纵

第二章　　毕业悲歌

横面颊。等到秦老师一曲歌罢,教室里一阵沉寂,隔一会儿,同学们纷纷站立起来,爆发出一片噼噼啪啪的掌声,那是青春的掌声,它像火一样燃烧的誓言,鲜明无疑地指示了人生道路拐点的神圣取向。

啼笑皆非的学生时代,千疮百孔、千姿万态,很快就要结束了,时间终究要后浪推前浪地前行。领到手的毕业证书,印有一幅红颜色的领袖木刻像,配有一段最高指示:"农村是个广阔的天地,在那里是可以大有作为的。"它是向导,是谆谆教诲,是不容违背的号令:去吧,到农村去,舞台大得很。

毕业联欢文艺演出,在学校的大礼堂里举行,全年级二十个排,每个排出一个节目,按排次序号登台,演出的节目是革命歌曲、样板戏片断和赶潮流的自编自演小品。听到声音洪亮的歌唱,看到威武雄壮的舞蹈,以及咀嚼言不由衷的豪言,人的心中却有不胜寒风呼啸似的苍凉。那些不成章篇的知识,那些百感交集的日子,那些跌跌撞撞的求索,嘲讽着过分热情的心灵和过分奢望的眼睛。我们按石灰粉线画出的方格,坐在自带的最后使用一次的木条凳上,记忆在歌声、舞姿的陪衬与激活下起伏。这时,我的遐想被报幕员的声音插断:

"下面,由四连十七排表演女声小合唱《社员都是向阳花》,领唱冷梅。"

冷梅?同学?近在咫尺?孤陋寡闻?一个心间抹不掉忘不了的倩影,居然三年没有见过,没有听说过,我心里填满疑惑。

在舞台上几盏空中悬垂的大白炽灯泡的照映下,陆续从帷幕后走出的女生们一副村姑打扮，身着大朵红花袄，腰系白围腰，每人手上拿着一朵裱褙描画的硬壳纸向日葵，一字五人横排，冷梅居中。我仔细一瞧，对，是她！她就是曾经在我家附近的银杏树下为自己的母亲献过花、献过歌的那位灰姑娘，就是那位叫人难以淡忘的神秘而美丽的冷梅，她就是与我同校、同级的同学。造化果真捉弄人！我定睛看着早已留在记忆中的人，她那匀称适中的身段在舞台上清秀夺目，红扑扑的脸颊如春天绽放的桃花，一双漆黑的大眼睛在射灯辉映下分外明亮，活脱是一个开朗美丽的村姑。她领唱的歌声清纯悦耳，不需要手捏话筒已妙音绕堂：

> 公社是棵常青藤，
> 社员都是藤上的瓜，
> 瓜儿连着藤，
> 藤儿牵着瓜……

在她的歌声中，一条洒满金色阳光的康庄大道出现在我面前，那是人人享有关爱和友谊的劳动生活，人人为我，我为人人，每一个人浑身都有使不完的劲儿，上天摘金苹果云梯会从彩霞间垂下，下海捞夜明珠龙王会退水开道。可以说，在人民公社里没有不能实现的梦想。一旦心花怒放的喜悦注入田园牧歌，歌唱者又能艺术地诠注词曲的精髓，哪一个听众不信服不为之动情呢？何况，一群可爱的村姑手握一朵朵向阳花，她们唇间吐出的歌句都是从自己的心泉淌冒出来，对公社有归属感，对太阳怀感恩心，真是一支情景交

第二章　毕业悲歌

融的幸福生活的时代颂歌。当此之时,一个即将踏入社会的青年学生,谁还会拒绝远方的召唤和怀疑前程的光明呢?

当礼堂里爆发一阵热烈的掌声和再来一个的拉歌声,我才醒悟她们已经唱完一曲了。

等退潮后的掌声再起,随着幕后传来一声帮腔者的虎啸,走出的冷梅换了一身近乎忆苦思甜教育课上展示过布绽棉露的破衣,她头上戴了一副散披的白发,唱起芭蕾舞剧《白毛女》的插曲《盼东方出红日》。这次,她的音色由先前的欢快甜美变为悲愤撼心,那是像岩浆一样喷射而出的情绪,使人闻声动容。冷梅的眼眶溅出泪花,眼珠溅出火花,她的歌声里有喜儿的命运,也有自己的命运。当虚拟的命运和真实的命运合二为一,升华了的歌声就获得了艺术生命力,能从人们的耳孔一直渗透入心灵。

这次,等她一曲唱完,台下回应的不是鼓掌声,而是一阵交头接耳的欷歔声。

第三章
逆流而上

毕业的日子，说到就到，七零八落的学生生活草率地收了尾。跨出校门的前几天，同学们彼此油然而生一怀依惜，你约我，我约你，纷纷在校园里拍照留念。县城照相馆的摄影师似乎猜透了大家的心事，带来设备上门服务，整日把照相机的脚架支在校门前，学生照相从早到晚不断绝，忙时还得排队等候。

临到学生生活行将结束，我才猛然意识到自己还没有好好看过自己的校园。这座始建于1903年的官办中学，是县域极富名望的最高学府，也是一个被称为才子之乡的千年古县标志性治学品牌。现在，同学们跨进校门第一眼看到的国人崇敬的领袖巨幅画像，那是他老人家穿军装、戴帽徽向被接见的红卫兵挥手致意的经典画像，他那慈祥可亲的笑容里饱含着对年轻一代的期许。他希望走进校门的学生按照自己理想的标准茁壮成长起来，有一天能肩挑起国家交给的重任。向领袖敬过注目礼的学生稍行几步，就可以看到一道黑漆剥落的大门，它已经历大约七十年风风雨雨，而门内庭院中几棵挺拔攀云的楠木和根须乱窜的茂盛榕树，则隐喻着这里培植过大批栋梁之材。建校时圈起的围墙除正面部分，其余地方都破旧不堪，狗钻人行都不乏取道捷径的缺口。老墙外陆续兴建的校舍因年代不同造型各异，大多属单层灰墙瓦顶平房，偶尔见得一两栋一楼一底的略微讲究些的木楼校舍。环绕校舍种植的树木，大抵是桉树、柏树、柳树、槐树、紫荆、冷杉等常见树种，可它们由于生长期漫长，粗大的树身和横出的枝丫覆上了青苔，与周遭树木寥寥无几的荒山秃岭对应，便构成了不比寻常的风景。所庆幸的是这肃穆与静谧的处所，前些年频繁发生的文斗武斗均没有伤及这些不涉纷争、不懂

第三章　逆流而上

爱憎的植物，使人遥遥一望便生人杰地灵的遐想。只是，我们大概是从这里带走知识最少而带走政治概念最多的一届学生，树林间的鸟雀声赛过我们的读书声，树枝上的落叶比我们学到的文句更多。想到这里，人不仅骄傲不起来，而且感到心慌腿软，脸面带着羞见老师的狼狈。

在校园里漫步，我看见那些拍纪念照的同学，似乎都喜欢胸佩领袖像章，再捏一本"红宝书"放置心窝处，有的还迈弓箭步造型，既像表忠心的肢体誓言，又像英雄崇拜的立体宣言。有时，能碰到打破了男女界限的同学，手握手，臂挽臂，把几年同窗的情谊定格于瞬间。也许，多年以后，他们再看这些书生意气慷慨激昂的校园留影，依然会把一段热血燃烧的纯真年代引以为自豪。青春无悔，人们对毫不迟疑迈出的追求脚步，从来心存敬意。

至于我们那在辛亥革命前后主掌学政的老校长，如何肩披落日余晖久久徘徊于校门外的黄泥大道上，以一腔爱国忠愤酝酿了稀世奇文《厚黑学》的腹稿，把乱世盛产的脸皮厚、心肠黑的得势奸雄的欺世外装一一剥掉，居然无一同学知晓一代笔侠惊世骇俗的传奇故事。真是，我多少次走过那间具有文物保护价值的当年大师坐镇的督学室，从没有驻步停留打量过一眼，直到多年以后才后悔莫及地拾阶造访。对历史的无知，对现实的麻木，对未来的茫然，我们的学生时代犹如骑着一匹瞎眼的客旅骆驼，不辨晨暮地穿越一大片广袤陌生的文化沙漠。

"呜……"

随着一声汽笛奏响，动力轮拖着一条长长的钢缆，拉着笨重的木船客舱，离开码头逆水而上。沱江上游泻下的波涛，拍打着动力轮的船头，而动力轮屁股喷出的银色水练，又粗鲁冲击下游上行的木船客舱。动力和阻力均来自动力轮，加上沱江永不消歇的顺水波涛的排斥，拖轮行进的速度很慢。

我站在客舱尾部的船板上，向送行的木桩般站立的父母和姐姐，以及牵着姐姐衣角的小弟挥手作别，直到他们远离我的视线。

沱江两岸除去临江山岳略为险峻，其余都属于浅丘地带，好像上苍担忧人间出现饥荒，特意随手撒下一片馒头山。那些挤密纠缠的山冈不过三五十米高，生长的树木如秃子头上的几根稀疏头发，使人没有多看一眼的兴趣。但是，这些浅丘个头矮肉多，厚厚的土层虽不肥沃，却是落种便发芽的热土，绿油油的庄稼到底比荒凉的风景更适合拖儿带女的农家。山不高，水不阔，决定生长于此的人家性格缺少刚烈，心愿罕见宏大，保留着平安即福的敦厚和习惯忍耐的沉默。

我插队落户的望江公社雀山一队，是靠一个在公社医院工作的远房亲戚帮助联系的，可她还没等到我办完手续，已经因为照顾夫妻关系调动到城郊。所以，我务农的落脚点实际上是举目无亲。这个城市像嫁女、像泼水一样，把我草率打发了。父亲的单位给我的"陪送"是一根扁担、一担粪桶、一把尿瓢、一件蓑衣，母亲单位送的"彩礼"是一个紫漆柏木盛衣箱、一双防水靴。由于我去的公社不通公共汽车，我又是独自为伍，便摊不上组织安排专车派送的福分，三十多华里水路自掏二角五分钱买船票，剩下十华里的山路就靠双脚自助。我拒绝了所有亲友送行的好意，擦一根火柴把别人

第三章　逆流而上

会佩戴胸前的大红花烧掉，心知自个儿的出行远非光荣，况且，不知有多少凄风苦雨让人品味不尽前途未卜的黯淡。

临行前，姐姐熬夜为我抄完了从汤老师那儿借来的《小提琴演奏基础教程》，紧接着，她到朋友家踩缝纫机为我扎了一副厚实耐用的护肩褡，又到街上文具店为我买了一个精致的硬壳笔记本。她告诉我：

"弟弟，你会受很多意想不到的磨难，所有的人顾不上照顾你了，你只有学会自我宽慰、自我珍惜、自我保护。"

说完，她把我紧紧搂在怀中，面颊靠着我的肩头抽泣了好一阵子，才一把推开我，拭着泪大声说：

"猪圈岂生千里马，花盆难养万年松。你去摔打吧，摔打成一个真正的男子汉！"

爸爸依然如故的沉默寡言，他悄悄从图书馆取回几本书，有奥斯特洛夫斯基所著《钢铁是怎样炼成的》、高尔基所著《在人间》《我的大学》和一部《简明世界史》，这些书都是"文化大革命"中的新版本。他反复叮嘱我下次回家时记住带回来归还。

妈妈在灯下把我所有该打补丁的衣服缝补了一遍。当她弯腰去拾掉在地上的一颗纽扣时，自己戴的老花眼镜竟从鼻梁上滑了下来。我忙赶过去为她拾起摔碎了一个镜片的眼镜架，脑海里冒出唐朝诗人孟郊《游子吟》中的句子："慈母手中线，游子身上衣。临行密密缝，意恐迟迟归……"我这跨出门的游子，很可能不是为家庭减少了负担，而是让家人从此为我背上精神的十字架。我这自我未必能够担当得起的命运，得花费多少家人的心血来分担呢？窗外花坛上，一簇五月红玫瑰绽开得分外艳丽，人的心里偏偏飘来一片吹不散的乌云。

我为自己准备的随身物是一幅关山月作画、赵朴初配词的《冰雪红梅图》。我选中它，不仅因为这幅画是两位才情双绝的名流联手精制的佳作，更由于画的主题是表现傲霜斗雪的红梅，它使我立刻会联想起一个让我感到心底温馨的人。我把它小心卷好，与小提琴匣系在一起带走。

我将小提琴匣、书籍、茶盅、牙膏、面盆、防水靴等小件日用品统统塞进尚未盛过大粪的新桶中，前桶的桶耳竹把间横放盛衣木箱，后桶的桶耳竹把间置放蓑衣并立放系绳的席子卷。扁担上肩时，我背上驮被盖卷，这一副不伦不类的行装，比唐·吉诃德的出征更富于幽默，它既是对我们好高骛远的幻梦的尖刻嘲讽，也是一个畸形时代最值得惊叹的绝妙缩影。

亲人们的身影早已在视线中消失得无影无踪，我转身向船头前行的上游望去。两岸的山峰像锯齿样一个接一个地连接着，在锯齿的缝隙的纵深处是若隐若现的远山串接。江流接纳逆行的航船并不爽快，它一路设置障碍，咆哮着挥舞浪拳，疯狂地布阵旋涡。它是在恶意地表达仇视，还是善良地施加保护呢？蓝天上盘旋的雄鹰摇晃着翅膀，虽然它对人世的悲欢、人心的疑惑一概不感兴趣。

船行一阵，出现一片水流湍急的狭窄长滩，翻卷的波涛在崭露头角的黑色礁石上摔成雪白的粉沫。江边的小路上，几个只在胯间包着一块围帕的纤夫匍匐身子，用手抠着路边的岩石向前挣扎，把黝黑的赤裸脊背供奉给太阳的烈焰。船上的水手将长长的竹篙竿拼

第三章　逆流而上

命地插进江底,因蹬腿发力扭曲的人体和受力撑成弯弓的竹篙竿,各自以爆发力和坚忍力抗衡着出笼野兽般的激流冲击。列宾创作的传世油画《伏尔加河上的纤夫》,绝没有眼前的真实场景摄人心魄。阳光下绚丽的浪花与劳作迸溅的人体汗花,忠实地陈述着行程的艰辛。最后,到底是人胜利了,翻过险滩的航船不再大幅摇晃,得以通体舒展地提速上行。直起腰的纤夫们,扯下遮羞的围帕向船上人得意地挥舞,在众目睽睽下不顾脸皮向江中射尿,并且撕破嗓门唱起粗犷的野歌。

沱江淌水湾连湾,

湾下有沱又有滩;

哥哥推船莫想妹,

免得恶浪把船翻……

不文明的歌声有文明的理由,船上的女性纷纷扭头转向江岸另一边,旅途的疲惫在一片嬉笑责骂声中冲淡。或许,一所野性的大学将以离奇的方式授课,此时,它堂而皇之地调教不谙世事的落魄书生。

船抵码头的一刻,出现了一个我万万没料到的动人场面。一个中年庄稼汉穿一条显得肥大的卡腰灯笼腿青裤,裸露着紫铜般的胴体,肩上搭块由白转黑的汗帕,光秃的头顶和圆鼓的额头淌着没来得及擦的汗珠。他手提一面黄铜大锣猛敲密打,惊得一条夹尾巴的杂毛狗在人群中疯窜狂逃,那洪亮的嗓门喊得路人皆知:

"喂,到雀山一队落户的知青张良,我来接你了。你赶紧走过来,喂,赶紧走过来哟!"

原来,母亲所在的学校领导提前给公社领导打了一个电话,希望通知生产队派人接船,这样雀山一队高队长亲自出动了。于是,码头上出现了带有喜剧色彩的一幕。高队长乍一见,眼光从头到脚扫了我一个来回,伸出粗掌一压我的肩膀,说道:

"当壮劳还太嫩,顶个妇劳还勉强,慢慢锻炼!"

他这一句话的含义,直到队里为我评定工分标准时,我才明白自己在他眼里是不男不女的边缘人,一般壮劳每天工分定十分,我呢,比妇女队长低半分,标准是七分半。

此刻,高队长把我随身带的物件尽数装入他挑来的大箩筐中,只留下琴匣由我抱住。我亦步亦趋地跟着他沿着一条黄泥山路,来到了我落脚的地方。

一到生产队,出现的场面让我大开眼界。原来,队里趁猪圈翻盖屋顶茅草时,顺势调遣泥、木、石三匠组成突击队,用了一天半时间盖了一间半新屋。不,恰当地说是新旧组合的泥墙茅顶屋。住人的一间屋,一堵墙是生产队猪圈的老墙,透过墙上裂缝可以看得见作为邻居的猪群拱食,其余三方是新垒的黄泥墙,墙壁上尚有不少露出根须的新鲜丝茅草根。基脚石浅放在刨平了的碎石颗土层上,速效工程的质量显然值得担忧。门框、横梁都是用新砍的桉树来搭建的,木质单薄,水汽未干,离走形变样的日子不会太久。另外半间屋的三方墙要矮一大截,里端是三块石板拱成的猪圈或澡堂,出水口连着墙外新挖的土坑蔗叶棚厕所;外面则是堆柴煮饭的厨房。

第三章　逆流而上

一间半茅屋总面积约二十平方米，高队长见我东张西望，赶紧提示：

"这屋子是有些不牢固，不讲究。不过，等你人扯脚拍屁股回城了，它保证没有倒塌。现在，你去住，兼任集体的猪保长，以后再改建养猪圈。"

高队长的大实话，说得人好不心酸。很快，我顿开茅塞，他不仅让我和乡下人看重的长脚腿的毛猪比邻而居，而且放心让我做业余猪警卫，这不算高看了一个等级？再说，我才到，他就起了送客念头，未必是坏事。若是他要我一辈子做一棵深扎根须的老蔸树，年年孤零零地经受日晒、雨淋、风吹，直待一天命运的刀斧临头，那才大吃亏。我想到这里，忙笑着应承：

"高队长操心了，贫下中农操心了，我会好好改造世界观，炼红一颗心。"

"世界观？扯淡。老子只懂得挖黄泥巴种粮食，那些酸溜溜的话，听不顺耳。你现在长的是黑心，不是红心？好好劳动，早点回城，未必要我们把你像老祖宗供一辈子？"高队长从裤袋里掏出半截烟屁股放在水竹蔸烟杆里点燃，蹲在门前猛抽一口，山风拂来烟雾呛得我直咳嗽。他眯着眼睛盯住我，朝地上啐一口痰，继续说：

"你人还算老实，不过，不是当农民的料。毛主席号召了，我们也欢迎你。柜子里有十斤米、十斤面粉，年终分配再扣回来。水缸已经灌满了，挑水桶在猪圈煮饲料的大锅房取，水井就在坡下。火柴放在灶台上，饭你自己做，烧的柴昨天堆好了。"

说完，他在门槛上一磕烟杆，起身回屋将两个空箩筐叠在一起，套上扁担，吊晃晃地扛在肩头，大步跨出屋门，消失在竹丛掩映的山坡。

收拾一阵子,我肚里饿得慌,打算做饭吃,这才发现自己下乡没带电筒,带来的一盏新马灯又没上煤油,屋里也没有灯具,只好先摸一夜黑。

清早,我听见高队长催促出工的铜锣声,好比战士听到冲锋号,赶紧从床上跳下来,向锣声的发源地奔跑,准备去弄清该干什么活路。

我喘着粗气跑近,看见社员们都手握亮晃晃的镰刀和两头尖的竹扦担,相互说笑着上山开镰割麦。高队长见我空着两手跑来,手挠着剃刮得发青的光头顶,抱歉地说:

"张知青,我本想收了早工再给你打招呼,你好像还没有镰刀,等我赶场给你挑一把。我见猪圈的粪池漫出来了,苍蝇直扑,碍众人的眼睛。你给老子把粪水朝那半坡上的蓄粪凼转运,你看,那里有个棚棚。"

我随他的手势望去,嘴上答:

"明白。"

我赶到猪圈的粪池一看:妈呀,那猪们真是造粪专家,粪池的上限已经突破,溢出的粪水四处流淌,近前连下脚的干净地都找不到一寸。最让人恶心的不是臭气熏天,苍蝇成群,而是成堆的蛆虫涌动粪池已不尽兴,它们成群结队地爬上地面撒野,其急先锋正大摇大摆朝我扎营的门户挺进。我真气急败坏,抄起斜靠猪圈栏的叉头扫帚挥臂猛扫,驱赶蠕蠕大军返回原籍。然后,才取来粪桶粪瓢舀粪入桶。我挑起粪担两眼半睁半闭,一个劲往山上疾奔,扁担在

第三章　逆流而上

肩头直闹别扭，不安分的粪水从桶缝里泻出来，从桶口里洒出来，弄得我脚腿和走过的路面到处是黄黑的粪水点。我好不容易攀上山腰，粪桶里只剩不到半桶的干粪和蛆虫。

这真是粪桶过于满溢，我过于不满意。又脏，又臭，又累，当农民的第一次劳动，留给人的印象过于恶劣。人的心情不佳便精神委靡，体力锐减，我慢腾腾地挑着空桶走回趟，肠胃直欲呕吐。

"张良，你挑粪是扭秧歌舞，还是粪水里有鲤鱼跳？一路洒滴，脏了身，脏了路，还可惜了粪。"

一个年龄二十四五的少妇，长得高挑、白净、丰盈，背上的布背带绑着一个舔鼻涕的胖娃娃，她鼻梁上冒出细汗，手上捏一顶草帽，显然是刚从娘家回来，一双惊愕地盯着我的乌黑眼睛里有怜悯之意。

我举着的粪瓢悬在空中，不知该倒进粪桶，还是倒回粪池，手足无措地听任她抢白。

"哎呀，你的粪桶干得开了缝，铁丝又没箍紧，粪水直冒，快倒进粪池，先收拾好粪桶，快。"

我忙放下粪瓢，把桶中的粪水倒回粪池。她一皱眉头，略带嫌弃的口吻：

"你先到水田里把手脚洗干净，再过来。"

我转身回来，她已经把背上的娃娃放下来，抱在怀里喂了几口奶水，递给我：

"接着，把娃娃抱好。"

她一手拎一个粪桶到水田边荡洗干净，再将粪桶倒放在猪圈边

的石坎上,捡起路旁的一个半截砖头擦着桶面将下滑的铁丝箍敲触紧实。接着,她抓起粪瓢把粪桶舀满,挑上肩头做示范:

"张良,看好。提脚要稍高点儿,下脚要轻点儿,走路要稳点儿,你看粪水还浪不浪,洒不洒?"

她前手自然地搭在扁担上,后手扶着桶耳竹把,粪担到了她肩头服服帖帖,扁担简直像重量相等的天平保持着对称的平衡;略微下沉的扁担两端轻轻地有节奏地上下闪摇,满桶的粪水却像凝固了一般不浪,不洒。她肩头浑圆,后臀鼓翘,腰板笔挺,细腰微微颤抖,落地的脚步快捷而轻盈,肩挑粪担仿佛是在表演健美体操。我在她身后完全看呆了,彻底折服了,原来,劳动是足以入诗入画的生存艺术,自叹不如,当好好接受一番再教育。

我随她刚走下山坡,碰上割过麦收早工的高队长,他见状乐呵呵地说:

"刘香,巧啊!我正打算把张知青托付给你这妇女队长带一阵子,没想到你已抢先认了徒弟,不用我多费口舌了。拜托啰!"

我暗想:刘香?这是个绝妙的初识,她在我记忆中留香,我在她记忆中留臭。看得出,这妇女队长心地好,人也真是能干。我初来乍到,庄稼活一窍不通,跟她干活挺幸运。

把娃娃交回刘香怀抱时,我发现这小家伙不知不觉屙了泡热尿,裹着他的布背带湿了一大块,我的衣角上、裤脚上除了猪屎尿的臭味又添娃娃的尿味,臊得无地自容。

满满的猪粪池,我足足用了三天时间才掏光。三天啊,度日如年的三天,不可能不留下刻骨铭心的记忆。尽管我遵照刘香传授的

第三章　逆流而上

要领，须知，从理论到实践是说时容易做时难，具体的执行者是自己的血肉之躯，那份感受真够呛！步步高的上山路与步步低的下山路，二者不是等同的概念。上山挑着满满的粪担，脚步每上行一寸都要承受巨大的压力，粗重的喘气，如雨的滴汗，不足以释放难咽难吞的苦累。下山挑着空空的粪桶，迈步两腿像蹬着飘云，似乎不落地，似乎要踩空，内心深处更有一层对下一轮重担的畏怯，欲快又慢的蹒跚诠注着复杂的心思。

路，被太阳烤灼过的山路，穿塑料凉鞋行进容易硬碰硬地打滑，一双赤足触地感到灼掌燎心的烫。足掌一挨路面，好似踩住了烈火烧红的钢板，瞬间便受条件反射迅速提步，而肩头的重担则绝不提供金鸡独立的余地。再说，另一只落在地面的足掌迫不及待地渴求解脱，这样，中了"魔法"的人只得抓紧劳动，直到无需重返脾气火爆的山路。肩头、后颈项，历经重担压榨和扁担换肩的摩擦，渐次红肿疼痛，连手指轻触、毛巾轻拭都痛得皱眉，当扁担上肩更添苦不堪言的折磨。一天数十轮啊，轮轮都挑战心理与生理的极限，让人明白上帝恩赐的命运有不容修改的严峻与冷酷。

天上的太阳是刺亮的、火热的，它散发的热针过分、过量，比沿途坡地上的麦芒针更尖锐，更锋利，直接刺激人身的每一寸肌肤和大脑的每一根神经。头一天，经太阳烤灼，皮肤由白变红，黄昏脱下背心冲澡时，才发现人体的裸露部分和着衣部分，肤色变得红白分明。红，时代崇尚的高贵色，健康的标志色，人若变红，岂不可喜可贺？第二天，阳光进一步深入人的肉体并威慑人的灵魂，红色的皮肤继续加深色调，由红到紫，由紫到黑，使人平添一份会由亚细亚人向阿非利加人转化的担忧。被过分亲昵的太阳频频光顾的皮肤，出现了火辣的痛，难耐的痒。第三天，人终于遗憾地看到，肩头、手臂、颈项的黑皮肤一块块地脱层，浑身刀尖划割般的痛苦，或许，它只是受非无产阶级思想毒蚀的知识青年脱胎换骨改造的第一阶段，未来的路、生存的路还迷漫无边，只好沉默无语，咬紧牙关忍耐，唯一的出路是让自己变得不惧怕任何磨难的坚强与硬实，变得能印证流行的英雄理论——做一个特殊材料铸成的超人。

三天过后，高队长见我真把满池猪粪水转移到远近两匹山上的粪坑里，以嘉许的目光盯住我说：

"张知青，看不出你小子还有一股硬气，像一个胯下长屌毯的汉子，这三天劳动得不错。这样下力干两三年，加上你脑瓜子灵光，保证是一顶一的劳动能手。从今天起，你随妇劳割麦吧，沙镰我给你买来了，拿着。"

我接过一瞧，一把弯镰如月牙，木柄约三四寸长，刀刃有无数木锯齿条般的小齿口，它是专咬麦秸、稻秸的钢牙。看来发明者的确动了一番脑筋，使它成为农民手中的一把利器。

炎热的夏日映照下，远看麦山一片金黄。清风一吹，垄垄点头哈腰的麦穗翻卷成撼天摇地的巨浪，它使人联想到金色的大海，联想到庄稼的成熟与丰收。人人都不吝惜的渺小汗珠，一旦置换为大地回报的壮美，谁的眼中没有喜悦，心里没有宽慰呢？到底是人征服自然，还是自然征服人，沉甸甸的麦穗告诉世界：人能胜天；竖挺的麦芒提示人类：成功不属于懒汉。

走近麦地，刘香疑惑地望着我，叹口气问：

第三章　逆流而上

"张良，你穿背心，不穿衣裳？"

我不在意，一看妇女们把竹扦担插在土埂边，人人穿着长袖衣服，个个手捏一把沙镰。我如实作答：

"太阳大，怕热。"

"怕热？麦垄的麦叶、麦芒会弄得浑身疙瘩，又痒又痛，你不怕难受？"

"不怕。"

我一发狠，希望——失望——绝望的灰色三部曲，今生今世不是头一遭体验。纵算百道难关还有九十九道，我反正不是被上帝眷顾的人，就一一去体验宿命的千遭百遇吧。

看似简单的割麦，别人的镰刀嚓嚓直响，笑语连连不断，眨眼工夫便放翻一大片、一垄沟，很快又束成任凭竹扦担插入上肩的麦捆。我呢，左手抓麦秆总不能一手到位，每回都有几棵漏手；右手的沙镰好像比别人手中的更钝，砍也不是，割也不是，几乎是双手并用，连扯带拔。干黄的麦叶和直竖的麦芒俱是凶相毕露，扎人腮帮，刺人胳膊，刺扎得人周身痒痛交加，一会儿手臂上留下一道道血痕。

"张良，你不要蛮干，割麦要讲方法。"刘香走到我跟前，摆头轻叹，接着说道，"你站一边，看好。左手，抓麦秆的左手，你刚才是正手抓麦秆，不对，要手心向外，反手，这样不容易被镰刀割伤。抓麦秆的高度是三四寸处，不是你抓的五六寸处，这个高度麦秆散开了，一手抓不住。右手，使刀的右手，刀口放平，略微向下，你刚才是刀口向上，这容易伤自己的手脚，又使不上力。割麦的刀口,要放在离地一两寸处,用力一拉,不是使蛮力,要使巧力,看好!割倒的麦隔几步放一堆,放整齐,才方便打捆。"说话间,刘香嚓嚓地挥动沙镰,放倒面前五窝一列的一片麦棵,整整齐齐地搁置一堆。

"打捆,你不在行,学割麦吧!"说着刘香将身上一件蓝白相间的小方格外衣脱下来,递给我,"穿上!"

刘香剩一件短袖圆领棉纱汗衫,裸露的双臂雪白、紧实、丰腴,凸拱的胸襟部有乳汁浸湿的渍迹,她那身上释放着生机勃发的少妇魅力和妩媚动人的母性光芒。我既意外又羞怯,涨红脸勾着头:

"刘队长,我不怕麦芒。你看,下午我会穿长袖衣裳,你穿上吧。"

"死要面子活受罪,不要硬撑下去,穿上!"

刘香把外衣扔在我面前割倒的麦棵堆上,转身抓起一把麦棵分为两束打一个结,摊在地面,抱起放倒的麦棵堆,一曲膝盖顶着麦棵,旋即打成一个结实的麦捆。

我始终没有勇气拾起那件散发着劳动者的汗息和乳香的外衣,但我的心底翻卷着一浪浪感激的波涛,她有姐姐般的怜爱,有母亲般的慈爱,有教师般的惜爱,每一句话,每一个举止,都蕴涵着对人的关心和尊重,这人间处处有值得感念、值得报答的好心人。

我正低头割麦的时分,一个年龄三十出头、脸上散落一些凹凸不平的白麻点、穿着一身洗得发白的军装的高大男子,走过来用冷冷的眼光扫我一眼,再弯腰抓起刘香那件外衣,直奔她身边,话音不高却不乏威严:

第三章　逆流而上

"香香，穿上，你逞啥能干？知道吗？看过他的档案，他父亲是反革命，投靠过国民党军队，你要站稳阶级立场。"

他的话语，是摧毁我的精神支柱的炸弹，是劈碎我所有希望的晴空霹雳，足以让我的自尊彻底坍塌。一股热血冲上脑顶，我直欲追过去对他大声说：

"我父亲打的是日本鬼子，没反对过共产党，是赴国难上战场，没干过坏事，不是反革命，你凭什么血口喷人！"

"朱大才，你少耍牛脾气！就算他家庭出身不好，也是生在新中国，成长在毛泽东时代，充其量算可以教育好的子女。你要查成分，你家的亲亲戚戚都经得住翻三代吗？"

朱大才一跺脚，打断刘香的话：

"不要给我丢人现眼，你有看法回去说！你男人是堂堂正正的公社武装部长，你以为阶级斗争就熄灭了？你少中些资产阶级人性论的毒。枉自你还是个初中毕业生、共青团员，政治觉悟这样低……"

朱大才的话音越来越低，逐渐我听不见了。

追求？苦斗？赎罪？流放？我注定是被轻蔑、忽略、歧视的社会另类人。我的前途注定是迷茫，哪怕是在远隔故园千山万岭的乡村当农民，照样不能远离原罪论的箭矢，照样不能逃离悲剧的樊笼。这时，一滴滴冰凉的泪珠，从我的眼中滚出，落在手捏的沙镰刃上。

第四章
夜色茫茫

我总共随妇女队劳动了三天。第四天随着割麦的结束,高队长一声招呼,我编入了由清一色男人组成的主劳队。这是一支充满山民烈性的队伍,别人挑一百五十斤,你能挑两百斤,甚至三四百斤,你是老大,配受尊重。别人一天挥锄挖翻半亩,你能一气挖翻一亩土地,你是英雄,当受礼遇。别人一只手能举起一头羊,你能举起一头牛,敬你称王,你有调遣别人的资格。高队长就是以男人的强悍实力脱颖而出,被大家推选为队长的。而我到了说粗话、下粗力、当粗人的团队,是最不起眼的软角,工分也和妇女队时一样,每天只挣七分半。

高队长说话,向来是月亮坝头耍弯刀——明砍,言语挑个透穿:

"你以为自己亏了吗?这屄话你千万别说,你给老子的劳动量不到别人的六成,给你记七分半的工分,占便宜大了。还要记高,别人不服气,你也亏心,等本领给老子长了再说!"

其实,邻队不少知青评的工分都是满十分,按强劳照顾,当然人家背地里有关系,有后台,队里给脸面不奇怪。我,说什么呢?至少每天没有被阶级斗争的雪亮矛头对准,也算苍天开眼了。

那天,在麦地里朱大才刚转背走,刘香曾特地走到我面前,体谅地说:

"张良,老朱这个人嘴巴臭,心不坏,待你不会有恶意,别上心去。你收工回家抹肥皂洗个澡浑身痒痛会减轻一大半。这是我试过的经验,见效。你记住,别忘了。"

人表达的思想感情越朴素,越透彻,便越本真。她的话语清澈如水的见底,代表人群中善良美好的个体,是鼓励我不要绝望过的

第四章　夜色茫茫

一个好人。朱大才是她的丈夫，有什么不可原谅的呢？我憋在肚里的窝囊气，已消了一大半。

数不清的日子，我一身疲惫地拖着两条麻木的腿收工归来，并不急着烧火煮饭，每每放下劳动工具便一屁股坐在门前石坎上，睁大凄楚的眼睛屏息望着西边依山将沉的斜阳。那一轮艳红的火球，迸射出世间最迷人的光芒，把周遭的云雾照映成最富诗意的流霞。夕阳美艳绝伦的作别，是一个飘浮在天边的非凡的符号，令人迷恋，令人心碎，它象征许多想留也留不住的美好事物，比如青春、学生时代、友谊、亲情、爱情，以及早晚要归零的有限的生命年景。

我坐在所谓家的门前，有自己户籍的落脚处，却没有精神归宿，真切地体味到生命萍踪无定的苦涩。我离父母所在的家园不算太远，最多不过五六十里路程，可是，那里爽快地间或是幸灾乐祸地注销了我的户籍，让我失去了与生俱来的保持了十六年的城市身份，以革命的名义输送我到举目无亲的乡村。乡村呢，人们对我这不速之客拥有不欢迎的充足而现实的理由，它既保留在人心，又不时毫不掩饰地流露在脸上。一个周围的人视你为异己和多余的人的地方不是家，不是安身立命、落叶归根之处。同样，一个城里乡村都无形式与内涵相统一的家的年轻人，一颗心朝朝暮暮都流浪在了无归期的逆旅。如果说苍山如海，此时的我则如一个被困在一条无帆、无舵、无桨的孤舟上的水手，汹涌的波涛随时有资格有能力将收留人的躯壳的载体掀翻，两眼四顾无岸，失去了行进的方向等同于哪一个方向都没有平安，哪一种努力都是徒劳，唯有以仰躺舟中的方式节省能量，任凭岁月蹉跎，任凭生命损耗，而人心知肚明却因别无选择，只剩一怀得过且过、听天由命的无奈。

在过去与未来都变得遥远的现在，可以抚慰寂寞、倾吐心事的朋友，一个无声，一个有声，它们是书籍和小提琴。置身异地，我终于感受到秦老师对我的呵护真是体贴入微，情义无价。我不该懈怠于举步维艰的困厄，只要一息尚存，就要为希望努力。

推门进屋，传来一阵隔壁猪嘴拱食的嘈杂，一股钻过墙头的猪粪臭，立刻会提示人：你的地位如此卑微。

夜晚，山蚊群一闻到汗味顿起嗜血的贪婪，即刻乐滋滋地围过来，而人舍与猪舍间的墙裂缝，成了山蚊群伺机袭击我的自由通道。最初几天，我没有反应过来，等意识到那些天性恶毒、外貌丑陋、嘴尖腿长的山蚊都是自猪境入人境，很快产生雪耻自卫的念头。我从山洼里挑来田泥，先在猪居住的一方堵糊一阵，再在人居住的一方堵糊一阵，用实际行动向山蚊表明了老死不相往来的决绝态度。接下来，我到饲料房扛来一口废弃不用的破锅放在居室中，再抱一堆干麦秸秆，掺杂一堆山坡上铲来的青草，划根火柴引燃，制造出冉冉上升的滚滚烟雾，对那些逗留不走的无赖山蚊，予以种族灭绝式的熏杀。想到在学校政治课上，老师频繁教诲学生凡事要讲政策，讲策略，便打开屋门，给愿意悔过自新或离场另谋生计的山蚊放一条出路。结果是自我生活环境得到了一定程度的改善，半夜突袭蚊帐、打扰睡眠的山蚊大大减少。可叹，这种整治的手法只能短期见效，况且对室内空气污染较大。人坐在煤油灯下阅读，还得捏一把竹篾扇，不停地扇风退凉加防范，肌肤一有蚊嘴触及的感觉立刻扑扇打击。此类灯下挥扇分心阅读法，对培养人一心二用的适应环境

第四章　夜色茫茫

的警觉和能力极有成效，可谁又有自弃舒适、以身饲蚊的雅兴与勇气呢？

补过破墙，治过山蚊，我以为可以多享几日安详，谁料是好景不长。一天夜晚，我靠在床头借着煤油灯光翻阅书籍，突然，一阵门缝里钻进的劲风吹灭了灯盏。我伸手在黑暗中摸索火柴盒，门外一声声炸雷落地，震地也震心。空气不因大风吹拂减少闷热，窒息得人胸口堵塞，呼吸压抑。因湿气被烈日烤干而歪斜开裂的桉木门，在山风的推搡挤压下吱嘎作响，给人随时可能散架破裂的惊惶。我跳下床来正准备出门观察，猛地一个大炸雷轰响，狂啸的山风竟像揭草帽一样掀去了茅屋的草顶，刺亮的闪电从高空利剑般劈下来把室内照得如同白昼。一道闪电未曾掠过，另一道闪电已接踵追来。我的头脑里一片空白，不知是该坐待天明，还是采取举措寻求自保。此刻，瓢泼大雨当头直下，我的内心一紧：土墙！土墙，不扎实的土墙，每一刻都可能坍塌。厄运，不邀而来的厄运，已经毕现狰狞的面孔紧紧迫近。这条命豁出去了，随它来吧，随它不择手段地狙獗吧。我双脚蹚过浸泡脚背、满屋洼积的雨水，从容抓起洗脸瓷盆，把书籍、枕下的十几元钱倒扣在雨水稀疏的木柜上，自己紧紧抱着小提琴匣站在头上尚可暂避风雨的有顶墙角。

从天降临的暴雨已泡软了大半截暴露的土墙，坍塌的危险迫在眉睫，正当人绝望至极，天空却戏剧性地放晴了。风止了，雨停了，云开了，笑眯眯的月亮和亮闪闪的星斗在空中璀璨，似乎在向人亲切地致意：晚安！床头没有半寸干，被盖、蚊帐吸饱了雨水触手冰凉，睡意远远地漫游到天边了。我抱着小提琴孤傲地站在门前石坎前的一棵桑树旁，发梢淌着水滴，湿衣干脆扒去，穿着一条贴身的半干半湿的裤衩。此刻，我平静得出奇，架琴拉起了德国作曲家布鲁赫于十九世纪末期谱写的名曲《希伯莱旋律》。那是借汤老师的《小提琴演奏基础教程》里夹着的一张手抄歌单，我把它抄录下来后，曾数十次读过谱，领略到一种不可名状的感动。我在父亲偷偷借回来给我读的《西方古典音乐史》中找到了与它相关的内容，它表现的是在赎罪节那天，犹太人通过祷告忏悔，以赎一年之罪。无数双急切迈入教堂的脚步，无数双渴求救助的眼睛，无数张忏悔原罪的嘴巴，无数个昏厥哭墙的身影，都象征着人们祈愿苦难的消减和救赎的来临。假使今天已经注定绝望，那么，明天有无一线期待的光明？世界上有许许多多天才演奏家，都喜爱乐曲中的浓厚的阴郁、缠绵的幻想、战栗的情愫，那划过天际的绚丽音符绽放的炫目色彩，每每令人耳听众毕生难忘萦绕心柱。我操弓与触弦的技艺显得太笨拙，甚至可能会有掉音漏节，然而，这夜里倾注的激情、寄托的希望，却有苍天可鉴的纯洁，它足以与夜空晶亮的星月争辉。

这夜半无眠的琴声如歌如泣，把孤独无依的凄清，彷徨失落的苦闷，倾吐得痛快淋漓。

一曲终罢，我发现一条邻近农家饲养的黄狗曲腿蹲在我身边，向我友好地摇尾致意。我伸手抚摸它柔和光滑的湿润卷毛，心里感叹：这世界真怪，有通兽性的人，有通人性的狗。

这时，背后噼啪一声巨响，回头看时，一堵被雨水泡透的土墙塌倒为一摊烂泥。我心生悲戚却没有去理会，掉过头继续拉琴，那急速进退的琴弓和战栗不安的琴弦发出声声肝肠寸断的呜咽。

第四章　夜色茫茫

天亮以后，高队长闻讯赶来，一看残墙败壁，惊愕得语塞片刻，才一拍大腿声腔变调地大声说：

"天意，天意啊！张知青，你没伤筋断骨，我就省心了，太好了。乖乖，这屋已经成了泥淖淖，你先搬到对面生产队保管室住几天。我派人重垒墙，重盖顶，会修建得更好。哪个狗娘养的，压茅草的篾条都没扎紧实，等查清楚是哪个该砍手脚的人干出缺德活，老子扣他半月工分。这几天，你就不出工了，先把捡得起来的家具搬到保管室，把弄脏的衣被清洗一下，晾在太阳坝早点晒干，再给我请来的工匠烧茶水，做帮手，你的工分照记！"

我感激、埋怨，都不恰当。总之，风吹也罢，雨淋也罢，屋破也罢，房倒也罢；待我好也罢，待我歹也罢，都不在乎，都无所谓。从此，这双无望无欲的淡定眼睛，不再保留丝毫的幻想，不再缺少正视凶吉莫测的暗淡人生的勇气。

这一回盖屋高队长一副认真劲儿，隔猪圈老墙五尺处下基石，屋顶新老连成一片，中间夹室堆放煮猪饲料的柴草。新屋按一列三户规划，里面寝室，外面厨房，厕所集中到屋尽头挖土凼搭草棚，选料也不再是优中取劣。他叼着烟杆吧嗒吸着说：

"知青上山下乡，是毛主席他老人家制定的政策，还牵涉到反修防修，保证无产阶级的红色江山千秋万代永不变色，不是两三年，不是短时间的事情。再说，弄不好哪天上面还要安排人来，要多看两步棋，多盖两套，这回要弄扎实。"

动工那天，高队长请来一个暗地活动的阴阳道士做法术。那人两片短浅稀疏的黄眉毛，腮帮有一块难看的胎记，穿件黑袍衣，手捏一炷燃香念念有词插在地上。跪拜一阵后,起身用黑长指甲掐破一只公鸡的大红冠子,倒提鸡腿滴血绕墙基地段一圈。接下去,那人再点燃一道沾鸡血的黄符,并把灰末抖在事前放好的一碗清水中搅一阵,喝下一口喷吐地上,接连三次,嘴里含混不清地快速咕哝:"去,去,去,邪气、霉气、秽气一齐去;来,来,来,瑞气、福气、运气一齐来……"末了,那人向高队长言一声谢,把扔在地面咯咯叫的公鸡提起就走,脚步迈得快如一溜风。

队里在山坡下铲草揭土开了个现成的应急的石厂,用钢钎铁锤折腾两天,打出了几十余条基石料。取石下基那天,我尾随分为三组搭档的抬工走了一段路,他们四人一组,个个手拿一根撑抬杠歇脚、探路防摔的老硬竹棍,裸露的肩头垫着一块擦汗巾。他们顶着烈日劳作,黝黑光亮的背脊、胸膛上汗水长流,身上的裤衩大片被汗水浸湿,成串汗珠直往滚烫路面砸。一路上,他们洪声喊起回荡山谷的粗犷号子,听来真是精神大爽。

前呼:"天上明晃晃。"

后应:"地上水汹汹。"

我一看田埂上有个放水缺口,领头人预先提示了后面人。

前呼:"天上白云飞。"

后应:"地上屎一堆。"

好在走在前头的人大声提了醒,后面脚步躲过了一大堆冒热气的牛屎堆。

前呼:"左弯右弯。"

后应:"单踩中间。"

第四章　夜色茫茫

仔细一看，路面是蚯蚓般拐来扭去的弯弯路。

前呼："丁字拐。"

后应："两边甩。"

人看地势，前方山脚出现个急转的大拐弯。

前呼："说升就慢升。"

后应："说登就慢登。"

抬头一望，一匹陡峭的长坡直入眼际。

前呼："慢的不要。"

后应："快的一套。"

翻上山坡，路面变得平坦顺直，抬工们终于舒吐了一口气。

我惊异，这一呼一应的劳动号子，不仅将行进的路况报得一清二楚，并且激发了彼此同心的协作力量，把繁重的体力劳动转换成活泼的体育运动。沿途许多艰难劳累，被他们坚实的脚步一一踏平，被他们乐观的号子一一驱散。

新建的屋比过去更宽，更扎实。从前的屋梁嫌细被改造成了新屋的门板，而新屋的屋梁则是扎实得多的柏木。高队长这回不精算小账，他或许明白，建哄鬼的房屋会撞鬼，不如踏实做事享太平。我过去用过那扇门因走形变样，与门框不般配，高队长骂句"毬用"，拿回自家搭鸡窝去了。

在盖屋的期间，午饭都由高队长安排人在保管室取出集体的储备粮做，顿顿干饭管饱，菜是豇豆、茄子、辣椒、南瓜等，竣工这一天还从场镇割回一大块猪肉打牙祭。我随工匠吃饭，捡了几天便宜。不久，高队长出了一招，让我把便宜尽数倒赔。

盖好新屋，未等墙体晾干，高队长来打招呼，像模像样的房屋远比住保管室四壁不通风的墙舒服，尤其挨边的一个套间风水最好，换别人他还舍不得给，要我快去占先。晚上，他攥着一把炒胡豆嗑咬着走上门来，远远就叫嚷：

"张知青，你娃子命大福大，闹个三喜临门。"

我望着他颇有不解：

"搬进新屋算一喜，不是三喜。"

"有呀，且听我细说三分。"高队长哼一声川剧腔调，咬破一颗胡豆吐出壳，嚼碎内仁吞下肚，扳着手指头数点："一喜是搬进新屋，你算上了。二喜三喜叫你猜，费时间。我痛快告诉你吧！二喜是为了体现对你的关心，我去问了邻队的做法，从明天起，把你的工分涨到满十分，算是喜事吧？"

我忙点头言谢，直应承："算喜事，算喜事。"

"三喜，"高队长坐在板凳上跷起二郎腿甩摆，吊了我一会儿胃口才说，"三喜，大啦。队里决定把你过去划的自留地从五厘涨到一分，整整翻一番啰！明天我就叫人丈量，挨着你过去的自留地那头划，连成一片。看，一块地才四分多，你和当了一辈子社员的平起平坐，划走了整整一分啦。另外，挨着你自留地那方的荒坡，少说有两三分面积吧，都搭配给你，想种啥就种啥，不过，你不能种鸦片烟。哈哈！你不敢，你不会。水土流失要注意，比荒凉着好嘛。算是喜事吧？你捡便宜了，新划的五厘地社员们把苕藤都给你栽了，不过，你要扯来丢了种蔬菜也行，自留地，你自己做主。"

接着，高队长安排我明天到场镇割几斤肉，买几提烧酒，要把

第四章　夜色茫茫

生产队副队长、党小组组长、团小组长、民兵排长、妇女队长、会计、保管员和几位长者请来吃顿饭，最后，他补一句："住新屋，你买串鞭炮放，喜庆些哟！"

我对他感激涕零，满口应承。

为了这顿客饭，我割一大块猪保肋肉，买两斤烧酒、三包香烟、一串鞭炮，外搭下锅的七八斤米，用了半瓶多菜油和两三勺盐巴，总共花去六元五角七分，这对当时每月享受国家八元钱补贴的我，不算小数目，是大半个月的生活开销。高队长则亲自下田抠来大半笆篓黄鳝，统统放进舀了两瓢水的木桶中，然后，添滴一些儿菜油，等它们吞了油水拉吐出黄泥汤，便不用淘神开膛剖腹，将其淘洗干净后置放筲箕中滤干。等柴火催锅中菜油沸腾，整条整条地倒进铁锅内爆煎。盛在碗里的菜鳝弯腰曲尾做圈状，故这菜名叫蟠龙黄鳝。这道菜比滴油淌汁的大块肥肉更讨人喜欢。

饭桌上，我按高队长吩咐，一一向宾客敬酒致谢，自己也喝得脸脖通红。送过客，喝高了的高队长反手揩擦油光光的嘴巴，拿起木瓜瓢从水缸里舀瓢凉水灌了几口，瞪着血红的眼睛对我说酒话告辞：

"张知青，这回算拜了土地，敬了灶神，还了人情，功德圆满了。你娃子他妈的有福气，才来两三个月，就住了两次新房。下次再添新的，只准是新娘，出门做新郎也行。老子这回是下够了血本整扎实了的，再也新不起了。你给老子再招来风神、雨神、雷神，嫌你娃子八字大，打起背盖卷儿滚远些。当农民要毬文化？这场'文化大革命'，尽拿文化来臊农民的脸皮，别怪老子不认黄，怕条屄？

-65-

他妈的，老子就掌握了印把子……"

又过了十余天，我才知道自己被高队长愚弄一回，得到的好处全是傍别人搭船。

熊壮和刘家芬是由公社武装部长朱大才亲自送到生产队的。那天上午，高队长要全体社员到队会议室举行欢迎新社员仪式，他们的开头与我相比有不同凡响的荣耀。同样是来当农民，迎接的规格与我来时大不一样。

清早，高队长就派了两个社员去给他们挑行李，谁知他们俩的行李加起来由一人挑都轻松。他们先后声明，乡下蚊子多，晚上还是回场镇住，少添贫下中农的麻烦。在农村这所广阔天地的无围墙大学里，我是住校生，他们是走读生，走读有豁免权。朱大才还没带人来社员们已议论开：熊壮是公社书记王向贵的小舅子，小学毕业就是场镇混混，打架斗殴、偷鸡摸狗，扬名一方。现在，大凡招工、招干等重点关照对象是下乡知青。为了安排一个负面影响小一点的地方，同时，王向贵也的确想调教一番小舅子，便舍近求远地替他选择雀山的穷队落户，以后，照顾自家人有话摆上桌面来说，自己也要硬气一些。刘家芬则是大队支部书记刘正旺的亲哥哥、公社供销社副主任刘正强的二女儿，初中毕业。因为雀山一队地穷面积宽，盖房土地宽松，就在王向贵找刘正旺谈小舅子的安置时受到启发，他临时决定采取星星跟着月亮走的做法。

"大家起立，拍巴掌，欢迎！"

当朱大才带着两个新社员走到门前时，高队长大嗓门叫一声，屋内人全体齐刷刷起立鼓掌欢迎。坐在门口的黄二嫂正在纳鞋底慌

第四章　　夜色茫茫

乱间钢针扎痛指头，尖叫一声碰倒板凳，全场一阵哄笑，拍出的掌声被笑声吞没。朱大才见状忙说一句：

"大家坐下，你们是老师，他们是学生，还要靠你们关心好、教育好，别来就宠惯他们了。"

这会儿，大家雅静下来，才看清自己面前来了一对多么可爱的宝贝。熊壮吹了个大翻头，额前中有一簇像野菊绽放的散发，据说，这种头式叫菊花头，社会上赶时髦的操哥们时兴这种发式。熊壮人长得矮胖，上着黑背心，下穿黑裤子，两条裸露的胳膊上刺着两条青龙，脚上套一双擦得发亮的尖头黑皮鞋。而刘家芬则一头烫卷发，穿着一件透露出肉背和乳罩的白纱短袖，裤子是两头大中间小的喇叭裤，脚上套一双白色塑料凉鞋。他们的穿着打扮与满屋袒胸露臂的庄稼汉、衣服补丁重叠出破绽的农妇一比，显得有些格格不入，屋内一片低声的交头接耳和啧啧声。

熊壮见屋内气氛不对，忙掏出一包大重九牌香烟，先各敬朱大才和高队长一支，磕打火机为他们点上，再掏出一包春耕牌香烟见男人就递一支。发完一圈烟，他一脚踏在自己刚才坐的板凳上，偏头翘起拇指说：

"不是我吹牛，种庄稼我熊壮要拜大家为师，其他样样不差。论肩挑背驮，我三四个熊壮当不了你们一个人；论动手打架，你们三四个人未必靠得近我的身。在乡下，关键时候只要你们跟我扎起墙脚子，你们有事找我帮忙我不会不落教。朱哥，你说是不是？"

朱大才脸上挂不住，有些尴尬，便向熊壮讲开大道理：

"熊壮，向贵书记对我说过，你是磨炼得出来的人才。不过，到了生产队你要记住毛主席说过的话，虚心使人进步，骄傲使人落后。你从场镇到农村，只算万里长征才刚刚跨出第一步，需要踏踏实实地从头做起。现在，你先把踩在板凳上的脚收回去，人坐端正，给社员们留个好印象，他们是你的老师哟！"

等朱大才话音一落，刘家芬赶忙接上嘴：

"贫下中农同志们，我刘家芬来接受你们的再教育，保证态度端正，你们帮助我，我也帮助你们。我的对象是县运输公司的司机，隔半年我们公社就通公路，大家要搭车，好说，没问题。"说着，她把头朝外叫喊一声："缩头乌龟，你出来表个态嘛。"

门口出现个戴鸭舌帽的圆脸小伙，脸上雀斑无数，一笑两眼眯成线：

"芬芬说的话，我认账。她的话就是我的话，找我帮忙没问题！"

说着，他啪的一声拍响自己的胸膛。

没等朱大才再说什么，高队长把手中的烟蒂在桌面上按灭，两道浓眉一颤一跳，立起身来大声开口：

"欢迎，欢迎会到此为止，都上山干活路。"

事后，高队长照面对我说：

"张知青，我以为知青都和你一样，才答应他们来，上当了，引来的是黑山狼和狐狸精。你的屋不被雨淋垮，老子也不答应他们来。人算不如天算，气得爆肚皮！"

我知道高队长一向肚皮头岔肠子多，耳朵听着，口不答话。心里却念开了苦经：人家个个有势可仗，出路宽广；你自己陷进烂泥巴，越陷越深，拔腿艰难啊。

第四章　夜色茫茫

夜里,我躺在床上睡不着觉,如今与一对身份特殊的邻居打交道,他们都是土皇帝的近亲,别说是得理不饶人,就是不得理也处处占上风,肯定会为了达到个人的目的不择手段,自己惹不起又躲不开,只有小心提防他们,才可能明哲保身。以后,自己得好好用理智来驾驭个人情绪,防止平地骤起波澜,耐心等待灰色地段的遥远尽头。

第五章
山外有景

开花不结果的无数梦想一一凋零，使我认识到自己的生活是多么单调、平庸、乏味。尤其是两个有势可仗的新邻居，他们待人接物只懂得两个极端，对权贵的讨好献媚与在平常人面前的盛气凌人，举手投足是一派俗不可耐的粗鄙，偏偏处于万象扭曲的时代，此类恰恰是春风得意的走红人。与他们居室紧挨的猪们，会喝，会睡，会拉撒，每日享尽不思考和饱腹赋闲的优待，以自己浑身毛臭和满圈粪臭炫耀自己的福气。这类富贵逼人的优越者，分属有天性相近的两脚或四脚动物，与之交往时，难免存在灵魂深处格格不入的障碍。甚至，还有长着人的外貌的两脚动物，他们在实现自己卑污的欲望的过程中，令人懊恼地把类似我这样的埋头苦干的人视作他们的天敌，以致为了确立好逸恶劳的合理性，一直把我的家庭成分作为他们发动任意攻击的突破口，把他们得到现实认同的政治优势发挥到无以复加的程度，其对生态环境的污染远远超过活动范围止步于圈内的黑毛猪。

为了远离以丑为美的肮脏区域，我在工余腋下夹着琴匣，迈开脚步翻山越岭去寻觅敞开胸臆、放牧音符的自由空间，山界、村界的概念逐步淡化。幸好，蓝天下无言以对的绵延山野，从不怠慢我尽情地漫游。

那天，我沿着盘山绕的水渠散步，心无挂碍地一朵朵地数点着渠畔的山花，想高歌则张大嗓门吼得山谷岩壁只好互动地回应。蓦然，我看见前面清波潋滟的水渠间泡着一条肌肤白皙的美人鱼，那是一位大约十八九岁的姑娘，光滑的后背、修长的腰肢在阳光下刺目地扭动，露出水面的身段除了护胸红兜的系带外是完全的裸露。

第五章　山外有景

此刻，她正用木梳刮着瀑布般泻入波流的茂密长发，这让人即刻想起民间仙女下凡的传说和法国大画家安格尔的传世名作《瓦尔松浴女》。眼帘中的雪白肢体略显瘦削，但绝不有损它勃发、灵巧、活跃的青春魅力和超迈世俗的审美韵致，唤醒一度在内心休眠着的对更富于人性的生命境界的向往。她没有感觉到有注视的目光，无拘无束地埋下头，优雅地摆动长长的垂发，用手掬起水波清洗它，摩挲它，拧干它。

我的家庭虽然备受社会侧目，但阅读书刊汲取知识的便利当令同龄人艳羡。自小培育的教养不允许我偷窥下去，况且，这类场景即令能刺激我的好奇心，却绝不是梦寐以求的期盼。我心灵深处的追求目标尚缥缈而微茫，静悄悄地潜伏在尚朦胧不清的、难白缘由的所在。

我很快转身拐弯朝旁边的一座山梁翻越。我没有明确的目的，散心是唯一的主题。当我眼前出现一片宁静的小松林，一棵棵正在发育的松木叶翠枝香，沁人心脾的爽神，我顿时感到一种扫尽胸臆抑郁的振奋。我接受过松针亲吻的礼遇，感受到松香馈赠的温馨，在林中择一块干燥的平地却步，开匣取琴奏响了每一个音符都属于原创的《松林随想曲》。我倾吐日复一日积累的迷惘、失意和无处诉说的凄凉。

伴随头脑漫无边际的浮想，我抚弦的指头和促弦的琴弓，草创出许多恰似絮叨与呻吟的乐句。

"听不懂你拉的曲子，换一支吧，别让人听得心酸，心烦。"

我朝话音传来的方向望去，只见有位散披着湿发的姑娘端着一个盛着湿衣的白瓷盆,张大晶亮的眼睛瞅着我。她长着好看的瓜子脸,右嘴下角有个朱砂痣,很有可能是刚才在水渠中洗澡的那位姑娘,她穿着一身海魂衫和油绿色的长裤,俨然换了模样。这会儿,她脸上带着善意的微笑,双颊现出一对浅浅的酒窝。

想起先前的情景,我有几分害臊,一颗心在胸膛中怦怦急跳,支吾一句:

"我不是为你拉的琴,是让自己高兴,不是讨别人高兴。"

"哟,话带刺了。你是雀山一队的知青张良吧,肯定是。这方圆几里,除你之外没人拉琴,当然有资格牛气啰!"

我大吃一惊,忙问:

"我不认识你,你晓得我?"

"咯、咯、咯……"她把瓷盆搁在草地上,用一把桃木梳刮着垂在胸前的头发:"我不但晓得你,还晓得你住的房屋最近被暴雨淋垮过,是吗?"

"你叫……"

"刘芳。"没等我把话说完,她爽直地回答了我的问题,并反问:"你能拉支我会唱的歌吗?"

"那,你先唱一支你喜欢唱的歌。"我反将她一军。

"好。"

她一偏头,把搭在肩头的垂发甩到身后,挺直腰肢,双手合在胸前捏着梳子,用清亮活泼的嗓音唱出一支我从没听过的民歌:

砍柴莫砍葡萄藤,

第五章　山外有景

好女不爱闲游云荡的无用人，

有志男儿像常青树，

无用的人儿他游荡闲一生……

"唱得好！"等夸奖她的话溜出嘴，我猛然意识到她唱的歌暗含着一层讽刺我的意思，心里暗骂："鬼精怪！"

"咯、咯、咯……"刘芳向我眨眼，做个鬼脸，端起草地上的洗衣盆，拨开挡路的松枝转身走开。

我没有去理会刘芳，架琴运弓拉起了陕北民歌《山丹丹开花红艳艳》，先前填满胸膛的抑郁烟消云散，琴弓传递的音符变得欢快热情。一曲终罢，我收弓抬头，才发现刘芳人没有走开，正隔着一丫松枝回望着。

"这次听懂了吗？"我带揶揄的口气。

"懂，拉得真好！"她眼里带着佩服。

"不是我拉得好，是你过去遇到的琴师比我更蹩脚，回家去吧！"

"我们一起走吧！"

"我们同路？"

"对。"她一点头。

"你家在哪里？"

"我到我姐家，雀山一队的刘香啊，你是认识的嘛。"

我恍然大悟，一个刘香，一个刘芳，真像两姊妹的名字。为她们取名字的人真还有些学问。我心里暗想，口上明语：

"不过，你们姐妹不太相像，她长得胖，你长得这么瘦。"

"我姐姐生娃娃前，也像我这样瘦。"她双颊泛红，有些羞涩。

我随她走出松林，在背后发问：

"你走这么远来洗衣？"

"不远啊，翻过山头，坡的那面就是我姐住的院呀！"她打量我时，目光里有些儿奇怪。

我忙辩白，说自己很少出来转山，加之才来不久，看不清山势。

我们边走边聊，才知道刘芳的父亲是农中的退休教师，她的家在同一个公社的梨山七队。她在农中初中毕业后，在大队小学代课，明年就能转为正式教师。她是朱大才的小姨子，是与我生活在两个不同的层面的人。我在城里初中毕业到农村当农民，她在农村初中毕业到学校当教师，硬是人和人不同，一比气爆肚皮。

走着，我见前方路边崖畔上长着十余株虽疏枝细干却挂着富有生气的叶片、外观形态苍劲挺拔的树木，一时叫不出名字，又似曾相识，便问：

"刘老师，那方岩坎长的什么树？"

"叫刘芳。"她一张脸绯红，眼里带着责怪盯得我难堪，接下来，她朝我手指方位望望，回语，"那是山梅，你们城里人叫腊梅。"

我心一动，急切请教她：

"山梅能移植吗？"

"能，正是这个季节。山梅种植有讲究，要地方洁净，要向阳，要防涝。嫁接，移栽，把梅枝削下来插栽，都能活下来，我试过。"刘芳疑惑地打量了我一眼。

第五章　山外有景

"你能教我插栽吗？"

高队长划给我的自留地仅一分，同一块土剩下的三分地则平分给了熊壮和刘家芬，相比之下，带有对我毫不掩饰的身份歧视，折射我地位卑微得让人不屑一顾，明知这不平等却无处、无法讨公道，唯有忍气吞声。后来，我才知道，下乡知青的自留地政策标准是按社员一个半人的面积划分，高队长先是视我为半个人，落实所谓政策时又让我成为一个人，表面上增加了半个人的面积，最终还是剥夺了我半个人的面积。而对熊壮和刘家芬，则是一步到位的斗硬政策，划足了一分半土地。不过，高队长许诺过我有权支配那一片山坡，哪怕这种支配附加了限制条件。既然如此，难道我不可以尝试种植一些我喜爱的花树吗？于是，我认真向刘芳讨教。她不但一一向我传授了种植方法，而且还到她姐姐家拿来管理果树的剪枝工具和一把锄头，不仅应我的要求协助我剪下大堆梅枝，甚至于连根带土刨起两株方便移植的山梅。我诚恳地向她致过谢，赶到我自留地旁高队长许诺的那块荒山坡，挖坑刨土，挥汗如雨地种植了一大片山梅。我喜欢这有骨气的傲花，尤其是这傲花的品名和与我同病相怜的一个人的名字相近，我看到了它如同看到了她。

为了让这些种植的山梅不受损害，我特意制了一块木牌插，其上用毛笔工整楷书：

"敬请过客别损坏，红梅花开香千家。"

用木牌子哄鬼也好，用方块字唬人也好，这木牌真的成了山梅的护身令牌，在我的悉心照料下，不单移植的两棵山梅树成活了，而且插栽的梅枝十有八九都生根扎土成活了。后来，等到山梅在寒

风凛冽、雪花飘飞的时节绽开时,我常听见路过的社员赞叹:

"张良这娃子,整治了这山坡,受看,做了件大好事哩。"

我呢?一块三人分割的自留地,这头浊气熏人,那头香气透天,我的数量不如他人,质量却胜过他人。想到这里,我会心一笑,胸怀荡漾一道妙不可言的甜蜜涟漪。

秋雨绵绵的日子最是伤怀,不是稀稀落落的散滴,它像牵不完的长线从阴沉的云天掉下来,把路面泡滑、泡软,泡成寸步难行的泥泞。在雨中行进,人不胜冷雨寒凉易得伤风感冒,田间从此处到彼处,需要戴斗笠、穿蓑衣,防滑、防雨、防风。由于不便劳作,生产队干脆歇雨班放假。我无所事事,独坐门槛上,默默观摩密集雨点或雨线啪啪地打在坡下的一簇芭蕉的阔叶上,反弹的雨水化作细沫,腾起雾烟,发出的声响似乐曲,似咏叹。在这年岁荣枯的交替期,树叶由绿变黄,花瓣由艳到凋,了无归期的羁留山野的游子,往哪个方向望,往哪个时段盼,也看不见放任脚步的欢乐谷和个人命运的转折点。

我是生不逢时的大时代的小人物,对生我养我的父母没有一丝一毫埋怨的理由。相反,我以为父亲在他所处的国家将亡的乱世,能勇敢地走出校门拿起刀枪,经历了八千里路云和月的历练,在生死场的血与火中去坚定生活信念和提升生存价值,后人当引以为自豪。记得,在一个中秋节的夜晚,父亲在夜深人寂之时,来到家院后的一棵桂花树下,摊开一张白纸,放上一杯黄酒、三个月饼,跪地向南面遥拜:

"戴师长,您像文天祥、岳飞一样,是志贤毕生仰慕的顶天立

第五章　山外有景

地的英雄好汉，二十余年您无时无刻不活在志贤心中。志贤愧无报国之才，也苦无报国之门，苟且偷生至此，唯有洒泪言差……"

说着，父亲伏地痛哭。等我跑过去欲把他牵起来，他一把推开我，两手端起酒杯举过头顶，然后，仰首望月低吐一句：

"戴师长，志贤敬您了！"

说完，他尽数将杯中盛酒挥酹大地。

父亲把我揽在怀中，背靠桂花树坐下来，似对我说，又像自言自语，说开了与远征军二百师戴安澜师长在缅甸腊戌度过的一段最后岁月。那年，远征军二百师官兵冒着热带雨林的酷热和暴雨，行军在峻岭险壑中间，没有后勤补给，部队无粮断炊，大家顿顿以野菌、野菜和芭蕉根充饥。1942年5月18日，戴师长在一个公路边、有日军设伏的小镇督战时，被日军机枪流弹射中两枪，从胸脯直穿后背的伤口有鸡蛋大小，鲜血浸透军装。战地缺医少药，戴师长只得到一般的急救治疗，伤情越来越重。他没有发出一声呻吟，始终关注战事进展和士卒安危，甚至没有给妻子、儿子留下只言片语。一次，身为师直属队上士的父亲用军用水壶给戴师长送茶水时，戴师长躺在担架上握着父亲的手说："你不到二十岁，能投笔从戎报效危急中的祖国，是一个有志向的热血青年。安澜已命在旦夕，河山待复的重担只好交给你们了！"父亲看到戴师长的眼角漫出泪花，当即跪地立誓："志贤不忘师长教诲，誓灭倭寇，还我河山，不惜血溅沙场！"

父亲说，戴师长牺牲后，将士们含着热泪用战刀砍伐树木制成一口棺材，把这位年仅三十八岁的将军的遗体入殓护送回国。由于气候炎热戴师长的遗体发出了异味,招来疯狂的蝇群追逐,护灵的将士便纷纷脱下身上的衣服覆盖棺材上。那一件件官阶高低不同、质地新旧不一的军衣,直观表达了人世最凄美最神圣的一片敬意。只因国门未到,在途中戴师长遗体不胜烈日高温已发出熏人的腐味,官兵们无奈积薪火化,上百件搭在棺材上的军衣在烈焰中化作翩翩彩蝶,它们依依不舍陪伴着忠魂直上九霄。

历尽艰辛辗转一月余,衣衫褴褛、疲惫不堪的将士们才把戴师长的骨灰护送归国。父亲说起那接灵的场面,语音哽咽,不断拭泪。二十万百姓披麻戴孝跪地迎接戴师长的遗骸,响起一片撕心扯肺的哭泣声,真是撼天动地。戴师长统率的远征军二百师是美式装备的机械化师,出国时有将士万余人,大多是从校园弃笔从戎的知识青年,归国时幸存者仅二千六百余人,这支忠勇之师无愧家国,天地可鉴。父亲说,他能追随为国捐躯的戴将军,是一个中国男子的莫大荣幸,还用得着计较人生道路的坡坡坎坎和些许微不足道的个人委屈吗?

有一次,我家来了一位头发花白、耳根有一条长长疤痕的乡下老人,父亲忙给他沏茶,陪他聊话。听到他说自己的老伴患了严重的肺气肿,快不行了,需要钱住院治疗,父亲毫不犹豫地把刚领到的一个月薪水全部掏给他,临行送了他好远一程路。回到家来,母亲责怪父亲该留一点儿生活费,这个月的日子怎么过?父亲第一次蛮不讲理地一巴掌拍在桌面上:"小凤,知道他是谁吗?他参加过台儿庄大战的孙副营长,用一把大刀砍掉了二十几个日本鬼子的头。下阵时,刀刃缺得像破锯口,他周身体无完肤是一个血人啊!"说

第五章　山外有景

完,父亲一言不发,腰板笔直地坐在板凳上,铁青的脸上热泪纵横。母亲见状,赶紧赔不是:"志贤,你原谅我不知道,他多可怜,怪我,怪我错了!"

乡下的时间一天天过去,生活的脚步到底属于正向前进,还是逆向倒退?我心间矛盾,眼里茫然。我竭力想从令人苦痛的琐碎中去提取形而上的抽象,而严峻的现实则指令着我去应付形而下的具体。随着熊壮、刘家芬的到来,公社广播站很快给各家社员安装了入屋广播喇叭,每天分早中晚三次的播放,让我知道了全乡各大队生产的大概进度。全国批林批孔斗争正闹得如火如荼,每天那些"你该这么做"和"形势就是好"的声音气壮如牛,使我觉得自己的生命价值轻如鸿毛。我曾经试图借助广播喇叭的声浪彻底冲洗自己的非无产阶级世界观,使自己能伴随有摧枯拉朽气势的时代车轮前进,但是,高亢的口号带给我的是力不从心的自卑,激进的理论加剧的是茫然不知所措的困惑。于是,我干脆借助劳其筋骨的苦累来耗损过剩的精力,忍受行拂乱其所为的逆境来挤压旺盛的思维,效仿驯服于主人皮鞭的绵羊去感恩青草,安享荒凉。

记得第一次下田栽秧,熊壮说家里有急事要办,连早出晚归的"走读"也不能保证,告假一个月。我则没有任何逃避的口实,同时,也有一种要领教一番人之所不忍的愿望,没有找借口打退堂鼓的打算。那天,我出尽了洋相,先是一脚踩下田,没有挽紧的裤腿滑了下来浸湿了一大截。等我解开一扎秧头,躬起腰手忙脚乱地忙乎了一阵,"咚"的一声落块泥土在我面前,溅起的水浪洒了我一身泥水。这时,传来外号莽娃的朱大虎的嘲笑声:

"张书生，睁大你的狗眼，看你栽的秧子，立在田头的多，还是浮在水面的多？你挣工分跟老子一样多，活路比老子差得远，一双手脚比乌龟还动得慢，尽栽五爪秧，你有毬用！"

我抬起手臂擦去脸上的泥水，直起腰一看，我栽秧的速度比别人慢了一半，人家栽的秧五窝一栏，间隔三四寸一窝，横看成线，竖看成行，窝窝秧微微朝前偏，有一种符合几何形的匀称美感。我一路栽的秧，一栏只有四窝，间隔不稀即密，横看似蚯蚓滚沙，纵看像刺猬乱跳，并且一窝窝多少不一，不少秧苗翻蔸浮上了水面。再就是，别人插秧的手出水干干净净，我的手出水糊满稀泥。眼见此状，我臊得束手无措。

"小伙子，你是知青吧，秧不是你那样昏插。"

田埂上一个过路的中年人，取下头上戴的草帽扇着风，长满胡楂的脸浮出友善的微笑。田间的农民直喊：

"柳老师，你路过？"

柳老师挽着裤腿，一面下田，一面搭话：

"我到望江场镇办了点儿事，走你们队过。人家知青才来不懂，你们要带一下，不要动肝火。明年再比，你们未必比得过人家。"

说着，他把田里的浮秧一一捞到手中，向我招呼：

"来，我给你做个示范。"

柳老师捏秧的左手用指头匀出秧苗，右手麻利地插秧，口头讲述着：

"插秧讲技巧，右手插秧，无名指和小指自然弯曲不用，用拇指、食指和中指捏秧苗，这样，栽秧的泥窝更小，秧头稳实，就不

第五章　山外有景

会翻苑浮起来,手也沾泥少。左手分秧,每窝四五片。栽秧稍微朝前偏,一来顺手插得快,二来晚上露水一打,秧苗自然会直起来。退步不能太小,太小田里留脚窝多,栽秧不稳根,平脚窝又浪费时间,退步下脚点,在胯下正对秧窝的左右,左脚在第二、三窝秧之间,右脚在三、四窝秧之间,左右脚交替移动。"

他栽的秧和他的语言讲究条理章法,像机械作业般规范。他插完一扎秧,在水田中荡荡手干净出水,立起身启发我:

"小伙子,实践出真知,多向贫下中农请教,多观察他们劳动时的操作技巧。你明白了道理,栽秧就容易学,试试吧!"

柳老师站在田里,看着我栽秧,继续开导:

"栽秧是以退求进的农活,其间的哲理值得深思。唐朝布袋和尚写过一首《栽秧谒》,言语不多,道理深刻:'手把青秧插满田,低头便见水中天。心地清净方为道,退步原来是向前。'这在民间流传了几千年了,听说过吗?读懂了这首诗,就明白了劳动有乐趣。"

说着,他拔腿向田边走去。我对他的背影大声说:

"柳老师,谢谢你指教!"

后来,我才知道柳老师是邻近公社的民小教师,他是在六十年代初经济困难时期,带着妻子从地区文工团退职回乡的。他走过了一段近似我的路程,社员中至今还流传着不少他不懂农活时闹出的笑话。以后,我和他再次见面时,大有相识恨晚的知遇感。

中午收工时,高队长嘴上叼着一根烟杆吧嗒着,走到我面前说:

"张知青,这两天水牛病了看医生,耙田来不及,你娃子栽秧笨手笨脚,下午用绳索套架楼梯,把冲下犁出来的几块田通拉一遍,弄平整。今天干不完明天再干，不要漏，少留点你娃子的狗脚窝。"

我应承一声，明白高队长是变个戏法，平息社员对我低能拿高工分惹出不满情绪。现在，水牛缺席时，我成了顶岗的人牛。

吃过午饭，我瞌睡了一阵，赶到队保管室扛来一乘木楼梯，把一条约两米长的粗绳一头一尾拴在横格上，将它放进水田里，再把绳索挂上自己的肩头，开始了平整水田的作业。我想起了过去城里人力架车夫的自我戏谑："七十二行，架车为王；脚杆拉短，颈子拉长。"如今，这个近乎于我："七十二行，人牛逞强；脚杆难拔，肩膀肿胀。"

头顶火辣的太阳催我出汗，头下浑浊的泥水收我滴汗。初拉时，觉得像玩一场游戏，人不仅在田里学步兵操练，还可以怜悯的目光鉴赏被暴晒得死去活来的翻肚泥鳅、跳水鲫鱼和浮面肥鲹子。随着时间延长，我才知道做的是他人唯恐躲闪不及的苦差。先别说自个儿肩头挂着的绳索套，它连着一架拖泥带水的七八尺长的楼梯，即使是打着甩手在泥田里游走半天，也不是类似闲庭信步的享受。最恼人的是我一脚踩上个破蚌壳，把左脚心扎了一道血口，稀泥凉水渗进也宛如刀扎，爬上田坎脚掌一落地就像招惹了地下的阎罗恶煞。我这才佩服熊壮远比我高明，谦逊地不挣工分，优哉游哉地消夏，自己过得舒服不说，还躲开了矛盾的旋涡。

信吗？当人干的是牛活，很难振奋牛气，只得自认霉气。

傍晚，我像残兵败将跛脚归家，猛然想起盐罐早已空空如也，便一咬牙向方家寺里供销社设的代销点买盐去。代销点不晒太阳不淋雨，工分不会少得，寻常人家很难沾边靠近，大抵都是有关系背

第五章　山外有景

景的人掌管买卖。售货员人长得又矮又胖,手脚却特别灵活,称盐时秤杆尾巴下坠,她提秤须的手伸出一个指头飞快地一点秤头,另一只手及时地一碰吊秤砣的麻绳,秤杆立刻平衡且略上翘,她再腾出手来在盐桶里拈一撮盐末添进秤盘,再利索地将盘中已过秤的盐倾倒在事先放置柜台上的包裹纸中,留给你她售货实惠的印象。她收过钱,把盐包递给我,淡淡一笑:

"这盐好,颗粒粗,用完了再来。"

走进屋,我点燃煤油灯,将一斤食盐倒进盐罐,借助灯光我才看清包盐的旧报纸竟是一般人根本看不到的《参考消息》,上面刊载的文章让我目瞪口呆:

1969年7月16日上午,巨大的"土星5号"火箭载着"阿波罗11号"飞船从美国肯尼迪角发射场点火升空,开始了人类首次登月的太空飞行。参加这次飞行的有美国宇航员尼尔·阿姆斯特朗、爱德温·奥尔德林、迈克尔·科林斯。在美国东部时间7月2日下午4时17分42秒,尼尔·阿姆斯特朗扶着登月舱的阶梯登上月球留下一个划时代的脚印,他说:"我个人迈出一小步,全人类迈出一大步。"爱德温·奥尔德林不久也踏上月球,尼尔·阿姆斯特朗用特制的70毫米照相机拍摄了奥尔德林降落月球的情形。他们在月表活动了两个半小时,在登月舱附近插上了一面美国国旗,为了使星条旗在无风的月面看上去也像迎风招展,他们通过一根弹簧状金属丝的作用,使它舒展开来。接着，他们装起了一台测震仪、一台激光反射器……在月面上他们共停留20小时18分钟，采回22公斤月球土壤和岩石标本。7月25日清晨，"阿波罗11号"指令舱载着三名航天英雄平安降落在太平洋中部海面，人类首次登月宣告圆满结束。

　　捏着一张过时的残缺报纸，目睹许多睁眼瞎看不到的真相，我惊愕之余，暗忖："美国，真只是一只纸老虎？"当天晚上，我百感交加，彻夜无眠，大生"洞中方一日，世上已千年"的惶恐。

　　我的心事，说出来是犯众怒的祸根，不说出来是烧焦心房的火团。许多心力难解的疑问悬在我心中，千言万语找不到倾诉的地方和对象，只有在沉默中发达四肢，简单思想，人云亦云地去附和。刚满十七岁不久的我，恰似一只风雨误程的孤雁，那午夜发出的凄切莫名的哀叫，无人声闻，无人同情。

第六章
人生如戏

冬天板着面孔，不晴，不雨，阴郁，沉闷，一味落落寡欢。

挖完红薯，点完小春，时令进入冬闲。雀山大队趁机集中各队劳力，拉开阵势，打响了修建朝阳沟水库的大会战。整个工程从打眼放炮、挖坑填土到凿石垒坝，所有工序都没有机械上场，几乎全部人力操作，是名副其实的人海战术。我被分配在挖坑组，挖了两天土方，累得伸不直腰。突然，接到公社一道通知，抽我到望江区迎春文艺调演办公室创作组，每天补助八毛钱，交四毛回队记满工分，剩下四毛作日常生活费用。实实惠惠的轻松活，算得上两全其美的差事。

望江镇，是一个三面环山一面临水的沿坡建屋、依山筑街的场镇，它的街道路面是青石板铺设，不时出现条石垒砌的坡阶，穿草鞋行走会发出嚓嚓的磨蹭声，赤脚踩上去有光滑凉爽的舒适感。随着坡升坡降的起伏，一排排房屋亦伴山势扭动伸延，不带半点勉强痕迹，说是天造地设毫不过分。街道两侧的瓦屋飞檐，像伸懒腰似的伸向街心拱翘。晴天正午，有一溜宽幅约一两尺的阳光带直射路面，给人迥异炎凉的感受；雨天，街道两头沿瓦沟泻下的雨水在空中对冲交融，一个脚盆可以接住两方屋檐的雨水，而戴斗笠披蓑衣的过客如嫌头顶的屋檐低窄，一步可以跨到街对面立身。这样的街道削瘦细绵，一副小家碧玉的灵秀，久居久住，人还真恋恋不舍，不肯轻易挪脚。

三五天一回的赶集，是小镇的盛大节日，人海如潮水满街漫涨。逢这样的时候，街巷间人流如江中波涛来回对冲，顺流者舒服，逆流者难堪。甚至有懒汉仅双手扶着面前行人的肩头，不用动步，转

第六章　人生如戏

眼间已被背后的人群簇拥抬举到十余丈以外。通常街道边除了店铺，是很难摆担设摊的。一直出了瓶颈般的街口，行至江滩上方豁然开朗，卖菜销货者才有施展身手的场地。而江畔的吊脚楼，几根粗壮的砖石柱伸到水中，任随渔家揽船系舟。

出场镇，上游三华里是一道湍急险滩，咆哮的波涛摇石撼岸；下游两三华里同样是一泻千丈的猛兽似的激流，涛声如雷震荡远近。但靠镇这两三华里水域却是深不可测的沉潭，往来客舟趸船到此停泊进出，人们凭借临近水港筑屋而逐渐形成集镇。这个镇，真可谓镇小衙门全，望江区、公社两级行政机构都设置此地。望江公社和望江区所在的地址，直线距离不过两三百米，如同儿子伴着老子，既亲亲热热又礼仪周全，彼此的身份尊卑、地位高低显而易见。

创作的组长是望江中学语文教师王诗奇，他人到中年，戴着一副黄铜架近视眼镜，脸面白皙，衣上酒渍斑斑，口中酒味扩散。

一见面，王诗奇脚上一双擦得锃亮的皮鞋咯噔触地，棱角分明的藏青毛料裤微微抖颤，他用手摸着脸上的一颗酒刺，眼光带笑透过眼镜片打量我，伸手一拍我的肩头：

"张良，我为组织区迎春文艺调演创作组，专程到望江公社抽调有才华的知青苗子，恰好武装部朱部长在场，他特别推荐你。我通过渠道向大队、生产队摸底，最后定下两个人。一个是你，一个是黄岩公社斑竹大队小学教师柳岸明，他的音乐造诣不简单。瞧，四川人说不得，他人来了。"

出现在我面前的柳岸明，就是那天教我插秧的柳老师。今天，他刚理过发，刮尽胡须的脸颊清癯文静，再加上换了一身毛料中山装，脚上套双翻毛皮鞋，眉宇间一股英气扑人。

"柳老师，真没想到会是你。"

王诗奇在一旁插话：

"柳老师是地区文工团退职的专业人才，琴棋书画样样精通，是一只从高处飞来落到了山旮旯里的金凤凰。你们彼此配合，一个包写剧本，一个包谱曲，创作一个反映农业学大寨的小歌剧，参加县里举办的迎春文艺调演，时间限制一个月内。你们好好合作，争取一炮打响。"

我一听，一颗心七上八下忐忑不安，赶紧自找台阶：

"王老师，我是滥竽充数的南郭先生，肯定会让你和柳老师失望。再说，我没有创作歌剧的经验，怕误大事，最好重新物色人。"

王诗奇拿起桌上的茶杯，拧过温水瓶倒上水，喝下一口，脸上露出不快：

"张良，自编自演节目主要是能准确、迅速地反映时代精神，具有浓厚的生活气息和活泼的艺术表现形式，去热情讴歌火热的现实生活，鼓舞工农兵的革命斗志。至于艺术水准，自然不可能像八个样板戏一样高，那不脱离实际？不过，毛主席有教导，群众是真正的英雄，你只要有信心，发挥好主观能动性，也可能创造出艺术精品。假使，你想打退堂鼓，现在你就可以撤。不过，我告诉你，找我递条子、打招呼要塞人来的有十几拨人，我挑的就是像柳老师和你一样没有靠山、没有势仗的人。你执意要扫我的面子，你走吧，我不拦你。"

柳岸明抓住我的手臂一捏，打圆场：

第六章　人生如戏

"小张，听王组长的规劝，别使性子，留下来，我们共同努力试一试吧，不要人没上阵就先败兴，要拿出革命青年的志气，知难而进，好多双眼睛正盯住我们哪！"

我默默一点头，一屁股坐在板凳上。

我和柳岸明自掏钱在区公所买饭菜票吃饭，在区供销社招待所免费住宿。晚饭过后，柳岸明嫌招待所里烦闷，说话拉琴又隔墙有耳，要我和他带着乐器往江边走。

沿岸的芦苇和芭茅草已显衰败枯黄，只剩下衬托荒凉的残桩败菀。一脉寒江清澈如镜，倒映着山影轮廓，微风吹来波动一片涟漪。江上，归飞的宿鸟仓皇拍翅，暮霭烟岚逼袭人身。我们在小路上一前一后地漫步，等到眼前出现一个没有人迹的乱石危耸的滩涂，柳岸明攀上一尊横卧的长条形的岩石，望着朦胧隐现的江峡，招呼我：

"小张，坐下来聊几句。柳青说过，人生的道路很长，但紧要处只有几步。我就曾经在紧要处错走一步，从此撞上百般尴尬的霉运。十一年前，我本来在地区文工团从事文艺工作，因为家乡闹灾荒，我父亲对生产队办的公共食堂已经断了炊烟没向我吐露半个字，他饥肠咕咕，野菜、树皮、草根、老鼠肉都吃过了，最终患上黄肿病卧床不起。我和同团工作的妻子华翠花闻讯后急赶回家，看见家中米缸里颗粒不剩，便想到乡亲们家里借一把干面，以便让父亲吃一顿饱饭。谁知走遍全队家家户户，非但没借到一把干面，却见到一些新坟堆。父亲过世了，我考虑到母亲长期患哮喘病，她一人在乡下，怎么也叫人放不下心，同时，自己在文工团混得并不得志，加上我爱人家庭成分不好，平常被找碴的时候多，便做出了退职回老家建设新农村的草率选择。谁知，祸不单行，我人还没到家，母亲竟然又在前一天去世了。真是，我愚蠢啊，自废前程，回家来干什么呢？

"导致大饥荒原因，除遭受自然灾害、被迫偿还苏修债务外，就是大跃进运动中不讲科学、脱离实际的浮夸风，欺上瞒下瞎折腾，害苦了老百姓。这些事儿，我亲身经历过，亩产八千、一万、两万、五万、十万斤的稻田，层层加码，哄鬼都不信，可偏偏就有人好大喜功，重复谎言，虚饰太平，在报纸上用核桃大的铅字做标题刊载，不断大张旗鼓地宣传。其实，那不过是把几块、几十块田的稻谷搬在一块田堆着，让挂福字红肚兜布的小孩坐在稻穗堆上扮笑脸，等记者对准相机镜头咔嚓一按，参观的人前脚才走，后脚就来搬开做戏的道具。广播喇叭吹破了天，公共食堂里社员手中的饭碗里，只有照得见人影、用筷子却拈不起来的清汤。到了公共食堂关闭，各家各户的铁锅早已被大炼钢铁时砸得稀烂回炉了，没炼出钢铁又毁掉了山林，不少人家只好临时用三块石头支起个破砂锅重续炊烟。那一段苦日子，山上的庄稼被偷光了，野菜被采光了，不少人只得挖白鳝泥当'仙米'救命，人吃下肚肠便秘拉不出屎，只好用指头扒肛门掏出粪便。社员中，有把手伸长小偷小摸的，把脸皮抹下来讨口要饭的，不少人侥幸活下来了。唯独指望公共食堂的、等待公社领导关心的，吃大亏的多。这个话题人人都不敢提，又人人都忘不了。面对一个空荡荡的家，我虽然生在农村，却从小读书在外，没做过多少农活，这一下我们夫妻失去了退路，只得从头学种庄稼，学当农民。你出过的洋相，我全都出过。并且直到现在，我们还没

第六章　人生如戏

学会用竹筛簸米,新米里夹杂的稗子、谷子、石子,只得用指头一颗一颗地去挑,挑不干净就和锅煮,皱眉苦眼吞进肚子。"

柳岸明深叹了一口气,沉默了一会儿,拉起二胡,用低沉的嗓音唱起一支我陌生的忧郁歌曲。那歌声传递出一种苍凉的触绪,寂寞无伴,漂泊无依,没有将来,没有归宿,只剩下迷惘失路的孤凄印象。我忙问柳岸明,这是一支什么歌?

柳岸明告诉我,这是印度电影《流浪者》的插曲。接着,他向我讲述了关于那部影片的故事。剧中一个重要角色叫拉贡纳特,是印度上流社会很有名望的大法官,他素来信奉"好人的儿子一定是好人,贼的儿子一定是贼"的荒唐谬论,习惯以血缘关系来判断一个人好歹,并以此为依据,曾经错判了强盗的儿子扎卡有罪。无辜的扎卡越狱后,从此破罐破摔,逐渐堕落为真正的罪犯。不久,拉贡纳特中了存心对他进行报复的扎卡的奸计,误认为临盆妻子里列对自己不忠,把她赶出了家门,导致剧中的主角拉兹在倾盆大雨中降生于大街上。年幼的拉兹为生活所迫,从小偷小摸到成了一个惯盗。等到拉兹长大成人后,在一次偷窃中遇见少年时的朋友丽达,他深深爱上这位楚楚动人的贵族小姐,决心改邪归正。但是,扎卡却不断地逼拉兹去偷窃。当拉兹知道了自己的身世和母亲被弃的真相,不禁怒火满腔杀死了扎卡,在等候审判期间又从狱中逃出,欲杀死自己的生父拉贡纳特却失手被擒。拉兹成为囚犯后,身为律师的丽达在法庭上为他做了一场精彩的辩护……

柳岸明用凝重的语气讲完了故事,抬眼望着天空的零落寒星,奏响琴弦,唱起了《流浪者》的另一支插曲:

"曙光将升起,你呀在哪里?亲爱的我和你永远也不分离,朦胧中我将和你在一起……"

柳岸明音乐素养深厚,嗓音极有感染力,唱得我鼻子发酸。他巧妙地借拉兹的命运来暗喻自己的命运,借异国的歌声来浇淋自己心中的块垒,向社会流行的血统论表示迂回的抗议。

按照柳岸明的建议,我陪伴他到朝阳沟水库工地体验生活,与参加会战的社员一起抬石、挖土,感受现场气氛,了解社员的思想感情。两天后,我们回到了区公所创作组办公室,相互切磋如何提炼主题、编织故事、安排情节、刻画细节、烘托氛围、设计唱段等等,绞尽脑汁争取创造出高大完美的典型形象。柳岸明打趣地举例,这写剧本就像捏泥人,选好材料是基础,构思好故事情节、人物形象是前提,最关键的是看捏功,是鼻子要像鼻子,是眼睛要像眼睛,分寸拿捏要恰到好处,做工精细要一丝不苟。他提出的通俗易懂的创作理论原本无可挑剔,只是一旦联系实际,难免有说时容易做时难的喟叹。我们第一步是背靠背地各写一个初稿;第二步是交换修改对方的初稿;第三步是彼此坐到一堆,把第二步的两个稿件视作两个桥墩,共同逐字逐句地提一个连接两个桥墩的合拢方案,搭建一座彼此通过的艺术桥梁,写出了小歌剧《火热的冬天》。

正当大功即将告成之际,王诗奇手捏一个烧酒瓶边喝边骂人,踢着门槛跟跄跨进屋。他一屁股坐在地上,颈脖暴青筋,两眼喷血火,结结巴巴地吐诉满腹苦水。

原来,我们辛苦一场创作的剧本还在胎腹中,已经由于区委副书记郭大奎特别推荐,被红星公社党委书记郑向前的侄儿郑大忠写

第六章　人生如戏

的独幕话剧《猪圈风云》挤掉了参演权。郑大忠那个剧本，反映的是一个叫郑解放的知青饲养员的先进事迹，他一心扑到猪身上，把生产队的猪喂得膘肥体壮，甚至在母猪产崽时与猪们同圈睡觉。一天，地主分子鲁世贵半夜三更来养猪场下毒药，被睡在猪圈里照顾猪崽的郑解放发现，在猪圈里展开了一场生死的搏斗。正当鲁世贵抄起斫猪饲料的菜刀向摔倒在地的郑解放砍去时，前来查夜的生产队长高大健赶来，抡起扁担打脱了鲁世贵手中的菜刀，挫败了凶狠的阶级敌人的破坏阴谋。全剧在高呼"千万不要忘记阶级斗争"的口号声中落幕。如此胡编乱造的故事情节，明眼人一看即知其荒诞，但它与荒诞的年代的变态，恰好是门当户对的般配。这次调演的牵头人是郭大奎，他说好，就是铁钉落在木板上的定局。

"郑大忠写的字很丑，很丑，像缺了条腿的瘸子猪，少了条臂的残废猴，不是，个个字都患了瘫痪病，立不起来，我断定它立不起来……"

我和柳岸明架着王诗奇到藤椅上坐下，硬把酒瓶从他手中拖走，递一杯热茶让他醒酒。他迷迷糊糊眯了一会儿，睁开眼睛继续说：

"刚才，我胡说了些什么？你们别笑话……"

接着，王诗奇用指头戳着胸襟说：

"知道吗？我心头窝着一团火，好想找人发泄一阵，出一口恶气。现在，郭区书已经决定了彩排《猪圈风云》，不过节目参演还要报县调演办审阅。我看，你们干脆从剧本中抽一段出来，创作一首有乡土特色的新民歌，万一出了纰漏好补台，送审一起报，后天早晨顺船送县。剩下一天一夜时间，你们要抓紧。拜托，拜托。"

柳岸明瞅我一眼,掉脸向正拱手作揖的王诗奇,苦笑着说:

"这不,要画一只威风凛凛的大老虎不成,画成一只可怜兮兮的流浪犬。"

"别说泄气话,拿出本事来。"

王诗奇把瓶中的剩酒一口喝光,扔下酒瓶,趔趄着走出门外。

"张良,你把那首速写诗背一遍,我抄下来。"柳岸明眼睛瞪着我,摊开纸,捉起笔。

我只得献丑,把那首属于即兴之作的诗,断断续续地念出来。

一身雾露一身汗,

一串火把一串担;

脚步赶着歌声飞,

一夜搬走半座山。

黄狗喜得团团转,

花猫乐得爬树干;

雄鸡引颈啼破晓,

铁姑娘得胜把家还。

发上霜花脸上霞,

太阳映红半边天。

"好,就是它。尤其结尾的一句含蓄、漂亮,可以取作歌名,毛主席说,妇女能顶半边天嘛。谱曲算我的事,现在,我们先到江边去散心。"柳岸明扯一张纸折叠好放进衣袋,套上钢笔帽,拉着

第六章　人生如戏

我出门。

这一夜，江风无孔不钻，拂面似针尖扎人，吹得人嫌衣服单薄。柳岸明把脖子上的条巾围严实，搓搓手，拉起了一支音韵悲怆的二胡曲子。我知道，那是我国近现代最卓越的民乐演奏家与作曲家刘天华的成名作《病中吟》，它是二胡独奏的经典曲目，生动地反映了在乌云当头的岁月寻求光明与出路的艰辛，歪斜足迹在风雨泥泞中深浅踉跄。憧憬、奋斗、跌跤和挣扎在音符中若隐若现地淡入淡出，在旋律间磕磕绊绊地缠绵与碰撞，发出迈步乏力又渴望向前的悲苦呻吟语，把时代的病态与命运的灰暗刻画得入木三分。柳岸明的琴艺不单在这山区，恐怕在全县也堪称出类拔萃。这时，我最直接感受到本土乐器和民族音乐的艺术震撼力，一幅幅乐句描绘的追寻画卷，让志趣相投的隔代人悲喜交集，迷惘又振奋，幻灭却盼望。

柳岸明一曲收弓，闷坐了一会儿，从衣袋中掏出一叠纸递给我：

"小张，你拉的大多是洋曲，其实，中国也有不少优秀的小提琴演奏曲。这是上海音乐学院'文化大革命'前的毕业生陈刚、何占豪合谱的小提琴协奏曲《梁山伯与祝英台》的曲谱，它表现的主题包含了美的梦想、美的追求、美的毁灭和美的再生，它虽不被现实所容，却一定属于将来，属于世界，是当之无愧的世界名曲。你要先走一步，明天我们就分手了，算是个临别赠礼。"

柳岸明递乐谱的手被江风吹得冰凉，但乐谱是热的，人心是热的，热得如冰雪中送上门的燃烧红炭，它闪烁着岁月的风烟无法荫蔽的人性光芒。

回队半个多月，王诗奇分别给柳岸明和我捎了信，告诉了我一个欲笑无趣、欲哭无泪的结果，郑大忠编剧的《猪圈风云》是剽窃地区文工团上演过的《雁山风云》的赝品，因为改头换面不彻底，没能上台演出，演员们刚到县城便踏上返程路，一路怨声不绝。我写的顺口溜《太阳映红半边天》，经柳岸明配曲，点石成金，化腐朽为神奇，竟然成了一支乡土气息浓厚的优秀民歌，经他辅导过的刘芳临场演唱发挥出色，获得县自编自演节目二等奖、地区自编自演节目三等奖。不久，区里还专门为此事开了一个小范围的表彰会，我和柳岸明、刘芳分别获得了一张奖状、一套《毛泽东选集》和一块毛巾。然而，刘芳才是最大的赢家，不但由临时教师转为正式教师，而且从梨山大队小学调到了区中心小学。等谜底一揭，我先前对朱大才的感激之心，刹那间变作表错了的情。我含着一枚吞不下吐不出的苦果，这才彻底明白，自己不过是一条别人登高借足的石阶，一架上楼抬身的梯子。

到了公历五月四号，这是一个春夏之交的晴朗天，太阳穿云破雾高悬空中，望江公社照惯例召开一次知青大会。

迎着阳光行进在山路上，我不时仰着脸去望蓝天上的太阳，觉得它是世间公平与正义的唯一象征，无论尊卑，无论贫富，都一视同仁地投射光辉，毫无遗漏地照耀大地的每一个角落。而田野间的道路，则贵足也罢，贱足也罢，只要人乐意走，它就大大度度接纳，见证着人们一个又一个结局不同的行进过程。

公社礼堂修建在紧挨江边广场的山坡上，一间空旷的砖墙瓦顶礼堂内，设有坐得下三五百人的长条木凳。平时，公社举行公社、大队、生产队三级干部会，会场还显得紧紧凑凑；但是，召开知青

第六章　人生如戏

会则大不同了，全公社共有重庆、成都、川南各城市及本乡镇的知青两百多人。这批人患有"头年积极表现，二年松松垮垮，三年无法无天"的通病，开会一般锣齐鼓不齐，平时不足一半，最多不过三分之二，会场内经常坐得稀稀拉拉，前几排经常空无一人，后面也坐得东一堆，西一团。

礼堂的主席台，是外围圈一圈条石、内填石渣黄泥再打上一层三合土构建成的礼仪高位，宣传队表演节目、领导讲话全在这里突出形象。轮上开会作报告，主席台上会根据人数多少摆上相应的小学高年级学生用的课桌。开知青会大抵只要分管副书记赵致远和青年干事卢天聪到场就行了，两张课桌并排横放，后面再摆上两把藤椅，通常他们都拿上一个玻璃茶杯，一份摆上桌不看的报纸，一个镇堂子不翻开的笔记本。他们的讲话，无外乎是洗脑筋、打招呼之类的思想灌输的老生常谈，先讲五洲四海风云激荡的国际大环境，再讲"文化大革命"深入人心的国内大好形势，紧接着强调这一次会议的指导思想是贯彻毛主席的最新最高指示，然后才是公社党委、革委要求具体落实的重要精神。不过，他们比大队、生产队开会略微正规一些，也没有那种搞笑的"起立，站稳革命立场"、"坐下，千万不要忘记阶级斗争"、"散会，继续革命迈大步"的会议仪式。凡是到来的知青们，会善始善终听他们说道，因为，谁都知道"十个说客，不如一个夺客"，自己的命运捏在人家掌心，岂敢太任性？

今天的会议，先由卢天聪用标准的乡土话朗读了一篇《四川日报》转载的中央两报一刊重要社论。她平时读文件之前先要用手指在舌尖上蘸点儿口水，读两三段文字总要端起茶杯喝一口茶水，这为她在知青中挣得了一个戏称"卢水嫂"。

赵致远因烟瘾大出名,知青们背后叫他"赵烟神",叫鬼有不恭之嫌,叫神是尊称,就算有人暗地奏本不伤大碍。赵烟神趁卢水嫂读报的时候从纸烟盒里抽出两支哈德门香烟在桌上悠闲地拄来拄去,再头尾对接成一支特长香烟,得意地掏出衣袋里的打火机点燃,猛抽一口,吐出一串大圈套小圈的缭绕烟圈。看台上旋即升起一团雾,闹得和赵烟神挨肩坐的卢水嫂脸色不爽。她赶忙一挪藤椅刻意和赵烟神保持距离,并略带嫌弃地抬起丰腴的手臂,挥动手掌拂去那辛辣的烟雾。

学过上级精神,便是几个知青代表上台站在首长席边宣讲自己的学习心得,实际上不过是喊几句真诚的漂亮口号,表示一番斗志昂扬的决心,能做到口号喊得大而当,决心表得华而实,就算一个不错的发言。这是一种审时度势、见风使舵应变能力和写作技巧与即兴演讲才能相结合的比赛,被挑选上台者往往准备极其认真,把它视作迎接他日时来运转、跳出农门的一次有益尝试。坐在台下听者则很是反感他们如此挣表现,每每充耳不闻,乃至醋性大发地对台上露脸的人头嗤之以鼻,聚面时多多冷嘲热讽。

等知青发言完毕,卢水嫂便高声宣布:

"下面由赵书记做重要指示。"

赵烟神过了一大把瘾,将烟蒂朝地下一扔,立刻抖擞精神,话题从宏观的角度把知识青年上山下乡与当前培养红色接班人的千秋大业紧密联系,高屋建瓴地发挥了一番。接着,他话锋一转,结合本公社实际,批评了在知青中存在的大量不良现象。他一一列举知

第六章　人生如戏

青们的不光辉事迹，比如，张三"八点起床，九点煮饭，上午围绕灶头转，下午才出工把活干"，与起五更半夜眠的贫下中农存在不容忽视的思想差距；李四"雨天不出工，太阳大不出工，阴天还要看活路松不松"，丢掉了劳动人民的本色，有蜕化变质的危险；王五好吃懒做，一年四季在知青间串门吃转转儿伙食，还经常在月亮坝跳丰收舞，没睡醒拔回西家的萝卜，糊里糊涂扯来东家的蒜苗，前几天又看花眼把邻队农家的肥鸡母捉来拔毛扔进炖锅……赵烟神说话有根有据，他谈吐幽默，讲究分寸，点到为止，不刻薄，不带整人的恶意。也许，这与他自己的儿子同样是知青有关，更主要的是一旦把知青逼上绝路，断了他们的前程指望，那他们就不仅仅是游手好闲与小偷小摸的零碎问题。即便如此，被举了例的知青还是臊得低下头，涨红脸。赵烟神虽然把话题抬到了改造世界观、人生观的形而上的高度，总归对事不对人、务虚不务实，事情不了了之。末了，他音量陡升八度，告诉大家：

"知青同志们，今天散会后，公社为了体现对大家的关心，更是为了庆祝五四青年节，特地为你们准备了几桌饭，有红萝卜烧肉，吃与不吃，个人自愿，绝不勉强。最后，向在座的各位提个醒，今年夏季征兵即将展开，要想让娘老子开心，该如何像模像样拿出实际行动来给自己挣个表现，这里我不多说啰唆话，散会！"

赵烟神话一落音，全场掌声猛拍，知青按流行歌曲调子齐声唱起：

"赵书记亚古都，卢青干亚古都，人民公社亚古都……"

会刚散场，知青们马上一窝蜂拥到伙食团。青黄不接的日子里，肠肚久违了油花花,在乡场馆子门前过闻到酒肉香味儿,喉咙里直冒清口水,何况今天是免费!在这样的场合,公社领导的菜饭是由炊事员打成单份送到寝室内,知青们则围着一个盛满菜的面盆团坐,米饭不定量,到热甑子里用木勺自己舀。分菜的炊事员握一柄长勺捞上菜来,在空中颤巍巍地左晃右摇,给公社领导盛的菜,萝卜块直掉锅里,肉块倒进品碗里;反过来,落在知青吃的面盆里的肉少萝卜多,他的眼珠会识相,业务挺娴熟。

现在,菜尚未上桌,腹中空空的知青们纷纷拿筷子敲打碗沿向甑子前挤。

"诸位别急,民以食为天,排好队,我来为人民服务。"

熊壮一副半个主人的模样,伸手抓起木勺为自觉排队的知青往碗里添饭。而那些向来不循规蹈矩的刺头,却钻空子伸手拿碗直接在甑子里挖饭。

体验了严酷的现实生活,知青们不知不觉已打破学生时代那种男女界限,加之又来自不同学校和不同地区走到一块儿,在这种吃民政的场合如同兄弟姊妹般亲近,见板凳上有空位立刻落下屁股。人人敞开胃口各取所需,筷子如长眼睛似的直取肉块,转眼间折腾个盆空饭光。

炊事员见一些知青脸上带意犹未尽状,一边在麻布围腰上揩手,一边连抱歉,说:

"不够量的,锅里面还有葱花汤。"

午饭过后,知青们并不急于回自己所在的生产队,很简单,到公社开会属公差,队里工分算全勤,等一天收工后回去更值。于是,

第六章　人生如戏

大家不约而同地溜出公社大门，集聚在风景如画的沱江岸畔。

知青们到了一个崖畔，低头是三四丈下的深落江峡，平静的水渊令人倒抽一口寒气。悬崖边几棵直径一尺多的桉树直插云端。人到此地，熊壮肚皮填得圆鼓鼓，又有众多知姐知妹在旁边，免不了滋长想露脸的欲望，大声叫嚷：

"哪个兄弟敢站出来，和我比试，比赛爬树？"

熊壮骄傲的目光一扫众人。知哥知弟们知道他喜欢靠拳头树威信，是赢得输不得的难缠角色，所以，无人吱声。熊壮见没人接招，愈发得意：

"个个都示弱哇，我熊壮输了叫赢家声大爷，外搭办到场诸位的招待，见人一碗牛肉杂面！如果你们都是窝囊废，就掉过来，喊我一声熊大爷。怕羞？默认也行，我不逼你们喊，够意思吧？"

他说着，从腰包里摸出两张十元钱的钞票，两指捏着在空中炫耀。

"钱，你先收起。要是你赢了，我认栽，喊你大爷，我请大家的客。要是我赢了，我不占你的任何便宜，你也不要赖账，请大家的客，见人一碗牛肉面。"

我一股热血冒头，站出来应战。

熊壮见是我，一时不知所措，略一迟疑，握住我的手直摇：

"好！你看，那棵桉树顶上有个鸟窝，哪个谁先攀到那个伸手能摘下鸟窝的高度，哪个是赢家。"

众人抬眼上望，顿时觉得一颗心悬吊吊。

我不再计较，反问一句：

"谁做裁判？"

"我，过路人，名叫冷梅！"

眼前的冷梅，过去蓄的垂腰长辫已剪成了齐耳短发，显得干练泼辣。她那一对晶亮眼珠绽放光彩，从容开合的唇角流露出一丝倔犟，随着话音两个圆鼓的鼻孔似乎喷出的是志气。

我大吃一惊，正想问话。冷梅不加理睬，立在我和熊壮中间，发预备令：

"准备！"

我豁出去了，赶紧扒下了中山服外套，啐口唾液在掌心，做好爬树的准备。

"预备，开始！"裁判悦耳的号令清脆果断。

熊壮抢先上树，身子一纵跃到半丈高处，不愧是远近叫得响的淘气王。我身上有军人的血液，从小吃软不吃硬，立即奋起直追，身子如猿猴飞快上蹿，眨眼工夫攀到了熊壮的头上。旁观者齐声吼：

"张良，加油！张良，加油！张良，加油！"

在助阵者的声浪中，我生死不顾地攀到了树梢，端起鸟巢挪个位重新搁好，再掉头往下向围观者招手致意。

"张良夺冠军！"

裁判冷梅兴奋的话音刚落，头顶出现了惊险场面，一阵江风猛刮，我人随树梢偏倒，手抓住的一枝树丫啪的折断，人从高处坠下来。

"哎呀！妈呀！"

在一片惊呼声中，我双脚往后一蹬树干，空中来个前滚翻挺身打直，头手向下，两腿上翘，变作一个标准的高台跳水姿势，一支

第六章 人生如戏

飞箭似的射向悬崖下的深潭。在身体下坠时倒悬涌血的头颅与表面温柔的水皮碰撞的瞬间,我像一条突遭电击的鳗鱼浑身麻木失去了知觉,身不由己地直落渊底。经寒凉江水浸泡的及时刺激,我很快恢复神志,清醒地感觉到上万吨无缝隙的凉水全方位施加的无穷压力,心口闷堵得透不过气,被水层碰擦过的肩头、胸膛、背脊、腹肚均火辣辣的疼痛。我奋力脚蹬手划头钻,冒出水面才知道自己还死里逃生的侥幸活着。我吐出灌进口中的呛水,做了几次深呼吸,好不容易缓过了气,笨拙地朝柳绿花红的江岸缓慢地游去。

此刻,一只摆渡船划到了我的身边,一个扎着腰带别着手枪的解放军同志从艄公手中接过篙竿伸过来,示意我抓住,很快我被温暖有力的手拉进船舱。我伸手抹去滚到眉眼上的水珠,仔细一瞧,搭救自己的解放军是穿四个衣兜军装的军官,他身旁还立着个穿两个衣兜军装、肩背半自动步枪的战士。

"小刘,把我背包里的便装取出来,给他穿上。"军官用山东腔对战士发指令。

"是,营长。"

我见状急忙说:

"首长,不用,我岸上有衣服。再说,我身体好,长年坚持冷水浴,不会感冒。"

老艄公一声不吭,端出一碗热茶。

营长给小刘递个眼色,转过头来:

"那我们先把你送上岸,回头再去来凤堡。忘了,你的名字?"

"张良,与运筹帷幄之中、决胜千里之外的西汉张良同名,这是父亲取的名,我知道自己很平凡,很普通……"

营长从头到脚打量一番我,然后翘起大拇指,说:

"你刚才的入水动作,达到了跳水健将的标准,是知青吧?"

我点头。

"愿意参军吗?"

"不……"

"不愿?"

"我不够条件。"

"为啥?"

"我家庭背景不好,父亲参加过远征军,是国民党的队伍。"我眼中滚出热泪。

"你不要错怪了自己的父亲,他值得你骄傲。远征军让日本鬼子闻风丧胆,扬威海外,名留青史,我们都不应该遗忘,不过……"

营长眼光带有遗憾,一时语塞。

是的,在政治运动波澜狂卷的1973年,尽管公开的政策是"有成分,不唯成分,重在个人表现",实际操作上,家庭背景不好,是世人奔前程难以逾越的鬼门关。遇上这类事情,说出"爱莫能助"、"心有余而力不及"的感慨,远非推口话。我心知肚明,世间有如此一片情意,已是珍贵无价。我脚踩木跳板离船前,握着营长伸过来的手,真诚地说:

"首长,我记住了你的话,永远感激你!"

人上了岸,过渡船往对岸驶去,我回过头向营长挥手致意,心

第六章　人生如戏

里暗暗悲叹：一次机遇悄悄地失落，并且是从此一去不复返了。

等回过身，熊壮满头大汗地跑过来，张开双臂用劲儿搂住我，哽咽着说：

"张良，兄弟认定你了，以后有难事打一声招呼，我熊壮也是一条汉子，绝不打闪！"

"熊壮，不怪你，怪我自己。"

我挣脱出熊壮的手臂，迎向围过来的知青们。冷梅眼圈红红的，残留着没有拭净的泪渍，她递上我的外套，说道：

"快穿上！"

等我把外套穿上，再一看，冷梅已经跳上了一条正驶向对岸的摆渡船，留给我的只是一个眨眼不见的美丽背影。我立在岸边打了个寒战，不是身凉，而是心凉。

熊壮一把拉着我，大声说：

"张良，我请客！"

我淡淡一笑：

"算了，你家不算大户，钱收好，细水长流，自己留着用吧。"

说完，我告别众人，沿着岸畔小径朝下游走去。这时，太阳西斜，一群裸露脊背的纤夫哼着沉郁号子，拖着一艘逆水行进的大船，在土坡岩坎艰难匍匐慢行。江风鼓满的船帆被落霞映成血红色，此时此景，让我感触良多。在空旷的原野，除了江涛咆哮的声音，格外的宁静，一种不受约束自由自在的痛快感应了我每一根神经，孤独是福，孤独的人可以和山野对话。我脑海里飘出遥远而熟悉的旋律，不觉高举手臂以脱下的湿衣为旗，使劲挥舞，放开嗓门纵情歌唱：

> 前进,中国的青年!
> 挺战,中国的青年!
> 中国恰像暴风雨中的破船,
> 我们要认识今日的危险,
> 用一切的力量,
> 争取胜利的明天……

这支歌是我从父亲那里学到的。我惊异于在山河破碎的抗战期间的歌曲,竟如此契合而今有追求憧憬的知青心态,乃至引起心灵的共鸣。在歌唱中,我忽略了脚下的道路坎坷、曲折、漫长。

第七章
酒入愁肠

下乡一年多的时间，从学生向农民转化的过程，像一架老牛拉着的笨拙木轮车，总是以我在庄稼地里不断爆出的笑料为车轴的润滑剂，回头一瞧，可真恨无地缝可钻。

　　肩挑背驮没有妨碍身体的发育，我的身高由1.61米拔高到1.70米，9厘米的高度有仰视、平视、俯视的差距，人的自信在特定的范畴与身高成正比。无所事事的时候，烦闷的我不时动起想和见红绸就疯狂的猛牛角斗的念头，咆哮的心潮不时掀起不惧在礁石上跌成溅沫的浪头。经过四季轮回，庄稼活的流程一一经历，无论是体力和劳动技巧，再也没有人敢小视我了。到城镇赶集，那些腼腆异性投来一掠而过的火辣目光，一些平时耀武扬威的刺头的主动示好，以及高队长不知不觉不再以揶揄的口气戏耍我，换了副客客气气的腔调，这些，都让我明白自己在世俗目光中的分量有了一点儿变化。

　　那次与熊壮攀树比赛出现的历险意外，给人留下九死一生侥幸活命的记忆烙印。正因为如此，追逐飞短流长的人们迅速把这一刺激的场面用话语扩散，我像公园里钻出铁笼的黑猩猩，成了人们以惊异眼色打量和交头接耳议论的对象。是祸，是福，不得而知。总而言之，赶场打招呼套近乎的人和不辞远路上门来拜访我的知青变多了，这增添了我的自信，也增添了我的担忧。因为，识人多处是非多，像我这样家庭底气不足的人，低调到无人注意，才是明哲保身的存世之道。

　　近段时间，我喜爱上了两个词语，一个叫远方，它是人的视线想到而未到的陌生带，是行进的脚步欲达却未达的崭新去处，那里

第七章　酒入愁肠

我没有原罪的压力，没有被歧视被欺凌的苦痛，没有熟悉的樊篱和亲近的障碍，相反能见识许多无陈见的新面孔和未曾经历过的新事物，它该是一个让人神往的自由快活的天地。另一个叫明天，它既没成为过去，也没成为现实，是时光的箭镞尚未射到的时段，因为，我所有的希望和际遇从没有唤醒开花结果的自豪，我只有把美好的心愿都许给属于未知数的前瞻。

"文化大革命"开展六七年来，人们已经不再相信高音喇叭的高谈阔论，舞台上只剩下样板戏，文艺读物只剩下《艳阳天》《金光大道》《沸腾的群山》等几部特许书籍，最主要是大批判的无情矛头频繁转向，东指过去，西指过来，整个社会毫发无损者已经所剩无几。人们对阶级斗争的消极抵触，开始像流行病蔓延开来，在城市，逍遥派成了人数最多的主流派；在农村，尝过饥荒之苦的人们更不在乎压制生产的空头政治。在知青中，早就在暗地流传"文化大革命"前的书籍，只要你有兴趣阅读，它们会从四面八方神秘地冒出来，谁也无法弄清来源何处。只是，我还是分外小心，尤其是我父亲的身份敏感，我特别担心牵连到亲人朋友，对文字狱有天然的戒防心理，总是小心翼翼地悄悄阅读，对了解不深的人绝不轻易来往。

我不敢像出身红五类家庭的幸运者有意在日记本上写满不凡事迹、崇高抱负、圣洁情怀和闪光语言，不是雪藏在箱底，而是有意搁置桌面、枕畔，等待着一朝被人不经意发现，顺理成章地树立为让群众向自己看齐的楷模，实现一般根正苗红者梦寐以求的荣耀。我则需要保持担心被他人揭短、挑剔和歪曲的慎独，属于自己原生态的情感尽数任随它自开自落、自生自灭。我保留的笔记几乎没有日记类的写实内容，只有一些阅读书籍记录的残章短句。其实，它们是以少胜多的各式各类的思想花朵，有的如幽香可人的桂花，有的如出水拒尘的莲花，有的如春风轻扬的柳絮，有的如挟寒傲世的雪花，赐人无穷无尽的不同凡响的启迪和妙不可言的欢愉。阅读苏联作家法捷耶夫所著的《青年近卫军》时，我对故事情节并不太入迷，但对书中的抒情插话则爱不释手地喜爱，一字一句把它抄录下来：

读者，如果你有一颗充满刚毅大胆和渴望丰功伟绩的鹰隼之心，但是你年纪还小，还穿着破旧的衣服，赤着脚四处奔跑，你的双脚都跑皲裂了，人们对你心灵所向往的一切一切都还不了解，那么，你准备怎样做人呢？

……

在你居住的地区，为了使你生活得幸福而抛却头颅的阵亡将士公墓上，已经长满了灰白色的野草。可是，那些伟大年代的统帅们直到今天还威名赫赫。当夜深人静，你忘记了时间，神游于他们的传记的时候，你的心灵深处回荡着像军歌般雄壮的鼓舞人心的声音。

真奇怪，一个外国作家的文笔，怎么把我的处境、我的心事、我的渴望刻画得入微的逼真，表达得酣畅的透彻呢？简直如量体裁衣般的恰到好处，知根知底的恰如其分。

我在煤油灯下两眼噙泪地通宵阅读茅盾的小说《蚀》，它带给

第七章　酒入愁肠

我特别的亲切和振奋。我庆幸自己幸运地结交上一位位从岁月的风烟里走出的相知、相惜、相助的朋友,那些动人心弦的真诚话语创造出美轮美奂的意境,神奇地为笼罩青春的乌云镶上了明亮的金边,乃至把它们映射成了绚丽的彩霞,鼓励着人怀抱一颗平常心去跋涉非常路,去征服冷漠的雪山和阴险的沼泽。

当我心灰意冷时,他们告诫我:

> 人之所以异于禽兽,就因为人知道希望。既有希望,就免不了失望。失望不算痛苦,无目的无希望而生活着才是痛苦呀!

当我彷徨歧路时,他们鼓励我:

> 我们的生命线中本来有光明的丝,也有黑暗的丝,人生的路本来是布满了荆棘,但成功者会用希望之光照亮了他的旅途,用忍耐的火烧尽了那些荆棘。

我把这类文字既工整地写在自己的笔记本上,也庄重地镌刻在自己的心扉上,每当遭逢拂意事或被幻灭围剿,自己的信心动摇乃至面临崩溃的无助时分,一个个已有一面之交的朋友便会在我耳畔切切叮咛,伸出一只只无形的、有力的、温暖的援手,助我拔足于动弹不得的泥潭。总之,那些书中走出的朋友们,使我永远地相信人心不该绝望,世间不该绝路。

这天晚上,我刚洗漱完毕,准备倒床入睡,突然传来拳头砸门的声音。我有些恼火,粗声问:

"哪个?"

"我,熊壮,来请你做客,打牙祭!"

我一听是熊壮的声音,开门一看,他用手搔着裸露的胸膛,乐呵呵地望着我说:

"抓了只'地麻雀',请你解馋,如何?"他说话间打了一个响指,做出邀请姿态。

"我吃过饭了,正准备睡觉,明早还要出工。"

"你别再提出工,我心烦,你还要打肿脸充胖子说硬话?脸朝黄土背朝天,屁股晒红大半边,累死了又没捞头,过不穿的苦日子,一年四季真难熬。"他拉着我的手往隔壁走。

一进门,见刘家芬往灶膛里塞一根硬柴块,起身捏着锅铲把在小碗中捣蒜泥。她见我进门,脸上带笑:

"熊壮是诚心的,邀请我一起到生产队犒劳你一下,你要领情,大家都是拱烂泥巴的泥鳅命,互相要扎起墙角。今晚上吃白砍鸡,打整一堆鸡杂肠肚嫌麻烦,都扔到茅厕坑里了。"

这一对寻常不露面的稀罕人物,今晚居然结伴来请我的客,我面子实在够大。我有些纳闷,鸡肝、鸡肫、鸡肠足以做成一盘可口的好菜,一般人家都不会扔掉,他们大概日子过得太阔气,不在乎抛洒。

刘家芬见我有些迷惑,忙补充:

"我在家里都少有做家务,今天是犒劳你才动手,鸡杂打整费

第七章 酒入愁肠

时间,反正这只鸡是捡便宜,白吃!"

"白吃?"我有几分警觉地反问。

"不瞒你了,今天下午我背起帆布包走了七八里路,过了上百根田坎,转了十几个院子,才弄到这只肥鸡母,塞进包包都费力,那乱蹬的鸡脚爪把我的手背都抓掉了皮。等有收获,我赶紧回场镇约上家芬,又走了上十里路到生产队。杀鸡拔毛的打杂活没惊动你,现在鸡都炖出了香味,才邀请你来享口福。另外,我还带了一瓶古蔺大曲酒,够意思了吧?"熊壮点燃一支烟,叼在嘴角,坐在板凳上跷二郎腿。

我顿时明白过来,他是到农家大院捉的"地麻雀",本来就缺吃少穿的失鸡农户,恐怕人急得团团转。我想起了那些古代的格言:"饥不从猛虎食,暮不同野雀栖"、"渴不饮盗泉水,热不息恶木荫",心跳得如敲鼓,觉得还是应该把握好做人的分寸。我决意不吃这顿晚餐,偏偏他俩又是惹不起的难缠角色,便暗打腹稿编托辞:

"熊壮、刘家芬,谢谢了,你们真够意思。不过,我这两天拉肚子,见了油腥怕拉得更厉害,情领了,让我回去睡觉吧!"

刘家芬正捞起锅中的熟鸡放在菜板上,一听我说拉肚子,忙搁下手中的菜刀:

"我屋里有痢特灵,我去拿。"

我一句托辞成了自讨苦吃的由头,等刘家芬转回来递来药片,只好做一个把扔药进口中吞下的假动作,背地里把指头摁成碎粉的药片偷偷抛在柴堆里,嘴上却说:

"二位,我吃过药了,眼馋得吞口水,偏偏肚子不争气,你说是不是活受罪!"

我边说边退,向门外走。

"我给你留一碗,冰在冷水盆子头,等你明天病好了再吃。"刘家芬啃着一块鸡翅说。

"你的药是仙丹吗?使不得,天气太大,鸡汤搁不得,可惜了。你们来来去去好辛苦,吃个舒服吧。"

"见食不餐,必定是憨。那我就和家芬对饮饱餐,一份心意尽了,你没领,不怪我们,去,去。"

熊壮挥手示意放我走。

我倒床还没睡着,听见高队长扯开嗓门在隔壁说话:

"我路过,闻到鸡汤炖得好香,来得早,不如来得巧,好酒好菜见者有份,别吃得你们心痛啰。"

过一会儿,传来他们划拳敬酒的闹嚷,吵得我无法入睡。吃喝正欢之际,高队长冒出一句问话:"场镇上的鸡价是多少?"他俩一时语塞答不上话。吃得酒足饭饱的高队长气醒了酒,叭的把酒碗摔在地上,大吼一声:"偷鸡贼!丢人啊,鸡肉吞下脏了我肠肚啰!"说完,他摔门而去。

刘家芬等高队长走远了,啐一口痰:

"呸!占尽了便宜,吃饱了肚皮,还冲人发脾气,怪物!"

次日一早,熊壮、刘家芬悄悄溜回了场镇,我心里怪不是滋味:他俩偷鸡和我交朋友,叫人消受不了;而高队长半夜冒出来,败了他俩的兴致,弄得不欢而散,好歹我觉得欠了他俩什么。愁也一天,乐也一天,我索性把这破事撂在脑后,不再想它。

第七章　　酒入愁肠

过了几天，我薅完秧子在水田里荡干净脚收工回家做午饭，看见公社武装部长朱大才蹲在我屋门前吸着烟。一见我人到，他扔掉烟头用脚尖踩灭，一把拉住我的手：

"走，到我家去吃午饭。"

我走在他身后，心里犯嘀咕，这是一个远不得、近不得、亲不得、疏不得的特殊人家，一类想躲闪又躲闪不了、想遗忘又遗忘不了的两难交往，于是我一双脚扯扯绊绊走着，提不起精神。

朱大才的家，是一个依山傍田四周栽满桑树、竹子的四合大院，走进围墙正门是一个宽敞的养鸡、晾物的晒坝，迎面连堂屋横三间，左右两侧各建两间，皆是泥墙粉灰、木梁、瓦顶的高阔开间屋。地面干干净净，摆设井井有条。大门口拴着一只拖铁链的大黑狗，一见生人便扒土耸头地咆哮。朱大才吆喝一声：

"乌龙，客人。"

这狗止住狂吠，摇甩着屁股后的黑毛尾巴，做出欢迎姿态。

朱大才招呼我在堂屋茶几边的黑漆木椅上坐下，很快端来一碗油炒花生米、一盘卤猪耳朵肉和一盘油炸小焦鱼，再取来一对小酒杯和一瓶泸州大曲酒。他递一双筷子在我手上，往杯中斟酒，开口说话：

"今天我老婆带娃儿回娘家了，我正巧有空，想和你聊几句。酒我不劝你，能喝多少就多少，多吃菜。"

我不知他的葫芦里装的啥药，拘谨地夹起桌上的冷菜，送到口中慢慢嚼着。

"我观察了你一年多，你人踏实、谨慎、聪明、有学问、吃得苦,不惹是生非,不偷奸耍滑。只是家庭成分有些麻烦,不过重在个人表现嘛。一些别人走得通的路你走不通,有些别人走不通的路你走得通,横竖有条不绝路,就看你怎样走。"

朱大才喝下一杯酒,提起酒瓶再续上,眼睛盯住我往下说:

"参军你过不了政审关,提干你连党都没法入。一辈子当挖黄泥巴的农民,我直说,你不甘心,屈才。掏心里话,你的愿望能告诉我吗?"

我迎着他逼视的目光,涨红了脸,迟疑了一会儿才说:

"说实话,还没想过哪一条路能走通,倒是做好了当一辈子农民的思想准备。别人能活,我也能活。说心愿谈不上,说梦想我就想读书。"

"今年公社倒有推荐工农兵学员的大专指标一个、中专指标五个,全公社符合条件的下乡知青近两百人,还有七八十个回乡青年,僧多粥少,你斗不过人家。再说,你下乡还不到两年,慢慢熬吧!"

朱大才一番推心置腹的话让我备受感动,我知道自己主宰不了自己的命运,不切实际的幻想个个像肥皂泡,看起来五光十色,眼花缭乱,实则不禁风吹日照,不戳自破,不想它也罢。念及他的一副好心肠,难得,我直说感谢话。

"哥,我和姐回来了!"

只见刘芳穿一条蓝布裤,着一件粉红的短袖衬衣,拎着一个胀鼓鼓的黄色提包;刘香抱着儿子走在后面,一齐在堂屋外现身。刘香把儿子放进竹摇椅里坐好,转头瞧见我有些意外:

"张良,你是稀客哟!"

第七章　酒入愁肠

朱大才喜出望外，走近竹摇椅抓起小铃铛和儿子逗乐，眼睛却望着刘芳说：

"二妹，你姐不是说要明天才回来吗？"

刘芳用手一拨额上汗水打湿的散发，扑闪眼睛，双颊泛红晕，笑着搭话：

"我姐怕你在屋头不管事，鸡饿得飞起来啄人，猪饿得啃坏了猪圈栏，急着要回来看看。"

我见他们一家人亲亲热热地聊话，打算趁机脱身，直起身说道：

"朱部长，你们忙，我就走了。"

朱大才转过身来拦住我：

"你别走，她们两姊妹平时没少对我说你的好话，你若是要走，怕她们要怪罪我，说不定还开我的家庭批斗会。再说，你饿肚皮回家还是要烧火煮饭，吃过饭再走，别急。"

刘芳走过来插话：

"我哥逗儿子，我姐忙厨房活路，我来敬你一杯酒。"

"刘老师，我不会喝酒，沾酒喉咙就火燎火辣，烧心烧肠的。要敬酒，你哥、你姐和你，帮了我不少忙，该我来敬你们。"

我笨拙地端起酒杯，心里掂量：要敬酒，自己无酒量；不敬酒，又多少欠着人家的情，今天就豁出去了。

"你敬我，我敬你，那共饮一杯，祝你当先进，有好出息。"刘芳双手端酒杯，说完吉利话，把杯中酒饮干。

我没有退路，喝下一杯饿肚急酒，顿觉喉辣肠烧，不禁皱眉吐舌。

朱大才逗过儿子走过来：

"我这姨妹，要是没打发人家，说不定会相上你的。张良，可惜我丈母娘没多生个刘三妹，对不住了。我以酒致歉，敬你一杯。"

"哥，你使坏。"刘芳一张脸通红，往朱大才的背心轻砸一拳，嗔怪着走开。

"朱部长，你别开玩笑，我喝酒不行。"

我直欲推开酒杯，偏又没有躲酒的经验，最终被朱大才连出歪题，连哄带骗喝了几杯。

"张良，你练得出来，吃菜，吃菜。"

酒一喝，我不由得胆壮气豪，鬼使神差地由躲酒变为攻酒，各敬了朱大才和刘芳一杯酒，他们又反邀我共饮。一来一往，一往一来，倒进肠胃的酒水开始发作，我舌麻、喉干、口燥，肠胃翻江倒海，头重脚轻天地旋转，身子一歪倒在椅子下。

等我再次张开眼睛，发现自己只穿一条裤衩睡在一张南竹凉榻上，身上盖着一床浆洗得雪白发硬的散发出太阳香味的床单。我的衣服放在枕边，不过已经洗得干干净净，晒干后折叠得伸伸展展。我揉揉眼睛，看清刘芳换了一件白衬衣，摇着蒲扇坐在我身边的竹椅上，旁边的一个玻璃瓶中插着一支烟缕缭绕的檀香。

"这，哪里？"

"我姐家啊！你不经酒，吐了一地，衣裤全弄脏了。我哥帮你扒下衣服，扶你到这里，还用热毛巾给你擦过身子。你的衣服是我姐洗的，大太阳下一会儿就烘干了。我出去，你快穿上衣服吃点儿东西。"

我望着刘芳苦笑一下：

第七章　酒入愁肠

"我真是丢人现眼,你哥呢?"

"他把你扶到这里,就赶到公社去了,有急事。你别看他平常凶神恶煞,其实是糍粑心肠。他谈,征兵部队的孔营长是台儿庄人,点名想要你到部队,一调档案看,你父亲的历史问题拖了你的后腿。我哥帮不上忙,孔营长也没办法。我哥说,可惜了一次机会。"

刘芳说着,走出门外。

我忙穿好衣服,叠好床单,迈出房门,准备告辞回家。这时,刘香端着一个插了调羹的细碗走过来:

"张良,你不慌,先吃碗藕粉羹垫肚皮。"

藕粉羹里放了红糖,添了一点儿小磨麻油,调得不干不稀,不带粉疙瘩,送到口中香喷喷的,真是人间少有的美味。这家人待我太好了,我感动得热泪盈眶。欠情太多,远非一个谢字了得。我默默地把空碗放到饭桌上,转身穿过院坝往门外走,此刻,天光已暮色苍茫。

"我送你一段路。"刘芳握着一把电筒追过来。

"你回去吧,我看得清路。"

"我想听你拉一会儿琴。"刘芳在身后低声要求。

这时,田间的青蛙举行一场大合唱,四周是一片争先恐后的呱呱叫。高歌的青蛙有些怯生,人一走近它们立即哑声,人一走过它们歌唱又起。蛙声的嘈杂反衬出田间的寂静。我和刘芳谁都不说话,只有嚓嚓的脚步声伴奏蛙们的歌唱。

我打开屋门,点燃煤油灯,端一条板凳请刘芳坐下,随即打开琴匣,取琴调弦,拉起了马思聪的成名作《思乡曲》。

一曲奏完，刘芳轻吐一口气，说道：

"这支歌不好听，换一支轻松点儿的吧。"

"你想听哪支歌？"

"柳老师抄给你那支曲。"她的眼珠射出灼人的光亮。

"这人嘴巴不稳，巴掌大的事也告诉她？以后打交道得留一手，小心掂量哪些话该说，哪些不该说。"这肚皮官司我没说出口，嘴上却说："柳老师给我的歌单，我还没练熟，你别见笑。"

我把注意力转移到拉琴上，人生追求的艰难，青春碰壁的频繁，一一交付弓吟弦叹的音符，任随它在一豆灯火中飞旋飘绕，低回遁迹，淡入、淡出。那些在我不知道的地方，悄悄出现又杳无音讯的机会，实在没有多少值得惋惜的理由，一个心中连芽都未曾萌生过的希望，怎么会为我开花结果呢？世上的鲜花千万朵，属于我的只有一朵，它或许在我看不见的地方，或许连个蓓蕾都没有。我为眼前的姑娘拉琴，心思却飞向了秋风不及的天涯，那些憋在心底的失望，蓄在眼眶的泪水，经由一支美丽旋律的凄婉音符，像寒夜瓦檐滴下的露珠，冷冷地砸在阶前，为孤零无伴的岁月再添一丝寒气透心的冰凉。

奏完一曲，我如木头人一样把琴抱在怀里，不想说话，说不出话，心空、眼空。

"张良，你把琴放好，我有句话要告诉你。"

我如机械人般把琴放进匣中，疲乏地坐在刘芳身边的木凳上。她像一只动作敏捷的野鹿，扑到我跟前，贴着耳朵对我说：

"我没有对象，他们介绍的我不认。"

第七章　酒入愁肠

说完,她双臂圈着我的颈项,在我的腮帮上落下一个湿润的热吻,补上燕语莺吟的一句:"我爱你!"没等我反应过来,她已撒手掉头飞奔出门。

这一平生除母爱以外的初吻,带给我的惊远远多于喜,不知道出现在我面前的疑问该如何去破解。我总觉得与她的相识、相聚,太像一片易散易逝的烟霞,终归免不了任凭雨打风吹的结局。

她可爱吗?她可爱。我爱她吗?不知道。

她一个吻,不仅热,而且烫,像烧红的烙铁一样烙痛我的脸,烙痛我的心,激活了麻木的神经,迫使我去思考一个来得太快太早的人生大题,让我一阵阵惊异、茫然、困扰、惶恐。在过去的岁月里,即使我思念过谁,也保持着可望不可即的距离,只是把她像神话中的仙女一样,崇拜着、赞美着、向往着、供奉着,并没有把她和进出成双的传宗接代的姻缘联系。我还年轻,才十八岁。我不是不懂得爱,不是不需要爱,是无力承担。自己的命运还在莫测凶吉的风波间飘摇,自己的肩头还太稚嫩太软弱,甚至挑不起自己的生计,怎么挑得起一个家呢?她是生活在喜剧的家庭,我是生活在悲剧的家庭,为什么偏偏要反串角色呢?如果是那样,真应了《夜半歌声》里的倾诉:你是天上的月,我是那月边的寒星;你是山上的树,我是那树上的枯藤;你是池中的水,我是那水上的浮萍。不,这也不确切,那是浪漫的歌声,不是我准备去讨要的生计。要靠,靠自己。唯有平等相对,才能满足不愿作践的自尊。我爱的是明天,是没有圆的梦想,是半途痛失的学业,是想去还去不了的遥远啊。我的人生道路还长,前途还是个未知数,不可耽搁在歧路口,未来靠自己去努力。我把匣中琴重新取出，抱在怀里，缓缓地拨动琴弦，一阵感慨，一阵沉思，随口吟出了平生第一首关于爱的诗歌。

> 为了向明天求爱，
> 我把语言搜尽；
> 什么样的语言呵，
> 也替不了我的心声。
>
> 难道你会厌弃，
> 去听那失真的声音；
> 巧者的语言呵，
> 比不了蠢者的痴情。

那位我所敬重的作家的一段警语在我耳畔回响：

是的，我们各人有一个憧憬，做奋斗的对象；但是假使你的憧憬只是一个虚幻的泡影的时候，你是宁愿忍受幻灭的痛苦而直前抉破了这泡影呢，还是愿意自己欺骗自己，尽在那里做好梦？

那诚恳的话音在补充：

在我，是宁愿接受幻灭的悲哀的。

第七章　　酒入愁肠

　　我的思绪像溪水一样奔流，慢慢积蓄得越来宽阔深广。献给我初吻的姑娘捧着金饭碗，我捧着泥饭碗，抓住她的手兴许能拖我出泥潭，松开她的手兴许我便成了那类三套车重轭下的苦命老马。但是，仅靠一双怜悯与施舍的手捧出的炭火，暖和不了一个迷路人冻僵的心房。况且，她的姐夫已经向我发出了她有更好的选择的暗示，间或是警示。这世间已经有了太多的难关，何苦还要增设一道与自己过不去的情关呢？

　　你爱她，她爱你，是福配；她爱你，你不爱她，是赚配；你爱她，她不爱你，是亏配。假定二者再有角色互换，更是令人叹息不已。那么，你在人生的关键处的确得下步留神，千万不能因轻率导致跌倒的尴尬。哎，好姑娘，这世上比我好百倍、千倍的幸运者比比皆是，为什么要一头撞向我呢？趁早，你回头吧。

　　而我的明天是什么样的呢？我回答不出。但就此止步，我不甘心。我愿做一只不惧天高云厚的孤鸿，哪怕在霜天冻空掉下带血的羽翎，依然会飞向内心渴望的天际。有一个温柔的声音一次一次在耳畔低诉：止步吧，放弃远方，选择这里，选择现在，选择爱。我愿睁大淌泪的眼睛凝视着她，我愿剖出滴血的心灵呈献给她，让她明白这一悲凉的大实话：或许太早了，因为我过于年轻；或许太迟了，因为一支心箭已离弦射出。

第八章
北上南下

我学会了给自己放周末，给自己一天慰劳，给自己一个躲避的机会。刘芳在周末丢开教学任务到村里来时，我已经成了到知青伙伴家串门的远客，或者成了到荒山野岭遁迹的旅行者。我不愿去面对她，不愿意太早地落入世俗的窠臼，以无言躲避来表白自己明确无误的态度。所以，每每迎接她的只有毫无表情的关闭着的木门，以及一把挂在门扣上的名叫将军不下马的黑铁锁。

我出生的故乡在南方，我插队的谋生地在北方，从地形地势上，一条波涛滚滚的沱江把它们连接在下游和上游；从地理方位上，道路的取向可称之为北上与南下，这恰巧是大雁春秋往返的飞行路线。我没有本领似大雁来去自如地选择捷径，潇洒地把行进道路铺设在苍茫云天，只有凭自己的双足去丈量山重水复的曲折。我的视线中罕有一览无余的快意，更多的是无可奈何于山遮水拦的障碍，它有长链一样无穷尽的遗憾，也有无数艰辛备尝的苦涩与乐趣。既然现实生活充满了那样多为难人的陈规和不顺心的熟悉，何不去选择意料之外的新鲜和从未蒙面的陌生呢？当对故乡的思念像下口无情的虫子，不分白昼夜晚地爬进人的心房放肆着、啃咬着，我已经快半年没回家看望父母了。于是，我在一个夜晚梦见父母后醒来的早晨，把几卷书籍、琴匣和一些不多的土特产放进背篼，锁上屋门踏上了去县城的路。我没有像往常一样乘船，而是把握住大概的方位，翻山越岭地向南。如今有的是富余的时间和过剩的精力，何不去游逛山河呢？慢慢地走吧，头顶着的一轮太阳，虽然它自古以来就十分高傲，却不会嫌贫爱富，不会厚此薄彼，不会任性地对谁额外施恩或加倍惩罚，我心里真的很喜欢它。山风和冷雨与我已是互知性情

第八章　北上南下

的至交，走得头额冒汗时，山风直撞人的胸怀，钻进人的背脊，殷勤为我收汗退凉。山雨来时，八成是嫌弃我的肮脏，它免费代劳地彻底清洗，既令我恼恨它淋醒过我留恋的美梦，却又帮助我认识了不加修饰的人生意义。

悄悄的我去了，正如我悄悄地来，我尽量避开人们的视线，专挑荒凉的路径向陌生的山野走去。在这时，我不需要在乎谁的脸色，不再顾及居心叵测的目光监视，我尽情地品尝蓝天下最普通又最珍贵的自由。我欣喜地看到一朵朵虽然瘦小却色彩鲜艳、生命力旺盛的野花，红色、蓝色、黄色、白色、紫色，它们没有着意打扮，更没有丝毫刻意取宠看客的媚态，那丽姿天成的灵秀格外妩媚。我一再绕开人守狗护的院落，频频钻进高粱林、苞谷林、甘蔗林、黄麻林、山草林和红苕地抄近路。

等到翻过一道山丘，出现了一大片瓜菜地，南瓜、冬瓜、西瓜、丝瓜、番茄、卷心菜，它们在阳光下展示生机，伸着藤蔓，开着花朵，结挂果实。这是一块三面环山面积约五六十亩的沟谷平地，山沟的尽头傍坡靠坎修着一排泥墙草顶的房屋，旁边建有猪圈、牛棚，屋前用交叉斜插的密密竹竿围了一道扎实的篱笆墙，墙上分左右两端挂着数块白漆底红漆字的方木牌，上面写着几个遒劲的仿宋大字："五七指示闪金光，田野处处是学堂"。篱笆墙的进口，悬挂一块条形吊牌，门上有"川南地区五七干校"的字样。看来，派遣到山区改造思想的不仅有知识青年，还有机关干部。这无产阶级"文化大革命"真是一场人人需要触及灵魂、个个需要改造过关的大运动，连寂静的山间也成了非同寻常的大学堂。

我顺着山坡往下走,打算挑一条路径绕行而去。这时,一个新搭不久的草棚闪现在我眼前,它是看护点,也是设伏点,它建在山沟瓶颈一样的出口的坡上,一大片瓜菜地和进出的人们尽收眼底。遇到有人进沟行窃会进得来出不去,看守人下坡即可封闭出口,一声吆喝便很快会招来驰援的人群。

走近草棚,隐约听到里面有人用低沉浑厚的嗓音轻声唱出一支动听歌曲,立刻刺激了我的听觉神经。因为,那歌来源于郭沫若的处女作诗集《女神》中的诗剧《湘累》,它是我所心仪却在当下噤声的情韵。

> 泪花儿要流尽了,
> 爱人呀!
> 还不回来呀!
> 我们从春望到秋,
> 从秋望到夏,
> 望到海枯石烂了……

我等他歌罢一曲才转到草棚门口,只见有个穿一件印有"川南地区五七干校"红字的白色汗衫、着一条腰扎宽皮带的旧军裤的中年人,他硬直的发楂已显花白,左臂上有一个圆形的枪伤疤,正笔挺腰板手捧着一个边角发毛的歌本哼唱,眼角淌出的泪花还顺着鼻沟流。

我靠近他身边,激动地问:

第八章　北上南下

"大伯，你的歌声好感动人哩，你可以让我看看歌本吗？"

大伯闻声，慌忙拭去脸上的泪渍，一手把歌本塞在身后的被盖下，眼光露出猎人般的警觉，像盯着猎物冷冰冰地说：

"走开吧，这瓜菜地禁止闲杂人员游逛。"

"大伯，我路过这里，不是偷瓜菜的，请相信我一次。"我不肯轻易放过机会，诚恳地说："尽管，我和我的家庭，很可能有理由不被社会认同。但是，我懂得做人的道理，我知道伤害他人是很可耻的行为。从我无意中听到你的歌声那一刻起，我已经明白你一定是一个非常出色的人，哪怕你或许在落难，你值得我敬重。所以，我冒昧向你提出了请求。"

大伯犀利的目光上下扫射我几个来回，话音变得平和：

"小伙子，这是我爱人的遗物。我不会轻易给人看的。"

我觉得他有些固执，又不甘心就此作罢，尝试着再提请求：

"那么，你可以把曲调抄给我吗？"

大伯摇摇头，瞪我一眼，回一句：

"你好不知趣，快走开！"

我立地不动，恳求：

"大伯，你就开恩吧，我不能错过。因为，错过它，我会一生遗憾。"

大伯口气变软了，他说：

"你会记谱吗？"

"会的。"

"那我口述，你自己记。你有笔，有纸吗？"

我点头。

这样,我掏出放在背篼里的琴匣,从里面取出一张白纸,摘下插在胸襟衣袋的钢笔,随着他的哼唱的音符、节拍记录曲谱。末了,他问一句:

"你要曲谱,你已经知道歌词的作者了,谁谱的曲你知道吗?"

"不知道。"

"陈啸空,耳东陈,呼啸的啸,天空的空,他是《游击队歌》的作者贺绿汀的音乐老师。你走吧,从此不再提这件事。"

"我懂的。在我走之前,请你允许我试拉一曲,表达我对你的谢意,好吗?"

他没吭声。

于是,我把歌单纸戳个洞,悬挂在草棚一截篾条上,然后,架起琴断断续续试练一遍,接着熟练流畅地贯通演奏了一曲。等我收弓放琴,大伯问一句:

"你懂这支歌吗?"

"我想,懂。懂你,也懂词曲作者。"

"真懂?"

我收好琴,把琴匣抱在怀中,对他直率地说:

"这个歌本是伯母的遗物,可见伯母很有音乐造诣,而且她一定很喜欢这首歌。你对她的感情很深,很真。古人说,少年丧父,中年丧妻,老年丧子,是人生的三大不幸。伯母的弃世,对你是一个很大的打击,你很难接受得了这残酷现实。可以说,你借这支歌表达自己'曾经沧海难为水,除却巫山不是云'的结发深情。你唱

第八章　北上南下

这支歌,不是用嘴唱,是在用心唱,是在思念一个远离了你的她,一个泪花儿开谢了也望不回来的她。尽管如此,你始终无法忘怀她,她始终活在你心中。因此,你为了你的她,心中的愁云呀,眼中的泪涛呀,便只能像这支歌所表述那样,堆堆越厚,越积越多。与你不同的是郭沫若创作诗剧《湘累》大约是1920年底,那时,'五四'运动刚刚退潮,人们渴望的社会变革和进步迟迟未来,在这样的历史背景下,作者笔下的'爱人',实际上是一种炽热的理想化的精神寄托,倾诉的是自己心中和眼中对新社会、新生活的无限神往。大伯,我说得对不?"

大伯嘴角露出一缕笑意,很快就消失,它如一只追鸟的飞鹰,警觉地钻进了漂浮的云朵。他显得心不在焉,没正面回答我的话,却拿着一枝枯树丫在地面上滑动,冒出一个问:

"小伙子,你学问不错。刚才你提到了'五四'运动,那么,我想再问一问,'五四'运动前后掀起的新文化运动和现在还在引向深入的无产阶级'文化大革命'运动,有什么相同点?有什么不同点?这个问题有点大,有点难,你可以回答,也可以不回答。"

大伯示意我在草棚里用新伐树木搭的简易床上坐下来,他揭开挂在草棚壁上的一顶草帽,取出一个军用水壶,倒了半茶盅凉开水递过来,眯着两眼带微笑地端详着我。

"大伯,提出的这个问题很尖锐,尽管我阅读过几本关于'五四'运动的历史书籍,却没有加以消化和思考。我不怕你见笑,也不怕暴露我的浅陋,我愿意回答这个问题。我认为,二者有共同点,它们开道的旗帜很相近,都是对传统文化予以激进的大批判、大否定。

'五四'运动以启蒙和救亡为使命,以砸烂孔家店为先声,否定几千年的封建文化,试图传播西方盗来的火种照亮社会,唤醒民众,救亡图存,再造一个少年中国;无产阶级'文化大革命'以反修防修为使命,以毛泽东思想为武器,正在全面批判和彻底否定一切封、资、修的文化,涉及领域相对更加宽广。但是,相比之下,二者区别还是不小,新文化运动的着力点是文化的再造,希望用有生气、有前景、服务大众的文化来激活一种全新的民族精神,尽快凝聚一种巨大的社会动力,改变中华民族被列强欺凌的积弱状况;不言而喻,无产阶级'文化大革命'的锋芒所指已经不再局限于文化领域,实际上是震撼社会方方面面的史无前例的政治运动,它公开宣言要触及人们的灵魂深处,是一场要解决人们的人生观、世界观等根本问题的具有首创意义的社会革命。从目前看来,后者的重点是要改变不适应形势发展需要的文化秩序,摧毁往日的文化偶像,或者说要'砸碎旧世界',这必然要导致一阵混乱。西方哲学家有句话,混乱永远是走向新秩序的过渡。可是,新秩序该如何建立,新世界该如何建设,我才疏学浅缺少见识,看不清这场运动下一步的发展。总之,后者是砸烂后没有清晰的重建蓝图,使人不知它的走向、它的将来。大伯,这样的话题太大,太沉重,我过去从没认真想过,更没谈过,免不了漏洞百出,你别笑话我的愚钝和浅薄。"

大伯默默地点头,若有所思,对我说:

"你还太年轻,能认识到这样的程度已经很不错了,也难为你了。我送你十六个字,是古语的集纳,一句是'守口如瓶,防意如城',一句是'但行好事,莫问前程'。懂吗?"

第八章 北上南下

我神情凝重，一点头。

大伯停顿了片刻，放缓了语调，人有些激动：

"在关牛棚、蹲农场的日子里，我也认真地反思过自己走过的路，我觉得自己的确有愧对人民群众的地方。共产党能从小到大，从弱到强，战胜国民党夺得政权，最关键的一条是共产党代表了人民群众的切身利益，才受到了人民群众的热情拥护。我永远忘不了，在打江山的峥嵘岁月里，是人民群众冒着枪林弹雨，挑着担子，推着独轮车，抬着担架，支援了我们打过长江，占领南京，解放全中国。中华人民共和国建立二十几年来，我们自力更生，艰苦奋斗，奋发图强，社会主义建设取得了举世瞩目的巨大成就。我们依靠自己的力量造成了万吨水压机、人工合成胰岛素，造出了原子弹、氢弹，发射了人造卫星，我们引以为自豪。但是，我们也出现了错误，例如滋长了脱离人民群众的官僚主义，脱离实际的教条主义，出现了急躁情绪和'左'倾冒进，使人民群众因为我们屡屡犯下的错误受了连累，吃了苦头。尤其是我亲眼看到农村至今还没有完全脱贫，不少人仍然缺衣少食，住房破旧，就觉得自己没尽到责任，有辱于共产党员的神圣称号。这样，我真想马上重新回到过去的岗位上，用拼命工作来偿还自己的欠账，报效养育过我们的人民群众。"

他点燃一支烟，猛吸一口，加重语气说下去：

"你呀，对社会的前途切记不要过分悲观！你要知道，历史的进程如大河奔流，不会从头到尾都清澈见底、水平如镜，它有怒涛啸浪，有暗流旋涡，还有逆流险滩。这条大河是曲折蜿蜒的，是泥沙俱下的，但是，它一定会有谁也阻挡不了的奔腾向前的澎湃力量。

这条河像遵守自然法则一样，遵守社会法则，具有不以人的意志为转移的震撼力和生命力，一切违背规律的倒行逆施，终究要被它粉粹、抛弃、淹没。其实，历史潮流不可阻遏，就像唐朝诗人刘禹锡勾勒出的境界：沉舟侧畔千帆过，病树前头万木春。我的话你慢慢会懂的。你要相信共产党是伟大的党、光荣的党、正确的党，这个党积聚了一批中华民族的优秀儿女，不但能战胜艰难险阻，也能纠正自身的错误，一定能带领人民群众走向光明前程，开创出振奋人心的局面。对此，我相信，坚信！"

大伯说着捏拳一扬，两眼透出坚毅。过一会儿，他再次拧开水壶，往我手上的缸子里添了水。紧接问我，是不是很喜欢音乐，并准备选择音乐做职业或寻出路。我当即回答，与其说喜欢，不如说拉琴是一种精神寄托。至于理想，我曾经的最大愿望是当科学家，当工程师。而现在，我已经中断学业快两年了，真怕平庸一生，宁肯去为保卫祖国拼死在疆场，而不愿荒废了青春。等我答过话，大伯又询问我的家庭情况，我如实告诉了他。

听完我的话，大伯突然冒出一句：

"张良，我想听听你对自己亲身经历的知识青年上山下乡运动的看法，你无妨坦诚告诉我。"

我涨红脸摇一摇头，略加迟疑搪塞道：

"大伯，这个题目我根本没想过，更不要说想透彻。苏东坡说过，不识庐山真面目，只缘身在此山中。"

大伯把烟蒂扔在地下用脚尖踏灭，双手十指交叉抱在胸前，目光犀利地盯住我说：

第八章　北上南下

"这个问题我来回答。其实，对知识青年上山下乡运动，从政治上来看，是巩固无产阶级专政和培养革命事业接班人的百年大计、千年大计；从经济发展和社会稳定的角度来看，当国民经济发展遇到非同寻常的障碍和压力，在城镇解决大批量的学生就业已不现实，决策层便把目光转向农村的广阔空间。所以，理性地认识它的必要性和重要性，以及人们接受它的被动性，便能理解艰难时期真是国事、家事两为难啊，你懂吗？"

"我似乎懂了一些，没有全懂。"实则，我已经从他的话语中大获启迪，答话时眼里心里皆是敬佩。

"这个话题打住，到此为止。"

稍隔片刻，他从被盖下摸出歌本，说道：

"张良，我以一个有近三十年党龄的共产党员的名义郑重地提醒，我们党讲政策，哪怕执行政策的人理解有偏差，有时还难免有冤屈好人的现象，但这不是主流，仅仅是岔口的支流。你父亲参加远征军，是民族矛盾上升为主要矛盾的时候，况且，他上战场的动机是爱国，这一点值得肯定。你见到你父亲，请你转告他，和他一样弃笔从戎、曾经在太行山上打过游击的八路军战士冷剑锋，向他问好。现在，我和你父亲都境遇不佳，古人说，疾风知劲草，板荡识忠良。人的境界常常在委屈中提升，只要认真汲取经验教训，可以坏事变好事，可以因祸得福。这样，我把这歌本交给你，这是我爱人解放前在同济大学读书时悄悄收藏的犯禁歌本，你要小心保管好，看完了送到我女儿处。"

我接过歌本一看，是一本油印的《左翼电影歌曲选》，卷边的纸页已泛黄。

大伯说着从枕头下摸出一个本子，扯下一页纸，写下他女儿的姓名和地址。我接过一看，上面写着："望江区平澜公社石塔二队知青冷梅。"

我大吃一惊后恍然大悟，涨红脸激动地说：

"你是冷梅的父亲？我和她是一个中学的同学。"

"我已经知道了。去吧，歌本收好，别让其他人看到。通过你刚才的谈吐，看得出你的品格，可靠，我信任你了。"

我把歌本在琴匣内放好，告别了冷伯，背着背篼走下山坡，按他指引的方向踏上归途。等我走了一段路程回头一望，冷伯还顶着太阳站在草棚前目送着我。我向冷伯再次挥手作别，转身跨步翻越过一座高高的山冈。

冷伯给我那本《左翼电影歌曲选》，像一团火点燃了我的心灵。这中间有几分不可言状的嘉许、信任和期待，要知道在一句真话说出去有可能是祸的年代，保留一册犯禁的文字读物要冒不小的风险。那本歌集收入的歌曲大部分在"文化大革命"前几乎可以说一路绿灯，收入的郭沫若、陈啸空合作的《湘累》，桂涛声、夏之秋合作的《歌八百壮士》，左弦、普萨合作的《好地方》，田汉、冼星海合作的《热血》《黄河之恋》《夜半歌声》等，虽在新华书店出售的歌集中不常见，但忠诚祖国的民族精神和征服人心的艺术张力，无疑应当尊称为传世的精品。可以想象，这本歌集当年像火种一样在同济大学的进步学生中秘密传递，冷梅的母亲在校园里保存它是要冒风险的。谁知道当初的地下党变成了今天的执政党，一场红色

第八章　北上南下

的风暴吹来竟把当初的赤色歌集再次划入了违禁的范畴。

我接连翻过几座山冈,眼前突见清波荡漾的沱江不急不缓地在山峡漫步,一片开阔的沙洲稀稀拉拉地停靠着几条木船,这就是有名的黄沙滩,是抄近路走向县城的过渡点。我高兴得加快步伐冲下山坡,直奔江畔。

我气喘吁吁赶到渡船前,迫不及待地踩上木跳板。钻进船舱,却见舱内坐着几个心烦口怨的过客。原来今天掌船舵的卓大妈过生日,家里正摆酒席接客,这只船她不来就稳起不动。不来也好,我久违了沱江,心里着实思念得厉害,眼下既然已经投入它的怀抱,何不索性弄涛戏波呢?我把长裤和背心脱掉塞进背篼,放在船舱里,站到船头射入涟漪扩散的水中。

船是一个很特殊的交通工具,当人的面前出现断头路时,它能帮助人脚不沾水地完成过渡,不留痕迹地在陆地上已经中断了的道路继续前行。同船共渡是难得的缘分,世人俗称要十世修行,纵使船一抵岸便要各奔东西,不误行程的福分彼此已经分享,何况,上岸后谁的脚下都能有一条出路。

那么,人和船比较又有什么区别呢?船仅仅是交通工具,人则是交通工具的创造者、支配者和享有者。但是,人又不由自主地充当着被某种看得见与看不见的力量的利用工具,这也包括交通工具。人最伟大的地方当属懂得自己利用自己,比如当人迈开脚步的时候,就是承载自我的交通工具。我一直相信一个道理,人可以无话可说,却不会或不该无路可走,尤其是当别人不拿路给你走的时候,你为什么不可以做自己的工具,去寻觅一条可走的道路?

我躺在水波上搓洗着身上的污垢，像绕口令般思考着属于人生哲学的抽象课题。上帝在物质上克扣一批人的同时，在精神上却对一批人好眼相看，有绝不厚此薄彼的公平。所以，哪怕在水田的烂泥里扯脚，我也会漫无边际地浮想联翩。今天船老板耍态度了，我为什么不可以扮演渡江的主角呢？

我光着水淋淋的身子爬上船，取出自己的背篼举过头顶，再顺着船边溜下船，双脚踩着假水，借助漫过大半胸脯的江水的浮力向对岸泅渡。须知，人生自古谁无累，不就三百米左右的直线距离吗？如果我连面前这一段水势平缓的江水都没有征服的勇气，那么，命运的惊涛骇浪一定会把我打击得狼狈不堪。社会给我的出路原本就很窄，我乐得给自己一个从无路的地方找路的主动权。

"小伙子，快返回来，要出人命哟！"

一个胸前飘着长长的白胡须的老人，站在船头焦急地呼喊我，那是关心，是担心。

"老公公，谢谢！我想家了，还有很远的路要赶，想早点走。"

我没有回头，没有打算回头。早在那段时断时续的七零八落的学生时代，我就是不服管束的水中浪子。长时间地趴在沙滩上筑沙堡、砌沙塔、搭沙桥、浇沙人，等太阳烤得皮肤发烧便一头钻进江水间，潜在水里捉小鱼儿，拾彩色卵石。我从小饱尝过被人群排斥、歧视的痛苦滋味，沱江却始终保留着一份永不变质的童叟无欺的纯朴，它从不会戴假面具，从来不吝啬对弱者的包容，丝毫没有对人按等级区别相待的势利心，会慷慨地馈赠他人以无穷乐趣。当然，江水也有发怒翻脸的时候，可较之满目荆棘的世路又算得了什

第八章　北上南下

么呢？唐朝大诗人白居易不就苦叹：唯有人心相对时，咫尺之间不能料。

岸，干凸的坚实陆地，引人注目的高处。然而，从此岸达彼岸存在艰险的过渡带，手抓不到扶持物，脚探不到底，甚至可能被江水吞噬生命。我坦然在江水中行进着，两手托住头顶上的背篼，它几乎与我生命和人格同等重要，因为，其中不仅放着孝敬父母的土特产、琴匣，还有一个长者交付给我的珍贵歌集。我这样横江而过是否有些轻率？不。我在无人撑船之际，选取了泅水而进的险路，是相信自己有坚持到底的毅力和能力。船舱内的好心人的惊呼，没能让我掉头回游，我有意要借助这一次锻炼，培养自己与多磨难的宿命抗衡的耐性。

颈项以上太阳火辣，胸脯以下江水寒凉。这样足踩冷水、头淌热汗的涉江，或许是我才有的独特的亲身经历。一身同时感受炎凉迥异的滋味，头上负重的实在，脚下无底的虚浮，只有靠双腿猛蹬疾奔做动力，身腰恰到好处地扭动定向。若非自幼亲近沱江的"任性浪子"和"放荡游子"，一定不会有此冒风险的胆量和本领。尽管如此，我的鲁莽举措，还是让送过宾客赶来撑船的卓大妈吓破了胆。她慌慌张张地抽上跳板，撑开长篙，猛摇船桨，向我追来。她明白自己虽不算无故擅离职守，可毕竟让两岸的过客急得七窍生烟，再出条人命实在无法交代。

"短命的，先把背篼放上来，人再爬上船，我不收你的船钱，赶紧！你没听见对岸的人在催，在骂人啦！"

过渡船在江心横在我面前，卓大妈穿一身阴丹布衣裳，头上包

一块围帕,脚蹬一双四季不添袜的青布鞋,歇桨伸篙,一边发出怒吼,一边自圆其说:

"中午红火大太阳,赶路的人一般会选择树荫歇一阵凉,不急着赶路,我才回家去应酬一下客人,多耽搁一会儿。你就多等喝一盏茶、烧两支烟的工夫,我人不来了?"

我只得听她使唤,先把背篼放进船舱,嘴上仍不服软:

"卓大妈,我在船后游,帮你推船,你省力气!"

"见鬼了,你吊在船尾巴,碍手碍脚,帮倒忙。再说,你淹死了,我白搭个骂名不说,还脱不了手,不冤枉?快上来,两分船钱我不收你的,倒贴一支烟给你烧……"

见她态度逐渐和缓,脸上有又气又好笑的无奈神态,我口上随即变乖巧:

"卓大妈,大家都晓得了,你老人家在关心我。我不是舍不得两分钱。我搁的背篼顶个人,船钱我照开。我这一身水湿,船上客人不嫌?这样吧,我贴着船帮子游过江,要是见到我不行了,你再高抬贵手伸篙竿过来。那时,你救苦、救难、救命,满船人见证,我自己负责任。"

"好嘛,话说明了。"卓大妈脸上露出开心笑,"你们大家听清楚了啊,不怪我。"

到了对岸,我等满船人下完了,才踩上跳板取背篼。卓大妈果真从怀里摸出一支皱巴巴的香烟递给我,我一摇头,她又收回去自己点燃,两指夹着抽了口烟,对我说:

"小伙子,你的性格像我家那个老死鬼,龙王爷都敢得罪。以

第八章　北上南下

后过渡,不要这样游,我免收你船钱。"

"不敢,不敢违规!"

我抓起背篼里放着的衣裳,掏出一枚两分的硬币,丢进船舱口的竹筒里,再向卓大妈挥手作别,旋即转身离船。我钻进江边的灌木丛中穿好衣服,收拾妥当,甩开大步踏上去县城的山路。

第九章
血肉长城

当回城入院跨进家门时，一只急性的燕子从我头顶掠过，飞到室内横梁下绷顶的竹遮篷角落衔泥筑巢，让我在惊异间感受它一味劳苦与快意交织，触绪还伤。它既不添财，也不添喜，倒像添了个伙伴。

我放下肩背上的竹背篼，打盆清水擦拭过脸面，靠近拿着报纸看的父亲身边坐下，把冷伯的问候和孔营长的话转告。父亲脸上的肌肉一阵抽搐，扬手一挠已见白发压倒黑发倾向的头顶，用呆滞的目光瞅了我一会儿，方开口：

"私下说几句好话有什么用？执行政策的人是不会理睬它的。被我牵累的人太多了，他们需要实质性的弥补，不需要口头安慰。我这一颗良心，能做到仰俯无愧于天地，却未必能无愧于至爱亲朋。"

说完，他长吐一口冷气，展开手中的报纸继续读下去。

妈妈捏着一块湿抹布，站在一旁擦拭置放衣柜顶上的花瓶，听过我与父亲的对话，她掉头对我说：

"老二，不要提那些陈芝麻烂谷子的老话，这年头是非对错还理得出头绪吗？这类事，年轻人知道得越少越好，最好是不知道。"

紧接，她突然问我：

"我真忙昏了头，你吃午饭没有？厨房桌上尖顶盖下还有碗冷饭，吃不？"

我正欲答话，父亲抢先一句说：

"我也弄糊涂了，对，快热饭给他吃，上班时间快到了。哦，明天孙德厚满六十岁，我反复想过，是要去看看他才心安。"

妈妈脚步朝厨房走，口中却说：

第九章　血肉长城

"他这人，前半辈子打苦仗，后半辈子干苦活，孤苦伶仃，闷头闷脑过日子。"

过一会儿，妈妈将一碗蛋炒饭和一碟泡菜端上桌，叮嘱我吃过饭要自己洗碗，说着她随着父亲走出了门。

我端着饭碗追上去，对父亲大声说：

"爸爸，我有一本旧书要修缮一下，过一会儿我到文化馆来一趟。"

父亲回头瞅了我一眼，没开口，点一下头，便转过身子走出了大院门。

父亲在馆里的工作是给新书造册登记，填写检索卡片，粘贴标签和修缮破损的旧书等，整天泡在不透风的阴暗房间里从事不露脸面的劳作。等我背着挎包走进他的工作间，他接过银阿姨遗留的歌本随手翻了翻，便一声不吭地动手修缮破损页面。工序完成后，他找张牛皮纸裁好，给书加了层可以剥脱的绷套，再提起毛笔在套面上工工整整写下"历史资料"的字样，并在背脊上贴上图书收藏的标签。它即令无意被他人发现，也可以遮掩应付，俨然能与图书室的藏书以假乱真。等我要离开了，父亲在屋里的书架上抽出几本书用报纸包裹好递给我：

"当心，收好。这是五六十年代才编纂的史籍，你拿回家去再看。反正，你这回要多住几天，不妨花点儿时间翻翻，好多话由我说你未必信，你自己从书中去找结论。"

我接过父亲递上的书没有吭声，径直回家。

傍晚，月亮似从清浅银河中爬上岸的出浴仙女，以晶亮眸子向大地投射柔和的明辉,使大院颇添几分静谧安详。吃过晚饭的邻居们,纷纷端起板凳,拖出竹椅子,抬出凉榻,摊开篾席,在院落里种植的紫荆、石榴、洋槐、麻柳树旁和葡萄架、丝瓜架下的草坪上,三个一堆地摇扇纳凉,五个一群地闲聊散心。父亲见状,饮了口茶放下杯子,再从茶几上抓起一柄蒲扇,招呼我:

"老二,走,屋里闷热,院子里不好说话,我们一起到外面转一趟。"

跨出大院门,父亲领着我行走了一程路,他抬手指点眼前一个运动广场,低声说:

"真是,几十年变化太大了。这里原来是一个蓄满水的城中湖,种莲养鱼,周围绿树成荫,翠竹掩映,风景很好。可惜,这里处于当时抗战大后方的腹地,照样不时窜出敌机骚扰轰炸。日本鬼子的飞机曾经到这里扔过几枚重磅炸弹,激起的水柱有十几丈高。"

说话时,父亲有怀念,有悲愤。过了一会儿,他又抬手指点着一棵长在路边的皂角树说:

"这棵皂角树旁,原先被日本鬼子的重磅炸弹炸了一个大坑,一个被炸死的过路人血肉碎块挂满了树枝,无人收的尸骨让乌鸦叼、野狗啃、苍蝇叮,真是惨不忍睹。"

我望着皂角树树下的草丛间飞扑的一团萤火虫看了一会儿,接过他的话头说:

"爸爸,你交给我的那几本省里编的《文史资料丛书》,我看了好几篇了。现在,我更明白了为什么那时与鬼子遭遇的战斗,大多是恶仗,为什么会付那么大的代价。"

第九章　血肉长城

父亲站在路边的一棵梧桐树下，挥扇驱赶着蚊群，格外沉郁：

"战争是最残酷的政治较量，是一场赤裸裸的实力、财力、智力和承受战争的耐力的生死搏斗。抗日战争，从开战到日本投降，打了十四年。这是一场日本强加给中国的战争，开战时我们与日本的军事实力相比悬殊太大，一个是国土面积小的强国，一个是国土面积大的弱国。说陆军，同等编制的队伍装备火力比是敌五我一，甚至敌八我一，日本武器远远比我们精良，比我们强。说海军，日本有世界一流的航空母舰和其他大型军舰、潜艇，总吨位达二千四百万吨；中国只有少数只可以在内河、沿海行驶的破旧舰艇，吨位仅五万九千吨。说空军，日本有自行设计的各式先进军机，总共一千五百多架；中国只有购买二手货拼凑的各国杂牌飞机三十多架。论士兵文化程度和军事素养，更谈不上在一个水平上，我们的一个连队几乎全是文盲，体质孱弱，缺乏军事素养；日本士兵多数具有中学以上学历，不少人是大学生，体质强健，军事素养高。而且在日本国内有以当兵为荣的传统，我们的流行观念是'好铁不打钉，好男不当兵'，当兵的人备受社会蔑视。加上，当时中国不仅因长期遭受帝国主义列强掠夺国库空虚，而且此前又陷入一二十年军阀割据，内战频仍，内乱不止，消耗了国力，削弱了凝聚力。这样，一个扯扯绊绊的阵容，去对阵具有世界一流军事素质和现代化军事装备的敌人，真是只有招架之功，难有还手之力。虽然，我们不少手执大刀、长矛、土枪等落后兵器上阵的军人，可以毫不畏惧地挺起赤裸的胸膛去迎战武装到牙齿的日本侵略者，可以不惜以血肉之躯去筑造保家卫国的长城，浩然正气堪与日月争辉，但是，这笔代价何其高昂？直到太平洋战争爆发后，在援助先进军事装备的美国人督促下，我国才兴起大规模的知识青年从军运动，抗日救国的民族精神才逐步突破封建意识的桎梏。二十世纪三十年代开始，日本军国主义发动的全面侵华战争，致使中国军民三千五百万人伤亡，经济损失六千亿亿美元以上。这场战争给中国人民带来沉重的灾难，也使日本人民深受其害。我们备尝落后之悲、弱国之痛，战争之伤，历史不能忘记！"

我暗地惊讶，父亲竟然在三四十年后，对那场敌我对阵的严酷战争的一组组数据、史实，还记得清晰如昨，它肯定不只一次像尖锥一样刺扎他的心窝。他的话语平和，却分明让我感受到他有万顷波涛翻卷在胸膛。我看见一只山蚊子叮在父亲的后颈上，正打算伸手去捉，没想到他反手挥扇将它打落，口中还诙谐地说：

"被它叮一口，和被它叮百口区别不大。缅甸原始森林的疟蚊大如苍蝇，叮起人真是毒口无情，足以一口夺走人命啊。当年，我们完成从文人到军人的转换，是为报国恨家仇，脚踩生死阴阳界，投身血火大炼狱。哎，一代人有一代人的使命和担当，用今天的眼光来评价昨天的对错，不仅荒唐，而且可笑，甚至蒙羞。我们远征军流汗、流泪、流血，都是为了国家。如果世间有神灵，有上帝，我们可以坦荡从容去接受最后的权威评判，或者是审判，去讨回那一份迟迟未到的公道……"

我陪伴父亲沿着一条青石板街道缓步行走，除了脚步声，谁也不说话。这时，只听"扑哧"一声，一个裸着脏身带着花脸的小孩见四处无人，使劲儿揭下了贴在县革委门口大批判专栏上的整块纸

第九章　血肉长城

片粘连重叠的又长又厚的大字报纸皮,在前面一个巷道拐弯处紧裹在身上蜷曲着躺下来,挡寒凉,御蚊袭。父亲叫我站住不动,独个走近前掏出一元钱递给小孩,又转回来,指着县革委大门内一排石阶上的平台说:

"当年中央音乐学院李海英教授,他那时还是一个中学生,就站在上面那个平台上,放开他极富感染力的男低音嗓门,指挥上千中小学生齐唱《松花江上》《热血》《青年进行曲》等救亡歌曲,唱到'谁愿意做奴隶,谁愿意做马牛',学生们真是群情激昂、热泪湿地、誓言震天。一个东北流亡学生当即咬破指头,在一块白绸上写出血书'还我河山',不久便从军奔赴战场。后来,冯玉祥将军到县城发动抗日募捐,他在县文庙里进行了一次让满场听众热血沸腾的演讲,县里有钱人家的大家闺秀们献上一个用金戒指在锦缎上镶成大大的'心',而那些衣不蔽体、瘦得皮包骨头、浑身虱子乱爬的乞丐也倾囊献出讨乞来的全部钱币。这场募捐打破了全国县域献金的历史纪录,冯玉祥将军为之动容,赞叹其'是汗与泪、千万颗良心交织的无名诗篇'。"

父亲边说边走,两眼凝注着前方苍茫夜空下的小山冈,补白一句:

"那时,还真是地不分东西南北,人不分男女老少,社团不分党派帮派,一起齐心合力去抗日。就像前面钟鼓楼上嵌出的那四个大字'万众一心'!"

我听完父亲的感慨,对他说:

"爸爸,我在你要我看的那几本《文史资料选编》中,看到了川军王铭章师长率部在滕县打策应台儿庄大战的阻击战，一直打到最后一人，击毙日寇四千余人，一百二十二师五千健儿几乎全部殉国，真是'川人从不负国'。另外，还有两件发生在四川民间的事，让我特别感动：第一件事，1941年，四川省田赋管理处长甘绩镛在南潼道一线巡视，路经一栋乡下人住的茅草屋，便驻足休息。他在那里问一个老农：'今年收成和生活情形如何？'老农回答说：'老天爷不帮忙，收成不好，我们经常以苕藤、菜叶和杂粮填肚子。'他听了有些担忧：'粮食不够，还给国家纳粮吗？'老农答：'我应缴的粮食都缴了，左邻右舍都是这样的！'他再问：'你们自己都填不饱肚子，还有啥余粮缴公呢？'老农朗声答：'军队去前方打仗，没粮食就吃不饱，就是有条命也不能拼啊！只要能打胜仗，赶走日本鬼子，能过太平日子，我们老百姓暂时吃苕藤、树叶，也有想头，比起日本人来抢我们好多了！'这一番对话后来上了报，感动了万万千千的人。还有一件事，曾被誉为'模范父亲'的安县王者成先生，他儿子王建堂报名参军即将出发，他把一面白布'死'字旗赠送给儿子，旗面正中写了个大'死'字，旗面左方题诗一首'国难当头，日寇狰狞。国家兴亡，匹夫有分。本欲服役，奈过年龄。幸吾有子，自觉请缨。赐旗一面，时刻随身。伤时拭血，死后裹身。勇往直前，勿忘本分！'爸爸，我明白了，你当时在一所国内最好的大学读书，为什么会选择投笔从戎。"

父亲翘首望着天空划过的一颗流星，对我说：

"其实，我还是很留恋西南联大那一段学习生活：虽说坐在干打垒泥墙铺盖一片铁皮顶搭建的速成简易教室，暑天太阳一烤奇热

第九章　血肉长城

如蒸笼，而雨天雨点砸在铁皮顶上宛如敲锣打鼓声声震耳，简直听不清楚教授讲的课；但是，我们的教授全是国内学界精英，他们为救国育人，堪称不遗余力，恨不得将知识倾囊传授给自己的学生。学生呢，为读书救国，当真是视一寸光阴为一寸金啊！碍于鱼和熊掌不可兼得，我选择了从军，临行时泪水把衣襟打湿了一大块。而促成下决心，也是我们'刚毅坚卓'的校训，以及校歌里那些激昂雄迈的歌句：'多难殷忧新国运，动心忍性希前哲。待驱除仇寇，复神京，还燕碣。'还有那些忠肝义胆的饱学教授，他们宁肯舍弃荣华富贵，住乡间茅舍，穿补丁衣服，吃粗茶淡饭，教育我们要做主人去拼死在疆场，绝不做亡国奴而青云直上。三十多年过去了，悔恨什么呢？尽管如果我不从军，我的人生轨迹会比现在亮色许多。"

"爸爸，我想再听听你讲一些关于远征军的战斗故事，好吗？"

父亲默默地带着我穿出一条狭窄的小巷，沿着一条碎石铺砌的围城马路，来到横跨沱江的石桥上，俯瞰着浸月沉星的江波。这时，天上月亮正被一片飘移的浮云慢慢遮蔽，城内灯火闪烁明灭，江面景色弥漫一片扑朔迷离的凄清。父亲用蒲扇拍拍背心，话音被掠来的江风吹得断断续续：

"老二，世上人习惯以成败论英雄，不会把荣誉席提供给失败者。哎，再提那段军旅生涯，军人的自豪感已经沉睡了，哪能再一次苏醒啊？相反，我倒是看到了一个依然在淌血的历史伤口，这不单是我和那些生死与共的弟兄毕生无以消减的伤痛，也是一个民族至今无以治愈的伤痛。那么多二十几岁的知识青年，个个长着鲜活的面庞，他们热血满腔，怀抱着远大志向，却一个接一个地倒下去了，倒在国门前，倒在异国他乡，倒在阵地上，倒在永远没有抵达目的地的归途中。时至而今，他们的事迹无人问津，他们的坟冢年年清明时节无人去扫，或者说不屑去扫，或者说不敢去扫。他们没忘掉国家，国家会不会忘掉了他们呢？"

说着，父亲挥扇猛拍一下大桥水泥栏杆，脸上布满了无人理会的悲愤和凄楚。我找不出安慰他的话来说，他却讲开了湮没于远久的风烟中的往事，倾出了蓄积多年的满腹苦水，听得我耳畔如有一阵阵凄风苦雨……

1942年5月，杜聿明将军率部赴中缅印战区和英美联手抗击日军已达数月，由于英军只顾打小算盘保全自己在印缅殖民地的利益，屡出不地道的损招，直至不告而退，彻底暴露了中国远征军的右翼。加之，中、美、英三国多头指挥积累的矛盾已难以协调，战场缺乏情报支持等，远征军只好选择撤退回国。此时，事前得到情报的日军，切断中国军队的退路。这样，这支战功卓著的远征军，除少数部队随史迪威去了印度，剩下的四万多将士则在杜聿明的带领下选择了一条凶险无比的归途。

缅人常谈虎色变的野人山，位于缅甸最北端，是方圆数百里山高林密的无人区，据传常有野人出没。远征军取道的胡康河谷，它与喜马拉雅山接壤，缅语意为"魔鬼居住的地方"。当开拔回国的远征军来到这里时，当地向导十分惧怕，不愿带路。可是，日军步步紧逼，没有回路可走，杜聿明将军下令轻装前进，烧毁战车进入原始森林。从此，这支远征军队伍踏上一段惨绝人寰的败北路途。

第九章　血肉长城

远征军穿越野人山恰值雨季，雨点大如玻璃球，三五分钟内地面积水便达一两尺深，沿途到处有山洪暴发，电台受潮断绝了与外界的联系，一般连队连地图也没有，唯有靠指北针识别方向。遮天蔽地的森林光线阴暗，荆棘纵横，藤缠根纠，地面积满厚厚的烂草腐叶，脚步踩上去如踩棉花，发出吱吱的声响，稍不留神便会掉进泥沼深坑。而提前来设伏的鬼子狙击手，将自己捆绑在高大的树木上，专放冷枪射杀现身的中国军官。识破鬼子的阴谋后，好长一段路程，尖兵只要一发现大树，先端起机枪扫射一遍，确定无敌情后后续部队才跟上。

一般人认为，在一个原始森林里，军人有武器弹药，可以随时打野兽、飞禽，部队何愁不能补充吃食？实际情况则是一支几万人的大部队，沿路还得披荆斩棘，行军响动太大，什么飞禽走兽大都闻风远逃，白天人吃的东西几乎都没有，晚上吃人的东西什么都有。这是亘古罕见的险恶行军，部队粮食吃光，就忍痛舍马救人，杀掉一匹匹血战沙场的军马；军马杀绝，部队要果腹就找野食，打猴子、山猪、野兔，捉活蛇、老鼠、青蛙等小动物。捕猎不到动物时，大家就吃野果、野菌、野芭蕉根、树叶，甚至煮皮带。吃不认识的植物，士兵先在嘴里一尝，舌头一发麻，就赶紧吐出，以防中毒。即令如此，不少将士吃了有毒、不净食物后上吐下泻，大批将士莫名死亡。

伴随雨季，长得像苍蝇的疟蚊、小咬不分白天黑夜袭咬将士，此外，沿途树木上还有吸血旱蚂蟥、食人蚂蚁、毒蛇等四处乱爬乱窜。那旱蚂蟥，咬你不注意，钻心钻肾也不知觉，成堆成堆地附在人身上，钻入抱枪睡觉的战士体内，开刀连心脏里都有。将士被旱蚂蟥折腾得昏迷、沉睡，被吸干了血液，因此殒命的数不胜数，遗体腐烂的黑水流淌成河，恶臭熏天。食人蚂蚁的危害亦非同小可，杜聿明将军的副官生病怕掉队，背靠大树睡了一夜，第二天已被蚂蚁啃成一堆白骨。此外，老虎、豹子、豺狼、蟒蛇等各式猛兽，冷不防会突然偷袭。有次，一条蟒蛇出现，一个战士接连开枪没打死它，只好甩手雷炸开了它的肚腹，里面居然有头盔、军装、人骨、没消化掉的残肢。除却毒虫、野兽之外，看不见形体的疟疾、登革热、猩红热、回归热、痢疾、瘴气等疾病纷纷汹涌而来，部队药物很快用尽，将士们体质又很差，几近受伤即死，患病即死。杜聿明将军患了回归热，昏迷不省人事，部队因此暂停两日行军。等他醒来命令部队继续前进，不仅护理他的常连长受传染致死，而且给他抬担架的士兵就累死二十余人，其中一名是警卫营长。

这一路，真是九死一生，沿途尸横遍野，白骨抛荒。等到队伍历尽千辛万苦穿出山林到印度境内，撤退开拔时的四万将士，活着的只剩八千余人。事后才知，当时堵截远征军回国的日本军队只有一万多人，假设杜聿明将军当时下决断，搏杀一条血路回国，付出的代价未必会这样惨重……但是，历史没有假设，只有"一将功成万骨枯"的万古悲哀。

父亲讲到这里，已经是泪如雨下，泪水啪啪掉在面前的水泥桥栏上，劲吹的江风拂乱了他的头发，拂不去他的满怀悲戚。在移出云翳透放光亮的月辉照映下，站得笔直的父亲，宛如一尊独立苍茫的雕塑。

第九章　　血肉长城

在往家里走的路上，父亲给我讲到，大反攻时杀回马枪，中国军队曾经再次翻越野人山，旧路重拾，在荒山莽林中倒下的将士依然无以计数。1944年6月4日开始打响的松山大血战，历时一百二十天，由于守备日军是缅甸方面军的精锐部队，占据海拔二千六百九十米高的险隘，筑有异常诡诈坚固的永久性地堡工事，群峰堡与堡之间通道相连，互相照应，连战车也可在地堡里开进开出，所以，战斗打得异常残酷。中国与日本军力比是十比一，最终中国军队伤亡人数将近八千人，双方阵亡人数比接近六比一。当年松山交火中，山谷中尸体压尸体，分不清敌我。炮火压制下，累累积尸任凭炮击枪穿，日晒雨淋，最后乌黑的尸水把山坡野草都浸泡死光了。多年以后，那一片片荒坡寸草不生，触目惊心。

回家躺在床上，我辗转反侧，久久难眠，浮想联翩。等我好不容易入眠，却被一场场噩梦纠缠不休。

第二天下午，没有云朵和清风做伴的太阳变得脾气火爆，它不断从天空射下万万千千枚光针，弄得路上行人苦不堪言，汗珠滚淌。我和弟弟张肯各自戴着一顶麦秸草帽，不顾炎热向城外十几里的黄龙坳九道拐走去，一步落地腾起一朵灰团。

我手上提着一个用白纱布搭着的大竹篮，放在篮内的搪瓷钵里装有两斤母亲中午做好扇冷并放好佐料的燃面，置在篮内的瓷碗里还装着一斤卤猪肉，篮边塞着十个煮熟的盐鸭蛋，以及竹筷、酒杯。另外，我肩上背着的挎包里放着两斤干面和两瓶用橡皮塞堵瓶口的红高粱白酒。弟弟打空手，身上揣着一架按父亲吩咐带上的重音口琴。

我和弟弟的行动,有些像小说里描写的地下党员接头,虽谈不上偷偷摸摸,但的确是一路小心谨慎。弟弟的任务有些像侦察敌情的尖兵,神态兴冲冲,仿佛接受了一项光荣而神秘的重大任务。

　　等我们走到孙伯伯所在的砖瓦窑,太阳已经开始偏西,漫游归来的清风带着抱歉赶来殷勤退凉,吹拂得人格外舒爽。孙伯伯是砖瓦窑掌管烧砖瓦火候的技术员,却是实际上的头儿。他不但和农工一样干计件活,而且下班比所有的人迟。他保持着军人习惯,时间观念强,做事绝不拖拉,走路身正步快,干活舍得力气,收工后穿戴整整齐齐。现在,他正牵着一条鼻孔系在手上捏着的硬头黄竹竿的水牛,绕着圈子踩踩泥塘里的黄泥。忙了一阵,他卸下水牛,提起一把铁铲将熟泥垒成一个高堆,接着用抬杠打打压压,再拿一个绷着钢丝弦的木弓架,把泥料修切得方方正正。末了,他用木弓架的钢丝弦一勒一切,弄出一块百十斤重长方形泥块,扛在肩上走到制砖大棚里,朝木制模具架上猛地一摔。这时,我和弟弟站在旁边苞谷丛里观望了一阵,我已看清旁边无人,便要弟弟前去打招呼。

　　他起初没有答理弟弟,埋头用木弓的钢丝弦割去模具架上多余的泥料屑,再用一块光滑的刮板打理了一下表面,打开模具架露出一块工整的砖坯,才回头打量弟弟。弟弟趁机补上一句:

　　"孙伯伯,爸爸、妈妈要我和哥哥来给你祝寿,我是张肯,我哥哥张良还在苞谷土头站着等!"

　　孙伯伯惊讶地看看弟弟,又向我站的地方望望,抬手习惯性地摸摸耳根下的那条长长的刀伤疤痕,脸上一团和气地对弟弟说:

　　"真是,真是,十几里路,太阳又大,你们来干什么?连我都

第九章 血肉长城

忘记了自己哪天生日,你爸爸、妈妈还记得?"

说完,孙伯伯要弟弟和我在旁边等一等,自己取下挂在棚柱铁钉上的衣裤丢在烧窑旁边的池塘埂上,穿着身上汗淋淋的裤衩跳进池塘水波中搓洗了一阵。他精神矍铄,体型不胖不瘦,浑身肌肉结实,如没看见他满头白发,单看背影会把他的年龄少算 20 岁。他踩上塘埂穿好外衣,先把水牛牵到牛圈交给饲养员,才回头带上我和弟弟往他家里走。

我和弟弟为防旁人有眼,有意与孙伯伯保持一段距离,警觉地跟随在他身后。等走进他那隐没在山坡竹林中的两间茅屋时,我们才知道他是孤身一人过日子,床头一个没上漆的木柜上还供着他去世妻子的牌位,墙上挂着她的一尺幅炭精画像镜框。屋里陈设虽然十分简陋,却是干干净净、整整洁洁。等他关好屋门,点亮了煤油灯,我才把母亲做的燃面和其他吃食拿出来放在桌上。他直说太破费了,接着要进厨房烧锅做饭。我见状赶紧拉住他在板凳上坐下,磕破一个盐蛋剥开放在燃面上,再抽出随身带来的竹筷、酒杯,夹上几块卤猪肉,说道:

"孙伯伯你吃寿面,我和弟弟带有馒头,有吃的。爸爸、妈妈打过招呼,要我们看着你吃,在你旁边为你祝寿。"

说完,我打开瓶塞,斟满三杯高粱酒。

于是,我和弟弟双双跪在地上,给孙伯伯磕过头,才起身端上酒杯,对他齐声说:

"孙伯伯,我们兄弟二人,代表父母和姐姐敬你一杯酒!你是国家民族的抗日功臣,是千年不倒的铁汉,我们全家为你贺寿,祝你寿比南山，福如东海，晚年幸福安康！"

孙伯伯端起酒杯一口饮干，嘴上连连说：

"过分了，过分了，我担当不起。"

我给孙伯伯续上酒，要他坐下慢用。这会儿，弟弟掏出了口琴站在一旁，吹起一曲《义勇军进行曲》的歌调。这年头，周扬、夏衍、田汉、阳翰笙被合称"四条汉子"，被列为反党黑帮，仍然在挨批判，这首田汉作词、聂耳谱曲的国歌，只准奏曲，不准唱禁用的歌词，而孙伯伯喜欢听口琴曲，所以，爸爸安排了今天这个节目。谁知，孙伯伯一听《义勇军进行曲》的口琴声，反应似触电般，刷地笔挺站立，张开有些跑调的粗嗓门唱起了国歌。当唱到"把我们的血肉，筑成我们新的长城"时，他一脸肃穆，双眶泪波粼粼。一曲歌罢，他把我和弟弟揽在怀抱中，嗓音颤抖：

"我好高兴，好高兴，真好高兴！"

在剩下的几天时间里，我在城里很少上街。虽然是从小生长的城市，一旦身为躬耕田间的农民，重回故乡已感觉迥异，像是在别人家做客，始终摆不脱一种拘谨的感觉。离城的头一天上午烈日高悬，我不期在街头遇上同班同学赵云鹏、舒畅、杨子浪等同学，他们皆叹天气太热，便结伴来到母校山坡下的沙岛上，脱下衣服投进沱江游泳爽身。游了一阵，等众人在沙滩上仰躺叙话时，杨子浪独自精赤身子摸到旁边的农田中，抓起黑糊糊的稀泥糊抹得浑身上下无一遗漏，留有空隙的只是头脸呼吸视听的七窍。当杨子浪大声唱着流行歌句"我是一个黑孩子，我的家在黑非洲"奔跑而来，下胯悬吊吊的物体抖掉了稀泥块昭然若揭地暴露，惹来一片爆笑。大家

第九章　血肉长城

先是拍手叫好，伸指扒脸喊羞，继而纷纷倒在沙滩上翻来滚去，紧捂着肚腹嘴上嚷痛。

杨子浪仗着泥块绷厚脸壳，大言不惭地说道：

"别笑，别笑我这黑人俗相，你们哪个人又不是这座城市的'黑人'？"

这时，大家人人猛省自己早被这座城市注销了户籍，成为了十足的"黑人"，场面一下沉寂了。于是，诸人情绪骤然间怏怏不乐，陆续重返沱江波流清洗一番，上岸穿上衣服。

接下来，同学们在赵云鹏的提议下，来到坐落城南的文庙观光游逛，取景拍照。赵云鹏举起海鸥牌照相机，分别给大家各照了一张单人照和集体合影照，一高兴就混过了半天时间。

当天晚上，赵云鹏又约同学们到家中喝茶聊天，把已冲洗出来的照片分别拿给各位同学。他在那张文庙大成殿前合拍的集体照上，添上了几个毛笔描的题字：

"曾记否……"

我定睛瞅着手中的照片，觉得题字不如换成李后主绝命词《虞美人》中的现成句子"雕栏玉砌应犹在，只是朱颜改"，或是改撰一句"往事不堪回首"。因为，能抢的抢了，能砸的砸了，文庙已空空如也。并且，作为照片背景的斗拱飞檐、丹柱雕窗所象征的那种文明，全如光芒灿烂的流金淌入了滚滚远去的江波，让人心中产生隐隐作痛的失落感。

第十章
眼前天边

平澜公社与望江公社毗邻，同处一个沱江绕行的U型半岛上。沿江绕路需要步行二十华里，取陆路抄近道则只有八九华里。同在一条江的此岸，却有数不清的山冈和沟壑相间。

风雨初歇的黄泥山路，淤积着泥泞，木轮车辗过的辙痕，像印章样深陷的牛蹄印，以及五趾分明的人行足迹，在路面交错重叠地铺陈。我把冷伯相托的《左翼电影歌曲选》放进挂在肩头的挎包里，敞披着外衣，不急不缓地向石塔二队走去。

我沿途逢疑问路，没绕多少弯路就找到了冷梅的落户地址石塔二队，走进村落顿感柳暗花明的新奇，真是一个有好风景的好地方。

冷梅住家的院落，是一个土改时被政府公审镇压的大地主的豪宅大院，它被无偿分给十多户贫苦农民居住，还留下七八间宽阔的房间作为村小的教室。高墙大屋、砖壁瓦顶、雕窗镂柱、凉亭花径、深没庭院，昔日该是何等的阔绰？而今，屋檐下、回廊间堆满了供奉灶膛的备用柴火，显露出着皮袄穿草鞋那种搭配不当的任意。

冷梅的住宅在后院的左角，院内的进门被砌砖封闭，却在背后的墙体辟出一道进门。这样，她的进出不会惊扰院内的众多住户，具有独来独往的来去自由。距冷梅的家门七八步处，是一口有两亩左右面积的条石箍边的蓄水池塘，除去一个沿阶缓下以方便洗衣、淘菜、摘莲、掘藕、捕鱼的进口，周遭都设有条石搭建的可坐可倚的护栏，栏外种着十几棵高龄逾百岁的粗干老枝的古柳，长垂的柳枝叶梢深没进了池水间。这些古柳歇雀歇蝉歇霞歇风，化解着尘世无尽的烦恼与喧嚣，把人的心绪引入目光不及的久远和淡忘宠辱的静谧。

第十章　眼前天边

我到达的时分已是午后,迎迓我的池塘残荷断茎上歇着蜻蜓,绕着燕子,树丛间发出悦耳爽神的蝉唱,一派飘逸旖旎的迷人秋景。

"冷梅,你在家吗?"

我在门前叩门发问。身边的柴火堆里"嗖"地窜出一条目凶牙利的棕色狼狗,扑到我面前耸头眦目张牙舞爪地狂吠。我惊得倒退一步,正愁无处躲闪,突然背后传来一声熟悉的吆喝:

"安良,过来,别叫了!"

我回头一看,冷梅手捧一册书,躺卧在一棵双手搂抱不过的古柳的粗壮杈枝上,侧脸狡黠地朝我发笑。我见状颇感意外,便朝她说:

"冷伯要我给你带东西来。"

冷梅利索地从树杈上滑下来,轻盈平稳地落在地面,脸上露出几分疑惑:

"你骗人,他不直接交给我,反而交给你?哦,进屋说吧。"

我尾随冷梅跨进屋门,这一间约有二十多平方米的单间大屋,地面由大块方砖铺砌,收拾得简单干净。除了日常坐卧家庭用具外,柴灶、水缸和一些柴垛也尽在屋中,灶边墙角有一个石板铺底的下水口,一眼就可以看出这是她整个的个人空间。她把手中的书丢在桌上,我瞟了一眼,那是竖排版的罗曼·罗兰著的《约翰·克里斯朵夫》。她拎起竹壳茶瓶把开水倒进搪瓷缸子,递给我说:

"先喝口水吧,吃午饭没有?"

"吃过了,自带的煮苞谷。"我如实回答。

"我父亲要你带什么东西给我?"

我从挎包里摸出那本《左翼电影歌曲选》交给她，低声对她说：

"冷伯说是你妈妈留下来的。"

"是你把它裱过的？"冷梅接过歌本用手翻着，眼圈略微泛红，很快控制住自己的情绪，目光如刺直盯住我，"其实，我希望看到的是原样，你未经允许这样做，虽然是好心好意，却缺少对我的应有尊重。不过，它能留下来，我父亲能放心交给你，算是一个双料奇迹。"

冷梅要我把认识她父亲的经过说给她听，于是，我把事情的来龙去脉交代了一番，并且，我告诉她，我还偷听过她为母亲唱的歌。她圆瞪两眼惊讶地望着我片刻，长吐一口气，把母亲的遗物放进盛衣的皮箱中，回过身对我说：

"你吃过了自助餐，我就不动炊火了。这屋没开窗口，只有屋顶有个透气天窗，挺闷，到外面走走吧。"

安良驯服地靠近冷梅跟前，她弯腰抚摸了一阵它光滑的棕毛，脸颊贴着它的头亲近了片刻，轻轻地推开它说：

"安良去吧，到旁边去溜达吧！"

这狼狗的名取得真不错，另一层没有说出的潜义更有意思，那就是"除暴"。一个身处异乡的孤独女性，配上一个如此凶猛的"警卫员"，其情同手足的情谊可想而知。安良伸出血红的长舌舔了舔冷梅脚上的凉鞋，摇摇尾巴，慢腾腾地走开了。

我们走过池塘，翻过一个种满苞谷的山冈，再行大约一两华里路，眼前临江的山冈上耸立着一座造型秀丽玲珑的石塔。冷梅在前，我在后，沿着塔内石阶往上攀登。我默数着石阶，从脚到顶一

第十章　眼前天边

共一百三十四级。这座塔呈九层八边形楼阁式，层层上收，各层均开有眺望窗户，上登一层眼界即开阔一片。冷梅告诉我，这塔名叫镇江塔。修建于清朝道光年间的石垒古塔，夏秋之际斜阳西投，塔影恰好截断沱江水流，大有镇波压浪的威势，塔名便由此而得。等到登上塔顶，冷梅手抚圆孔望窗石面，侧脸看了我一眼说：

"你看下面的沱江，水波到了塔下便回水倒流，是塔的威力，还是水势本来就这样，让世人费尽心思去猜。"

我把眼光极力向山川的边际远投，口中接着冷梅的话题：

"人的力量感到不足的地方，就会借助神的力量。这神究竟是真实存在，还是存在于想象中，不太重要。只要需要，就是没有神，也可以创造出一个神来，而造一个塔则可以作为神力存在的一个佐证。其实，我在这里想到的是另一个概念，沱江的尽头是长江，长江的尽头是大海，不停奔腾的波涛，它的道路越走越宽。可是，我的道路呢？却有越走越窄的感觉。我在一个狭窄的圈子里生活，还不如沱江的流水，有一路歌唱着寻求出路的自由。哦，冷梅，你这儿真好，尽管劳动还是艰苦，至少务工之余，能够饱享眼福看风景。"

冷梅一噘嘴巴，叹一口气，说：

"美丽的风景，不美丽的命运，二者的矛盾在人内心引发的冲突，往往比没有风景的地方更剧烈。如果，你是一只笼中鸟，鼻孔嗅得到百花芬芳，眼球望得到晴空万里，可是，你的翅膀却飞不出樊笼，那对自由的向往，肯定不能化解不自由的苦涩，是吗？"

我听见冷梅发出一声咳嗽，才发现她的手臂上皱起了鸡皮疙瘩，忙对她说：

"这里风大，我们下去吧！"

走出镇江塔，我们沿着一条蜿蜒小路，缓步走到一个流水淙淙的小溪旁。冷梅靠着一棵棕榈树坐下来，顺手折断一柄棕叶撕下叶片编织成一只小船放进溪流，任凭它在水波中浮浮沉沉地漂泊。

"你知道我父亲为什么把歌集带给我吗？"

冷梅凝视着那只在溪水中颠簸摇晃的棕叶小船，目光里有说不尽的凄楚。

"不知道。"

"那就是他不会再唱歌了。正如我在这里，没人知道我是一个音乐教师的女儿，曾经是舞台上的活跃分子。"她的话语有掩饰不住的感伤。

"一个人的世界，分物质和精神两大部分，如今物质匮乏，再省略了精神，人生不就残缺了一大半。"

我听过她的话若有所悟。

"一个人的最珍贵的精神世界只有保留在内心，挂在口头的往往是肤浅的。沉默无语的人，或许心中有一支交响乐队。"她挽起裤管把双脚浸泡溪流间，没被太阳烤晒到的一对小腿，在清水中宛如两段纤尘不染的丰盈白玉。"残缺的生活对应残缺的世界，你觉得自己享有的精神生活是真纯的吗？你把现今拥有的物质与精神相加，就能庆幸自己获得了一个完整的世界吗？"

我缄默，因为我懂得她话中包含的道理。

"当演员，或许不如当观众、听众。演员在表演的时候，就把自己摆在了随时被人挑剔的位置，而观众、听众是裁判。演员是讨

第十章　眼前天边

好他人的对象，观众、听众是被讨好的对象。并且前者任性，后者自制。"她把放进溪水间的脚腿抽回来，摆掉水珠穿上凉鞋，似乎怕我作难，口气变得和缓："我这里是指现实生活而言，一个应该积蓄自身能量的人，不应该去媚世，去过早地表现自己或取悦于他人。何况，高声歌唱与纵情舞蹈，容易事与愿违地袒露自己感情或思想上的软肋，在一个狼群窥伺的环境，实在是不智之举。"

"你已经观察到、思考到这样的层面，真是令人佩服。"我舒了口气，停顿了一会儿，继续说道，"不过，我觉得这样的生活每一个日子都像覆盖了一层霜雪，时时带着透心的冰凉。"

"吃吧，这是易伯最近托人捎给我的月饼，过几天就是中秋节了。"

冷梅从衣袋里掏出一个包了层薄纸的麻饼，对掰成两半，递半块给我。

"你易伯是谁？"

我联想到她的住宿环境明分暗合，闹中取静，分明是经过精心安排，必定有一个身份特别的人用一双隐形的手暗中照应。

"他叫易知新。"她审视着我，平静地说一声。

"他不是地委书记吗？"我目瞪口呆。

"是的，他一直暗地关心我，并且委托县里的领导照顾我。"她把手中的月饼再次一分为二硬塞到我手中，仰头望着天上的一朵白云说道，"我住址旁边的山坡上有一个小院，那是县武装部蓝政委的父母和他哥哥的家，他家一直在暗中关照我。我喂的狗，还是蓝政委派人从县城送来的。但是，一切他人的保护，都不如自我保护,学会'自爱、自强、自律、自助',这是爸爸叮嘱我的八个字。"

我心里暗想,这世界不会绝望,到处有善良的人,到处不缺乏有高尚品质的人。只要人留心,总会碰上同类人。我有意把话题岔开,便对她说:

"那次,我听到你唱那支《夕歌》,是我今生今世听到的最好的校园歌曲,你可能知道词曲作者是谁,能告诉我吗?"

冷梅摘下身边一朵野菊花,放在鼻尖一嗅,眼睛注视着细浪微波的小溪,说道:

"我只知道其中之一,他是李叔同,也就是另一首校园歌曲《送别》的作者,后来人称的弘一法师。"

冷梅告诉我,1902年李叔同就读于上海南洋公学,深得在学校任总教习的蔡元培先生的赏识。一天,李叔同正在校园里读《天演论》,听到一阵令他不快的歌声。他循声走进一间教室,原来一个日本女教师正在教中国学生唱日本国歌。李叔同怒火填膺,立即到蔡元培办公室质问,为什么中国人受尽日本欺辱还要在自己的学校教唱日本国歌?蔡元培向他解释,本想找一位中国先生教音乐,但一时没找到合适的,况且,国内还没有人创作一首属于自己的校园歌曲,只好请了这个日本教师,至于教学内容,学校忽略了审查。蔡元培向李叔同讲了一个更令人痛心疾首的例子:前不久,慈禧太后从避难地返回北京,在受到过八国联军洗劫的天津火车站,袁世凯的军队竟演奏法国国歌《马赛曲》接驾,慈禧太后觉得够排场,还赏了乐队白银二百锭。就这样李叔同为了维护自己和民族的尊严,从此,走上一条音乐创作的道路。至于《夕歌》,是李叔同借用古

第十章　眼前天边

曲《老六板》填的词，以鼓励同学们珍惜光阴学习，奋发上进，有朝一日承担起报国重任，很快在各地校园里流传开来。

讲完这个故事，冷梅两眼溢出了一颗颗晶莹的泪珠，她掏出手帕拭干眼睑，苦笑着说道：

"张良，你感没感受到一种失落，我们的梦想在虚化，身份在弱化，生存环境在边缘化。我们的岁月正在可怕地蹉跎，我们这一代人极可能被历史忽略，被将来的人们很快遗忘。"

"你也考虑过这个问题？"

"嗯，你肯定考虑过，能告诉我吗？"

冷梅神情凝重，把手中的野菊花一瓣一瓣地扯碎，抛在脚下的溪流中。

"老三届的初、高中毕业生，他们的痛苦来自于本该跨进高中、大学时，学校的校门突然关闭了，中学该学的知识还是学得很扎实的。可我们学到了什么呢？过去没有光荣，未来不见希望，属于一代无依无傍的可怜虫。我们被称为知识青年，其实'知识'两个字我们担当不起，不是桂冠，是十足的荆冠。如果说，老三届是知识的绝版，我们则是无知的初版。我们是精神苍白的可怜虫，长期缺乏知识的营养，当社会有一天需要用科学手段来推进建设时，会强烈地发出对知识的呼唤，我们就会被时代的大潮淘汰，像你手中的野菊花一样被波涛无情地抛弃。因为，我们不能满足社会提出的紧迫要求，没有多少知识，并且劳动技能甚至不如农民，算是多余的人，无用。"

我望见天空的太阳已经偏过头顶很远，向西山倾斜，便用另一

只手轻轻一拍她的手背,准备向她告辞。她坐在地上抬起头,睁大一对黑白分明的眼睛望着我说:

"你不是喜欢民歌吗?恰好邻村的重庆知青有个聚会,有吃有喝,有篝火晚会,你不愿意去见识?"

我们顺着左拐右扭的小溪旁的小径走向江边,眼前出现了一个上百亩的江中岛,四周长满花开如雪的芦苇,微风一吹纷纷扬扬的花絮漂浮江面,坠入水波。冷梅两手拱作话筒状呼唤一声:

"喂,有人过渡。"

过一会儿,岛上的芦苇丛中便划来一只冲洗干净的运粪船,把我们载到岛上。

江中岛是经江水长期冲荡积聚淤泥堆成的岛屿,除却百年一遇的洪水常年都安然无恙,它隶属平澜公社枣林一队管辖。由于岛上江风大,往来不便,人影稀疏,农户不愿到岛上安居。年年种植甘蔗、苞谷等经济作物和粗杂粮食,被盗严重,成为几乎谁都可以顺手牵羊的万村公岛。后来,几名重庆知青插队被安排到枣林一队,队里推辞不掉,便在岛上给他们建了一栋泥墙茅屋的知青点,主要任务就是耕作和看守岛上庄稼。从此欲占便宜者畏怯他们敢于拼命斗狠的强悍,只得隔岸远远观望,再不敢冒昧光顾。一年下来,多收的粮食扣除他们的口粮还绰绰有余,队里庆幸当时没有拒收他们,见人便竖拇指夸知青好,岛上因此成了远近知青聚会的自由世界。一般散客到此,只要报出知青身份,管吃管住不收分文。不过,农活一忙,他们便成了岛上帮忙耕种的义工。日子一久,每月十五号这天成了知青们举办自己的"狂欢节"的约定俗成的时间。往来的

第十章　眼前天边

知青，条件好的带点见面礼，条件差的尽管甩着双手来，不管带与不带，来者一律不许偷鸡摸狗。

我们赶到的时候，先期到来的知青有十多个，已挤满了房间，他们有的在拉话，有的在看书，有的在抄新鲜歌单。晚饭时一张桌子坐不下，便吃流水席，绿豆稀饭、南瓜汤、煮苞米、蒸馒头、煎茄子、辣椒、泡缸豆，任随你各取所需。不管你站着吃，坐着吃，走着吃，包你吃饱。

夜晚，大家端来板凳，横放锄把，倒扣箩筐、背篼，搬来石头，围着一个燃烧枯树疙篼的篝火堆团坐一圈，举行歌舞晚会。到场的人不分男女，十有八九都自带乐器，手风琴、小提琴、吉他、小号、黑管、口琴、二胡、洞箫、笛子、月琴等各展神通。

等到晚会开场，照例是由江中岛知青点的点长——人称江中岛岛主赵振东说开场白。他站在篝火圈中，向四周坐的知青们拱手致意后，沉吟片刻，讲了一通话：

"大家不辞远路，登岛做客，我很高兴，很欢迎。但是，我也很无奈，因为，这里的条件实在有限。我身为知青点点长，就应该尽地主之谊，发挥好组织协调作用，捧出一片真心来对大家。大家口封我为江中岛岛主，实在有些名不副实。很简单，我和大家一样，可以说，现在我是连个人的命运，都不能为自己做主。所以，在这个晚会上，我有自知之明地告诉大家，我的真实角色，不过是一个上不了台面的左音部长。既然我张口会让大家捧腹大笑，扫大家的兴，丢自己的脸，那么，我最聪明的办法就是选择沉默。

"沉默，它有什么不好呢？在这个世上，并不是凡是真话都可以说，并不是真话说出来都起积极作用，它取决于语境，取决于情势。在说真话有危险的环境，沉默是一种智慧。在无话可说的时候，沉默是一种无声抗议。在百说无用的地方，沉默是修身养性。假使我们糊里糊涂，沉默有利于思考。

"比如当年在校园里打派仗的日子，造反派、保守派都引用鲁迅的语录攻击对方，可是鲁迅究竟是一个什么人呢？这些年，我冷静地想来想去，还是觉得臧克家纪念鲁迅逝世十周年时写的诗《有的人》表达得精辟：有的人骑在人民的头上：'呵，我多伟大！'有的人俯下身子给人民当牛马。——这是为谁的利益服务的鲜明对比。有的人把名字刻入石头想'不朽'；有的人甘愿作野草，等着地下的火烧。——这是自私和忘我的鲜明对比。有的人他活着别人就不能活；有的人他活着为了多数人更好地活。——这是两类人格的鲜明对比。有了臧克家用诗句启发我们的三个对比，鲁迅是什么样的人，便十分清楚了。

"在这动荡不定的青春岁月，我在这里面对大家发了一通内心感言，权当我作了个小演讲，表演了一个小节目。下面，还是大家轮流上场表演节目吧，形式不拘泥，只要真心相处、真情交流，那么，什么样的节目都精彩！"

赵振东的话音刚落，全场爆发一阵掌声。冷梅一面拍掌，一面贴近我耳朵说：

"他是个人物吧？"

我点点头，低声答话：

"满腹经纶，才华横溢。"

第十章　眼前天边

这时，场内一个重庆口音的大姐提出建议：

"谁来唱第一支歌？"

"方二姐，你先唱，你嗓音好。"一个戴鸭舌帽的泸州口音知青说。

重庆口音的大姐就是方二姐，她用手理理头发，整整衣领，牵牵衣角，清清嗓子，挺起胸膛，走到圈中篝火边，唱起一支节拍缓慢、音韵悠扬的抒情歌曲。她的歌声一响，全场鸦雀无声，很快抓住了人心，尤其是第二段表达的简直是我欲吐未吐的真情实感。

> 金色的学生时代，
> 已载入了青春的史册一去不复返；
> 啊，未来的道路多么艰难，多么漫长，
> 生活的脚步深浅在偏僻的异乡……

这支歌句句都搔到了我心灵的痒处，我感动得热泪欲滴，轻声问身边的冷梅：

"你会唱这支歌吗？"

她偏过头来，发丝触住了我的面颊，语音很小：

"会唱。"

"谁作的词曲？"

冷梅一拽我的衣袖，我随她走到院坝一角，听她讲这支歌曲的由来。

原来，这是一支很有来历的知青歌曲，名叫《扬子江边》，是南京五中高六六级毕业生任毅作的词曲，他很有音乐才华。下乡后，他亲身感受了理想与现实的落差，于1969年5月下旬抱着吉他熬了一个通宵，边弹唱，边谱写歌曲，一夜之间写下了《扬子江边》。这支歌没在公开场合演唱过，却以惊人的速度在知青中传唱。有人甚至说，这支歌是一张特制的情感名片，凭着它，你可以到处找到朋友，找到吃，找到住。但是，自从苏联的莫斯科广播电台华语节目反复播送过这支歌，它的性质就由一支知青民歌，变成了一支受到追查的反动歌曲。据说，中央"文革"领导小组副组长张春桥下了一个批示："迅速查清此人，予以逮捕。"1970年春，这支歌的作者任毅被逮捕，判了10年的重刑。他绝不会想到，当他在受铁窗之苦时，自己因之获罪的歌曲却传遍了大江南北的无数个有知青的村落。

听完冷梅的介绍，我犹如挨了当头一棒。自己的思想情调竟和一个在押罪犯如此接近，须防招惹灾祸，令人不寒而栗。但是，今天这支歌唤起了这么多知青的共鸣，听唱双方均有无所顾忌的坦然，是这支歌出错，还是社会出错呢？

没等我继续想下去，冷梅又拉住我回到座位上。她的肩头紧挨着我的肩头，亲近又自然，我则望着熊熊篝火心事重重。这当儿，又一阵江风骤起，纷纷扬扬的芦花从天而降密密地飘落，它们在篝火的辉映下，像浮泛的雪花，像溅落的礼花，游移着，下坠着。我立刻联想到了文天祥《金陵驿》中的名句："满地芦花和我老，旧家燕子傍谁飞？"不觉悲从中来，打了个寒噤。

这的确是独善其身也难以做到的年月，为什么古人造字把一个

第十章　　眼前天边

被封闭的人称之为"囚",被封闭的心呢?是创制文字的人没想到,还是封闭一颗心并不容易?有一个"闷"字,试图关闭了心,却留下一个没封死的出口,其间的寓意耐人寻味。当我深深陷入沉思时,冷梅碰碰我的手背,提示我一句:

"注意,张羽要表演了,我们学校的老三届毕业生,歌唱得很好。"

一个戴近视眼镜的年龄约二十三四的大姐,抱着一把吉他在篝火边屈腿蹲下,自报歌名唱起了一支《洋菊花》。

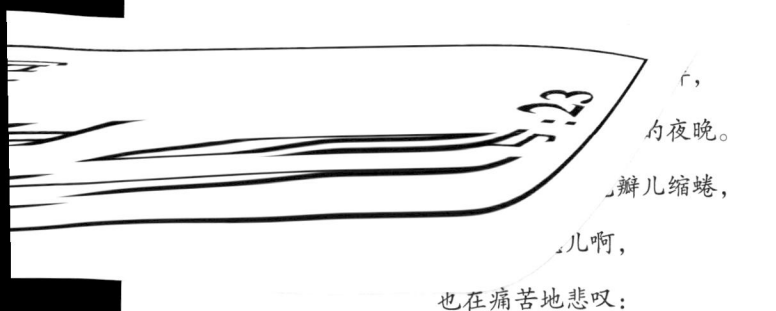

……,

……的夜晚。

……瓣儿缩蜷,

……儿啊,

也在痛苦地悲叹:

"啊月光虽柔情却没有温暖,

我不能对明月痴想爱恋。"

她热情地向东方吐露芬芳,

满怀着希望啊,

渴望那绚丽的朝霞出现……

张羽的嗓音真好,她那凄婉悲凉的歌声包裹着烈焰一样的激情,宛如一幅徐徐展开的幽远高阔的画卷。那摇曳于月色中的野菊花啊,霜风前不失一抹笑意,清寒中不减一缕香馥,叹息中也满怀希望。

管它飘摇无依，甘苦自尝，希冀自持，勃发出一股不甘寂寞与沉沦的生命活力。她那萦上夜空的柔曼歌声，有着不为环境左右的骨气与渴求理解的柔肠，高洁孤傲与纤细委婉共生，旋律间跳动着一颗思慕彩霞满天的火热丹心。

"这才是真正的歌啊，真好！"我对身边的冷梅感叹。

"相见恨晚吧？"她回一句。

我一点头，正想再说，被场内一声叫喊打断：

"冷梅，轮到你了，上！"

冷梅走到篝火旁，转动身子环视一周，立定，挺胸，昂头，她微笑着说：

"我不通乐器，也堪称五音不全，这里，我用俄语给大家朗诵一首普希金的诗歌。但是，我的俄语并不过关，又找不到好的老师请教，所以，如果我发音不准，或者有语法和语句错误，请大家原谅，原谅一个不情愿过早离开了学校的人。"

说着，冷梅两眼平视前方，乌黑眸子在篝火的映照下闪闪发亮，我似懂非懂地听出了那首诗歌是普希金的名诗《假如生活欺骗了你》，我只能用汉语背诵。

> 我们的心永远向前憧憬，
> 尽管生活在阴沉的现在，
> 一切都是短暂的，转瞬即逝，
> 而那逝去的将变为可爱。

第十章　眼前天边

朗诵结束，冷梅向大家深鞠一躬才退场。

没有退路，轮到我头上。我上场先自我介绍一番。然后，向身边的一位知青借用小提琴，演奏起一支《青春舞曲》。我借助他人的琴弦，把自己想珍惜却珍惜不了、想挽留却挽留不住的青春岁月的无奈，把自己对像花朵般鲜丽美好的、短暂易逝的无数日辰凋零后的留恋、惋惜与惆怅尽情倾诉。这时，几个男女知青哼唱着歌调现身篝火旁，他们做出一串耸肩、摇头、扭腰、劈腿的动作，跳起活泼奔放的新疆舞，冷梅也是其中一个。

冷梅的舞姿轻盈、灵活、热情、妩媚，洋溢着青春的活力，分明是一团冰层包裹着的不熄火焰，一股在漠野丛中、黄沙丘间喷涌的甘甜清泉。她的理想与追求，纵然在一低头的苍凉悲叹与幻想的柔曼中，也闪烁着昂扬向上的美丽渴望。

当我把小提琴奉还琴主时，那位戴眼镜的大姐张洲，演唱了舒伯特的名曲《菩提树》，它是西洋歌剧《冬之旅》中的一支歌，表现的是流浪者用歌声驱除阴霾冬日漂泊旅途的寂寞、疲惫和凄楚，透露出前程无期和归宿无落的苦闷。而那在寒风瑟瑟中所萌发的对宁静安详的美好生活的期待，分明是对命运不公和行路难的曲折控诉。

>我在黑暗中行走，
>
>闭上了我的两眼；
>
>好像听见那树叶对我轻声呼唤：
>
>"同伴，回到我这里来找寻平安！"

这夜，一轮接一轮的节目不断再掀高潮，知青们在燃烧火光的陪伴下，通宵达旦地歌舞吟诵到天明。有了这一夜，到场的每一位或许都获得了一种内心默契和相互鼓励，从此终身互视为可以陌路携手、雪夜送炭的友人。我真不愿离开冷梅和她的伙伴们，哪怕一分钟、一瞬间。人生缺少了火热坦诚、心心相印与智慧闪烁、充满活力的同伴，那独步长路该是何等的凄迷无趣？我会永远在心灵的深处呼唤这些同类人，我乐意匍匐在拥有超自然力量的神祇足下，去为知青们的幸福安康虔诚祈祷，但愿他们所怀抱的希望好比野火烧不尽的原上草，总在春风中探出新芽，一片萋萋翠绿延续到视线不及的迢遥天涯。

第二天，我与冷梅随归去的人流到厨房里抓了两个热馒头，向岛主真诚地致谢后，登上那只夜露未干的载粪船，沐浴着朝阳的红霞踏上归途。在路上，我对冷梅说道：

"我能认识你是今生的最大荣幸，也可能是前世在金佛前跪拜了一千年的结果吧！昨晚，我真有'如听仙乐耳暂明'的痛快，一辈子也忘不了。"

"你言过其实了。"她扑闪着睫毛害羞地笑着，面颊泛出两团堪与朝霞媲美的红晕。

"冷梅，我有一种强烈的直感，冷伯与你都很快会否极泰来。你、冷伯、银阿姨，三位一体的家庭，人人都是那么优秀，都具有出类拔萃的品行，如果幸运之星不照耀你们，那这个世界太让人遗憾，人生真的是如一场梦幻。"

第十章　眼前天边

我用庄重的语气，说出了自己深切的感触。

"你不是在奉承我吧？我在农村久经烈日烤晒，早已是不受粉饰的黝黑人了！"她一噘嘴唇，淡淡一笑说道，"别说闲话，快到了。"

我抬头一望，离那片标志性古柳茂林只有一箭之距，目光锐利的安良看见主人疾奔过来，惊得树上大群鸟雀腾空飞扑。

安良窜到我与冷梅之间直摇尾巴，并用头擦碰她的裤腿，仿佛是迎接一个阔别已久的亲人。冷梅伸出指头摩挲安良的耳朵，瞅着我说：

"到我那儿去坐会儿，好吗？"

"终有一别，再见吧。"我平静地说。

"你还会来看我吗？"

"会的，你呢？哦，忘了告诉你，我在山冈种了一片梅林，等到梅树开花的时候，我会特别想你，信吗？"我向她伸出握别的手。

"不信！再见面才知真假。"她把两手放在背后，口中修改了雪莱的名句："假如秋天来了，冬天还会远吗？"

"珍重！"

我依依惜别地向她挥挥手，迈开脚步踏上了一条通向村外的黄泥山道。

第十一章
门掩黄昏

风清月朗的日子，不经意隐入了岁月的苍茫。山谷间的芭蕉丛，软垂着枯黄的阔叶，只有那烧不焦、冻不死的绿心，象征着一种延续生命的顽强抗争。陌上的泡桐、洋槐、桑树无趣地举着枯枝，掩饰不住芳华已逝的沮丧，人心平添一味韶华如水的苦涩。

进入冬闲，丢下庄稼活的农户，开始把阔绰的精力投放在副业活上，织草席、竹席、土布，编编草鞋、草帽、箩筐、竹篮，各显身手找"外水"，挣零花钱。知青们则如脱缰的快马，乐颠颠地东走西串，呼吸自由的空气。自己上人家的门，人家上自己的门，相逢不仅开口笑，过后回眸还思量，孤独的心和孤独的心相撞，掉下的是幻灭的冰碴，碰出的是希望的火花。

黄昏，天低云暗，寒风喘着粗气从山沟里一路奔来，它冷酷地伸出看不见的手，掀扯得枯枝折节，撩揭得薄衣飞扬。我没有逆来顺受的耐心，却有退避求暖的私心，胡乱哄过肚皮，打算掩好木门窝在床头看书。

"张良，快开门！见我来不高兴？故意请我吃闭门羹？"

我听得屋外的话语声，先划根火柴点燃油灯，随即开门迎客。

暮色中，走进一个外貌文质彬彬的人，他穿着肩头有补丁的旧短军棉衣，脖子上围着一条烟色长围巾，白皙的脸上剃刮干净的络腮胡留下一道道极富魅力的青皮。

"请坐，怠慢了，别见怪，吃过晚饭没有？"

"这还像一句人话。"他双手不空，左手捏着一撮香葱，右手提着一把二胡，两眼带笑，"别劳神费事，简单将就，削两个红薯煮碗红薯汤，自然要见点儿油花，撒点儿葱花。"

第十一章　门掩黄昏

"你客气？"

"笑话！不是客气，没听说过我许澄清？"他把二胡挂到土墙上的竹钉上，掐去手拿的葱子的泥须，从红薯堆里挑出两个容易削皮的红心薯，自己动起手来。

我已经明白，眼前这个人是望江区大名鼎鼎的知青外交家，其姓名由来，他早已多次对人宣称《增广贤文》云：黄河尚有澄清日，为人岂无走运时。但是，他似乎虽在走运，却走的是厄运。他原本是自贡市的高中六六级毕业生，插队到云峰公社的蟠龙三队落户，连家中的缝纫机、雕花床都找车运来了，一副要扎根农村一辈子的架势。谁知他因耐不住孤独与寂寞买来电子零配件，动手组装一台收音机解闷，没想到被人告发收听敌台，落个"在队管制"的下场。

许澄清在缸钵里淘洗削了皮的红薯，取来菜板用刀切成细丝。然后，他要我坐在一边聊话，自己点燃柴火把菜油放进辣锅中煎沸，倒进筲箕里的薯丝，拿锅勺铲了几个翻滚，续进小半瓢清水煮熟，再撒进事先切好的葱花，起锅时已香飘满屋。

他自己动手填饱了肚皮，又刷锅洗碗收拾干净，才坐在我面前解开棉衣领扣，掏出一个挂在脖子上的小木牌，一脸苦笑：

"看清了，这面写着'里通外国的阶级异己分子'，我在生产队里要正面挂它；再翻过来看，写着'里通外队的阶级异己分子'，这是我出生产队挂的一面，它才是我的恰当罪名。我就像霍桑小说《红字》里那位海丝特·白兰，被迫终身佩戴着红 A 字，走到哪里都戴着，都不隐瞒身份，自觉接受各地革命群众监督。如果你担心我牵连你，我马上就走，反正肚皮填饱了。"

"我也有个红 A 字刻在额头上，只是肉眼看不见，比你强不了多少。现在，天色一片漆黑，下脚看不清路了，你到哪里去？不过，你自己决定，愿意留就留，愿意走就走。白居易在《琵琶行》里有个名句，哦，我一时记不起了。"我略有顾虑，打住了话头。

"'同是天涯沦落人，相逢何必曾相识'，是这句吧？全区各公社的知青点，我几乎走遍了。我是死猪不怕开水烫，走到哪里都卖艺讨食，不白吃白喝。喂，听我拉琴，还是摆龙门阵？"

我反身插好门，拿起瓜瓢掺水倒进锅里烧热，才招呼他说：

"许大哥，你仗艺走天下，有点像古代卖艺不卖身的歌伎，比如琵琶女、李香君，她们带几分侠气，平时清高得很。你愿意拉琴，还是坐在被窝里说笑，随你的便。天冷，你先烫脚。"

"要得。"

他利索地脱去胶鞋，一股难闻的捂臭在屋里扩散。我即刻联想到 20 世纪三四十年代上海孤岛文学的代表人物之一张爱玲的散文集《流言》中的一句话："生命是一袭华美的袍，爬满了虱子。"眼前的客人，把双脚泡在热水桶里，手上捏着扒下的臭棉袜挥舞着，辅之以生动的面部表情：

"张良，你的志向是什么？立功穷荒，封侯万里，勒石燕然，扬名海外，等待出头之日，做一番轰轰烈烈的事业……"

我急忙打断他文字款款的戏语，面带一副苦笑，诉出自己灰暗的心事：

"许大哥，你笑话我了。我分明就像蹦跳缸钵里的泥鳅，连团转都耍不开，哪有能耐像东汉窦宪追击北单于到遥迢万里的外蒙古

第十一章　门掩黄昏

燕然山，还勒石表功而归呢？我没有你那种气吞万里如虎的豪情，只有气泄乡下如鼠的狼狈，注定今生满头白发一事无成，老眼昏花枉费了一场空悲切。"

他眉尖一跳，分明有些得意了：

"你肚皮头真喝了一点儿墨水，对历史的掌故一清二楚，喜欢诗词吗？"

"喜欢。"

"二者取一，你更喜欢唐诗，还是宋词。"

"其实，二者难分伯仲，都喜欢。我以为，衡量文学作品的价值，不能用秤称，不能凭身坯块头、斤两轻重判高低。很显然，秤砣与艺术价值没有任何直接关系，应该注重作品本身的品质。唐人张若虚的《春江花月夜》、张继的《夜泊枫桥》、崔颢的《黄鹤楼》，都以孤诗一篇传诵不朽。写得多，未必就青史留名，那些无人恭维的鸿篇巨著还少吗？即使一行文字进入了人心，流传后世，也不枉自作家之名了。体裁精巧的诗歌，字句凝练，有声韵，有节奏，有乐感，好记忆，易上口，被称为文学皇冠上的宝石，尤其是唐诗堪称中国诗歌之最，辈辈代代为世人推重。比如，初唐四杰之一的王勃不仅以《滕王阁序》名扬天下，他写下的五言律诗《送杜少府之任蜀州》，全诗只有四十个字，其容量宏阔、境界高远，令出手则洋洋万言的俗文笔无法攀比。'海内存知己，天涯若比邻'，使你不再怀疑纵在举目无亲的异地，也可能欣逢声息相通的知遇。'无为在歧路，儿女共沾巾'，则劝人把无常的聚散视作常态，尽管迈开脚步摆脱丝缕纠结的离情别绪，努力去争取期望的将来。不过，若鱼与熊掌不可兼得,我则选取宋词,它不拘泥刀切般整齐的字行羁绊,痛快地放纵觞歌酒韵,化解胸中积郁,音乐感更强,自由度更大,意象空间更宽广。"

我扳开一把小刀,剔去煤油灯烧结的灯花,如同自言自语地道出自己的感受。

许澄清拭干双脚把揩脚帕往板凳边一抛,敏捷地跳到床上,抖开被盖搭住身子,背靠床头坐着。过一会儿,又趿着鞋子从墙上取下二胡,灵巧地揉动指头,抖着颤弓,奏着颤音,念念有词:

"开创宋词如日中天、娇花放蕊的鼎盛气象,为世俗不齿的柳永当推首功。他是清丽慢词的鼻祖,素以森秀幽畅的声韵大放光焰,凡有井水饮处,即能歌柳词,这是空前绝后的殊荣。而到南宋末期,当笔锋清超的姜夔引领体制高雅文风时,宋词渐次远离下层民间,成为缙绅阶级的独享,且一直延续而今,真个是一代不如一代,甚至会成遁世绝响了。喂,你读过薛砺若写的《宋词通论》吗?"

他说话时,琴弓奏出《烛影摇红》的曲调,柔曼间透出一种莫名其状的凄清触绪。

我摇摇头,暗自思忖:内心有期,前程无期,太多该读的书没有读,太多想走的路走不通,又有太多不想遭遇的事情只得硬着头皮去迎接,人生真太多无奈。

他见我没答话,闷拉了一阵琴,继续说:

"论词,虽非宋人的特创,然发扬光大,使之成为中国全部诗歌中最璀璨的一段者,其功舍宋人莫属。"许澄清带着几分炫耀的口吻,摇头晃脑,不知在表述自己的见解,还是在引述别人的观点:

第十一章　门掩黄昏

"真是一批笑傲千载的词人啊,他们肺腑中的真情、隐痛、欢愉,都由这种新体诗歌流露出来,所以,词在两宋,不单能代表宋人的文学,而且代表宋人的灵魂。"

这时,我脑海里突冒一句古人警语"莫信直中直,须防仁不仁",忙切断他的话头:

"我们睡觉吧。"

他显然有些扫兴,以诧异的目光打量了我一会儿,不乐意地停弓收琴,口中念念有词:

"日日深杯酒满,朝朝小圃花开;自歌自舞自开怀,无拘无束无碍。青史几番春梦,红尘多少奇才。不消计较与安排,领取而今现在。"

我听出了,许澄清借宋代词人朱敦儒《西江月》中的现成句子,表达自己悻悻之情。我装作不懂,没去答理。他怏怏不乐地叹口气,起身把琴挂在墙上,再转来把身子放倒在床上,手扯被盖角捂着自己的头。

我仰躺在床上,难以入眠。许澄清和无数生活在城市、农村的"黑五类"分子吊在脖子上的木牌,挂在门楣上的黑牌,以及霍桑小说《红字》中的人物海丝特·白兰刺绣在胸襟前的血红 A 字,老是在我的脑海浮现,即令紧闭双眼也历历在目,像绕不开的暗礁、驱不走的魔影。想躲开吗?一个被迫戴着耻辱的负罪的标志的人,正和自己同床而眠。或许,有一天自己也被从背后挥来的魔杖打入十八层地狱,也被强制佩戴那不堪入目的标志,承受生命中不可承受之重,做人的尊严被践踏入泥淖,安宁的寸心被捣成碎片,有人会理解、怜惜无助的我吗？当自己全部希望和理想，都被无可逃避地踩在一双带铁钉的皮靴下，我是选择苟且偷生，还是绝望地扑灭最后一朵生命的火花呢？不。在现实生活中被剥夺的一切，未必不可以在自己的精神世界里补偿，如果人的心灵里永远闪烁圣洁的理想光环，就可以不畏怯乃至抗拒任何在自己不设防之际突然伸来的狰狞爪子……想着，想着，我昏昏沉沉地进入了梦乡。

清早，我睁眼一看，许澄清已经不辞而别。他来过吗？似真似幻，墙上竹钉上挂着的二胡不见了，只有那扇虚掩的没插闩的木门，表明确实有一个人从这道门里出去过。是他无奈，还是我无奈？在这个世界有太多防不胜防的危险陷阱，人对你，你对人，都免不了有违心的时候，都免不了预留一步后路。这属于谁也无法解释、无法解释清楚的尴尬状况，无忧无虑只属于不谙世事、不解风情的童年，只属于天真烂漫的梦境。

我刚刚吃过早饭，万万没想到浑身泥水的许澄清背着一个浑身泥水的女子闯进门来，背后的一只手还捏着那把现在已经弄断了弦的二胡，他气喘吁吁地把她放下来扶在板凳上坐好，大声支派我：

"快煮两碗姜汤！"

我急忙从水缸边的沙堆里摸出一芽老姜，拍沙抖土洗净后切成薄片，再刷锅掺水，将柴块塞进余火未烬的灶膛，很快煮好了姜汤，各盛一碗端到他们手上。那女子一脸血迹斑斑的挠抓伤痕，闭着眼睛喝姜汤，泪水却从眼缝里冒了出来，似乎遭遇了大不幸，怀有大悲痛。见他们浑身湿透，我疾步跨出门外，走到刘家芬屋前叩门。

"你找我？"

第十一章　门掩黄昏

刘家芬睡眼惺忪，披着来不及扣的棉袄，梳着头打开门，不解地望着我。

"我想请你帮个忙，"我憋红脸说下去，"许澄清背了个落水的女子来，像是落了难，大概是知青，浑身透湿。你能不能帮个忙，给她换身衣裳？"

"叫她到我这里来，天气冷，先换身干的，再烤干湿的，我恰好要烧火做饭。"

刘家芬胖乎乎的团脸红扑扑，没系围巾的颈项雪白，说话露出一口整齐的细牙。

把落水女子送到刘家芬屋里后，我才找来干净的衣裳叫许澄清换上。转过身，我揭开铁锅，横放上扁担、锄把，摊开许澄清脱下的湿衣烘烤。

"张良，"许澄清冷得直打哆嗦，牙齿上下撞碰着，裹着被盖坐在板凳上对我继续说道，"碰巧了，今天早晨我路过青杠湾，有意转过去看叶红玉，正好撞见她跳进池塘寻短见。"

"她为什么寻短见？"

"你真的不知道？"

"不知道。"

等缓过气来，许澄清才告诉我，叶红玉原本是与我是同校、同年级、同年毕业的同学，家庭成分是工商兼地主，父母至今还被居委会管制着。叶红玉下乡在附近的黄岩公社的青杠二队，与公社书记骆泰贵的堂兄弟骆泰祥同在一个队。骆泰祥仗骆泰贵的势，表面上只是一个大队民兵连长，其实，大队党支部书记、大队长都不过是一个摆设，由他实质上独揽大权。骆泰祥的老婆，已为他生了两儿一女，仍然没收住他欺男霸女的花心，大队的两三个女知青都被他强奸过或调戏过，被他污辱的农村妇女更是不计其数，至今还公开霸占两个有夫之妇的农妇。叶红玉家庭出身不好，自下乡之日就注定没有出路，属于敢怒不敢言的阶层。骆泰祥多次在公开场合动手脚调戏叶红玉，其他社员只在一边哄笑，没人站出来说话。谁知这叶红玉外柔内刚，前几天骆泰祥半夜来叫门，她硬是不开。骆泰祥恼羞成怒，用随身带来的一把刺刀将泥墙撬了个洞，探手进去抽门闩。叶红玉气恨交加，挥起菜刀砍了他手背一刀。骆泰祥当时一声惨叫，捏着受伤的手淌着血跑开了。第二天，他手上缠着绷带，调来几个民兵，将一双破鞋挂在叶红玉脖子上，打着铜锣游村示众。末了，他们把叶红玉押到生产队会议室开批判大会，骆泰祥要社员排队向叶红玉吐口水，他老婆更是在会场中披头散发地哭闹，用手指连抓带掐弄伤了叶红玉的脸面。当天，许澄清闻讯后，赶上门开导了叶红玉一番；可人一走，心里到底有些放不下。昨晚，许澄清半夜突然醒来想到她的事，越想越觉得有些不对劲，便天不见亮就起身赶过去，没想到是歪打正着，救了一条人命。

我听完许澄清讲的故事，陡然觉得这个平时有点玩世不恭的受"队内管制"的知青，其实挺有正义感，胸膛中跳跃着一颗正直、善良的热心。明明自己已交上华盖运，还惦记着他人的安危，特别在关键时刻不顾天寒地冻，和衣跳进冰水如刀的池塘救了人，这比那些保留着良好名声的道貌岸然的伪君子强多了。

"许大哥，我看叶红玉不能再回那个地方了。我这里，你那里，

第十一章　门掩黄昏

也不是久留之地，得找个能使她不再受惊吓受伤害的避难所，你说对吗？"

"对，我们不谋而合。可是，她现在能去哪里呢？"

"我交道打得窄，找不到她可投奔的去处，总之，要选个能担当的真君子，得让肇事的恶人不敢轻举妄动的地方。"

"你提醒我了，我想到了一个地方，平澜公社的中坝岛，重庆知青赵振东那里。"

"你去过了？"

"去过了，还住过半月，那人侠肝义胆、足智多谋，是性情中人，遇事敢担当！"

许澄清一拍大腿，脸上掩饰不住兴奋的表情。蓦然，他想到了什么，说道：

"我到床上躺着取暖，你快弄点儿吃的给我。"

这一点儿，我早就想到了，拿起火钳在灶膛里扒出几个烧熟的红薯。许澄清抓起一个拍拍灰，扒皮就吃。刚啃一口吞下，他向我努嘴催促道：

"喂，还有没有？再扒两个出来，叶红玉还饿着，快送过去。"

当天下午，许澄清和叶红玉穿着刚刚烤干的衣服，吃过午饭，便急匆匆地向平澜公社中坝岛赶去。刘家芬将自己一条黄纱巾，解下来包在叶红玉头上，遮住那张伤痕斑斑的脸颊，和我一块送他们到出村的大路上，才反身回转。而那把断了弦的泥点斑斑的二胡，依旧挂在屋里的泥墙上，见证了一段患难相助的人间真情。

没想到几天后，一件惊天动地的大事发生了。在县革委门前的大批判专栏上，贴上了一份满满抄写了六张大纸的大字报"一个女知青的悲惨遭遇"。方二姐、张羽等二十几位从各地赶来的女知青坐在县革委门前绝食静坐，她们扯开一条串挂在麻绳上的斗方白纸构成的横幅标语，那笔墨遒劲的大字是："豺狼当道流氓横行，今日农村谁家天下？"围观的人越聚越多，挤得密密麻麻。到了中午，家有知青的人家不管相识不相识，纷纷赶来送茶水、送水果、送饭菜，有的干脆自己也一屁股坐下来加入到绝食静坐的行列。人群中又出现了一条助阵的横幅："无辜知青何助？有罪流氓该抓！"人们议论得沸沸扬扬。

这时，县武装部蓝政委坐着军用吉普车来做化解工作，人们急忙闪出一条通道。蓝政委站在徐徐驶近的吉普车头上，操着中气十足的东北口音大声讲：

"请知青们和知青家长们，以及在场的人民群众相信，江阳县是共产党的天下，是人民的天下。我蓝仇夷是一个1938年就参加八路军的东北流亡学生，我是知识青年从军，和你们现在知识青年上山下乡一样，都是服从国家最紧迫的需要。请大家相信，我胸膛中跳动的一颗心是红的，我的血管中流淌的血是热的。大字报上揭露的黄岩公社青杠大队民兵连长骆泰祥无法无天欺凌知青的丑恶行径令人发指，一经调查属实，我蓝仇夷一定请求县委、县革委严肃处理，依法惩治。我负责任地告诉大家，县委、县革委、县武装部的联合调查组已经出发了，正在向黄岩公社急赶。如果，我没有给大家一个公道，我不配穿这身军装，不配做一个共产党员。请大家相信县委、县革委、县武装部有决心、有能力处理好青杠大队发生

第十一章　门掩黄昏

的恶性事件。现在，我以县委副书记、县武装部政委的名义，恳请大家尽快疏散回家去，也请到场的女知青们不要走，县武装部食堂已经给大家备好了午饭，请给身上留下了十余处枪伤的老八路一个面子！"

说完，蓝政委庄重地行了一个军礼。

随着，场内骤响起一阵热烈的鼓掌声和山呼海啸的口号：

"毛主席万岁！"

"共产党万岁！"

"解放军万岁！"

人们露出笑脸，在议论纷纷中逐渐散开，陆续离去。

与此同时，黄岩公社的所在地百多名从各地赶来的男知青有的拿着扁担，有的拿着木棒，有的拿着菜刀，有的拿着斧头，簇拥叶红玉走进黄岩公社的大院，要求公社党委、革委严厉惩办迫害知青、欺辱村民的罪魁祸首骆泰祥。另有二十多名男知青则直奔青杠二队，乱棒打死了骆泰祥的看门狗，那迸溅泥墙、院门上的污血斑痕，在复仇者眼里是如红玫瑰般鲜丽的恶之花。他们怒火烧胸，将骆家的坛坛罐罐、锅瓢碗盏砸得满目狼藉，还砍倒了院坝内的几棵桃树，拔光了自留地里的蔬菜、庄稼。知青们临行前人拖鞭打牵走了骆泰祥家圈养的一头肥猪，挑着满满几担箩筐的曲酒、白糖、猪油、菜油、大米等浮财，准备到公社大院安营扎寨，做犒劳自我的粮草。他们将骆泰祥捆绑起来押解公社，沿途打着铜锣吆喝，细数这个地痞流氓的罪状，对其他农户则秋毫无犯。

到了公社，一个长得膀大腰圆的知青一脚向骆泰祥踢去，让他跪倒在叶红玉面前磕头认罪。紧接，又把他像捉小鸡一样拎起来，提到他堂兄骆泰贵的办公室。这时，平澜公社中坝岛主赵振东，拿着一份厚厚的有村民和知青摁了鲜红指印的揭发材料，代表全体知青向身为骆泰祥堂哥的公社书记骆泰贵办交涉，他开门见山地说：

"我们知道你是骆泰祥的堂哥，他是你豢养和纵容的畜牲，老百姓背后叫他骆脚猪，今天铁证如山，容不得你再徇私情、贪赃枉法。在我看来知青们今天替天行道是革命行动，社员们心里会欢呼'好得很'，不怕你喊叫'糟得很'！"

说着，赵振东扬了一扬捏在手中的揭发材料。

骆泰贵鄙弃地瞧了一眼跪在地上磕头如捣蒜的骆泰祥，口中直是申明，他与骆泰祥平时并无往来，一定本着实事求是的态度客观公正地解决问题。

"你说的话，我宁可信其真，不愿信其假。如果你当真能够坚持实事求是，那说明你还有一点共产党员的味道，只怕你口是心非。骆泰祥仗你的势，挂一个民兵连长，实质上在青杠大队是一手遮天的恶霸。他强奸知青一人，强奸未遂三人，污辱的农村妇女十余人，公开霸占有夫之妇的农妇二人，平时多吃多占，贪污、敲诈集体和社员的财物更是无以计数，你果真是毫不知情？"

赵振东说完，划根火柴点燃一支香烟，表情肃然地掉头大喝一声：

"邝春风！"

"我在！"一个身材瘦高戴着眼镜的知青在门外应答。

赵振东朝他高声说道：

第十一章　门掩黄昏

"公社骆书记太忙，善后工作今天你来代劳。你的医疗技术不是可以到卫校做外科教师了吗？赶紧找几个人拉骆泰祥到公社医院，把这个畜牲胯下的犯罪工具割掉骟净，不给百姓留后患。"

赵振东转头望着脸色铁青的骆泰贵：

"对不起，你的堂弟是畜牲，缺乏人的自制能力。你不但管不好他胯下的犯罪工具，还让他掌握武装，给他枪，给他刀，让他去霸占良家妇女，欺凌乡里。天理何在？这叫以其人之道，还治其人之身。"

骆泰祥被几个知青一边拳打脚踢，一边拉开，发出一声声进屠宰场的猪般的嚎叫。

骆泰贵欲起身站立起来，旁边的一个知青一把拽他回坐椅，赵振东猛抽一口烟说下去：

"他死不了，人民群众还要审判他，要照顾那畜牲你有的是时间，现在急什么？他天人共愤，你心痛他，不心痛老百姓？我提出四大条件要你答复，不然，今天大家不会散，你脱不了身，出不了门。你要花样，这里人人都是拼命三郎。上级最终要让老百姓开口说话，你也脱不了干系。"

"你说吧。"骆泰贵头上大颗汗珠直掉。

"第一，叶红玉本人和被骆泰贵污辱过的知青，受到了身心的伤害，甚至是摧残，已经不适合留在原生产队劳动，请公社出面与县委、县革委联系，作为特殊情况立即招工回城。"

"好。"

"开除骆泰祥党籍，撤销民兵连长职务，对大队基干民兵经严格审查后重新组建。这是你职权范围内就可以做到的事情。"

"我请示上级,集体研究决定。"

赵振东抖抖烟灰,犀利的目光逼视骆泰贵:

"你该不是要滑头把责任推给'集体'吧?"

这时,骆泰贵办公桌上的电话铃响了,他看了一眼赵振东,抓起了话筒,一面听,一面连声唯唯诺诺地说:

"是,是,是。"

骆泰贵接过电话,掏出手帕直擦头上的汗水,怯生生地问赵振东:

"你说完了?"

"还有第三,骆泰祥的罪行按司法程序办理,你不得袒护。还有第四,你听清楚,你有怒气直管朝我赵振东出,我赵振东父亲是革命军人,母亲是革命干部,他们枪林弹雨都穿过,我自己敢做敢当。今天到场任何一个知青,如果因今天的事情受到打击报复,哪怕是迂回的、变相的,我们和你没完没了。我们伟大领袖毛主席教导我们:'人不犯我,我不犯人;人若犯我,我必犯人。'"

话音刚落,窗外的知青齐声回应,声浪简直要掀翻瓦顶:

"人不犯我,我不犯人!人若犯我,我必犯人!"

恰在此时,一辆三轮摩托车停靠在公社大院,县里派遣的调查组赶来了,知青们团围了上去。赵振东见状,挺直腰板,捏着手里的揭发材料,从容不迫地迎面走去。

这场风波的最终结果是赵振东提的前两个要求全部兑现,才一个多星期,叶红玉被招工到县食品公司的加工厂,另一个女知青被

第十一章　门掩黄昏

招工到隶属自贡市的机械厂。废了胯下功夫的骆泰祥丢了党籍，罢了民兵连长，从此一蹶不振。后一条县、区、公社三级都作了口头承诺，不过要求知青们要把骆泰祥和他家人区分开来，要相信群众，要相信党，不得再擅自采取过激行动。

而骆泰祥的事情并没有就此结束，到了次年秋天，南川地区根据国务院和中央军委联合发出的专项文件精神，断然采取铁腕手段，坚决打击迫害知青的犯罪活动，坚决杀掉其中罪大恶极、民愤极大者，早已臭名昭著的骆泰祥旧案重提，经公开审判后执行枪决。

一道霹雳雷电劈开了乌云滚滚的天空，濒于绝望边缘的知青们，看到了光明从一线扩展到一片，正义到底战胜了猖獗一时的无耻邪恶。

第十二章
冷弦热心

隆冬时节，山间到处是无缝不钻的寒气，它就像一个恶毒的讨债者，紧追人不肯轻易放过。这时节，庄稼人都各有各的小九九，各人过各人的小日子，若丢开了手上的活路，他们要么打牌、逗孩子，要么拥着火笼抽旱烟、聊闲话。我呢？如果启程回县城到父母身边，未必是一种享受，因为，出门上街撞见熟人准会有自惭形秽的羞怯，无时不在的漂泊感会莫名地袭上心头。于是，我干脆独守乡村茅舍，关门靠在床头捂着被盖静心看书。

叶红玉被欺侮引发风波的日子里，我爱莫能助地置身事外，并没有参与其中。这不是冷血，是无奈。那阵子，充当联络官的许澄清，通知的知青大多是家庭出身好、后台硬的人头，谈得上"一片红"，让日后企图秋后算账的人抓不到把柄干瞪眼。许澄清设身处地为他人着想，办事不留后遗症，有侠气，有胆识，有分寸，令人敬佩。我既缺少服众的资格，也没有抛头露面担当道义的能耐，只有抑郁地龟缩在自己的巢穴，闲暇便在字里行间寻求乐趣，自问兼自答，自烦兼自了。这样的日子平静而不自在、不痛快。

"张良，你快开门，是我，冷梅！"

突然，传来一阵叩门声和熟悉的叫喊声，我连忙披上棉衣，跳下床，套上鞋，前去开门。

打开屋门一看，卷着雪花的山风猛扑而来，带来一股逼人的寒流。来人是冷梅，她穿着一身崭新的军装，胸前悬着系吊在颈项上的棉手套，仪表英姿俊俏。她显然赶路很急，额上渗出细汗，鼻孔喷出热气。安良紧随她身后，腼腆地摇晃高翘的毛尾巴示好，一对眼珠盯人乌黑贼亮。

第十二章　冷弦热心

"没想到你来了，大冷天，快进屋。"我口齿迟钝，掩饰不住自己的惊愕。

"我来向你告别了！"冷梅搓着双手哈口热气，继续说下去，"我到部队了。"

"那么，冷伯呢？"我语气恳切，反问一句。

"我父亲上月离开了五七干校，正式恢复了工作，任地区革委会第一副主任，算是官复原职。"冷梅见我打量着她，略带迟疑地补充，"我参军是省军区领导关照的，到沈阳部队。"

这时，安良钻到灶前，探头挠爪从灶门扒出了我埋在灶膛柴火灰里的一个烧红薯，用嘴叼在地上，利利索索地剥开薯皮吞吃起来。

我稳住笑，把脸掉向冷梅：

"我真诚地祝贺你，吃过早饭了吗？"

"吃过，和接兵部队的首长一起吃的。"

"哪天出发？"

"明天。"

"这么急？"

"我也渴望早些走，这是特招。我几乎哪个知青都没惊动，只向你辞行。另外，想听你拉支曲子，想看看你种的梅花。这是老天作美，简直是特意安排，不正好是毛主席笔下描绘那样，梅花欢喜漫天雪呀！"

"好吧，寒天大雪，梅花越冷越香艳，那我带上琴到梅坡去。"

路面被冬雪覆盖得一片洁白，人的脚步落下便踩出一个暗黑的脚印。山沟里呼啸卷来的寒风夹杂着雪花纷纷扬扬地迎面扑来，堵得人鼻孔出气不匀，呼吸有些困难。这会儿，我才意识到冷梅从平澜公社急赶一二十里大雪路，是多么不容易，顿时心中涌冒一股热流。

好在梅坡偏东，恰好背风，白雪堆砌在散布的梅树枝丫间与红朵花苞构成反差强烈的画面，一眼看去十分迷人。成活的梅树有三十余棵，最矮小的也近一人高，散开的枝丫覆盖了一大块山地，多半开红花朵，少部分才开黄花朵。其间，两棵移植的梅树格外茁壮繁茂，花开得光彩照人。冷梅兴奋得弓腰用手抚摸着安良的头顶，攀下头顶的梅枝让它用鼻尖嗅了又嗅，眼睛亮晃晃地瞧我说：

"我这一趟没白来，真鲜，真香，真美。"

"可惜梅花是生不逢时的花，它开在荒凉的地方和寒冷的季节，饱尝风霜雨雪，既开在群芳凋零之后，又开在百花盛开之前。赏梅人喜欢它那份笑傲严寒的孤傲，种梅人才理会它那份落落寡欢的孤单。"

"你是以梅拟人，还是自我比拟呢？梅花经过岁月时间的逆旅、地理空间的逆境，更能焕发不同凡俗的奇光异彩，你说是不是？"

"……"我沉默，没再应答。

是啊，一匹贫瘠荒凉的野坡，平时真是不屑一顾，可有了红梅落户便成了满目生辉的风景。在芳妍零落、翠卉枯萎的时节，梅花独具一格地生于忧患，它不缺乏自信、自强和自爱，任凭风雨交加、霜雪相逼，充当了一个引领人间希望的角色，这使人钦佩。梅花以美丽作宣言，以芳香为诠释，落落大方地昭示绝不放弃生存的努力，气韵高雅地表白内心的期待，并以此向春天遥致最虔诚的敬意，值

第十二章　冷弦热心

得人赞叹。梅花是因逆境而成就的花族精英,以不甘平庸的鲜艳赢得了世人青睐,它那枝头绽放的花蕾似乎一直在发出无声的呐喊:坚守美丽,不负青春。

冷梅用指头轻轻一叩安良的头,它立刻会意撒腿离开,乐颠颠地在梅坡穿梭着绕圈跑来跑去。这时,她早已为眼前的植物世界震撼了,扯抻衣角挺直腰肢,两眼波光潾潾,长长舒了一口气,微笑着对我说:

"张良,拉支曲子吧!"

"你想听哪支曲子?"

"由你,想拉哪支就哪支。"

我不再发问,略略活动了一下指关节,引弓抚弦奏起《黄河颂》。这是一支山河破碎、国难当头的年代诞生的传世名歌,它好长一段时间回荡在我的胸膺,每一个音符,每一句歌词,都富有美学的张力,激荡着昂扬向上的爱国热情,鼓舞人不自弃期冀于无望,不潦倒身心于无颜,不荒芜时光于无奈。这支歌意境壮阔宏丽,寄托深沉博大,既可以献给冷梅,也可以献给我自己。我忘怀拉琴,动情放歌。伴随琴吟,当我唱至"我们民族的伟大精神,将要在你的哺育下发扬滋长;我们祖国的英雄儿女,将要学习你的榜样"的歌句,嗓音激动得哽咽,热泪禁不住夺眶而出,潸潸落在共鸣箱板上。对于我,是多么渴望能为自己深爱的祖国建立功勋啊,偏偏是怀抱报国志,却无路可走、无门可投。

我发现冷梅正目光灼灼地打量着自己,忙一扯衣袖带几分狼狈地拭去脸腮上的泪瓣,向她尴尬地笑笑。接下来,我奏起了舒缓柔曼的柴可夫斯基名曲《如歌的行板》，那是一支梦幻般美丽缥缈的伤感曲调，仿佛隐约有一个令人神往的目标出现在远方，可是，等人的追逐脚步急奔过去，它又了无痕迹地飘逝；当人惆怅莫名地惋叹不已，它又神秘地悄然降临，并轻声呼唤你不要放弃那金色的梦想。总之，那是一种你的心灵强烈渴望着又捕捉不到的美感，弥漫着一份得不到又忘不掉的惆怅，极似人生际遇包含着无数个遗憾，无数个由实化虚的空白带或省略号，无数个说不明白或说不出口的心事。现在，与一个注定要和自己失之交臂的姑娘道别了，原本属于两个不同阶层、不同种类的人必然构成不同归宿，纵有千言万语却无从启齿。她的真实、美好、高贵，恰如一道举目可望又遥不可及的彩虹，最终只会留下人生无梦的清醒与往事随风的失语。

"张良，知道你刚才拉琴的时候，你创造的视觉之美和听觉之美，是多么迷人，多么动人吗？洁白的雪花一朵朵从天空降落下来，有的恰好降落在琴弦上。你抚弦的指头不经意揉在上面，使它们溶化，使它们由冷变热，并借助琴弓和琴弦微妙的互动，转化成一串串空灵的音符，飘洒荒野，飘绕穹空，这真是妙不可言的诗情画意呀！"

冷梅神采飞扬地挥动双臂，似乎要拥抱住那些像天使一样扇动翅膀飞翔的奇妙音符。

"你眼睛好尖啊，观察得这样细致入微，在你面前我几乎是睁眼瞎了。"我佩服地赞叹，没想到毫不起眼的细节，被她敏锐的目光捕捉得一览无余。

"你的眼光会比我差吗？我不信。你抬头往上瞧，天空上藏着

第十二章 冷弦热心

什么？你仔细看，看仔细，睁大眼睛呀！"冷梅一只手掌心朝上平摊着接雪花，一只手高高举起指着天空。

"雪花呀，纷纷扬扬、迷迷茫茫，除此之外，只有肉眼看不见的寒风。"

"你的眼睛能不能看得更高、更远？透过雪花，透过迷茫的穹空，难道你会怀疑冰雪冻云的深处没有太阳？其实，地球依旧在围绕太阳旋转，热辣辣的阳光依旧在高处普照，只不过暂时被云障和乱雪遮挡住了。要是你的目光能像火箭一样发射上去，一定能够捕捉到暖意融融的金色光芒。如果你被围困在夜色中，难道你的眼光不信任黑暗的终端是黎明？再说，在冰雪肆虐的严冬，你没有资格眺望春光？其实，星星、阳光、黎明、百花，都是真实无伪的客观存在，只是它们也许还与你存在时空上的距离。你需要期盼、等待，乃至忍耐。一切绝望都是短视，而赢得希望需要远视，你能战胜自我局限，就能战胜命运的局限，就会拥有无限的将来。所以，你不要怕时运不济，要做一只志向高远的穿云鸟，展开一副梦想的金翅膀，去追求一个高尚生命所应享有的大自由、大境界。"

"冷梅，我身上只长着这两条笨拙的肉臂，而没有受造物主恩宠的那一副灵动的金翅膀。我充其量能仰天长啸，哪能去穿云破雾大展平生抱负？"

"即使现在闭上了你的两眼，你也能听懂我说的话。一个人展开自己心灵上的金翅膀，就能穿越荫蔽历史天空的浮云、流云、风云、乌云、叠云，最终驾上七色丽光的彩云。这样的一只可敬的穿云鸟，难道它不配有远大的前程？"

我长吐一口气,放缓语速答话:

"你的好心我知道,你走这么远来向我告别,也令我很感动,我珍惜你的话语所象征的那一种意境。但是,对于一个跋涉逆旅的过客,这个世界不仅残缺,而且还很冷酷与荒诞。是啊,你想要的东西,往往是百求不得;你不想要的东西,别人会慷慨馈赠。将来,这个概念细想有些玄乎,也许是将会来,也许是将不来。如果将来太遥远,而生命又太短促,你乐意把实现人生理想的希望,寄托于虚无缥缈的来生吗?假使,人的精力和能力,尚不能抵达一个太漫长的过程的尽头,便无法突破绝望的重重阻遏。我们不能仅仅靠精神胜利法活着,真的猛士还必须是最清醒的现实主义者,得有勇气直视惨淡的人生和无情的命运,对不对?"

冷梅俯下头抖去头发上的雪花,然后挺直腰肢,无言地掏出手帕递来,示意我擦去脸上的泪渍。她语气坚定地鼓励道:

"一个优秀的青年应该不惧怕命运打压,你会有锦绣将来,会像我今天一样迎来意料之外的转机。"

我接过冷梅的话头,坦诚道出内心感受:

"你的友谊很珍贵,你的好意我也懂。但是,请你相信,我绝非是那种怕为追求将来而付代价的懦夫。实际上,我也懂我自己,懂自己的命运,不能自我欺骗,自我麻醉。打个比喻吧,你现在是时代放飞的鸽子,可以引人注目地飞得很高,很自由,很美丽。而我只能说自己像一只被掐断了线的风筝,风中飘浮不是本意,风中坠落是不幸。换一种说法说,你是一匹已经从泥潭中拔出健蹄的骏马,可以尽兴地在坦阔原野上奔跑。我呢,是一匹毛驴,两眼蒙着

第十二章 冷弦热心

一块黑布,还被上了套拉石碾,在皮鞭抽打下转圆圈。主人告诉我,毛驴啊,你快快跑吧,使劲儿进入新境界,一日千里地奔前途呀!可我不傻,知道自己是周而复始地原地绕圈子,不断重踏自己陈旧的蹄印,不断重复简单的过程,连眼前的地面都踩出了凹槽深痕,说白了是一条拉碾下苦力的蠢驴。哎,客观说,我知道自己此时此地的价值很低,分量很轻,如一片鸿毛、一颗露珠、一个水泡。对此,我不怨怪命运,更不嫉妒他人,尤其是你,你原本就该有更好的前景,好人好运才算公道,才是天道。至于我自己,就当是一块眼下派不上用场的漆黑煤炭,可我也有自己的梦,希望有一天自己会在炉火中燃烧得通体红彤彤,哪怕最终的结局是一片灰烬。"

冷梅背过脸,悄悄地擦去溢出的泪瓣,回过身来泛红的眼眶又见泪花挂上黑密的睫毛。她从衣袋里掏出一支钢帽黑杆自来水笔,对我说:

"以后见面不容易,送你一支上海永生牌铱金笔,留作纪念吧。我相信,你能用它写出青春的向往,写出前程的灿烂。另外,我希望你能送我一件特殊的礼物,剪一枝梅花让我带走。也许,在梦中我会化作这山坡上的一棵梅花,望着你笑,为你祈祷,愿你走出生命的阴暗,走出早该终结的逆境。"

我回到茅屋取来修枝剪,选了一枝形态优雅、挂满红花苞的梅丫剪下来。我陪伴冷梅叙着话走了几里路,在一座视野开阔的山冈上止住脚步,目送她带着安良握着梅枝走下山坡踏上归途。当冷梅的背影行将消失在前面山湾那一刻,她回头高高举起手臂,向我挥动梅枝致意,然后在我视线中无踪无影地隐没。顷刻间,我觉得自己胸膛间跳动的一颗心简直被摘掉,被掏空,一个美丽可爱的生命从此只出现在另一片迢遥的天地,我对她只剩下回忆,而所有的关于她的往事皆如一件件珍贵的文物,尽数放进了收藏金色韶华的青春博物馆。

那个夏日,我戴着一顶麦秸秆草帽赶到公社参加知青例会。走进望江镇,只见街市上张贴着石印的打着大红钩的宣判骆泰祥死刑的大纸布告,觉得真是大快人心。然而,等我走进公社礼堂,却发现坐在主席台正中的不再是公社过去的分管书记赵致远,而换成了眉短、发稀、颧骨高的原黄岩公社书记骆泰贵。知青们在悄悄议论骆泰贵受骆泰祥案件牵连,被降职接任望江公社副书记赵致远的位置,而赵致远则升任县供销社主任。黄岩公社的副书记转正后,望江公社武装部长朱大才被任命为黄岩公社副书记。一连串的人事变动原本和我毫无关系,但我隐隐约约感觉到跌了一跤的骆泰贵必定还想再爬起来,他对导致他吞食苦果的知青们绝没有好印象,未必肯善罢甘休。

坐在台上的骆泰贵,两手抱着一个盛装茶水的玻璃罐头瓶,不紧不慢地旋转着,脸上不苟言笑,嘴上却不停强调批林批孔的重要意义,大讲知识青年扎根农村干革命是保证无产阶级的红色江山千秋万代永不变色的百年大计。他那一串串带着流行色彩的政治词组,让人听了不可名状的迷惘,颇生几分来者不善的隐忧。

会开到中午聚餐时,我惊异地看到许澄清笑眯眯地坐在饭桌上,他没把自己当外人,知青们也没把他当客人,简直像回到自家的兄弟,顺理成章到了不需要说客气话的程度。不就是多双筷子,多个

第十二章　冷弦热心

碗，多张口吗？连毛主席都说人民公社好，开知青会，吃知青餐，社内社外都一样，况且他多吃一碗不影响你少吃一碗，不需分彼此。

填饱肚皮，许澄清掏出一截烟屁股点燃，两指掐着美滋滋地猛吸一口，拍了一下肚皮对我打招呼：

"饭菜填饱了，肚儿圆鼓鼓，再到江边转转，你去不？"

我抬头一望，只见炎日当空喷火，不太乐意地搭话：

"太阳太大，怕要把人烤成油渣儿。"

"笑话，我许澄清脑壳头没长包，自然会选个阴凉去处，哪会让你去挨暴晒？况且，即使出了点儿汗水，沱江是个天然大浴盆，人跳进去不就舒服了。"

我只好把草帽扣在头上，尾随他往江畔走。没想到这家伙真成精了，他领我到一堵依江的石壁前，挽起裤腿涉水走了十来步，钻进了一个齐腰高的洞口。这洞进口小洞身大，有数丈长，丈余宽，一人多高，脚下岩石凿得平平整整，真是个凉爽幽寂的消夏妙地。看样子，这洞是抗日战争时期殷实人家图自保躲飞机炸弹的秘洞，算得上一个理想的避难所。爬进洞内，我眼光扫了一圈，把草帽扔在地上，盘腿坐下来，说道：

"你人还真精，打探到了这样一个地方。"

"我是天生的丐帮堂主材料，一般的包打听比不上我精明。有一天，我若要躲什么钱债、情债，你可以到这里来找我的行踪，或帮我送饭。"

"嘿，你的钱债，全是小钱，三五角，一两元，加上你脸皮厚，谁还有闲心、恒心向你认真讨？要是你撞上桃花运，你保证手舞足蹈，见人就炫耀，恨不得做一位人人恭维个个道喜的快活神仙。你不缠人倒也罢，还用得着躲吗？多半是人躲你。"

许澄清把衬衣脱下来，先捏着领口猛扇一阵灰尘，才一屁股坐下来，再用手摩挲着那块写有"里通外国的阶级异己分子"字样的小木牌，声音有些感伤：

"信吗？这些日子我真在躲闪，逃走，逃婚。"

"笑话，谁还真死追你搞拉郎配，难道七仙女在九霄上开了天眼，真要下凡强征你一介凡夫，去生一大堆俗子？"我觉得他有自我抬举之嫌，反唇相讥。

"真的。叶红玉父母恨不得早日招我做上门女婿，只差没向我下跪了。他们也真怪可怜啊！我敢应吗？我是在乡下受管制的二杆子农民，纵有武能安邦、文可治国之才，奈何虎落平阳被犬欺，龙游浅底遭虾戏，眼下看不到有出头之日，只有甘当缩头乌龟。人家是县食品加工厂的工人，那岂不是拿一枝鲜花往牛粪堆上插？再说，他父母的成分也不好，只吃得补药，吃不得泻药，不给人家雪上加霜才算对头。你说说，我现在真和她走到一堆，能不拖累她，能保证逃得出别人手掌心，不让他们捏住一个癞蛤蟆配蚂蚱的笑柄？两相权衡，不如放别人上天宫，自己下地狱，尚且乐得个心安理得。"

"许大哥，你别太悲观，也别说得那么难听。我看叶红玉是真看重你的人品，爱惜你的人才，是真情实意，再说你们很般配。没准有了爱情的光辉照耀，你们真的会生活得幸福，精神世界不再抑郁苦闷。听我的，你还是要相信爱情。"我一脸庄重，恳切地说出自己的内心看法。

第十二章　冷弦热心

"她是感恩，不是爱情。如果我答应了，前段时间我那一阵上蹿下跳，在别人眼里就是动机不纯，有趁危劫色之嫌。哎，你别看现在邓小平当上了副总理，但是，他的对立面还照样得势走红，很难说不会再平地起波澜。我这类人是没出路的，只能独善其身，别搭上人家和自己一块儿倒霉。她刚刚出虎口，真的嫁给我，无异于变相又入狼窝。当然，这匹狼，不，这群狼，不是我，而是包围在我身边用敌意的有色的眼光看待我与她的人们。他们没有理智，更没有人性，会毫不留情地像吞噬我一样，连骨头都不吐地吞噬掉她。现在，社会上不是还在深入批判人性论吗？批人性论的人，已经没有了人性，不是人，是非人，是披着人皮的狼。可我是披狼皮的人，尽管我很倒霉，还得讲做人的良心呀！换一种说法，她在农村脱了险，进了城，有了相对稳定的工作，但她而今仍然像乘坐在一条漂流在骇浪冲天的汪洋大海中的小舢板上，它恰好能承载她自己求生，再添一个人就超重了，甚至会沉没，会解体成碎片。一个人生，两个人死，是极其残酷的真实。她的生存状况依然可怜得很，力量实在单薄，我不逃开还算是男人吗？"

听完许澄清披肝沥胆的一席话，我暗叹其看得清，解得透。他无情地逃婚是有大情大爱的义举。社会的公平依旧短缺，真理还在风雨泥泞的迷茫路上流浪，这些道理很多有良知的人都能想到，却怯于启齿出口。想到这里，我有意转移话题：

"许大哥，你结交宽，见识广，唱一支新近流传的知青歌曲吧，解解郁闷。"

"你要散心？知青中传唱的歌曲多了,有知青原创词曲的歌曲,这类高水准的不多；有知青借老曲填新词的歌曲，如流传四川的《告别蓉城》；有词曲都是过去时代的人创作的歌曲，如《秋词》。不管哪一种类型，无非是表达失落的惆怅，漂泊的苦涩，无望的凄迷等等。凡是在知青中唱开、传开的歌曲，它们不一定因曾经感天动地而载入正史，但都有不粉饰现实的真，不蔑视无助的善，不拒绝把浪漫梦想导入严峻人生的美。它们一般都具有化解苦闷、抚慰痛楚、追求梦想、鼓励进取的神奇功效。或许，它们只算一颗颗不长久的流星，在我看来，那种焚烧中殒落的瞬间光丽不单耀眼，还有不可亵渎的神圣。哎，又说远了，从我现在的处境和心境而言，唱一唱后一种类型的歌曲吧。"

许澄清挺身坐直，清了清嗓子，两眼盯着洞外奔泻不止的江流，用手轻轻拍打着自己的大腿，先唱起了三十年代的左翼歌曲《夜半歌声》。天啦，那真是适合他借题发挥的歌曲，他可以将自己压抑、反叛、愤怒的情绪和无名、无告、无奈的心事，尽情地借助前人现成的歌句倾诉得痛痛快快。当他口唱到"我愿意永做坟墓里的人，埋掉世上的浮名"和"我愿意学那刑余的史臣，尽写出人间的不平"的时分，我见他两眼分明是火花伴随泪花飞溅，那是多么震慑人心的异样眼光啊！火焰般焚烧的希望或绝望在心窗鲜明绽放，而双眶盈出的泪波是要浇灭绝望呢，还是要助燃希望呢？洞外的大江波浪宽阔，宛如人的心潮无穷无尽地翻滚。

一曲歌罢，许澄清又唱起了下一曲《秋词》。他的乐感和嗓音都属上乘，苍凉浑厚的男中音加上岩洞的回音，使歌声入耳更添情丝缠绵与心思悱恻，焕发出神奇的艺术魅力。

第十二章　冷弦热心

> 谁的青春谁不怜惜,
> 苦恼又谁人替?
> 往日的欢乐甜蜜的笑语,
> 就永远没有归期……

许澄清脸色惨白,腰身如石雕一般纹丝不动。我原本想请他再唱几首,见他已陷入重重心事,话到嘴边又吞下肚子,一声不吭地伴他闷坐。

我们一直坐到太阳偏西,江面上斜晖血红,才从洞口爬出来,在江波中以净身除汗为目的,近游了一会儿。等穿好衣服登上岸,我存心约他到我那里住几天,他没应声一摇头就和我分了手。走了几步,他又折回来,凑近我耳畔轻声叮嘱一番:

"出身好、有后台的人,闹了事,惹了祸,至多委屈一时,最大的概率往往是被收买拉拢,安抚礼遇,化敌为友。他们中的多数,迟早是不给条好出路,也会通过入党、提干的形式招安,压担子,给美差。你我不同,一脚踩虚就断送一世。我看骆泰贵是螺蛳有肉装在肚皮头,是咬人不声响的瓮肚蛇,你要留心不被他捏住把柄。平时,多长个心眼,平安即福,切记。"

"谢谢你挂记,真的。我本来不抱任何幻想,也就无所谓失望。就让迟早要来的一切都来吧,桅断惶恐滩,船沉零丁洋,我全不怕。两年多来,我这已经是吃尽苦中苦,不再怕被打入十八层地狱底去钻挖煤洞子。我看开了,不会愚蠢得自己和自己作对,虽没有获得知足常乐的清爽，但求能够有能忍则安的侥幸。许大哥，你的金玉良言，我谨记，放心。"

我点头。

他回头。

一阵江风吹来，人在暑天竟打了一个寒噤。脚踏视线微明的山径，走向朦胧远方的山野巢穴，一钩新月悬浮天际，繁星点点闪烁明灭。寂静山野间，除了蓬草中传来的蟋蟀吵叫，只剩下我赶路发出的急促步声。

第十三章
瞒天过海

雀山，一个很普通的山名，而我真正认识它是在一场突然袭来的偏东雨中。

那天中午，悬在空中的太阳好像躲进了蒸气浴室泡澡，抬头看时昏昏蒙蒙，天气极其闷热，身上每一寸皮肤都被汗渍黏糊得让人难受。我薅完秧子，人的肚皮饿得贴住了背脊，迈步走路提腿有些飘忽。等我走到靠近生产队保管室的那一棵大榕树前，一阵暴雨从天空猛砸下来。什么叫雨珠？没有亲身领教过很难相信，那是成千上万应接不暇的晶亮的小水球，噼噼啪啪摔得满地乱溅水沫，眨眼工夫又变作了浑浊的水流四处窜淌。荫蔽枝头消暑的麻雀们，绝对没有想到会有一场灾难从天而降，暴雨骤来时几乎没有任何逃避的余地，浑身羽毛被淋得紧贴身子，张不开翅膀，迈不开脚步。它们成群成堆地从树枝上栽到地面，惊惶地朝树脚方向使劲扑跳，企图能够再次高攀上树。数百只、上千只的麻雀浸泡在地面的浑水中，羽湿身笨难以动弹，彼此照应不了。

我见状惊喜交加，连忙顶着令人窒息的暴雨，闯进家门取出一个背篼，来到榕树下急促地从泥地捧起束翅就范的落水雀。平时间，这些讨厌的贪嘴鸟，叼麦粒，啄谷穗，让人百般奈何不得。扎戴笋壳片的草人阻吓，也只有头几天管用，或者在无风的日子管用，时间一长它们会站在四肢僵硬无法挪动的草人头顶、肩膀、手臂上乱蹦乱跳，甚至闭眼养神。扯弹弓射击，甩泥块抛砸，十次九不准，打中一个吓走一群，战绩提起羞人。用竹竿赶呢？你试试吧，你奔东，它们飞西；你向西，它们撤南；你南追，它们迁北。你反倒成了瞎闯的"鬼子兵"，它们成了逗你乐的"游击队"，让你跑断腿，

第十三章　瞒天过海

累弯腰,让你甩下汗珠砸肿脚背,也未必见效。现在,它们全乖乖地掉在地上任你收拾,一对对平时淘气使坏的贼眼珠变得可怜巴巴,似在悲戚,似在哀求。

我装满了一背篼麻雀回屋用竹筲箕盖着,再压上一块菜板。紧接着,我扒下湿透的长裤,只穿一条裤衩,裸着脊背,提两个木桶又奔出屋来。我不停地把麻雀扔进盛了一层雨水的木桶里,它们不会游泳,也无力溜走,只好安分守己地待着。我把装满麻雀的木桶拎回屋时,那心情堪称心花怒放,天赐的野食美味,几乎算不劳而获,或者无功受禄,一两个月的艰苦生活足以改善得乐如神仙。我站在门前的雨地里搓洗了一阵天浴,觉得浑身舒舒坦坦才折回屋,再用毛巾擦干身子穿上干衣。我腾出工夫坐在矮凳上,先将木桶里的俘虏一只只捉出来拔毛。不少麻雀经过雨淋水泡,羽毛早已不拔而掉,料理起来并不费事,只有用小刀剖膛掏内脏稍嫌麻烦。我把它们堆在瓦钵、面盆、大竹筛簸、筲箕和品碗中,撒上盐粒制成腌雀,或丢进辣锅里小炒,或浸入沸油中煎炸,做红烧雀、炖雀、卤雀,直吃得满嘴油光、满口溢香。以后,我在煤油灯下扯下一只小巧玲珑的腌雀腿细咀慢嚼,目光漫不经心地读书辨义,其妙处简直不可言传。客人来了,我会慷慨献上一碗卤雀,请他分享一番。这一番情趣,堪称逆旅佳话。等我品尝过不期而至、从天而降的口福,才知晓雀山一个普通的地名是何其甘美实惠。从此,天天指望有可以把雨伞淋穿、斗笠掀翻的暴雨,让满地贡雀打滚,任我伸手挑拣。

可惜,我下乡好几年,如此美事仅此一桩。

望江公社推荐工农兵学员的程序,再一次启动了。分管副书记骆泰贵在召开了全体下乡知识青年和回乡知识青年传达会后，又借助广播喇叭宣传了一番招生政策、原则、范围、条件等事宜，他自己也公开做了"三不"保证：不违背原则，不走后门，不有意埋没人才。他口口声称，凡是符合条件、有志到大中专院校深造的青年，必须在报名后参加公社组织的统一考试，只有成绩和政审均合格者，才有资格成为推荐候选人。而公社组织考试的时间、地点、形式、规模，都堪称空前绝后的一大创举。

时间，选择在一个逢场天的上午九点到十二点。

地点，在望江场镇江边的一片开阔的坪坝上。

露天考场上布置了近三百张从望江中心小学搬来的"拖拉机"连椅桌，纵横排列成一个巨大的长方形，公社副书记骆泰贵、青年干事卢天聪、望江中学校长郑勤勉、望江小学校长郭立明、监考老师，以及刘正旺等各大队支部书记都坐在考生正面的监考席上。他们的头顶上拉扯着一条系在两根竖起南竹竿上的红色条幅标语"望江公社公开选拔又红又专的合格人才笔试考场"。考场四周，有戴红袖章的民兵持枪维持秩序。考试过程，任随来来往往的场镇居民和乡村农民旁观。

九点钟开考，正是夏天的太阳开始发威的时候。每个考生的考桌上都放着政治、语文综合题和数理化综合题两套试卷，而每张考桌的左前角都放着一个盛满苦丁茶水的大粗碗和一条拭汗的白毛巾，另配有为考生冲茶水的服务员，以示公社对应试考生体贴入微的关心。除了少数人光着头，多数人都戴着草帽、举着伞应试。考生们刚一坐下来，便觉得板凳已经被天上喷火的太阳烘热，未摸试

第十三章　瞒天过海

卷已背心渗汗，下笔大有如坐针毡的焦躁。所以，不少的考生打开卷子一看觉得自己考也白搭，干脆一把将卷子揉成一团扔在地上，或者放进腰包留作手纸，转身就溜号。考题其实并不难，只要读过初中，数理化综合题以往能考六十分，这次能考八九十分。政治、语文综合卷大部分是一些常识性的填空题，以及组词、造句、选择判断、纠错之类的浅显题，末尾一道命题作文"我为革命去读书"。我戴着草帽应考，用了半个多小时把数理化综合卷先做完，检查了一遍觉得无错漏，放开了它。我端起茶碗咕咕喝了两口，才拿起了第二份卷子，不到十分钟就字迹工整地做完了前面的基础题。当我打量一眼作文的标题，一股翻江倒海的激情立刻在胸中奔涌，我努力平抑自己的情绪，提笔一挥而就写成一篇颇合时宜又有真情实感的千字左右的作文。我仔细检查一遍，觉得还满意，便起身把试卷交到负责收卷的监考老师手中。那位老师盯了一眼面前的双铃闹钟，对我几分赏识几分诡谲地笑一笑，叹口气才说："字写得不错，提前八十分钟交卷。"我向他深鞠一躬，然后，挺直腰板，走出了考场。

到了场外，我站在旁观者的位置一看，大约还有一半的人留在考位上，有的取下草帽扇风，有的握着毛巾拭汗，有的在喝水，有的伏在考桌上睡觉，有的闷坐着什么也不做。而监考的干部和老师不仅自己戴着遮太阳的草帽，各人捏着一把折叠纸扇扇风，背后还有人为他们撑伞，并摇着蒲扇为他们退热。骆泰贵等人面前还摆着切成片的西瓜，啃过的瓜皮叠得比茶杯还高。我暗想，有这样一批不伦不类的主考官，而且三百来个人只选出十人左右，我能幸运地享有公平吗？我能指望什么呢？在三伏天的烈日下，我的心顿时凉透了。

　　三天后,公社门口张贴了两张大红榜公布了六十名候选人名单,我的笔试成绩一百九十八分居全公社第一,但是,我的名字排到了五十六位,并且列在了熊壮、刘家芬的名字之后,大出我的意外。原来,他们还有另一套评分体系,凡是提前十分钟以上离场的,每提前一分钟扣一分,这样我就白白丢掉了七十分。考到最后离场的考生,低于及格线的,哪怕交的是白卷,监考评卷者合议的结果认为,这些考生的考试态度能反映出他们的思想觉悟和道德品质好,学习态度端正,革命意志坚强,吃得苦,挺得住,政治上可靠,所以,他们一律算及格。考满了时间,并且上了及格线的,一律排进前三十名。有培养前途的好青年,无论考试成绩怎样,还可视其情况加分。刘家芬的名字爹妈给她取得好,听起来像刘加分,那天她本来只胡乱画了几笔,因为答不上题心急,加之经不住暑热晕倒在了考桌上,却因最后离场,成了胜出者。熊壮原本只有小学底子,那天他像蚯蚓滚沙样东歪西倒地写下了自己的姓名,然后甩开笔喝了七八碗茶水,一直靠着椅子用草帽扇风,汗湿了衣裤没干处,脚下又是沙土;尿憋不住了,他放任臊水顺着裤腿流下地,人也一直不移不动,可因此,他最终成了赢家,被视作有培养前途的好青年。不少考生则和我一样,是一场游戏的参与者,也是被戏弄的出局者。

　　有什么办法呢?游戏规则由人家定,话语权、决定权、裁判权都属于人家。一个自己最渴望的目标,不但可望而不可即,而且朝着一个荒唐的方向或荒诞的结局发展,你的心情是怎样的感受呢?

　　这天黄昏,望江中学的教师王诗奇一手拎着一瓶高粱烧酒,一

第十三章　瞒天过海

手捏着个油渍浸透的纸包走进了我居住的茅屋,他一跨进门槛便高声叫嚷:

"张良,我心里堵得慌啊,我是上门找你喝酒了。"

王老师取下黄铜架近视眼镜用手绢擦拭镜片,眼圈泪囊有些浮肿,眼球布满了红丝,脸颊苍白无血色,腮帮、唇上、下颌蓄留未刮的胡须如蓬草,整个人显得憔悴。他重新戴上眼镜,把放在桌上的纸包摊开,是一大包油炸花生仁。接着,他手抠牙咬弄开了酒瓶木塞,抓过叠在桌上的饭碗盛上酒。

我见状有些过意不去,说道:

"王老师,你该注意休息,这么远的路,你何苦偏要走一趟到乡下受罪。"

王老师用筷子夹起两颗花生仁抛进口里咬碎吞下,又抓起一只煮熟的腌雀慢慢咀嚼,缓缓开口说:

"物以类聚,人以群分嘛。我真想不到你考了第一,总分遥遥领先,就因为没到考试结束时间就交卷,反而比交白卷、错卷、废卷的人更理亏。黄钟废弃,瓦釜雷鸣。这世道世风日下,愚弄百姓耳目,耽误国家前途呀!"

我喝了一口烧酒,觉得辣口呛喉,忙放下酒碗,对他说:

"关键是监考委员会形成了统一意见,他们可以说它是体现了民心的正确决定,它是实现贫下中农的切身利益的组织行为,甚至可以上升到培养革命事业接班人、保证红色江山永不变色的百年大计的政治高度,大多数考生满不满意已无足轻重,认命吧。"

"什么代表了贫下中农的利益?普通农民哪能够沾上一星点儿

光，这些人真的会正眼相看吗？"王老师喝得满面通红，脖子上青筋鼓跳，双目喷火，挥拳怒斥。他望我一眼，停顿了一会儿，叹口气继续说下去："张良，你恐怕还不知道，他们违背毛主席大公无私的教导牟取个人私利，这次上的几乎都是公社干部、大队干部的家人或亲属。他们说话口气硬，拿得出依据来，说什么电影《决裂》中不是就有贫下中农子女凭两手厚趼上共产主义劳动大学吗？望江公社凭晒太阳来选工农兵学员，是创造性地体现了执行了中央精神。尽讲些歪理。听说，他们事前已通知了各自的子女和关系户，考砸了不要紧，关键是坐到最后一分钟。他们好像还得理不饶人呢，说是经得太阳晒，既表明体质好，也表明品质好，送这些考生上大中专，绝不会被学习上的困难吓倒，能够掌握真本领回来建设社会主义新农村。说的比唱的还好听，已经插翅膀飞走了，还会飞回来吗？他们还规定在同等分数的条件下，先看家庭成分，再看肤色黑白、趼包厚薄。总之，他们事先依据打算推荐的人的实际条件，按照排他法来制定倾向性的标准，保证其可以百胜不败。更气人的是，他们除了确定了今年的推荐名单，连今后三年要彼此照顾的关系人头名单都列满了。推荐些连加减法数字都算不来的人去上大中专，不等于推荐傻瓜去驾驶飞机？让草包占名额，把走邪门歪道的人送去深造，树的是反面榜样，如此闹下去国家会有前途吗？误国误民，辱没斯文呀！"

"王老师，我自己也明白，对与错的标准的制定权、评判权、解释权都被别人牢牢攥在掌心，也就是全权操纵，彻底垄断，我们胳膊肘哪里拗得过大腿？你心里窝火无济于事，千万别再斤斤计较，

第十三章　瞒天过海

干脆不提它了。"为了平息他的怒气，我故作超然，言语轻描淡写，竭力转移话题。

他一巴掌拍在桌面上，继续说下去：

"老子有气，偏要说，防民之口，甚于防川，老百姓的嘴巴谁也封不住，是不是？他们中不少人已经堕落，根本背弃了入党誓词，喊共产主义口号，充其量是还挂在嘴皮上的金字招牌。这些人，不，这些畜牲，其蜕化变质的程度让人吃惊，早就不配做所谓的人民公仆，是彻头彻尾为个人、为家庭、为家族、为自己小圈子里的人捞好处的政治扒手。这些穿上官袍的畜牲，结成了利益上攻守同盟，又是各把一道关口的大小当权派，一损俱损，一荣俱荣，串通一气，狼狈为奸。他们像自己平时表白的那样，是狠斗私字一闪念，有大公无私的胸怀呢，还是有为解放全人类牺牲自我的革命情操呢？都不是。他们是靠钻'文化大革命'的空子爬上来，不，他们是在滔天洪水中泛起的社会垃圾，早迟要再沉下去。"

我见他说话声音越来越大，忙把门掩上，对他说：

"王老师，小声一些，隔墙有耳，快消气，吃菜！"

王老师不再说话，闷声夹菜喝酒。我却想到了十月革命前夕，俄国彼得堡不少居民搬家时，喜欢雇佣由狱吏押送的囚犯搬家。这些囚犯穿着灰色的衣服，脚上拖着沉重的铁镣，满面倦容却文质彬彬，具有很好的修养。囚犯们小心翼翼搬动家具，从不碰坏家具和碰伤人，能给雇主提供安全放心而又优惠优质的服务。所以，雇主往往躲过狱吏监视，悄悄塞给囚犯一点儿充饥面包或零花钱，有时还会帮助他们给家人投递一封信件。在这里，罪与非罪的界线变得模糊不清，世俗意义上的好人与坏人概念完全颠覆。而在这场"文化大革命"中，不少冷伯那样的好干部，不也成为了劳动改造的对象？要干部人人都像冷伯那样具有推己及人的坦荡胸怀，显然不切实际，哪有可能？

这时，王老师瞪我一眼，放下筷子，端起酒杯大喝一口，才说：

"你知道吗？这次全公社共有九个大中专的推荐指标，雀山大队走了两个，除去有两个大队打光脚板，其他一个大队走一个，都不是无背景无后台的普通人家子女，尽是些横行走路的螃蟹货色。你真不生气？你们队熊壮是公社书记王向贵的小舅子，小学课本都没读好就直升大学，安排到了四川农业学院，'出类拔萃'呀！据说，熊壮嫌他上的大学带了个'农'字，还想挑肥选瘦。刘家芬是你们大队支部书记刘正旺的侄女，当然也漏不掉，安到了地区师范学校读书。他们的德才表现说好就好，乌鸦都会说成凤凰，自然远远超过你啰。我不仅仅是为你们一批真正有才华的知青打抱不平，也是看不惯他们搞得太乌烟瘴气，是非成了诡辩，摆在桌面上人家都有理由。现今的社会已经没有公平，而你又很难抓到把柄，只抓到一把不见痕迹的空气。教师子女就有十来个插队在望江公社，一个也没有推荐，我在心里窝着一口气，不吐不快……"

王老师刚说及问题的实质，说着、说着，身子一歪，头脸倒在桌面上睡熟了，发出一阵鼾声。

我把王老师扶到床上躺下，用竹扇驱走蚊子，为他搭上被单，再放下蚊帐把边角塞在凉席下扎好，然后，满腹惆怅地走开。我想，骆泰贵恰恰是利用了人之皆有的私心，来大做谋篇阴险的文章，把

第十三章　瞒天过海

一支支毒箭射向他怀恨在心的大多数下乡知青。同时，他借此笼络心腹，培植党羽，还在上级面前讨了个大乖巧，真可谓一箭三雕。

我卸下茅屋的门板，把它扛到屋外坡下池塘边横放好。接着，我取来锄头铲出一堆草皮，燃起一堆熏蚊的烟火堆。躺在山野，睁眼欣赏了一会儿夜空繁星，我呼吸匀称地进入了梦乡。

一片望不到尽头的汪洋大海，我在一只无底的泥船上使劲划着搭不上力的纸桨，成群的海鸥在我的头上翩飞，一朵朵巨大的绚丽浪花不断绽开又凋谢。可是，不管我怎样不顾疲劳地划桨，泥船始终寸步不移，根本无法抵达看不见的遥远彼岸。突然，一阵狂风骤起，掀起骇浪滔天，我驾驶的无底泥船先是在旋涡中疾速旋转，继而哗哗地解体成碎片，溶化成浊流。我无依无托地坠入万丈深渊，腥咸苦涩的海水灌满肚腹，呼吸窒息、内心绝望，拼命挣扎无济于事。

在异域，我的魂灵附在一副乞丐的躯壳上，穿着一双破旧的草鞋，拄着一根破竹杖，不分昼夜地漂泊。我的双脚变得只会走，不会停，像失去控制的机械部件，被一种无形的力量支配着，不顾太阳把路面烤灼得如烧红的烙铁，不顾冰冻千尺酷寒透心，永不停歇地疯狂奔走。我鬼使神差地进入了一座漆黑的城堡，一个胸脯长满红毛的屠夫把我按倒在案板上，先用尖利的钢刀剔去了我手足的筋络，再舞起砍刀斫去了我的手臂、脚腿和头颅，把它们扔进狼群，抛进沸腾的油锅。

又过了一段黑暗无边的漫长岁月，我化作了一只蹑行庭院台阶上的蚂蚁，一颗天上掉下的雨点，或者一颗人间同情的泪珠，都足以压得我粉身碎骨，导致我的灭顶之灾。狂风可以把我卷到云空，也可以把我抛到地缝。生命的无常,逆旅的无望,我惶恐不安的心中只剩下卑微与无奈,一丝一毫的欲望都不复存在。等我再次从梦中醒来时,已经分辨不出自己究竟处在地狱还是人间。

现在,我杜鹃啼血般的诉求不会有回应,我是地位比尘埃更低的弱者:所有的厄运都来者不拒地收容我,所有的幸运都见我望风而逃。世界在我的眼中几近满地浓痰、烟蒂的赌场,理想成了被浪涛席卷的沙塔,在我面前手舞足蹈的尽是犯罪的鹞子、炫耀丑恶的奇葩。我在劳作时承受不堪承受之重,在精神上承受不堪承受之轻。我宁肯化作永不还家的浪子,不怕落魄潦倒异域,任凭禽兽千爪抓,万蹄踏,甚至沉埋于微尘之下。

眼见东方略透一抹晨曦,我睡意彻底消失,猛然想到王老师还躺在我屋中,赶忙扛起门板返回。我奔到山后池塘边扯了两片鲜嫩的荷叶清洗干净,轻脚轻手地在厨房里刷锅做饭。我掺水淘米煮了半锅绿豆荷叶稀饭。我盯着灶膛里麦秸燃烧飘出的红、蓝、黄交织的火苗,想起了佛经里关于佛陀的第一大弟子舍利弗的传奇故事。

舍利弗在修成正果的六十小劫前,他立志修行的心愿惊动了天地。于是,有一位天神化身来测试他是否精诚。那天神变成一个在路边痛哭的年轻人,舍利弗见了便去问他为什么痛哭,并表示自己愿意尽力帮助他。那年轻人却告诉舍利弗:

"我母亲得了重病,要修行者的眼珠做药引子,这哪里可能求到啊?"

舍利弗毫不犹豫地告诉他:

"我愿意布施一颗眼珠给你母亲。"

第十三章　瞒天过海

于是，他把自己的右眼珠挖出来，递给了年轻人。谁知，那年轻人接过去看了一眼，说道：

"你挖出的是右眼珠，我母亲的药引子要左眼珠。"

舍利弗再把自己的左眼珠也挖了出来，递给他。那年轻人接过眼珠却摔在地上叭叭踩破，嘴里还骂道：

"真臭，连狗都不会吃，哪能给我母亲做药引子呢？"

舍利弗耳闻恶言，感到万分绝望痛哭失声：

"唉，众生难度，我还是自善其身吧！"

这时，天神现身告诉舍利弗：

"小伙子，你不要灰心，我是天上的神，刚才是化身来测试你的道行的。你要按自己的心愿去修行，不要懈怠，勇猛精进啊！"

这样，舍利弗又经过六十小劫的坚忍修行，终于开了天目，获得了正觉正果，修成了凡胎肉眼万世供奉的上界尊者。

提升生命的历程是那样的缥缈遥远和惊心动魄，磨难是人生的财富？假使逆境是一所大学校，那么，它的教授大概都是辨不清面孔、呼不出姓名的隐身严师，往往是要在人晕头转向、万念俱灰后方才获得幡然顿悟。同时，人处逆境，有谁持有一本记载了成就与毁灭的流年账，并且精确计算过二者各自所占的百分比？又有谁情愿享受鼻塌血淌的头撞南墙，甘心一世欣赏举步维艰的歧路彷徨？

煮好绿豆荷叶稀饭，我把它舀进碗里放在盛了层冷水的木桶中退热，再从泡菜坛里掏出豇豆、茄子切细放在碟子中。等做完这些琐事再摆好碗筷，才听到王老师在床上伸懒腰的哼哈声，他揉着两眼起身走出来，有几分腼腆：

"昨晚出洋相了,我呕吐过吗?"

"没有。你是酒后不语的真君子,倒头就睡,鼾声如雷,让人羡慕哩。"我从面盆里搅出温热的毛巾递给他擦脸,口中抱歉地说着:"你没有牙刷,就端碗清水漱漱口吧。"

王老师洗过脸,戴好了眼镜,坐下来拿起筷子夹菜吃饭。他喝了一口稀饭赞叹道:

"真香呀,本来没有食欲,一闻到荷叶清香,又有可口的泡菜,现在胃口大开了。"

我往嘴里扒着饭,吞下肚,开口说:

"王老师,我昨晚上做了一场噩梦。醒来我想,古人关于梦的文字还真多。苏东坡说'人间如梦',算是中性词,道破了自己对现实的基本看法。范仲淹对梦的质量有讲究,他指望'除非夜夜,好梦留人睡'。而李煜笔下描述'梦里不知身是客,一晌贪欢',既有对失去好时光的怀恋,也折射了现实的不如意。秦观咏叹'柔情似水,佳期如梦,忍顾鹊桥归路',则是借梦的感觉来表达一种藕断丝连的依依惜别之情。人们需要梦来补偿现实的残缺,哪知梦也有好有坏,生活在美梦中固然未必好,但是,可以肯定,生活在噩梦中更是不好。我如今似乎被噩梦缠上了,只愁驱赶不开狰狞恶魔,哪还敢去梦中讨得一个异想天开的大便宜。"

他夹了一筷菜,望着我一怔,继而缓缓言语:

"我的处境比你好,心境与你相近,也有差异。我更接近苏东坡的《临江仙》所描绘那种醉状:'长恨此身非我有,何时忘却营营?'我还是改不了布尔乔亚的情调,高亢的口号喊不出口,喊起

第十三章　瞒天过海

来也别扭,简直有退隐深山老林的念头。最近,我重读郭沫若的《凤凰涅槃》,我真是泪如雨下。你听,这样的句子:'啊啊!生活在这阴晦的世界当中,便是把金刚石的宝刀也会生锈!'这是郭沫若五六十年前发出的痛彻肺腑的呐喊,现在却能引起人内心的强烈共鸣,不惊讶吗?为什么呀!"

他放下饭碗,欲跨出门槛前,对我说道:

"你愿意到望江小学去代一段时间课吗?郭校长要我给他推荐一个人去。"

"不想。"我干干脆脆地回答。

"怕见刘芳?其实,她是一个内慧外秀的女子,有志气,有灵气,有正义感,你为什么怕见她呢?你们有很多地方相似,彼此其实可以交往。"

我迎着王老师射来的目光,平静地说道:

"我们不谈这个话题,如果你没有其他话说,我朗诵一阕辛弃疾的《南乡子》为你送行吧,它大概能代表我们的心境。"

于是,我站在茅屋檐下,昂头挺胸,双眸潮湿地朗诵出那首悲怆雄迈的名唱:

"何处望神州?满眼风光北固楼。千古兴亡多少事?悠悠,不尽长江滚滚流……"

王老师没听完,一摆手,示意我住口。他取下眼镜,掏出手绢拭拭泪,嘴唇翕动一下欲言又止,旋即转身大步走远了。

第十四章
无人可共

接到平澜公社江中岛发来的聚会通知,是一个不知名的知青委托一个路过的农民捎来的便条。于是,我在那天午饭后美美睡了一个熟觉,才带着朦胧的期待与惶恐锁好屋门,独自登程上路。那时,抬头见天空阴郁,太阳已不再挂在头顶。

重拾旧路,早已物是人非,心情大不一样。去年,我带着一册歌本去寻找冷梅,那份甘泉般溢出心窝的欢快,到如今凝结成了一团寒齿凉心的冰块,纵使有喷出火焰的三伏烈日,也难以驱散尽一怀愁烦。失去的欢笑恰似飘向天际的云彩,哪怕双足疾奔也无法再追回。路过冷梅落户的大院,那道特意为她开辟的进门,现在已重新砌砖垒墙堵上,恢复了古朴的原貌。那条黑毛光滑、眼睛贼亮的狼狗,随着它守护的主人离去,不知又归属谁家?大院后的池塘,来年种植的荷花已盛极而衰,一枝青莲上歇着一只接连点头翘尾的红蜻蜓,浮出水面的硕大荷叶边角渐显枯黄,偶尔有一条鲫鱼蹦出水面溅起一圈涟漪。那一棵冷梅躺在枝丫上看过书的古柳,有风溜过,有云飘过,有鸟落足,不时有几片半黄的树叶旋转坠下。

沿着与冷梅一同漫步过的山路,走近那座与她结伴登临过的古塔,我仰视着那高耸入云的塔尖,只觉得满腹惆怅而游兴顿失。在流水淙淙的小溪旁,我久久凝视着她背靠过的棕榈树,此时,她用棕叶编织的那只随波逐流的摇晃小船已无从寻觅。可她说过的话,她指头掂过的野菊花香,依然声声在耳,阵阵扑鼻。我长叹了一口气,迈步向小溪的下游走去。

到了江边,包围江中岛的密密芦苇又开始绽出雪白花絮,当一行大雁掠过头顶飞越前面的高耸山巅,更让人切实感到时令进入秋

第十四章　无人可共

凉。我模仿去年冷梅的做法，召唤来了曾经搭乘过的那艘江水冲洗干净的粪船，却遗憾这次登岛没有了引路人，不再有一个美丽的身影伴随。

踏上江中岛，晚霞染红了一片芦花，景色美得如一场彩色的梦。哎，又是一年秋，又是一场别，心间蔓延挥之不去的孤凄。岛上知青点的坪坝里，不知从哪里弄来了六张八仙桌，摆上的食品是煮熟的白粒苞谷、切成瓣的红瓤西瓜、煮成汤的黄瓣南瓜、淡绿色的水鸭腌蛋等，它们都属于岛上的知青们自种自养。等大家按自助餐的形式自由挑食填饱了肚皮，撤了碗筷的饭桌又三三对拼摆成了一个长方形，桌面分左中右放着三盏马灯，客人们人挨人地坐在围着桌面摆的条凳上。此时，天上升起了一轮浑圆的月亮。岛主赵振东打开一条烟盒，将无字无图案的经济牌香烟，一包一包地扔给要抽烟的男知青，末了他扯开剩下的最后一包，掏出一支烟划根火柴点燃，猛吸一口，举目环顾大家，说道：

"我今天约大家来，心情很矛盾。最初，我是想放不放弃这次机会，完全听你们的意见，由你们决定我的去留。但是，在今天早上，我收听收音机，那一个看不到面孔的人，滔滔不绝地朝我耳朵里灌输了一番无产阶级专政下的继续革命理论，说实话，我没听懂，显然文章撰稿的逻辑思路不严谨。他文理不通，我领悟力有限，我质疑自己的肩头能否担负起天下的兴亡，甚至怀疑自己能否把握自己的命运。于是，我又有些动摇了，几乎打算接受平澜公社党委、革委给我安排的出路，到我读高中时并不打算选择的重庆大学去读书，也就是扮演一个工农兵学员的角色。这样，我算如愿以偿，真

-235-

的高兴了吗？说实话，我高兴不起来。我是重庆三中高六六级毕业生，在校成绩排序从没有下过前五名，那时，我高考的第一志愿将会填北京大学物理系。随着一场'文化大革命'的风暴吹来，我想跨进的大学向我关闭了大门。从1968年起，我来到平澜公社中坝岛进了这所没有围墙的大学。20岁下乡，一去7轮春秋，你们都可以知道我现在多少岁了。按常规看，一个人属于学生时代的所谓金色年华，我早已流失得一无所有。假使，不离开农村，谁能告诉我，这一辈子会有多大的作为？这些年，追求过了，苦斗过了，人生理想似乎老是若即若离，奋斗目标老是似实似虚，我实在不甘愿在中坝岛上如此这般的了却自己的一生。我这一走，你们不会指着我的脊背骂娘吧？所以，我今天请大家来给我把把脉，该走，还是该留？我真诚地说，我会很重视你们的意见，甚至可以把最终决定权交给你们。"

"赵大哥，你该走，你对得起大家，对得起社会，在这屙屎都不生蛆的荒岛上过下去，埋没了你的才华。"一个不知名的知青率先说话。

场内一片七嘴八舌的话音：

"对，该走，口号不能当饭吃。"

"我们是社会的替罪羊，受的欺骗还少吗？"

"傻瓜才肯留下来！"

这时，一个身材瘦小但结实的知青，一个倒旋跃上桌面，头向下、脚朝天地以手代步绕场移动，口中直咕哝：

"我提醒赵大哥，现在看问题要从头到脚颠倒看。当年，我们

第十四章　无人可共

怀着'故乡诚可爱，理想价更高'的抱负，让人哄骗着敲锣打鼓地推向了农村；现在，应该换种说法是'若有自由路，二者皆可抛'。抛掉空洞无用的口号，能突围一个就突围一个，这是保存有生力量，为国自珍呀！"

等小个子跳下桌子，坐回原位，场内一阵鼓掌叫好：

"说得好，赵大哥你该走，该走。"

"留在乡下哪是干革命啊？不仅蹉跎了青春岁月，实际上才真正是于国于家无益的不肖子孙。"

"谢谢大家关心，"赵振东动情地站起身，先弯腰深鞠一躬，然后，抬起头来说下去，"不过，我还是想了解多数人的看法。同时，在做出最终决定前，我需要一些提示、一些鼓励。这样吧，主张我留下来的大胆表态，请举手！"

赵振东眼光一扫全场，见无人响应，迟疑了片刻才张口：

"主张我走的请举手。"

赵振东见场内举手如林，感到有些意外，话音带着感伤：

"大家全都举了手，一边倒的意见，主张我走。这是人心所向，大势所趋？可惜，我分辨不出大家举手表达的真实含义，是鼓励人去征服命运，还是规劝人去顺从天命。难道这些年的求索是白累一场，最终周而复始地转一个冤枉的大圈圈，还是需要回到自己出发的原址？常言说，苦海无边，回头是岸。我却觉得这一回头，不是想象中的岸，而是黯然神伤的黯。我们一腔热血追求光明与幸福，不惜为实现理想牺牲自己的一切，甘愿去经历种种磨难，到头来理想变成了幻想，满怀扑空的惆怅，远非一个叹字了得。说实话，我对足下这块贫瘠的土地和折腾过皮肉的劳作,已经产生了难以割舍的莫名感情,真到离开的一天,还有一些类似告别故乡的依惜。我简直像一个溃败下阵的逃兵,没有一点儿光荣,只有伤痕累累的遗憾。我甚至感到自己踏上一条所谓的回归路,下脚如踩着一团浮云,像陷进了一片沼泽,心里总是不踏实,产生了一种害怕坠落下去的惶恐。这些年,光阴轻掷,艰辛太多,使人平添何必当初的感叹!这一走到底是成功,还是失败,有一天我会不会因为一个不明智的选择,发出热泪沾襟的悲叹?我不知道,无法回答自己。不过,有一点我可是明确无误的,无论走与不走,与诸位的患难之交我都会珍惜一生,没齿不忘。"

"我也要离开了,换句话说,是不离开不行了,我是到四川师范学院中文系。我是初六七级毕业生,下乡也是七年了,年龄也不小了。我有很多话想对大家说,又觉得难以启齿。我还是给大家唱一首歌吧,也许有的知青还不熟悉,它叫《送别》,历史上的校园歌曲。"说着,张羽把随身带的扬琴摆在桌面上击响琴弦,尚未张口已泪如雨下。

待张羽哽咽着一曲歌罢,赵振东一席话打破了沉寂:

"或许,在大家的心目中,我和张羽是被招安的投降派,在上山下乡的道路上半途而废,这话也有一定的道理。可大家又想没想过,我们留给可以主宰自己命运的人的真实印象究竟如何?实际上,它极可能是肯定与否定纠缠不休的矛盾统一体,说穿了很难分辨对我们的肯定和否定孰轻、孰重。因此,与其说我们是被招安,不如说我们遭受一场另类的挫折,是人家对不受欢迎的人一种颇有艺术

第十四章　无人可共

地驱除，或者是一种漂亮的送客形式。不过，我和张羽虽然下乡在不同的公社，现在走的又是不同的城市和不同的学校，我们却都可以毫不惭愧地说：我配得上拥有这样的机会。我们有良心，凡事有纯洁的动机，下乡七年的政治表现和劳动表现经得起时间检验。也许，在大家眼里，这一刻我比你们更幸运。其实，我扮演着画虎不成反类犬的荒诞角色，表面上我们可谓风风光光，其实是跃马挺矛与风车搏斗过一场的堂·吉诃德式的凯旋。可谁知道，我们捏在手中的这枚别人赠予的果子，慢慢咀嚼真是苦、辣、酸、甜、麻五味俱全，局外人还会骂我们身在福中不知福。在这里，我毫不掩饰自己怀抱愧疚，即使想发扬风格学当一回雷锋，却无法把这一份享有的机会转让给另一个允许我乐意选择的对象，这是一个难以扭转的尴尬结局。不过，我坚信你们都会有自己的将来，一个美好的将来。历史如戏剧，总会有出乎意料的情节，不然这个世界就平庸得俗不堪看。应该变，大家都该变，谁先谁后是其次，并不重要。"

听完赵振东一番剖腹明心的话语，我激动地站起来说：

"尽管，在可以预见的时间内，我没有什么将来可言，但我支持赵大哥的观点。因为，我深深知道赵大哥和张姐是靠自己积劳、积功、积德修成的正果，值得我们大家敬重，甚至于仰视。同时，我还深深知道人生机遇的难逢，难捕捉。在这里，我为了对赵大哥和张姐能重享学生时代，表示诚挚的祝贺，把自己最近反复读过艾·丽·伏尼契著《牛虻》后写下的一组算是心得体会的诗歌，选两首来朗诵给大家听一听。"

"好啊，我下乡随身带的书，除了四卷雄文，便是一册《牛虻》。

在你朗诵之前,我想问一问,你为什么喜欢这部书,为什么有那么多知青喜欢这部书?"赵振东续上一支烟,感兴趣地插话。

"赵大哥,这个问题我肯定没有你理解得深透,我想大家更乐于听你发表高见,不如你先抛玉引砖。"我反问一句,将题目返还给赵振东。

赵振东吐出一串烟圈,又挥手拂散烟雾,笑着答话:

"好吧!没将住你,反让你将住了,我就先说。我喜欢这本书原因有三点:第一,我非常喜欢书的作者,她和革命导师恩格斯、俄国大思想家普列汉诺夫、被十二月党人唤醒的作家赫尔岑、流亡伦敦的俄国民粹派领袖克拉普钦斯基等人都有过直接的接触与交往,是一个受到生活在身边的革命志士的高尚精神哺育的很有才华的女性作家,而且她还亲身经历过不少革命斗争的严峻考验;第二,可以说《牛虻》是《钢铁是怎样炼成的》一书的母体或样板,在后者书中不难发现受到过前者影响的明显痕迹;第三,《牛虻》的主人翁是一个拒绝欺骗与愚弄的热血青年,他在幻灭中觉醒,困顿中奋起,磨砺中成熟,患难中坚强,能够把对革命事业的忠诚、对战友的忠实、对爱情的忠贞化作对敌人的冷酷无情。他服务于人民,服从于大义,热情面生,从容对死,是有血有肉的顶天立地的可敬英雄。"

"说得好。"场内有赞叹声。

"你的读后感,可以告诉我吗?"

赵振东犀利的目光向我射过来。

"作为年幼的一个小兄弟,一个下乡三年多的知青,我照样饱

第十四章 无人可共

尝了无路可走的凄惶，无话可说的别扭，无人与共的孤单。一本好书是相见恨晚的伴路知己，我觉得书中的革命志士，已经成了隐身的朋友，永远的朋友。牛虻原本是一个衣食无忧的公子哥儿，在生活重压下却从不屈服，他不仅能够战胜自我的弱点，也是能够笑傲忧患的坚强战士。这就给像我这样的知青以极大鼓励，使我产生这样的想法：你可以像牛虻一样在幻灭的废墟上重建生活，你可以看到绝望尽头有黎明光霞，你可以在最艰难的环境忍耐下去，直到成功。所以，我相信自己能够成长为无愧于时代的新人。至于《牛虻》这部书的本身，我以为刻画最好的人物当然是牛虻，琼玛与蒙太尼里稍次之，大概是这位女作家的审美态度、人生阅历、个人擅长和描写才能所决定的吧。书中逃亡十三年的牛虻再出现时，称得上页页精彩。牛虻对琼玛刻骨铭心的爱情令人动容，他看到夕阳时那张变得异常苍白的面孔，没经历过人生磨难的读者是难以理解的。现在，我也养成了一个习惯，每当太阳落山时，会选个僻静的望点，用眼睛贪婪地盯住天边的血红残霞，尽管夕阳带给人伤感，但那份凄美总让人挂牵、依惜，好比易逝的青春，好比追不回的往事。"

"说得好，我有同感。你朗诵诗歌吧，我们洗耳恭听，要不要掌声欢迎？"张羽用手指轻轻拨动扬琴弦，一对眼睛笑眯眯望着我。

我连忙摆手告饶：

"别笑话，我献丑了。我这一组诗总题是《题牛虻》，或许它远远谈不上算什么诗歌，只是我的读书心得，或者是我在书中捕捉到的关键词的串接，权把它作为与赵大哥和张姐的临别赠语。"

"谢谢！"赵振东和张羽同声说。

我吟诵出的第一首诗题名《出逃》,它技艺虽幼稚痕迹未消,意境已不乏沧桑感:

是女友
　　一个响亮的耳光,
逼得你
　　海外逃亡。
自尊受损
　　委屈满肠,
亲人冷淡
　　两耳诽谤。
试看大街小巷
　　哪有容身之所?
试问故国河山
　　哪有留恋的地方?

于是
　　在一个漆黑的晚上,
你砸碎
　　幻想的偶像,
摆脱了
　　生死的彷徨,
依靠醉汉的指引

第十四章　无人可共

　　偷渡海关，

仗着贪生的胆量

　　漂越汪洋。

孤身一个

　　远走他乡，

在茫茫天涯

　　去寻找希望……

第二首题名《幻灭》，我略微停顿片刻，开口吟诵：

　　难道你不知道

　　　　异乡的风冷？

　　难道你不知道

　　　　异国的人狠？

　　为什么偏偏要

　　　　离开故国？

　　为什么偏偏要

　　　　海外逃生？

　　海风

　　　　吹晕了你的头，

　　暴雨

　　　　淋冷了你的心。

失望呵，失望呵！

　　梦里泪水还在滚。

可是

　　你毕竟闯过来了。

哪怕身上

　　还留下道道鞭痕，

哪怕夕阳

　　常勾起人生大恨。

生活毁灭了你，

　　你在生活中再生！

呵，牛虻！

　　你是坚强的典型；

呵，牛虻！

　　你是钢铁的代名。

我们赞美你，

　　不是有相同的命运；

我们赞美你，

　　是懂得了什么叫人生！

等我朗诵完，张羽带头站起来鼓掌，她以称赞的口吻说：

"我觉得挺不错，真好。从艺术上讲，我不太懂诗，说不出所

第十四章　无人可共

以然。但我感到你的诗歌很真实，不是在喊口号，不是在重复大话、套话、空话、假话，没去迎合世俗，没有去粉饰人生，而是似乎在不知不觉间把自己的命运与牛虻的命运融合了，或者说你已经进入了书中的角色，在思索一个经历过太多苦难的人，应该怎样走出一条属于自己的有未来的道路，对吗？既然你是送给赵大哥和我的诗作，过一会儿，你把它写下来，送给我们做纪念吧，行吗？"

接下来，知青们漫无边际地聊话，一支接一支地唱歌奏曲，尤其是一支《苏武牧羊》的箫曲响彻夜半，一串悲怆音符摄人心魄。直到天亮，大家才胡乱填饱肚皮，依依话别离岛而去，临行不少人频频驻足回眸，泣泪浸湿衣襟。他们知道这次离散，很可能是再度相聚遥遥无期。

登上离岛的摆渡船，我猛然察觉许澄清居然没来，这才悲戚莫名地联想到，赵振东、张羽等这一走，知青们便缺少了主心骨，也许将来是一盘聚不成堆的散沙。再遇上不平事，谁人还能出头肩担道义，谁人还有一呼百应的威望？

刚回到生产队，高队长一见我的身影就急匆匆赶来，要我赶紧办一期批林批孔的大批判专栏，过几天公社干部要组织专项检查。一个队才三个知青，其他两个关心的是拔脚走的扫尾事宜，谁还有心舞文弄墨去紧跟日新月异、变幻莫测的政治形势呢？我无法拔出两条泥腿，是队里唯一的知青，这份不晒太阳的劳心活，非我莫属。我接下任务，向高队长要了一叠近段时间的报纸作参考，并声明阅完即全部返还给他包叶子烟卷，保证一张不少。他狡黠地一笑，相信我不过是蹦不出如来佛掌心的孙猴子，直催快到望江镇上买回抄大字报用的纸张笔墨，限期在下次赶场前把专栏文章贴上墙。这样，我还没跨进屋门又转身朝望江镇走去。

"张良，你娃子昨天遁土了，我到处找不到你的人影子。"

熊壮穿着一件火红的背心，一把将我从阳光直射的街心拉到阴凉的街边屋檐下。我被他汗腻发热的手抓得不舒服，挣脱手臂调侃着：

"祝贺你呀，你现在是大学生了，难得你还惦记我这挖烂泥巴的农民。"

"你娃子够意思，不像其他大队的知青，张开一副猪嘴胡乱拱一阵，不开腔，不出气，独自出去周游，肯定有好报！"

"是有好报啊，报上墙壁！这不是高队长使唤上街来买纸张笔墨回队去写大字报，批判林彪、孔老二嘛？"

"哪个说你写大字报？说你有后福。"

"不要说前福后福，命中该有的就有，命中无的就无。你享你的福，我羡慕你，不嫉妒你，你放放心心地去深造吧，我还忙。"

"再忙也要喝台酒走，你跟我到馆子头坐着喝茶。我去叫刘家芬，她也要请你。再说，我还有事情找你商量，你千万要领这个情。"

熊壮把我拉进供销社办的餐馆的一个雅间，吩咐招待员提壶开水来上茶，接着反手带上门走了出去。

我靠近餐馆雅间的窗口，两眼往外眺望，奔腾的江水波流起伏着淌下山峡。这是一座吊脚楼，支撑木楼的砖柱浸泡在盈盈江水中，贪图方便的渔家往往将窄小的打鱼船用缆绳系在砖柱上，而触岸的微波细浪昼夜在楼板下不停地喧哗。我暗揣，既来之，则安之，便

第十四章 无人可共

在板凳上坐下来。我仔细打量饭厅周遭环境,这里若真有几个意气相投的文友,当真是团桌品茗、凭窗赏景的吟诗作赋的绝妙佳址。可惜,今天到这里聚会的是话不投机半句多的得志者,是形同陌路的俗人。自己明明内心隐痛却要竭力掩饰,还得装出一副若无其事的表情,去说应酬的客套话。此刻,一只从窗口飞进的燕子,全然不顾我此时心如刀戳的感受,嬉闹游戏似的在我头上盘绕飞扑。

过了一会儿,熊壮果真带了刘家芬进门,他们脸上的笑容比天上的太阳更灿烂。刘家芬穿一件灰色的确良裤子,着一件淡绿色的丝绸衬衣,身段丰盈紧实,脸颊粉白浑圆,一对眼珠闪烁兴奋的光芒。

"张良,我还说到生产队找你,没想到你上了街。我们有缘,请你吃饭我高兴,真高兴,不是嘴皮上说虚的,是真心真意。"

熊壮向门外一招手,服务员立刻端上了一盘浇汁红烧鲤鱼、一盘大蒜瓣烧鳝鱼片、一盘蒜苗炒回锅肉、一碟油炸花生仁、一碟撒了辣椒末的薄片卤猪香嘴肉、一盆冒热气的粉蒸粑粑肉。紧接,熊壮拎上随身带来的一瓶土罐古蔺大曲酒,叫服务员拿来三个小酒杯和舀汤喝的调羹。我见一桌酒菜如此丰盛,慌忙说人少菜多太破费了,真担当不起。熊壮则说餐馆的经理是刘家芬的表叔,他会照看着给优惠,让我不要见外。

熊壮屁股一落座,伸筷往摆在我面前的碗中夹菜,眼睛盯住我:

"张良,你离家远,油荤见得少,敞开肚皮吃,别担心我被吃穷。"

"熊壮,你该不是人要走了,还给我摆桌鸿门宴吧?"

"你多心了，要说我算计你，不过想推荐你代我读书。"

"我哪有资格代你呀？你还没喝酒，上桌就说酒话。"我脸上堆笑，鼻子却发酸。

刘家芬夹一块鱼肚肉放在我碗中，插话说：

"熊壮不是开玩笑，是实话。他真不想去读书，想放弃上大学的机会，去当工人。张良，其实你才真是块读书的料子。这里没外人，我们也确实有心帮帮你，想不想去读书？"

"这不是我想不想的问题，是能不能的问题，我额头还没发烧，你们也别宽矮子的心了。"我低头望着桌下，怕他们发现自己眼眶噙泪的样子。

熊壮一边向酒杯里倒酒，一边接话：

"我真不是读书的材料，几年小学的书都没读断句，就是把文凭改成戴帽子的小学初中班毕业，档案袋里也严丝合缝哄得过去，一上课我还不是坐傻飞机，云里雾里摸不到头脑。"

我抬起头来时，已抑制住情绪，调整好了心态：

"熊壮，你是多虑了，还是脑壳头少根筋？俗话说，莫将容易得，便作等闲看。在别人眼里，这是求之不得的好事情。你要仔细想好，公社党委、革委确定推荐人头是反复筛选，是十分严肃认真的，不是闹儿戏的，你要晓得好歹。再说，你自作主张换人，这玩笑开大了，牵扯面太宽，说不定还要涉及到区、县、地区和招生学校，关心你的领导脸面朝哪里搁？不可能，千万不要自找虱子往身上爬。"

熊壮听完我的话，夹上菜的筷子来不及送进嘴，焦急地反问：

第十四章　无人可共

"我到学校读不走，不闹笑话，不丢人现眼？"

"这件事，你还真没看开。"我拿起酒杯向他俩敬酒，自抿一口，率性把话说下去，"你人年轻，脑筋又转得快，加把劲儿，赶得上趟，学得好！我敢断定，你班上像你这样基础的同学远远不止一个。最重要的是你不要用'文化大革命'前的标准来看今天的学校，现在讲的是学制要缩短，教育要革命，大学已经办得和电影《决裂》里的共产主义劳动大学差不多了；况且，你进农学院，学的课程恐怕是科学种田的实用技术居多。很可能，你不但不会掉队，你小子一不留神儿，还可能出头冒尖，当上一个优秀学生哩。我还等你毕业回来接公社的班，表现一下拉兄弟一把的实际行动呢！"

"那是当然，你说的话我听了真高兴。"熊壮一口饮尽杯中酒，掉头对刘家芬说，"家芬，看来要他顶替我去读书还真的麻烦多。老子现在是下定了决心，明知山有虎，偏向虎山行，我不相信学校会一口把我骨头咬碎来吞了。"

我出于应酬他们，也是借酒浇愁，连饮了几杯。不过，我小心翼翼不让自己过量，要浇愁，浇半愁，应酬一下。真喝醉了，出洋相，说错话，那自己很可能是永世不得翻身了。我是输不起的人，要怜惜自己，为将来讨生活留点余地，不宜任他们久纠缠。我这人沾酒脸就红，上三五分酒，装八九分醉，轻易还看不出来。于是，我明知他俩不会叫我买单，故做一副舌头打结状，推口头痛胃翻，嚷着要下桌去结账。熊壮打个酒饱嗝，一拍胸膛对我说：

"我早就押了十元钱在柜台上，是你请客还是我请客？你尽管坐稳当，喝酒、吃菜，实在你熬不住要走，我也不拦。到底是一起患过难的兄弟,是一条讲义气的汉子,够意思。"

刘家芬雪白的颈项变得刺目的绯红,她看了一眼熊壮,又掉脸向我,有些担心地说:

"你要不要到我家里躺一会儿,等酒醒了再走。"

我站起身子离桌,故意出脚蹒跚,嘴上咕哝:

"没问题,出门吹吹风,几里路难不倒我。"

刘家芬放下碗筷,立起身子,鼻尖挂着汗珠,她补一句:

"你不忙,我给你准备了一只卤鸭子,等我提着送你上路。"

我摇头婉言谢绝,脸皮带酒红也露羞红,死活把她堵在雅间门内:

"留下来,你带回家吃,谢谢。你们继续吃饭,不要送我,我一人吃饱全家不饿。看你,别这样,又吃又拿,别人不笑,我都不好意思了。"

我绕到新华书店的文具柜台上,买好纸张、毛笔、排笔、墨汁和红色广告颜料,晒着秋阳踏上了乡间小路。

过了几天,我办的大批判专栏得到了公社检查组的好评,说我毛笔字写得好,刊头画得好,文章写得好,算得公社知青中的一个秀才。高队长乐得嘴巴合不拢,事后手拍我的肩头直夸我为队里争了光。我将一叠报纸尽数还给他,颇有自知之明地告诉他,是报纸上的文章启发了我,我不过是借用别人的理论,牵强附会地联系了一番本地的实际,其实,专栏中的漏洞不少。

躺在床上,我想到公社领导赐我一顶"秀才"帽子,觉得有些啼笑皆非,一个落第秀才真是狼狈不堪,只得把自己的一肚子闷气

第十四章　无人可共

发泄到林彪、孔老二身上，斥责他们不是叛党、叛国、搞阴谋诡计，就是自己四体不勤、五谷不分，看不起劳动人民，还无耻宣扬"劳心者治人，劳力者治于人"。

在星光驱不散满怀悲戚的长夜，我每每孤独、无助、无语、无望、无眠，五脏六腑似有千万只毒虫在蠢动，在啃咬，在逼迫我成为非人。这时，我常常会盯着蚊帐顶，哼出几句样板戏《红灯记》里李玉和的唱段，禁不住暗自发笑。是啊，谁也不必提醒一句"困倦时，留神门户防野狗"，这里可是野狗从不轻易造访的荒凉地带，即令它偶尔钻进了门户，它那张臭嘴真能叼到可解馋的油骨头？谁也不必宽慰一句"烦闷时，等候喜鹊唱枝头"，那势利鸟总去攀栖邻家门前大树的高枝，卖弄一条嫌贫爱富的乖巧舌。

好长一段时间，我的琴弦不再颤动，一如哑声的人生。任凭暮去朝来，我那一双呆滞的目光黯淡在无尽的绵延的黄土野丘间，没有一条路能让我产生追求的冲动，更无从寻觅到一位诚笃聪慧的知己，以倾诉一副苦涩烦闷的心肠。

第十五章
莫问归期

元旦前一天，我回到了县城。刚一进门，妈妈便放下手中的针线活，站起身满脸笑容地对我说：

"我和你爸爸正望你回来，当面征求你的意见，看你愿意顶替他，还是顶替我。你选择你爸岗位，他退休；选择我岗位，我退休。"

"顶替"是国家为了解决知青就业出台的特殊政策，老人走，新人进，父母退休子女可以回城顶岗。应该说，这是为无路可走的知青，提供了一条算过得去的出路。我听了妈妈的话没答理，径直走进厨房从水缸里打来清水洗过脸，又倒了一盅温热开水喝下肚，才平静地对她说：

"你和爸爸谁都别退，我不顶，靠自己去走一条路。"

"你能走出一条路吗？"

"他能！华大姐，你别逼孩子，让他有选择的自由。"

住在隔壁的何老师拄着拐杖笑吟吟地走进门来，妈妈忙端上一个方凳扶着她坐下来。何老师的职业并不是教师，她只是妈妈为我和弟弟张肯私下物色的教师。她叫何灵玉，是"文化大革命"前成都电讯工程学院毕业的本科大学生，几年前才搬到我家隔壁。何老师被人背后称作"断脚维纳斯"，相貌俊秀出众，在校时是校园中的"五朵金花"之一，毕业后分配在地区邮电局，却在"文化大革命"爆发的一场武斗中遭遇飞来横祸，让打派仗的流弹伤残了一条腿。等到伤愈出院后，拐杖从此和她形影不离。为了躲避熟人的目光，她调离了工作，下沉到了县邮电局。妈妈和她一见如故，宛如无话不谈的亲姊妹。相处一段时间，妈妈见她多才多艺，围棋、琵琶、绘画、歌唱无一不出类拔萃，便以古人主张易子而教为理由，

第十五章　莫问归期

请她点拨我看书学习时遇到的难题,也请她指导读初二的弟弟张肯下棋、绘画。这样,我便拜在了何老师膝下,成了随时可向她登门求教的百科弟子。

"张良,你告诉妈妈,你不愿顶替的理由。"

"何老师,我下乡三年多了,人间的什么苦头都吃过。现在,这一条出路,其实是近乎于'龙生龙,凤生凤,老鼠生儿打地洞'世袭式的就业,对于我简直算是落荒而逃。这不算是自己走出来的路,是沾父母的光啊。对于我,这不光荣,大失脸面,是在命运面前输得一塌糊涂的侮辱,我不甘心啊!"

"看你,不是你母亲生你的气,人家条件差的多子女家庭求还求不到,有的家庭为顶替父亲或母亲的工作岗位争吵不休,甚至兄弟姊妹反目为仇。你呢,父亲、母亲的工作岗位任你挑,你却要放弃,还要去走一条没有希望的路。你知道按照三抽一、二抽一的招工政策,你姐姐已参加工作了,有机会你轮不上,其他出路就更不容易。如果你意气用事,在农村继续待下去,看得到前途吗?"

"我不是意气用事,是不认命,不服输。我的确现在看不到前途,眼中一片渺茫,但是,还没到山穷水尽的地步。所以,我想赌一赌,再用两三年时间,或许我能走出一条自己蹚出的路,那样,我才能在人前挺起胸膛。即使我失败了,也比靠前人荫护过一辈子强,因为,我到底可说尽到个人的主观努力。再说,给张肯准备一条可走的路,等他毕业就不再让父母犯愁,多好!"

"你弟弟以后肯定要读高中,他的事情还早得很,用不着你现在咸吃萝卜淡操心,你的问题才是现实。"妈妈为何老师沏上一杯茶水，在一旁插话。

"我的事情，是对是错，我自己负责，不要你管。"

妈妈有几分恼怒，正要张口训斥我，何老师向她摆手示意，掉头对我说：

"你读过鲁迅的独幕剧《过客》吗？"

"读过。"

"假使你是那位过客，你正朝前方的荒野走去，你不怕荆棘密布吗？你眼中在意的是盛开的美丽鲜花，还是阴森的坟墓呢？"

"其实，我现在就是在肉眼看不见的荆棘丛中艰难行走，心里苦，浑身伤。经历了一番磨难，幻想早已抛掉了，恐惧也不存在了。至于展望前途，迎接我的是美丽的野玫瑰、野百合也罢，是荒野的坟墓也罢，或者说二者都有也好，不以个人意志为转移，这躲不开的一切，我都有勇气去面对，去经历。相反，如果像这样下乡近四年，只因为一无所获，便选择落荒而归，我觉得太狼狈。何况，我的道路并没有走绝，为什么必须要回头呢？即使前面有死神狞笑，两眼一片黑暗，我都不怕。我就是要在绝望之境去讨一份希望，何况黑暗的极限总该是光明的开端。等我走到实在无路可走的时候，再学阮籍恸哭而归，好比一个浪迹天涯的游子伤痕累累地归来，那样，我纵使失败得乏善可陈，到底有一份曾经奋斗过的真实记录，甚至还有一点儿自豪。"

"华大姐，由他去吧，让他像暴风雨中的海燕去练硬翅膀吧，不管你儿子是傲气，还是志气，这是一笔千金难买的精神财富，你把思想包袱放下来，把心放宽。"何老师拄上拐杖站起来，朝我笑

第十五章　莫问归期

一笑，"张良，你父母望你回家，回来了就多住几天。星期天有空闲，带上你的提琴，陪我到附近走走，我可好些年没上山了，快成一只井底之蛙了，真想领略一下登高望远的欢畅啊！"

元旦那天，我手捏一本《海涅诗选》独自来到家院后的樟树林里，选一块干净的地方坐下来。尽管时令正值隆冬，树枝上依旧长满茂盛的叶片，翠绿可人；空气清新爽神，夹杂着孕育滋养万千植物的泥土芳香。我像一只倦航的破船驶回了平静的港湾，享有一份不再受波涛折腾的安详。我很快忘乎所以地陶醉在诗行间，那些清泉般的亲切诗句涓涓不断地淌过我的心地，抚慰着一道道岁月留下的伤痕。当我目光扫到字里行间的一个句子："严冬劫掠去的一切，新春会给你还来"，心情便无论如何平静不下来了。

在乡下的日子里，我经常在睡梦中回到母校，一次又一次听秦老师上课，一次又一次和同学们争论，醒来时每每若有所失地迷惘无语。每次从校园旁路过，我的眼睛一眨也不眨地盯着古老围墙内的参天树木，一棵一棵地数点着那些挺拔入云的楠木、柏树、冷杉、银杏等古木，心中滋生对数十年间昂首挺胸走出校门的社会栋梁的神往。而伸出墙头荫蔽过道的巨伞般的榕树虬枝，在烈日下，在风雨中，都富有包容一切的淡定从容与饱阅春秋的沧桑感。那一间间见证过我们青春热忱和高远期待的教室已石灰剥落，可那当时的诵读声、欢笑声似乎还在瓦檐下回旋。尤其是那骤然响彻于耳畔的课钟声，简直是记记敲在我的心上，振荡得我热泪盈眶与满怀留恋。但是，很快我热血沸腾的兴奋会转化为情绪低落的惭愧，因为，我只是寄生在参天大树下的一棵最不起眼的野草，有一个铁的事实不可逃避：我和我的同学们，很可能是这所学校有史以来最差的最失败的一届学生。若是再见师长，岂不汗颜？当然，这不该怪我们素质差，不该怪我们不勤奋，全关乎时也、势也。我们遥望校园绕道走，破帽遮颜闹市过，有羞，有耻，有怨，有恨，满腹是无处可诉的苦衷。我们患有难以治愈的时代病，心态是扭曲的，自尊是残缺的，习惯于在人前展示倔犟好斗的孔武，企图用一副坚硬的假面具，掩饰夜半潮汐的委屈和注定名不见经传的自卑。我们在有意躲避自己的老师，越是怜惜自己，越是怕见他们。由我们自主挑选自己生存的落足地，很可能是舍近求远。虽然，这在他人的眼里近乎荒唐，而实际上是极为明智之举。因为，只有这样我们才可以躲开熟人的注视，才可以毫无顾忌地昂起自己的头，才可以为了生存不怯惧摔倒在地，弄得满身泥污地去打拼，才可以抛开后顾之忧保持原始而本真的竞技状态，才可以不辞艰辛地付诸人生的再造行动。我们不愿意在挑战命运之时，在人前被击倒得满嘴啃泥，招来一片嘲笑。我们那些带血性的青春叹息在寒风中飘散，鲜为人知地在月光下染霜覆露，造物主却熟视无睹，从不理会。

星期天是一个晴朗的日子，蓝天上闪耀着一轮太阳，它相对于夏日显得有些苍白，光芒虽然明亮却缺少火热，微风拂面时夹杂着寒凉。弟弟坐在家门前两眼瞅着槐树枝头上的小黄雀，嘴上用夸张的语气背诵着俄语。姐姐拿着一个装满滚烫开水的大搪瓷缸子，在桌面上熨平一条用湿毛巾揞着的裤管。我则搀扶着何老师跨出院门，慢慢地攀上家院背后那一座名叫翠台山的山顶。

何老师背上一个装有红橘和糖果的挎包，兴奋得像迎着朝阳走

第十五章　莫问归期

向校门的新同学。几年来，她不仅没登过山，而且无事少有出门，长期的室内生活使她的肤色显得格外苍白，脸上没有血色，今天走了一里多山路，双颊红扑扑的如粉红的彩霞。在上山途中，她时不时驻步用拐杖支着身子，腾出一只手来摩挲路边的树干，香樟林和松树散发的清香振奋了她的精神，她鼓胀鼻翼、张开嘴巴贪婪地呼吸鲜美的空气，活泼得像一个天真烂漫的少女。当一阵穿透丛林的山风吹来，窜动的风头鼓起她身着的米黄色风衣飘拂不止，她竟然忘情地扔开了手上的拐杖。她单腿独立，伸开双臂，像一只引项司晨的金鸡，又像一只展翅投向云空的飞鸟，欢快地高喊："我是自由之神！"我赶紧拾起她扔在地上的木杖，扶住她的手臂，助她完成上山的最后几步翻坡路。

"张良，你看山下的西湖有人在湖心划船，多悠闲呀！哎呀，从那个山缺口望出去看得见沱江的水面，尤其是前方山顶移动着的桅杆上显出的半截白帆，真是太美了。"

何老师眼见什么都新奇，撑着拐杖踮起脚尖四处张望了一会儿，觉得有些累了，才让我帮助她把拐杖平放在一个视角极佳的岩石上，屈着腿坐下来。她掏出散发香水味的手帕拭擦脸面，眼睛却瞟向一边看风景，嘴里直是感慨：

"仰望高处风景和俯瞰低处、环眺远处风景的感觉太不一样，前者对景物产生的印象是过分庄严的崇高，后者的印象则是亲切美丽。从心理距离来看，前者更远，后者更近。低处看高处，似乎一切都值得自己感恩；高处看低处，有放开心怀的轻松，可以获得摆脱束缚的自由。这种体会，是一个四肢完整的健康人不易理解到的，只有失去过的人更懂得它。许多人所忽略的生活细末，那些似乎不值一提的平凡，在我看来真是太珍贵。"

何老师的一席话说得我鼻子发酸，见她兴犹未尽，我把抱在怀里的小提琴匣放在草地上，弓下腰在她耳畔轻声说：

"何老师，我背着你在山顶上转一圈，在这座山上，你可以好好地看看县城街道、烈士塔尖的红星、钟鼓楼上的阳晖、沱江大桥下的波涛、晨光峰的远影。"

于是，我背起何老师绕着山顶漫步。她不时伏在我的肩头伸手指点着要我看这，看那，好像不经常登高望远的不是她而是我了。过了一段时间，她饱览过了风景，有些腼腆地对我说：

"哎，我让你背着看拖累了你，我们回原位置坐下来聊聊吧，这里说话不憋气，痛痛快快，多好，多难得！"

何老师重新坐了下来，她用手指拨开散落脸上的一绺头发，兴致勃勃地说道：

"翠台山顶风光不错，山腰树木多，山顶树木少，登高放眼视线开阔，是一个观景消遣的好地方。要是到了春天，遇上风和日丽的时候，悠悠闲闲地在山头放风筝，那才不知有多快乐！"

"开春了，选一个星期天，我陪你来放风筝。"

"好啊！"何老师向我一笑，略一沉吟说，"你有这个条件，可以多读些书籍。除了中国历史，读过世界历史方面的书籍吗？"

"读过一些，不多。"

"中国人写的历史和外国人写的历史的区别在哪里？"

"我还没认真比较过。"

第十五章　莫问归期

何老师扯起一片地上的灰白草叶，放在鼻尖前嗅了嗅，轻轻扔开：

"外国人写的是国家和人类的文明史，我们写的是政治演变史。一部《二十四史》，几乎讲的都是政治斗争，很少提到文化艺术和科技发明，后者只是捎带一笔的附属品。而外国人，尤其是欧美人笔下的历史，往往有两条并行的主线，一条是物质文明，一条是精神文明，不像我们写的历史只是那么一条政治脉络。换句话说，我们的历史更接近是帝王将相史，是政权更迭史。这个话题有些沉重，有些风险……"

我接过话题，说出自己的看法：

"你一说，我觉得还真是。我虽然是一个下乡知青，也想过什么叫文化。我们国家为什么要搞一个史无前例的革文化的命的大运动？它与五四时期的新文化运动和意大利的文艺复兴运动有什么区别？不过，我越想越迷茫。载入中外史册的前两次运动，催生了百家争鸣、百花齐放的文化大发展的爆发期，造就了一大批巨匠、巨著和巨作。这场倡导造反有理的大革命，却是对文化存量毫无节制的消耗、剥夺和大肆毁灭，以表层的喧哗声掩盖了精神上的失落，以及憋在心灵中的寂寞。还有，现在广播喇叭经常播放的'就是好'和'烧成灰'等歌曲，由于宣传手段的过于粗犷，甚至近乎粗暴，明显缺少艺术感染力和征服力，很难取得预期效果，很难成为传世歌曲。再说，提出在人的灵魂深处闹革命的理论，也很难说是对是错，而且要批判的内容过于复杂，过于庞大，有太多的不确定性，导致评判的尺度很不容易把握，恐怕现在无人敢下结论，能下结论。

这种超想象、超现实的革命，极可能是事与愿违，最后是适得其反。所以，我属于随波逐流的一类人，不想去过问政治，可是，我偏偏成了被政治过问的对象。正因为如此，我对自己的出路，过去、现在、将来都不乐观。"

何老师从挎包里掏出一个大红橘掰开，塞给我：

"吃个橘柑，不酸，很甜。"

她接着掰开一个红橘，掏出橘瓣嚼着，吐出一粒橘籽，说道：

"既然没有出路，你就该顶替回城，免得你父母担心。"

我先向何老师讲了赵振东被推荐到重庆大学读书时的那种矛盾心理，再倾诉自己一副苦心肠：

"李清照不是有两句诗：'至今思项羽，不肯过江东'？对于她写诗时的心情和项羽不愿过江时的心情，我可能比一般人更能透彻地体味出其间包含的苍凉和悲切。对于我，几年努力付诸东流，灰溜溜地回到家乡，在人前从此直不起腰杆，这比在举目无亲之地当农民更让人不好受。"

"那么多家庭有知青，谁会嘲笑你？别人不仅懂得你的无奈，还羡慕你幸运。说实话，制定这个政策有大智慧，给无路可走的人家开通了一条路。再说，论出台这个政策的大背景，又有没有国家的无奈？这个家太大了，我们应该体谅一下毛主席、周总理，作为当家人，他们真够难啊。"

"何老师，你说的话我都懂，你的心意我很感激，我对生我养我的父母也有很多愧疚。但是，我也看到我的姐姐回城当工人后并不快乐，要不是父母的职业现在被人视作臭老九，我倒希望顶替父

第十五章　莫问归期

母工作的是她。那样，她就不必上躲不掉的'三班倒'夜班了，她的身体不算好。哎呀，我们可不可以不说这个话题，我唱一首回了城的知青歌曲给你听听，好吗？"

见何老师一点头，我轻声唱起令人心酸的歌曲。

> 流浪的知青归来，
> 头发已花白，
> 回想当年的往事啊，
> 悲从心中来。
> 走在大街无人睬，
> 我孤寂难耐啊……

何老师听完我唱的歌曲，掏出手绢拭拭她的眼角，用手拍拍我的肩头说：

"知青下乡也不是不好，锻炼了人嘛。下过乡的知青懂得好歹，知道节制，大多数除去了浮华、浮躁习气，变得稳重有韧性。你自己现在不过二十来岁，你的思想比同年龄段的学生成熟得多，你自学的知识面比许多在校的学生还宽，还扎实，尽管你的知识结构有些畸形，带有缺陷。你们知青中处逆境而自强不息那一部分人，才是单纯的校园环境无法造就的有用人才，以后的国家栋梁很可能出现在他们中间，你信不信？"

我只点头，没有应声。

剩下的时间，何老师掏出一本"文化大革命"前的歌本《革命歌曲大家唱》交给我，由她点一首歌曲，我拉一首歌曲，她则一首接一首地唱个不停。她唱歌音量不高，但是嗓音很好，乐感极佳，音韵很准、很美。她唱的那些歌曲，充满了对生活的热爱、对未来的向往和意气风发的进取热情，为什么现在竟失唱了呢？为什么只有在城边沿的山岭，才可以毫无顾忌地寻觅那些流金岁月，才可以放飞长期萦绕心梁的美好歌曲？我把何老师背下山坡时，她还在我耳畔一路轻声哼唱，一下山便哑了口。在这座城市里，鸟儿拥有飞翔的自由，歌声没有飞翔的自由，深奥的悖论在现实间的文化氛围中久久弥漫。

接下来的几天，我来来去去地摸进父亲单位那间蒙满灰尘的藏书室，选了几批书塞在腰间，再扣上臃肿的棉衣遮掩，带回家里发疯般地阅读。晚上，总是要等母亲催促几次，我才不情愿地拉熄电灯，躺在床上还捂在被盖里掀亮电筒再偷看几页。除去一些哲学、历史、地理和数理化方面的书籍，我迷恋上俄罗斯文学，普希金、莱蒙托夫、契诃夫、托尔斯泰、屠格涅夫、果戈理、高尔基、车尔尼雪夫斯基等一批异国天才的文字，它们像闪亮的宝石般吸引了我，所有现实中的不如意事全都抛在了脑后。一旦精神世界充实了，我反而觉得那些蔑视者的浅薄目光，能衬托自己在山乡里的漂泊岁月并不卑贱，相反是一种高贵。我记住了列宁那句话，谁笑在最后，谁就笑得最好。我的力量来自内心，不似滥施淫威者的力量来自他们粗俗肢体所借助的外在势力。虽然，我被排斥在校园的围墙以外，但我能够像高尔基那样在人间读完自己的高中和大学课程。或许，闹市街头丝毫没有我的立锥之地，我乐意把脚印落在被人迹污染得

第十五章　莫问归期

最少的处女地段，再遥远，再艰难，我也不会畏怯，不肯回头。

那天是元月九号，早上我和爸爸、妈妈正团坐在桌前准备吃饭。这时，当了夜班的姐姐两眼红肿地走进来，爸爸一见她神色不对，问一句：

"丹芳，快告诉我，出了什么事？"

姐姐泣不成声地说：

"爸爸、妈妈，我在厂里听到了广播，周总理，周总理，他老人家去世了。"

爸爸捏在手里的竹筷啪地掉落地上，又追问一句：

"你再说一次。"

"周总理走了，走了。"姐姐的声音越说越低。

"他怎么能走呢？国家离不开他呀，真是好人命不长，祸害千年在。"妈妈放下饭碗，目光呆滞，像自言自语。

"这饭吃不下去了，我到单位去，看有悼念活动没有。周总理这样的人恐怕要一千年才出一个，说走就走，不管我们了。"

爸爸话音一落，离开饭桌出了门，妈妈随即跟着走出去。姐姐没有答理我，不吃饭就走进屋倒头睡觉。留我一个人在桌上，我觉得饭菜硬得哽喉咙，胡乱扒了几口，就收拾桌上的碗筷碟子走进厨房清洗。这天上午，我心乱如麻，手捧着书本，眼里字行跳动，字迹模糊，阅读不下去，便干脆仰躺在藤椅上发闷。一条暴风雨中颠簸的大船，突然少了一个深孚众望的船长，它能安全地抵达预期的目的地吗？这个船长人格高尚，智慧过人，他说的每一句话大家都深信不疑，他的每一个举止都得到大家的认同和赞赏。他在，人们内心踏实,有安全感,有信心,有希望,无数人都宁肯自己死一百次,去换回他的生命,这样的领导者是举世无双啊!现在,他走了,一去不回头地永远走了,这一刻我才切切实实地感受到什么是前途渺茫。

中午,何老师不像往日那样在邮电局伙食团吃饭,她右臂佩戴着一条青纱,拄着拐杖回了家。没等打开自己的门锁,她先转到我们家,从衣袋里掏出一条青纱递给我,嗓音沙哑地说:

"上面没有发出举行悼念活动的通知,邮局的职工就一人发一条青纱。美术社的人,过去印袖章、刻横幅字要收加工费,这一次他们心甘情愿地免费服务,说是热爱周总理的人都是有良心的人,自己应该尽点心意。"

我接过青纱一看,上面印有"周恩来总理永垂不朽"的白漆字样,字体苍劲俊丽,系精心制作。我当即把袖章佩戴在手臂上,张口欲说道谢话却哽咽无语,两行热泪夺眶而下。何老师见状扭过脸,拄起拐杖朝自家屋门走去。

吃过晚饭,妈妈一边抹桌子,一边说话:

"趁今天一家人都在,不如坐拢来开个家庭会,把灵玉也请过来帮着参谋。假使都认为老二该顶替回来,就把事情断了,免得夜长梦多。"

我正打算发表意见,妈妈已转身到隔壁请何老师去了,只好听任摆布。

妈妈把何老师请过来坐在藤椅上,再为她沏杯茶,开口挑明了话题:

第十五章　莫问归期

"今天事情很怪，周总理逝世了，满大街上的老百姓没见一个人有笑脸。我到学校见没有安排悼念活动，觉得不可思议。后来才听说上面有通知，下了禁令。群众戴青纱、戴白花，都是自发行动。我担心以后形势有变化，周总理在世制定的政策怕贯彻不长久，所以，我请何老师过来参谋拿主意，是不是该让老二顶替回来。"

何老师望了望我们一家人，最后把眼睛盯在我身上：

"张良，你看今天这一屋的人，人人都戴着青纱，恐怕全国这样的家庭绝不是少数。周总理不单在全国人民心目中分量重得很，国际威望也特别高，连美国尼克松、基辛格这样的人都对他赞不绝口。现在，国家的政治气候肯定不正常，你父母的想法是要你从农村回来，你姐姐不用我问，大概也是这样的观点。你弟弟人小，就别让他操这份心。但是，事情到最后还要看你的态度，你打算怎么办？"

"何老师，我的事情惊动了你，我很不好意思。看面前这个架势，好像我掉进了万丈深渊，你们都在向我抛绳索，要拼命把我拉起来。这份骨肉真情，这份关心，我懂。不瞒你们，我今天也有一场思想斗争，想了很久，很多。不过，我认为形势不一定像我妈妈认为那样严重，毛主席还在，国家还有一大批久经考验的老革命在，在国家面临危急关头时，最终会有顶天立地的人物挺身而出力挽狂澜，社会的光明前景还是有的。假如你们怕政策变，我回来了就不会变吗？从'文化大革命'一发动，这个县上至县委书记、县长，下到各个机关、企事业单位和居委会的当权派，哪一个没挨过批斗？哪一个能逃过？他们被强制戴高帽子、挂黑牌游街示众，他们挨毒打、关牛棚、被侮辱人格、甚至死于非命的人比比皆是。说实话，我今天下午上过街，不仅工人、干部、学生自发戴青纱、佩白花的多，不少商店的服务员也如此。集体的悼念活动少一些不算什么，群众的自发行动更具说服力，它是民意，是社会心理，是足以左右时代潮流的人心向背，是决定国家前途的最重要的力量。"

姐姐放下手中织的毛衣，抬起头来插话：

"弟弟，今天不是说政治形势，是讨论你该不该顶替回城问题。在农村，我们因家庭成分被视作异己，被歧视，被冷落，好事情不容易摊上，坏事情躲都躲不开，你要正视严酷的现实，认清自己的出路渺茫。就说普通农民不歧视你，他们也帮不上你的忙。那些当官的人，有实权的人，经过'文化大革命'的洗礼，不是变得更纯洁了，是变得更滑头、更复杂了，早就学会了利益面前先替自己打算，他们心口不一、利欲熏心，你不要指望他们发慈悲。再说，你在生产队劳动，你走的是一个穷队，平均一天的劳动价值不到两毛钱，要养活自己都难，你还有啥人生抱负可以舒展的天地呢？回来吧，机不可失。"

"你姐姐说得对，不要等撞得鼻青脸肿、头破血流才回头，我是吃够了教训的。"父亲丢开手里捏着的报纸开了口。

"哥哥，照理说我没有发言权，但是，你为什么要让一家人都为你担心呢？你回城妨碍了谁？伤得到谁的脸皮？再说，关云长也有走麦城的时候，识时务吧！"弟弟在作业本上抄写着外语单词，头也不抬地说了一通圆场话。

我知道自己处于孤立的地位，又实在不甘心一事无成、一无所

第十五章　莫问归期

获地结束知青生活,尤其自己的出路需要父母提前退休,不是靠自己走出来,到底脸上无光呀!虽说在严峻的现实面前,虚荣心可以抛开,但自尊心不可不要。然而,不顺从父母的意见,这个会可能会通宵达旦地开下去,不仅牵累了何老师,说不定还要惊扰更多的邻居。于是,我给自己设了一级台阶,提出个折中的方案:

"妈妈,你是七月份参加革命工作的,七月份也是一个学期结束的时候,办事情也有一个过程,总不至于因为我而去给学校出个半大不小的难题,让你的学生也因此受到影响,就再给我半年时间吧。顶替你可能分到乡区,顶替爸爸可以留在城里。如果政策允许姐姐顶替,就让她顶替爸爸,图书管理工作女子或许比男子更强。我接你的班,如果这半年我依然无路可走,我就做一个乡村教师,行不?"

"二弟,我的事情你别管,今天说的是你的事情。"姐姐插一句话。

"不行,要马上办!"妈妈斩钉截铁地说,"你过的河,没有我走的桥多,拖不得!"

我一听,率性赌气不认账:

"那我就不顶你了,毛主席说过,农村是个广阔的天地,在那里是可以大有作为的。你不支持我照毛主席的指示办事,别人还要抓你的辫子呢;再说,我已经二十岁了,自己的命运要自己做主。"

妈妈闻话,"刷"地站起身来,何老师忙伸手拉住她说道:

"华大姐,张良已经成人了,他很有思想,你不要担心,给他留点余地,半年的时间也不算太长,你看?"

妈妈颓然坐下,无可奈何地吐口气,让了步:

"这世上只有后悔人,买不到后悔药。好吧,儿大不从娘,他自己要找苦吃,由他去吃。"

第十六章
泪洒荒山

过完春节,我又赶到了农村。回城三五天,乡下两三月,不是城里留不住我,是我在城里待不住,以一个边缘人的身份在熟人的目光中磨蹭我觉得自己抬不起头来。等到身处乡下,我仍然消除不了自己是一个多余的人的满腹惆怅,仿佛自己比所有的人的身份都要矮半头。

我为什么偏偏要走一条别人都认为自己走不通的路呢?为什么偏偏要去自讨得不偿失、不等式的付出呢?我在潜意识中感觉到自己渴望的生活不应该是这样,而寻求变化的空间,农村比城市存在更多的可能性。可是,春节前后的两度回城,父母和何老师的话,在一定程度上狠狠打击了我等待着人生出现意外变数的奢望。我的退路,抑或是我的归宿,已经遥遥可望地摆在那里了,像一个橡皮救生筏在讥嘲我的生存能力,像一个被虫咬过的红苹果在讽刺我的生活质量,这只能令我沮丧,令我自惭形秽。一大堆注定要虚度的日子,与其消磨在熟面孔眼里,不如消磨在陌生人眼里。所以,我选择农村,因为,那里有对一事无成的狼狈者更为宽容的环境。

等到大年十五后的第一个逢场天,我到望江镇赶场,遇到平时不常打交道的魏胖娃,他穿着一件裹得肚翘腰圆的军棉长大衣,一把拉我到街边上说:

"张良,我们交往不多,但是,我知道与你相处很安全,今天你不要赶场了,我到你的生产队打牙祭,行不行?"

"可以啊,我家里没有什么可吃的,还是等我割点肉吧。农民笑话跨'饿《农纲》',我那儿真快成了'饿农岗',虽然写出来字样不同,意思相近,我吹不胀牛皮。"

第十六章　泪洒荒山

"你看我腰里缠着啥子？"

魏胖娃掀开棉衣，左腰挂着一只黄毛老母鸡，右腰挂着杂毛麻鸭子，显然来路不敢恭维。他怕旁人看见起疑，亮了一下，忙捂上棉衣。

"我吃了你的脏货，脸上不长鸡毛，就要长鸭毛，丢不起脸啦。"

"哪一个人乐意丢脸？我取货的人家，个个该下手，不是公社干部家饲养，就是大队干部家饲养，而且都排得出他们几桩劣迹，越吃越解恨，你不想打牙祭？"

魏胖娃压低嗓门和我说话，那脸上当然有不以为耻、反以为荣的得意。

"无功不受禄，我还是吃自己的泡咸菜下稀饭日子过得更踏实。"

魏胖娃见我急于脱身，一把抓住我说：

"张良，你别走，我还有消息告诉你，许澄清自杀了，大年初一的早晨。"

我惊得双脚钉在地面，望着他说：

"真的？"

"腊月二十五，许澄清回到生产队，以为年终决算多少有些进项。殊不知，生产队不但分不到钱，拿不到粮，相反，要他还清记在簿子上的历年挂账。大年初一，许澄清煮了一锅社员用来喂猪的牛皮菜汤，咽不下口，在红木雕花床的蚊帐横杆上吊死了，右手死抓着平常挂在脖子上的那块木牌紧扣胸口，左手掌心里捏着三枚一分的硬币。他可真是横下心找死，曲着的双脚垂下来就可以触着地面,他却硬是宁死不求生。"

我知道消息属实,忙问:

"怎么没有知青来报信呢?"

魏胖娃点燃一个烟屁股,面容悲悯:

"他的身份贱,生产队连家属都没通知,只是请公社公安员来勘查了现场,留下记录,当天就用一床草席裹尸,挖个土坑,草率埋葬了。他屋里的家具,除了那张上吊的红木床,全部被人作为断绝户财产搬光了。"

我听完叹一口气说:

"这个许澄清呀,看别人的事情一清二楚,自己的事情偏偏就一团雾水,硬是看不开。论理说,他平日为人热心仗义、乐观、善良,死也不愿连累一个爱他的好姑娘,却说走就走,一走就不回头了。其实,他到哪一个知青家,会吃不上一顿饱饭呢?只要米缸里还有口粮,哪会饿着他!好吧,按你说的办,我去打两斤酒,你再去通知几个知青,先去给许澄清垒个像样的坟,再立个碑,最后才一起到我那里吃喝,好不好?新历开年没有好消息,旧历开年又是坏消息,这一年真是糟糕透了。这样吧,我回生产队刻块石碑,你去约好人再来叫我。"

魏胖娃二话没说,把悬在腰间的家禽取下来硬塞到我手中,不容分辩地说:

"你把鸡鸭带回去,又不是你出手捉的,吃大户不算伤天害理。"

我生怕旁人生疑,忙示意他扔进我背着的背篼里,再扯两片路边的白茎芋叶盖在上面,嘴上揶揄着:

第十六章　　泪洒荒山

"即使你是盗亦有道,也该注意一下影响,你自己躲躲闪闪,偏要我一路招摇?魏胖娃,你是不是玩得太鬼了,把我当条蠢猪牵到集市上去卖了,还要我帮你数钱,我不太冤?"

我急匆匆地赶回生产队,在猪圈边找了一块不大不小的弃用的条形青石板,搬到池塘边冲洗干净,再到邻近农家借来铁锤、钢钻,把石板毛边修凿工整,然后,用墨笔在石面竖写两行字:

这里沉睡着来自远方的知青——许澄清,
他的名字他的善行会被许多人记在心里。

我一钻一锤地把凹字刻好,再取来红色油漆一笔一笔描上字印,等一切工序完毕,石板上已滴满了我的汗珠和泪珠。我呆呆地望着自己制作的石碑,仿佛面对着许澄清的熟悉面颊。如今,命运用一记狠拳击倒了他,他的灵魂离开勒索着肉身的绳套而战战兢兢地远去了,让活着的人感受到一种悲不堪言的凄楚和不胜风雨的孤单。我自己的人生终结会是怎样的形态呢?我是不需要碑和坟的人,不妨效仿顺水漂浮的黄叶,任凭波涛摆弄,死去不留痕迹,身后不留名声。谁也不再提我的平庸姓名,谁也不再揭我一事无成的陈迹伤疤,如同我根本没在人群中出现过,无论是谁爱我也罢,恨我也罢,全都虚化入不可视听的无垠空茫。

等我们一群知青来到云峰公社蟠龙三队,向一个手提着拾粪箢箢的老汉打听,他头发花白,门牙脱落,说话有些口齿不清:

"他的坟就在住家背后坡上,新坟堆,好找。唉,看他人也不算讨嫌，为什么偏偏要去听敌台，要去投靠美帝、苏修，惹得各层干部个个提起他都毛焦火辣，日子还过得轻松？就是他不安心当社员，怕挖黄泥巴，一天到晚耍花样儿，找虱子身上爬，还不吃苦头？"

出现在我们眼前的坟堆小得可怜，恐怕红土块刚好能掩埋住遗体，简直是随随便便地糊弄死人，不曾抛尸露骨就算蒙混过关。唯一可以称道的是，坟头上压着的一个用锄头铲的草土饼，它如同一顶华贵大帽子扣在孱弱的坟堆上，这不甚般配的讲究格外别扭。最不堪入目的是坟堆显然被野狗的脚爪扒过，留下的深坑已经暴露了裹尸草席的边角。我触景生情，鼻子发酸，把扛来的石碑放在地上，转背下坡去向靠近的一户农家，借来箢篼、锄头，发动到场的知青一齐动手，添土垒石把坟体加高筑牢。

在这不敢燃香焚纸祭拜亡灵的火红年代，我们忌怕引火烧身，只好在竖起墓碑前放了大半瓶烧酒、一只盛满的酒杯和两支点燃的香烟，再看四周无人，便轮流下跪对坟堆磕了几个响头。我立起身来，举杯敬坟，酹酒泼地，略加沉吟，口出一阕不守平仄规矩的《满江红》。

天妒异才，春料峭，花殇二月。荒山泪，寒烟薄酒，残阳碑碣。不惜累身肩道义，无私肝胆藻冰雪。问苍冥，曲直竟倒颠，淆黑白。

襟怀意，言尤切，何以堪，桃李劫。觅乡关何处，孤魂长夜。大野萧萧风逐草，杜鹃郁郁云翻血。误归期，骇浪袭征袍，帆踪绝。

第十六章　　泪洒荒山

我吟诵方毕，冷不防魏胖娃突伸双臂搂抱着我，痛哭失声，抽泣着直说：

"我不懂诗词，但我通人性，懂人情。你说出了自己的心里话，也说出了堵在我喉咙里的话。许大哥死得太冤枉，你是好人，你是信得过的朋友，你会有好报……"

我轻轻一拍魏胖娃的肩头，慢慢推开他，若自言自语：

"我们情同手足，平时得到过许大哥的好多关心，现在他说走就走，连一声别也不道，使人觉得春天还不如冬天。"

当此之际，我低头一看，山坡上的地表上冒出了许多油嫩的浅草芽，它没有引起我的惊喜，更没有唤起我对新春的期望。相反，觉得它像愁芽，不理睬它，要躲避它，全都无济于事。这些愁芽，你拔不净它，你抑制不住它，总是把你积极的进取心，牵引进消极的漫无边际的惆怅意绪。我少了一位朋友，添了一份孤独，面对艰难的人生，我有折臂之痛，更觉得自己力量单薄，自己的意志脆弱，自己的生身渺小。油绿色的凄清，满山遍野地蔓延，我的脚步深深陷入悲愁的汪洋。

夜晚，几个望江公社的知青团聚在我所居住的茅屋里，狂餐白水鸡、爆煎鸭，一大碗烧酒在彼此的手上递来递去，把酒水、鸡鸭肉大口大口地吞下肚肠，仿佛它们是仇人，不咬碎嚼烂绝不解恨。在大家的眼中，魏胖娃似乎不算盗贼，相反是值得佩服的功臣，那些土皇帝平时白占了不少农民和知青的便宜，让他们吃点哑巴亏、窝团心火算什么呢？我喝得有几分醉意，便提议道：

"人生几何，对酒当歌，诸位，谁的嗓子好，唱支知青歌助兴。"

魏胖娃接过话头说：

"讲啥子声音好，黄牛叫也可以，就唱《偷鸡谣》，一人唱一段，我带头，酒碗传到哪个手上哪个跟着上。我过了是李二娃，李二娃过了是王麻子，王麻子过了肖边花儿上，张良上二轮。大家都要表演一番，不要冷了场子。"

说着，魏胖娃果真大喝一口酒，爽快开了头。他用《莫斯科郊外的晚上》的曲调，幽默地活灵活现地再现了知青夏夜使坏偷鸡的场景。

　　深夜村子里四处静悄悄，
　　只有蚊子在嗡嗡叫；
　　走在小路上心里嘭嘭跳，
　　在这紧张的晚上。

接着唱的李二娃用筷头敲着桌子边，一脸眉飞色舞的得意劲儿。

　　偷偷溜到队长的鸡窝旁，
　　队长睡觉鼾声呼呼响；
　　鸡婆莫要叫快点举手抱，
　　在这迷人的晚上。

王麻子用手扯着下颌的胡须楂，嗓门果然如黄牛，惊得我忙提

第十六章　　泪洒荒山

示他压低嗓门。

> 醒来的队长你要多原谅，
> 知青的肚皮实在饿得慌；
> 我想吃鸡肉我想喝鸡汤，
> 年轻人需要营养。

到了肖边花儿接招的时候，他长得斜眉吊眼恰好强化了艺术效果，乐得一屋人捧腹大笑，好久直不起腰。可肖边花儿却是一脸正经的装怪，不苟言笑地重复了自己轮到的唱段：

> 从小没拿过别人一颗糖，
> 捡到钱包都要交校长；
> 如今做了贼心里好悲伤，
> 怎么去见我的爹和娘。

魏胖娃听见肖边花儿把歌词的最后两句反复重唱不休，顿时来了火气，一巴掌拍在桌面上，开口骂道：

"肖边花儿，你他妈不要指桑骂槐，故意来戳老子的短处。老子偷的户头，绝对是农民大哥见了面都恨不得朝他脸上吐泡唾沫的土皇帝，比队长更威风，一跺脚山堆堆都要发抖，老子偏不怕事！你给老子装啥子正经，要去点水？不瞒你说，老子还想放火烧几家富得流油的人家的大院呢，你去种祸，老子不怕事闹大，也敢铲除汉奸！鸡翅膀两个都吞下了你的肚子，鸭脑壳你又抢了先手塞进了喉咙，你的臭嘴还堵不到？你阴阳怪气地唱几句，你显示了自己的屁股白，就算品德高尚？你给老子是先当婊子，后立牌坊，要表彰自己贞节，呸！记得吗？我提醒你，在前天晚上，你是不是还出门摸夜路，掐过一大把你们队妇女队长家的自留地里长的豌豆尖儿？当真是汤面吃进了肚皮，现在化成了黄金屎条儿，别人抓不住把柄，你就可以指天赌咒不认账，假装正神来羞辱老子一场！"

肖边花儿听得脸上挂不住，一捋衣袖站起身准备出拳，我慌忙站过去把他按回板凳上，直是化解说：

"肖大哥酒桌上的气头话，你不要认真。魏胖娃有口无心你不要见怪，快消消气，大家酒醒了还要做朋友。再说，今天算是魏胖娃为了许大哥的后事请的客，一片大好心呀，千万不要弄得不欢而散。都是知青，平时看不到出路，还不可以说点儿出气话？"

魏胖娃听完我的话，主动走到肖边花儿面前，拱手认了错，很快相互握手言好，总算没有再起纠纷，出门时依然个个满怀豪气。

由红梅花朵预报的春风，从冰雪覆盖的荒原吹来，越吹越近，越吹越暖，吹绿了山岭，吹开了百花，却没有吹暖人心。那天，我打开缝隙透光的柴门，眼前视野昏蒙，天空飘洒着冷冷的细雨，清风拂面一缕凉意直透心窝。我猛然想到这日子又是清明节了，那位深得人心的政治家已经去世快整整三个月，百万群众在十里长街顶着凛冽寒风目送灵车缓缓西去的撼心场面，堪称泪雨洒满地，泣声如海潮。人们的爱与憎早在无言中分明，一双泪眼就是一颗心灵的宣言。我扛着锄头走上青山之前，把一张美术社特印的周总理的小

第十六章 泪洒荒山

幅标准相片庄重地端放梅树枝丫间,才跪在草坡上,面朝北方,向这位依然活在人心的伟人磕了一个五体投地的响头,把自己的敬意与思念表白于无言。

我不分朝朝暮暮地沉默着劳作,回到茅屋便沉浸在演算数学题、解析化学方程和揣摩物理公式的自娱自乐中。眼里看不见的将来和心儿无法亲近的现实,使我的注意力由外向内,开始注意改善自己的素质,无论生存的空间是在哪里,人都不应该平庸呀!

闲暇无事,我便捧着一本南宋爱国词人辛弃疾的《稼轩长短句》,仔细玩味那高远意境中潜藏的怀才不遇的苦涩。他满腹经纶,一身武功,却成了被朝廷长期弃置一边的散淡人。他那穿越时空的一声声长吁短叹,至今依旧留蓄着词人心火一次次烧燎过的余温尚未退凉的昂扬激情。一个有抱负的人,无论坠入何种不得志的窘境,他的心志难免不映射在那慷慨高歌的情愫与低回婉转的柔肠中,引发后辈心弦振动的千秋共鸣。原来,古今与我一样原本心想纵马驰骋千里却笨腿蹒跚难移寸步者,大有人在。可是,历史往往会开出天大的玩笑,当初那些踌躇满志的昏庸得势者很快被人们忘却,而那些落魄潦倒的失意者却成了颇得后世景仰的百代风流。我想辛弃疾那落日楼头、断鸿声里、栏杆拍遍的内心躁动,以及他那醉里挑灯看剑的英雄末路的黯然伤神,已经属于朝朝代代看客们最为瞩目的华美视点。而今,我为什么要郁郁寡欢地杞人忧天呢?走一步,算一步,能走多远就多远。关键是人要抬脚走,不停地走,不怕天涯独步,不怕一串串脚印留在前后无人的处女地上,不怕付出的辛劳最终竟然成为了任凭雨打风吹去的虚无。只要自己努力了,剩下的听命于天意。这样,才算得上问心无愧。

那天黄昏,我收工回来的路上,只见一群乱鸦往夕照辉映的远方飞扑,心里顿起一阵说不清滋味的触绪。走进屋门,室内广播喇叭正在播送《人民日报》刊发的文章《天安门广场的反革命政治事件》:

"四月上旬,在首都天安门广场,一小撮阶级敌人打着清明节悼念周总理的幌子,有预谋、有计划、有组织地制造反革命政治事件。他们明目张胆地发表反动演说,张贴反动诗、标语,散发反动传单,煽动搞反革命组织。他们用影射和赤裸裸的反革命语言,猖狂地叫嚣'秦始皇时代已经过去',公开打出拥护邓小平的旗号,丧心病狂地把矛头指向伟大领袖毛主席,分裂以毛主席为首的党中央,妄图扭转当前批邓和反击右倾翻案风斗争的大方向,进行反革命活动。"

我立刻意识到北京出了不同寻常的大事情,于是,顾不得烧火煮饭,干脆坐在凳子上仔细听下去:

"请看,这伙反革命分子是怎样以极其腐朽没落的反动语言,含沙射影、恶毒地攻击诬蔑伟大领袖毛主席、党中央的领导同志的:'欲悲闻鬼叫,我哭豺狼笑,洒血祭雄杰,扬眉剑出鞘。中国已不是过去的中国,人民也不是愚不可及,秦皇的封建社会已一去不返了,我们信仰马列主义,让那些阉割马列主义的秀才们,见鬼去吧!我们要的是真正的马列主义。为了真正的马列主义,我们不怕抛头洒血,四个现代化日,我们一定设酒重祭。'"

就在播音员严词厉语的声音中,我似乎听到了许多言词没能表

第十六章　泪洒荒山

达出的话外之音。这篇报道好像在说有人利用悼念周总理的幌子闹事,在天安门广场遭到了镇压。但是,在那些零碎拼凑的被批判言论中,隐约透露出了一些人心所期待着的又畏怯发出声的新的内容。它就像一朵朵带着野性和泥土芬芳的蔷薇花,若隐若现地开放在荆棘丛中,人的目光可以看得见它,人的内心可以为它欣喜,靠近的脚步却受到了制约,甚至人的面部表情还得不苟言笑,装出什么也没有看到的样子。它又像一根根刺扎人体穴位的银针,刺活了曾经一度麻木的神经,引起人们对单一的单向的思维的质疑,开始注意异类声音中是否会带来潜意识中渴望着的真谛,开始以审视的目光打量自己对事物的认知是否有错位或倒置的现象,开始思量自己对将来的憧憬是否仅是一个虚幻的飘浮的泡影。其实,在这块剧烈动荡着的国土上,不管在乡村也好,在城镇也好,都很难找到高枕无忧的平壤。所去方向尚很难看清之时,行程尚没到寸步难移之时,彷徨状态每每会在不同年代的人们经历的人生转折期出现,假使你不幸身历其中,焦急将无用,只能是得过且过,陷入无法有所作为的被动窘境。

时间似山溪水波奔流不息,转眼又到了麦收季节。一天割麦收镰,我用竹扦担挑起麦捆走向队保管室门前的晒场,突然见两个一丝不挂的小孩在路旁雀跃着叫喊:

"快看哟,女解放军来了!"

我抬头一望,只见山道上果然来了个戴着无檐帽的女兵,腰肢挺直,精神抖擞,满山风景立刻充满了蓬勃生气。等我到晒场上卸下麦捆,摘下头顶草帽扇凉风,却见那女兵笑吟吟地迎面走来。我仔细打量后大吃一惊，竟然张口说不出话来。没等我回过神来，她先打招呼：

"张良，想不到吧？"

"冷梅你这模样真是精神，我不敢认了，怕是王母娘娘从天界遣来巡视凡间的仙兵啦。"

"你别恭维我了，到你屋里坐坐吧，我可以支配的时间可不多。"

我把冷梅带到茅屋里，那两个一丝不挂的小孩尾随着，手扶着门框不肯走，沾满泥灰的脸上垂着长长的鼻涕。我见状，一挥手厌烦地说：

"讨人嫌，快走开。"

冷梅从身上掏出几粒糖果上前分给他俩，温和地说道：

"小弟弟，大人有正事，你们到旁边玩吧。"

两个小人精得了糖果，紧捏在手心，撒开脚丫飞快跑开。

我递上一盅凉开水，对冷梅说：

"你还有空闲到乡下来，真难得。"

她喝下一口开水，把茶盅放下，眉头微微一皱说道：

"我父亲被打入右倾翻案风的另册了，邓小平一倒霉，他也靠边站，在家中生闷气闹出病了。他过去的秘书还算有人味，打了个电话到部队报了消息。没想到我一回来，他病又好了，因此，我趁机到插队的地方看望一下关心过我的乡亲，顺道也就来看看你。这一两年过得怎样？想来你没少吃苦头。"

"我这人说是书生，不像书生；说是农民，不像农民。这样四不像的人，肯定有四不像的命运。"我说这话，心间涌出一股难以

第十六章　　泪洒荒山

言表的酸涩。

冷梅听我说完，压低嗓音搭话：

"国家的形势好歹难料，可以说，正处于某种剧变的前夜。清明节我恰好出差在北京，也去了天安门，那场面是终生难忘啊。悼念周总理的是好人，他们身上不乏舍生取义的勇气。从人民英雄纪念碑前那些堆积如山的花圈、挽幛、悼文、悼诗中，人的眼睛似乎能看到沸腾的热血在他们胸中奔涌，或者说看到一颗颗健康的心脏跳动，不知不觉就把一股巨大的力量传递到每一个到场的人身上。一个有头脑的人，只要看清了事物的本质，便不会被表面现象所迷惑。每一个正直的人，只要亲眼目睹天安门广场人民英雄纪念碑的动人场面，都不会质疑希望在人间，力量在民间。"

"我有同感，现在不比前些年了，能够独立思考的人很多。一个早觉醒的人一声呐喊，肯定会唤醒更多的人群。嘴闭着，人沉默着，不等于头脑没开窍。"

"很好，张良我没看错你。我得准备离开了，还有几句话要说。这场知识青年上山下山运动或许大方向是好的，主流是健康的，但是，用辩证唯物主义的观点看问题，的确它还存在阴暗的一面。往好处看可以锻炼人、造就人；往坏处看可以埋没人、毁灭人。有机会回城你不应当放过，至少城里生活条件、学习条件要好些，这不是逃兵，是转战南北，对吗？当一条路碰壁太多的时候，继续硬闯、硬撑未必明智，尝试转换一个方向行走，其实，这是不应该被指责的。革命青年志在四方的另一种解释，即是四方都可以干革命，这是合理的说法，不是钻牛角尖。我说张良，你要明白，一场不值得打的消耗战不能拖得太久了。因为，人的青春有限，你哪会甘愿让岁月蹉跎，谁都不甘愿啊！"

"我懂了，不过要转战革命阵地，一是要有机会，二是还要有尊严。"

冷梅站起身子，握着我的手说：

"你种的那坡梅花，还长得好吗？"

我站出门外，用手一指，答道：

"很好，茂树成林，成气候了。"

冷梅用凝注的目光瞅了一会儿，退回茅屋，从衣袋里摸出几张折叠好的纸递给我，低声说：

"这是我在天安门抄的，很感人。千万不要让别人看见，看后可以烧去。要记，记在心头。小心，不要挂在口头。"

冷梅说完，一步跨出屋门，掉头向我淡淡一笑，转过身子，不再回头地疾步而去，消失在烟岚迷漫的远方。匆匆而来，匆匆而去，来时不打招呼，去时留不住，只有她递给我的几页诗抄能证实她确实来过，只有她的娟秀笔迹能唤醒我对未来对前程的无比渴望，只有她传递的思想薪火能暖和这一颗如同遭受西伯利亚寒流围困的结冰心灵。

这时，中午的太阳火辣辣悬在天空，我知道，与她的心理距离很近，地理距离却是永远缩短不了的。不同社会阶层的人的生存空间的宽度和高度是不一样的，她是白天鹅，我是癞蛤蟆，她没有下降的可能，我没有攀升的翅膀，尽管她进入过我的视线，最终的错过却是不可避免的。一场梦幻般的相逢恰似梦中人的梦，梦中梦的

第十六章　泪洒荒山

话语,皆如五彩缤纷的落花,弓腰拾时泪如雨下,回首只剩满目空茫。

次日中午,赶场回队的高队长捎来一个口信,说是公社副书记骆泰贵要召见我,叫我下午到公社走一趟。高队长眼里带有几分狐疑:

"你小子是不是要走运了?若是招工走,要会处事,喝几杯烧酒才喜庆,到时候不要稳起不懂哦。"

我苦笑一下:

"你不明白?好事情,别人会赶紧抢,还轮得上我一份?坏事情,别人会赶紧躲,被下套的是我。你臊这一张脸皮,不如立马抽我两耳光,骂我是个窝囊废!"

高队长向地上啐口痰,吞了口自裹的叶子烟,两眼坦诚地圆瞪着:

"你也不要谦逊过分,去年队上送走的两个宝贝,哪一个比你强?你是没得臂膀子,背后少座靠山,就要多受一点儿挫折。话说回来,运气一来挡都挡不住。到时候,你不要眼睛长到额头顶上去了,碰到我装作不认识。"

"就算等到有好事来那天,我也不会忘了你们给过我的好处,客要请,情要还,恩要报。只是,这几年你早把我看透了,稀泥巴糊不上墙,浑身绑起书不像书生,腰间佩起刀不像刺客,是一个兼文夹武的货色,哪敢痴心妄想有啥前途啊?"

高队长伸手拍我肩头一掌说:

"说话像人话,做人还实在。"

我赶了几里太阳路,热得汗水浸透衣衫,来到了要上爬几十级石阶才进得了门的公社办公室，找到了骆泰贵。他见我一进门，便热情招呼坐下，把他自己喝的玻璃瓶茶水杯推过来，嘴上说：

"你大概是张良吧，昨天下午一个部队上的同志，唔，听说地区冷主任的女儿还来推荐过你，说你是人才。晚上，县武装部蓝政委还给公社一把手打了个电话，你的情况已经引起了公社的重视。"

他见我没答话，眨一眨眼睛对我说：

"哎，要是冷主任现在没靠边站，你娃子怕要走鸿运了。我也想起了，去年选拔工农兵学员，你的笔试成绩还是很突出的，不过，其他方面稍差了些。人会进步的嘛，你说呢？现在，你有什么打算没有？告诉我，不客气。"

"认真接受贫下中农的再教育，继续改造自己的非无产阶级世界观，争取为建设社会主义新农村多作贡献。"

"不说大道理，说具体的事情。"

"这些天在队里参加收割麦子的劳动，经过四年多锻炼，劳动技能与队上多数强劳力差不多，一般苦累活难不倒……"

骆泰贵突然岔断我的话，亮了底牌：

"望江小学一个女教师生小孩，三年级，要找个人顶课，你愿不愿意加入教师队伍？"

我反问一句：

"是正式教师，还是代课？"

"代课。我们现在没有招教师的用人指标，再说就算有了用人指标，还得要走推荐、选拔的程序。那样，我个人说了不算，代课我可以说了算。"

第十六章　　泪洒荒山

我客客气气地把玻璃瓶茶水杯放回他面前，不卑不亢地说：

"骆书记，我真谢谢你的关心。到望江小学教书我可以考虑，不过，我希望做正式教师，而不是临时代课。"

骆泰贵用指头弹着桌面，脸上堆出笑容说：

"好啊，请冷主任打个招呼，下一两个指标到公社，你的问题还会悬吊起？冷主任根子深，老部下到处都有，还愁没人买他的账？退一步说，代课也比在农村出工下劳力强啊，别人还在托关系做工作呢？先当临时代课教师，挣个好表现，只等机会一到，还不是有可能成为正式教师嘛。其他门路，也没有关门呀。再说，决定权还在县文教局，还得去扳人家的下巴啦，我这级小官想帮你一手，还真有点儿力不从心。"

听到骆泰贵前倨后恭的冠冕堂皇的言辞，我觉得自己有必要捍卫被剥夺得所剩无几的自尊，便憋口气，说出了绷脸面的大话：

"你这番关心我的话，真还对我大有启发。其实，县里有关领导就给我指了一条可以当上正式教师的出路，当时我犹豫不决，现在看来，我还真应该做出一个选择。这样吧，如果那一条路还能够走通，我就要求分到望江小学工作吧，这也是报答你和公社领导关心的一种形式。"

骆泰贵有些诧异，举手抓抓后脑勺，站起身来主动伸出手，对我说：

"好，我等你的回音。另外，如果你愿意先代一代课，明天就可以来上班，我这就拍个板。"

"谢谢，我这一次放弃，不急。"

我昂首挺胸走出公社的大门，俨如一个凯旋的壮士。人，一个有骨气的人，从不以受人施舍为荣，因为那是自我作践。

　　时过境迁，这会儿我顶替妈妈的工作，不再是扫脸面，是长脸面。妈妈哟，儿子懂得了你的良苦用心，是你为儿子准备了一条无路可走时的出路，我不应该出于虚荣心，招致你的担忧。这一刻，我做出了一个明确的决断，打算赶夜路回城去。

第十七章
校园重来

顶替妈妈工作的手续没费多大力气就办成,此时,城里同情下乡知青的大有人在。虽然,我没有荣归故里的光鲜脸面,却有祖德福泽的宽慰。我这样的学历是不被用人单位看好的,教育局人事股的负责人在我报到时,开门见山地告诉我,顶替不等于父母哪个岗位退就在哪个岗位上,用人的缺口主要在乡区基层,问我愿不愿再回望江区教书,我当即表态愿意。

　　接下来,我在县教师进修校参加暑期师资培训班,进行上岗前的素质培训。在乡下四年多时间里,我几乎天天望读书,却从没有自己去教书的思想准备。现在读书机会一来,居然是恶补小学教育的基础知识,课程是从拼音字母和加减乘除法学起,真让人傻眼。已经扭曲了的人生,必定要走弯曲的道路。我走进校门原本打算痛饮一桶水,现在限量只供给一杯水,相反倍加唤起我对知识的饥渴感,因为,这种学习实际是对基础知识的复习。

　　上第一节课时候,我走进课堂惊讶地看见刘芳坐在教室里朝着我微笑。我靠妈妈,她仗姐夫,都不是凭自己的真本事跨进校门,八两莫傲视半斤,五十步休取笑一百步,在不产生英雄的年代,彼此俱成了俗人。等辅导员宣布班委会组成人员名单时,代理班长和班临时党支部书记都是刘芳担任,因为,她是班上党龄最长的学员,又是校教导处的副主任,而我不仅在教师进修班归她统领,到工作单位还得听她的号令,是班上最不起眼的白丁学员。遥遥站在党组织的外围,我的身份比其他学员矮了一大截,面子灰溜溜,心情酸涩涩。每逢下课铃一响,我立即躲闪,急匆匆溜出教室,怕和人交流,怕被人摸底。倒是刘芳主动关心后进学员,一见面总是她先打

第十七章　校园重来

招呼。我当初只想和骆泰贵斗气,却没有想到会一头撞入在劫难逃的窘境,还没到单位报到已经和她凑成了一个教师进修校的同班学员,一脸掩饰不了的尴尬,真是百般无奈,不好消受。

教师进修校建在背靠县城的一匹坡上,围墙内一片林带穿插一排校舍,而一排校舍背后又是一片林带,从下到上竖叠着由低渐高四个林带、三列校舍。风景是高处更佳。我手握着一卷新版的高尔基的《我的大学》,走到鸟语啁啾的桉树林中,倚靠着一棵最大的桉树展开了书卷。我捧着这本可读性强的书,心神伴随异国的流浪汉去渴望,去探寻,去碰壁,去共享妙不可言的求知乐趣,把身边的世事淡忘得一干二净。

"张良,你这人好难找,我从坡下找到坡顶,幸好你还没走出校门。"

我听出是刘芳的声音,目光盯着书页,没抬头就回答说:

"班长,你找我有事?"

"有啊。"

"说吧,我听着。"

"你一副爱理不理的模样!我们是同班学员,连心平气和的交谈的缘分都没有吗?"

我把目光离开书页,站起身来望着刘芳,见她眼圈有些泛红,变软了口气说:

"班长,你见外了,我不是态度不端正,以为你是随便打个招呼,所以,没引起重视。"

"我们还是坐下来谈吧。"刘芳摸出手绢摊在地上坐了下来,继续说道,"班委会还差个文体委员,我知道你适合,你愿意接受吗?"

我面向着她,靠着一棵桉树坐下来:

"我是七一级初中毕业,书没读多少,学历太低,再加上只是一个共青团员,当班干部服不了众。"

刘芳睁大两眼,睫毛扑闪着:

"你是自卑。"

"班长,按照马克思主义的观点是存在决定意识,骄傲和自卑是人的社会地位和自身实力的直接反映。我的举止言谈,以及做出的选择,都需要与自身条件和所处环境相称,这是实事求是的客观态度。"

刘芳拾起一片地上的落叶,用指头扯碎,叹一口气说:

"你当初不理我,也是这种类似自卑的原因吗?"

"不,不完全是。班长,你真的很好,在大家的眼里都会看得到你真的很好。那时,不,即使是现在,我们都还年轻。尤其是那时,我的内心深处除了对将来的渴望,还有对前程的惶恐。因为,在我的眼里,或者是我看到的生活戏剧里,迎接自己的长路是以风雨泥泞为舞台背景的,我的肩头既幼稚又乏力,连自己的命运都担不起,能拖累一个绝不应该拖累的人吗?况且,对人生的情感的理解,需要以成长来铺垫,甚至以磨炼来纠错,有一个不短的也是合乎情理的过程。当我还在成长的时候,将心比心,推己及人,我觉得不可以冒昧去折一个花蕾,贪心去摘一个青果。"

刘芳吐了口气,淡淡一笑:

第十七章　校园重来

"那我们之间真不可以比友谊更进一步吗？假使，你遇到一个你自己认定不该错过的人，于是乎急于想抢占先机，并付诸行动，很可能还为它碰了壁，闹得很伤脸面，很心痛，你会为此后悔吗？"

我脸上有些发烧：

"我想，换了是我，我不后悔，人生的很多行动的起始时间会很难预料，把握住结局也很难。况且，我也许会想到，那人其实并不反感我，让人恼恨的拒绝的最终答案，是出于对他人负责任。被无情掩盖的情义，虽然它黑如煤块，被认定有一副黑心肝；其实，假使遇到火苗它燃烧了起来，就会以一团照人的烈焰，证实一颗心灵的光明内在。对这，信不信由你！"

刘芳摊开两手，半解嘲，半无奈，话中藏话：

"也许信，也许不信，也许连也许也没有，只是个永远无解的方程。啊，我们换个话题，说说你参加教师队伍，自我感觉如何？"

"说真话？"

"真话。"

"笑不出来，哭不出声。"

"原因？"

"该读书的年代，遥望校门进不了门，如今却滑稽地成了教书老师，我不仅怕误了自己，更怕误人子弟。"

"你知道吗？现在望江小学还有小学加减法都不会算的算术教师，教学生的加减法是二十进位，大概是引进了外星人的计算规则。还有的语文教师，教大家耳朵都听出了趼疤的流行口号'农业学大寨'，还把'大寨'教成'大寒'。当然，这样'柬埔寨国王'便顺理成章地读成'东埔寒国王'。例子不胜枚举，学生笑痛了肚皮，家长气得七窍生烟，在大街上骂娘，到学校拍桌。你觉得自己才疏学浅，与这样教师相比你既算才高八斗，又算学富五车。纵然你把自己当做学业未成的童子军，当鬼子打到家门口，照样得生死不顾地上战场，挺身而出赴国难。过去说教育救国我不懂，看到现在的师资状况和误人子弟的严重后果，如果说国家的未来离不开教育，还是有道理的。"

我听了刘芳的一席话，心中一热：

"我说自己没有翘尾巴的本钱,不等于说我学习和工作不尽心，不尽力。你这话使我备受鼓舞，欣慰自己受任于背运之际，庆幸自己奉命于'顶替'之间，我的《出师表》呈递给班座了。不过，文体委员一职，我还是不接受为好。因为，你了解我，其他学员并不了解我，没准这里还藏龙卧虎，还是由同学们选举产生吧。当然，班上要开展文体活动，任务摊下来，我不会不识相，肯定会积极配合。但是，这并不意味需要担任一个职务，还是让学员们逐步了解我，认同我，你千万不要去推荐。以后，我很有可能到你所在的学校工作，那时同班的学员会以为你拉小圈子，造成不良影响，这有些不好，算我求你了。"

"好吧，让我们按教学要求，相互交谈讲普通话，像文艺表演那样，要进入剧情，这样学习更有收效。"

我当即改用普通话回答：

"那么，班长您先说吧。"

"你我相称，可不可以将'您'下的'心'摘掉，或者互称

第十七章　校园重来

姓名？"

"妙呀，把您的心留在我的心，不再挂在口上，剩下一个'你'字，千万别埋怨我不礼貌摘下了你的心。其实我这人不多心，做事每每很粗心，胸中常常是空心。"

刘芳扑哧一笑，接过话头：

"你这人贫嘴不说，还真好狠心。我宁肯你摘了我的心，不愿意见你不长心，没良心。"

我听出了刘芳话中的弦外之音，知道自己逞口舌之快，被她暗刺一句，忙借台词化解：

"我这人，有一颗发育不良的心，外表是粗心，内里是空心，没有欢乐，没有悲伤。要是换一颗整日波涛翻滚的愁心啊，浪花飞溅，涟漪不止，让人坐卧不安，无法平静，那才真是苦不堪言。哎，要是那样，踏上迷茫的人生旅途，一双脚步该有多沉重，你同情一下弱者呀！"

刘芳闻言一时不知如何是好，用川腔说：

"但愿，你这话有三分真实，那七分虚假也情有可原，免予问罪。"

我依旧用普通话作答：

"真真假假才构成了一幕幕精彩的戏剧，如果是事事较真，世间多少人泪水或许会流淌成一片汪洋大海，可以漫进皇宫大殿的门槛，把皇帝的龙椅漂起来。真是那样，天下的人倒会同情我，骂你较真太狠心呢。"

刘芳双颊露出羞涩，宛如三月的粉红桃花，她低声一句：

-297-

"你今天的普通话答话，算可以及格，打九十分吧。好了，我要回教室一趟，还有其他工作要处理，继续看你的书吧。"

望着刘芳身姿婀娜的背影，我觉得她有几分似《红楼梦》中的薛宝钗，而我并非只念木石前盟的贾宝玉，倒有几分似踏遍坎坷世路、频频品尝事与愿违苦头的高尔基笔下的流浪汉。在那没有爱和被爱的权力的生存场景中，谁不悲叹人生如戏，又不甘像戏子那样游戏岁月，枉留多少遗憾。

刘芳是住校生，我读的是走学，最后一节下课铃声一响，要是班里没有事前安排的活动，我会很快像一阵风烟消散在教室里。今天是周六，刚走出教室门刘芳就追上来叫住我：

"张良，你家住县城该尽一尽地主之谊，是请我到你家里吃饭，还是带我在城里转转，随你的便。"

她上套一件短袖圆领的白底蓝条的海魂衫，下穿一条黑色的褶皱裙，脸上焕发容光，乌黑的眼珠喷射挑战味。骤然临之，我有些手足无措。答应吧，与她在城里转一圈，到底年龄相当，谁不认为是谈对象的恋人呢？带她到家里，妈妈不猜测她是上门相亲的准媳妇？左选项，右选项，我先前都没准备好。拒绝吧，这也太没有绅士风度，说是丢她的脸，不如说是丢自己的脸。我略一沉吟，便爽快地说：

"走吧，路线由你挑，你说怎样就怎样。"

刘芳狡黠地眨眨眼睛说：

"违心事就不要做啦，诚心诚意地邀请我去吃顿晚饭，虽说是请帖可以不下，态度却不能含糊。我到底是你的班长啊，你说是不

第十七章　　校园重来

是？换个人巴结我，我还不领情呢。"

"就算你到我家去视察，去登门家访吧！这个世界真太小，我到哪里都免不了遇到你，是不是？我在生产队种植的梅林，你还是特邀的技术指导呀。别人请不到的人，我今天能请到，脸上有光彩。"

走出校门，刘芳看看腕上的表，低声说：

"张良，其实我是试探你，现在离下班时间还有一个半小时，我到你家里看一看，坐一会儿，不用吃晚饭，那太麻烦人，我自己也别扭。"

经过几年东撞西碰的知青岁月，我的脸皮早长厚了，有意调侃：

"大班长也有害臊的时候？你不是常说，共产党员是明知征途有艰险，越是艰险越向前？我家总不会有老虎咬你，客什么气？"

刘芳正用眼光扫描路边房屋，闻言身子旋了三百六十度，回答：

"我不客气，倒怕讨气。没准人家会板着面孔，向我这不速之客鼓白眼，鼻孔里喷的是冷气呢。"

我有些淘气，顶她一句：

"你胡说，我父亲、母亲、姐姐、弟弟，包括大院的邻居，都是有修养的人，怎会对你不礼貌？我倒担心他们把你看成上门媳妇，热情得过分了呢。"

"哎哟，心里有点儿发毛了吧？半路轰我走，趁早！"

"我偏偏要引狼入室，闹得一家人忙得不亦乐乎。"

刘芳在我的背心上轻砸一拳，柔声说：

"这还像个男子汉，不过，我今天是好奇，可不是别有用心。对了，需不需要，给你的父母买一点见面礼，我可是有月薪的人呀。"

"客套什么？回到学校谁料到你会不会搞秋后算账，你的言语稍来点分量，足够我喝一壶。"

刘芳嗔怪地瞪我一眼，忙用手捂着嘴巴，似乎要堵住喷出的笑声。

我引着刘芳走进我家屋门，坐在屋里在刺绣绷子上绣牡丹花的妈妈，果然产生了错觉，她取下老光眼镜朝刘芳打量了一会儿，脸上堆满笑容：

"哎呀，好漂亮一个闺女了，简直活脱脱像一朵带露珠的白牡丹，快坐，快坐。"

妈妈转过身进里屋，端出一个盛着分成零块的米花糖和花生果的待客礼盘放在桌上，正准备去拎茶瓶倒开水。刘芳见状上前一步拉住她的手臂，亲近地说：

"伯母，你别累着了，我到你家坐一会儿。你太客气了，我反倒不好意思了，这不，我手脚都不知该怎样搁放了呢。"

我在一边插话：

"妈妈，她叫刘芳，我在进修校的班长，算是我的领导。"

妈妈一根指头戳到我眉心上，嗔怪道：

"你看人家刘芳多懂事，多知礼节，不像你百事都让我淘神。我真希望她对你好好加强领导呢，代我把你管好，省我多少心呀。"

刘芳在旁伸舌向我做个鬼脸，话中带刺，婉转搭腔：

"伯母，张良学问比我多，人比我能干，我还比不上他呢。这进修校的班长啊，只管一个半月，以后我还没资格管他呢。一出校门，我和他的位置就换颠倒了，他才是高高在上的人。"

第十七章　校园重来

妈妈淡淡一笑，用手掌轻轻一拍刘芳的手背：

"你到哪里，就遣他到哪里，归你领导，只准他服服帖帖，不然，我不认这个儿了……"

我有些发窘，打断妈妈的话说：

"妈妈，人家头一次到家里坐，你别扯远了。"

妈妈若有所悟，丢开刘芳的手，有些抱歉：

"我这一高兴，不知糊里糊涂说些什么，你可别见怪啊。张良和你聊聊，我去做饭。"

"伯母，我可是和几个同学约好了，要回学校去吃饭的，你别忙得太早了。"

妈妈坐了下来，捏拳轻轻捶后腰，嘴上说：

"那我再和你们聊一阵，我是看见你来就高兴，这腰身都不如先前酸痛了。年轻人的笑脸啊，胜过灵丹妙药的作用。"

闲聊了一会儿，刘芳告辞回校。我送她出门，她以揶揄的口气说：

"以后，我可以常来吗？"

"随你的便，我敢挡驾？"

"你心间设的栅栏，能向我打开吗？"

"我这心啊，对你从不设防，只要你不骂我空空如也就行了。"

说这话时，无意间触及自己的胸间隐痛，我脸上露出一缕苦笑。

进修校的课程是补小学基础课，练小教基本功，周而复始地上课、考试、试讲、评议，一句话，就是要学员尽快进入角色，当好小学合格教师。回到家里，妈妈老是在我面前夸奖刘芳，说她漂亮、健康、大方、懂事、会体贴人，活脱像一个青睐宝钗的贾母，不断提示我约她到家里来玩耍，我尝到了有口难辩的滋味，干脆装聋作哑。

冷梅交给我的手抄诗稿有十多页，我反反复复看了好多遍，几乎能一首接一首地背诵下来。这天，我忍不住来到隔壁何老师家，低声把这个秘密告诉了她。何老师一声不吭地把拐杖靠在桌沿坐下来，等通看了一遍诗稿才交还给我，口头反复叮咛我小心收捡好，防范外人知晓。接着，她拢拢头发，目光注视着我，询问了一些冷梅的情况。我如实一一告诉了她。

何老师剥开一粒泸州干桂圆递给我，嘴上赞叹冷梅真是一个不错的姑娘。她接下来说：

"列宁说过，全世界无产者可以凭《国际歌》的熟悉的曲调，给自己找到朋友和同志；而这些广场诗抄的传递者，也人人都是值得信赖的爱国志士。张良，你能把你读后的感受告诉我吗？"

"我觉得这字里行间，能看见一颗颗觉醒的人心，襟怀坦荡的人心，忠贞美丽的人心。这些诗，像一支支熊熊燃烧的火炬，不仅能吸引一个人的眼球，而且给一片人照亮道路，能给社会带来扑不灭的希望。比如，天安门诗抄中有一首'一夜春风来，万朵白花开；欲知人民心，且看英雄碑'，文字十分浅易，对周总理的感情却十分深厚，可以一目了然地看出人心所向。还有一首诗更加动人：'相逢无语泪先盈，启齿欲言已失声；万众一心由衷曲，愿将百死换一生'，多少人乐意拿出自己只能拥有一次的有限生命去换回周总理的伟大生命，我也愿意这样做，这是无比珍贵的民情民意啊！我不

第十七章　校园重来

懂写出如此感人肺腑的好诗的人,本来一定是高尚纯粹的爱国公民,居然变成了坏人、罪人,这样的人遍地都是,能抓得完吗?"

"对,那是一批摆脱了沿袭几千年的封建桎梏束缚的现代人,他们彻底抛弃了奴性的臣民意识,挺起胸膛弘扬当家做主的公民意识。他们有独立的人格,善于观察思考,自觉承担起了对国家、对社会的责任和义务。你看,那些广场诗歌远别于沙龙文学和马屁文学,尽管艺术上未必首首属上乘,却首首都有崇高的思想境界和担当社会道义的良知。这些诗歌都是憋不住满腔愤懑爆发的一声声呐喊,它是大义凛然的民意表达,是刺激麻木和摆脱彷徨的最强音,不会在无情岁月中湮没殆尽,你应该相信!"

"何老师,我相信。我甚至觉得北京四月发生的天安门广场事件,与1825年12月彼得堡元老院广场事件一样,有很宝贵的历史意义,值得重视。"

"你读过有关十二月党人的书籍?"

"读过一些,远远谈不上完整。十二月党人,他们中的大多数人受到过西欧民主思想熏陶,试图用激进的方式推翻沙皇专制统治,废除农奴制度,以民主理想来改造国家。其间,还有不少人是参加过1812年俄法战争的军队将士和曾经留学法国的贵族知识分子,就像托尔斯泰在《战争与和平》中塑造的安德烈、皮埃尔那类人。"

何老师脸上露出欣慰的表情,鼓励我:

"你继续说下去。"

"外国诗人中,我最喜爱的是普希金,他不仅有非凡的艺术天赋,而且被崇高的精神喂养过心灵。普希金的诗句有滚烫血热,在读者眼中是'俄罗斯诗歌的太阳',也就是说他那极具思想张力的近乎完美的诗句起到了唤醒和照亮处于黑暗统治下的俄罗斯人的心灵的特殊作用。普希金是十二月党人不在场的精神领袖,是他们地理距离远、心理距离近的忠实朋友。普希金最有名的诗歌大多创作于被沙皇流放的受难地,《致大海》写在米哈伊洛夫斯克村,那时,他动了偷渡出国的念头,面向大海吐诉火焰般燃烧着的炽热心迹;《假如生活欺骗了你》是他题写在流放所在地房东普·亚·奥西波娃的女儿叶夫普拉克西亚·尼古拉耶夫娜·沃尔夫15岁生日纪念册上的赠诗;《致西伯利亚的囚徒》是他得知一批十二月党人的妻子毅然放弃了养尊处优的贵族生活,即将冒着风雪奔赴遥远的西伯利亚去和自己的丈夫一起服苦役,委托她们带给十二月党人的一封"诗歌信件";他的长篇诗体小说《叶甫盖尼·奥涅金》则是他替与自己过从甚密的十二月党人留下一段文学形象史,它荡气回肠地刻画了那一批志士探索国家前途与命运过程中的复杂心情。此外,有一点不能不提,那就是十二月党人起义失败后几乎所有被捕的志士的审讯档案中,都装进了他们收藏的抄写的自己喜欢吟诵的普希金创作的诗歌,以此作为指认他们有罪的重要依据,足见当时普希金的个人号召力和他诗歌的社会影响力究竟多么大,使施行暴政的沙皇政权也如临大敌的惊怵慌乱。"

一望何老师专注倾听微微点头的安详神态,我受到鼓舞,停顿了片刻,再次开口:

"何老师,我对十二月党人感兴趣,是从对普希金感兴趣而爱

第十七章　校园重来

屋及乌的阅读延伸，他们可歌可泣的感人事迹至今是我所拥有最宝贵的精神财富之一，也是我最崇拜的生命偶像之一。1825年，那次俄国十二月党人发起的元老院广场事件，由于党内领导层存在难以消除的思想裂痕，尤其是担任统帅的特鲁别茨科关键时刻迟迟不出场，最终铸成那一次起义功亏一篑的历史遗憾。被驰援的沙皇军队重重围困的志士们，遭到了炮兵炮弹的猛烈攻击，以及步兵枪口的密集射杀，骠骑兵战刀的凶狠砍劈。那是一场惨烈残酷的战，元老院广场上弹痕累累，尸横遍野，血水流淌。当时，败退到冰冻的涅瓦河上的志士，很多人掉进了炮弹砸出的大窟窿中，沉落冰河淹死、冻死。列宁对十二月党人予以高度评价，说他们是'俄国第一代革命者'，他们所领导的革命运动，虽然由于没有广泛发动劳苦大众、势单力薄而失败了，但它播撒了民主和自由的种子，唤醒了沙皇铁蹄蹂躏下的苦难大众，为俄国革命的推进奠定了牢固基础。"

何老师扯扯指头，用掌心揉着大腿，嘉许地说：

"我没想到你读书涉猎面这样广，算得上同代人中的佼佼者了。哦，那些十二月党人的妻子们的故事你熟悉吗？"

我摇了摇头。

何老师灼灼目光从我的头顶掠过，注视着窗棂外面天空飘浮的云层，轻声感叹：

"一百多年过去了，纵使我们只是身处异国一阵遥遥回望，她们依然是不落后于时代的真正意义的新女性，依然是配得上人们敬重、爱戴和学习的人间榜样，依然丝毫不减一份动人心魄的个人魅力，依然在地平线上栩栩如生，依然在岁月云烟中清晰如昨，使人懂得什么叫刻骨铭心,什么叫往事难忘!"

我凝视着何老师的面颊,觉得她像一尊高雅的玉雕。

何老师把目光转向我,口中却似喃喃独语:

"那场十二月党人发动的起义失败了,新登位的沙皇尼古拉一世很快下诏修改了不准贵族离婚的法律,只要哪一位贵妇提出离婚,法院都必须立即批准。可是,绝大多数十二月党人的妻子拒绝遵从沙皇命令,执意选择去陪伴已经流放西伯利亚的服刑丈夫,甘愿与其患难与共,生死不弃。尼古拉一世被迫应允了她们的请求,随即颁布了一项紧急法令,试图进一步剥夺她们一直体面享有的生存条件,蛮横规定凡是跟随丈夫流放西伯利亚的妻子,将不得携带子女,不得再返回家乡城市,并永久取缔她们原本可以与生俱在的一切贵族特权。"

何老师掏出手帕拭拭眼眶,继续说:

"那是人间最动人的情感故事,只会发生在具有崇高品格的人群中间。特鲁别茨卡娅,是第一位历经千辛万苦才辗转到达西伯利亚与丈夫见面的十二月党人的妻子,当她走进牢房看见自己的丈夫谢尔盖激动地拖着叮当作响的脚镣向她扑了过来,此刻,她敏锐地发现他那勇敢追求世间高贵目标的双脚竟然被强行套上了限制行动自由的沉重刑具,她顿时为他已经饱受过的百般苦痛与无数屈辱所震撼,一股热泪夺眶而出,随即屈膝下跪亲吻他那经年戴在双脚上的沾满锈迹和血迹的累身铁器,继而吻遍他的整个身体……"

何老师似乎没有注意我的表情,她话音如风中游丝:

"另一个可敬的女性穆拉维约娃,她是抗争了一个多月后,才

第十七章 校园重来

获得沙皇准许踏上陪伴丈夫流放西伯利亚林海雪原的苦役路，也是一条从此无从回头的不归路。几年后，这位温柔笃情的女性，因为体弱多病不堪恶劣气候折磨，成了第一个永远沉睡流放地的牺牲者。临死前，她苍白的脸颊泪下如注，躺在病床上为丈夫和孩子们做完祈祷，又吻别了熟睡的女儿，才带着无尽遗憾撒手离去。她年仅36岁的丈夫悲憾欲绝，在她去世后一夜之间竟须发皆白。当地人为了纪念这位选择捍卫爱情之路而过早离世的可敬女性，在她的墓地竖起了一尊纪念碑，并修建了一座灯光数十年从不熄灭的电灯祭坛……"

听完何老师给我讲述的那些十二月党人妻子们的传奇故事，我已热泪盈眶，激动不已：

"何老师，她们的感人事迹真是一部能够升华人生的境界和人性品质的优秀教材，给我留下了受益毕生的珍贵记忆。我感到自己特别幸运，我有一个打起灯笼火把也找不到的好老师，你真是好得远远超过我的想象，这一点，我也该感谢我的妈妈！"

何老师两眼闪烁光芒，随手在身边的书架上取下一本《普希金诗选》翻阅着，发出感叹：

"其实，俄罗斯十九世纪出现的伟大作家群，那些最耀眼的星辰都与十二月党人过从甚密，或者说是血脉相承，比如普希金、托尔斯泰、屠格涅夫、契诃夫、果戈理、陀思妥耶夫斯基、高尔基、别林斯基、车尔尼雪夫斯基、杜波留波夫等，哺育伟大作家离不开崇高思想的滋养。你听，普希金的名诗《琴弦》，后来，它谱写成了中外校园内的流行歌曲：'来吧，琴弦！——我沉默的爱情的女友，你也是我的知心人，我把我心中的秘密都全部向你倾诉，我的痛苦只让你知道。'接下来是：'你代我告诉她，我多么怀念她，她完全占据了我的心。你代我告诉她，我的心为她而憔悴……'你品味出了这首抒情歌曲的内涵吗？交织着向往、寄托和期待，融入了忠诚、信赖和衷情，它具有的厚度、深度、精度和纯度远非浅薄者能够悟透的。人类精神的精华，是不分国界可以共享的，在你还年轻的时候，应该尽量把目光投远些。这样，我们获得的真谛必然会相对更多。你满腹心事无人倾诉的时候，你展望前途两眼迷茫的时候，这支歌能够唤起你的心弦共鸣，带给你源源不断的慰藉、鼓舞和信心。"

何老师再次掏出手帕擦干流溢脸上的泪水，过了一会儿，她平抑自己的情绪，睁着红红的眼睛问：

"对了，你现在和冷梅保持着联系吗？"

我摇摇头。

"她是一个拥有类似十二月党人妻子们那种高尚情怀的女性，可遇不可求，你应该好好珍惜与她的友谊，说不定有一天会升华为爱情的。她亲历了一个震撼人心的历史性场面，这是很多人不敢奢望获得的际遇，对她的一生会产生震撼心魄的非常影响。她留在心底的感悟，可能远比说出来的多得多。她亲手抄录、保存、传递悼念周总理的诗词，表明她选择了一条走向崇高的道路。你为什么不鼓足勇气追上去呢？"

"我们处在不同的社会阶层，高攀人家我没脸面，不配。哦，何老师，我们换个话题好吗？"

第十七章　校园重来

"换个话题可以，但是，我还要说几句，你不懂姑娘的心，只要是一个不贪恋浮华的人，她一定看重人的本身素质，而不在乎人的身上的附加物。人生的奥秘要靠自己去领悟，你是有悟性的，我相信你。"

何老师嘴唇微微翕动，欲言又止，旋即打住话头：

"哦，我在大学修的是俄语，所以，刚才谈到了那么多的关于俄罗斯的话题。你干脆回家去把琴拿过来，我想再听你拉一遍柴可夫斯基的曲子《如歌的行板》。"

我应了一声，折身回家里，取来琴匣，坐在何老师跟前枕琴运弓，拉起了何老师点的琴曲。琴音一响，那梦样的期待和淡淡的忧愁，伴随徐吐的乐句在空气间萦绕弥漫。据说，当年托尔斯泰莅临柴可夫斯基家举办的晚会，流泪听完了这支曲子后激动万分地惊呼："我接触到苦难人民的灵魂的深处。"甚至托尔斯泰回到自己的家后，还写信告诉柴可夫斯基："我永远忘不了在莫斯科的最后一天，我的文学著作还从没有得到过像那样奇妙的晚会一样巨大的报酬。"而现在，除了眼前聆听音乐的何老师，踏上门外的满地荆棘的世路，谁人能懂我的心事，谁能陪伴我走向无尽延伸的尚在梦幻中的将来呢？

这一夜，我躺在床上久久难眠，如果说刘芳灿烂的笑脸明白无误地表达了一种内在的温馨情感，那么，冷梅交给我的诗抄又包含着什么样的人生密码……

第十八章
血色斜阳

进修校课程结束那天,班上同学举行了一次联欢,刘芳要我和她联合表演京剧《红灯记》的片段,她扮演铁梅,我扮演李玉和。我怯阵忙吐托辞:一代人扮演两代人,表演和化妆都费劲儿,况且我的嗓音如挣脱绳索的毛驴吼叫,影响听众的心脏健康,打了退堂鼓。于是,她接受了我的建议,她独唱陕北民歌《山丹丹开花红艳艳》,我为她拉琴伴奏,也算是我们联合表演的节目。

刘芳唱民歌本来极有天赋,等她登上舞台一唱,如潮掌声托起的"再来一个"的呼声在礼堂里回荡。她谢不了幕,只好再唱一支《远飞的大雁》,同学们依旧狂热地捧场。就在这一天,她在同学们的心中留下了"百灵鸟"的雅号;而我的琴技本来很一般,在同学们中几乎没留下什么印象。等大家走出校门各奔东西,刘芳却叫住我,希望我陪她在县城内的西湖边走一走。

西湖中种植的荷花早过了极盛期,粉红花朵凋落得已所剩无几,倒是有许多即将成熟的青莲朵在花茎上招摇。习惯打游击战的垂钓者,他们与管理人员兜圈子,不时选择一个荷叶稀疏的亮水窝子,支起临时武装的简易鱼竿,焦灼等待贪食的鱼儿上钩。他们的鱼竿,粗的是顺手牵来的晾衣杆,细的是新削的水竹竿,还有刚从树枝上扳下的鲜丫,也有人把鱼线拴在石块上安懒钓。每当有一条不安分的鱼儿蹦出水面炫耀,钓客总要投去艳羡的目光。当某条笨鱼不幸中了算计,钓客收竿时鱼儿哗啦啦在水面挣扎的场面,免不了吸引好奇的人群靠拢。在秩序被人们蔑视的年代,人们爱看热闹而不屑于管闲事,似乎成了人人默认的游戏规则。

刘芳站在柳荫间问我:

第十八章　血色斜阳

"你工作的地点定了吧？"

县里的培训时间太紧凑，文教局和望江区文教办公室要我先参加培训，然后再补办报到手续，起薪时间则从我到县文教局报到那一天起，算得上是特殊照顾。不过，由于发配边远地区的结局已定，充其量是补偿性的关照。这事，我一直闷在心里，现在刘芳一问，我只好无奈作答：

"大体上是到望江，究竟落脚哪里还不清楚。我想，大概是一层层地往下落吧。我一开始，就没有想到有宽松工作给我，服从领导，顺从命运，对我而言，没有什么区别。何况，我顶替妈妈的工作，是出于不输一口胃气的冲动之举。"

"你在和谁斗气呢？"

"也许是和自己吧，鲁迅说过，希望是无所谓有，无所谓无。命定属于我的道路，不管多难，不管多出乎人的意料，都得自己去走，这是别人替代不了的呀。"

"你可以主动提出到望江小学，我们可以在一起，可以互相帮助，共同进步。"

"我不准备提任何要求，顺其自然。说实话，我只有难以启齿的初中学历，本来该自己坐在课堂学习，这倒好，自己肚皮里都没有几滴墨水，偏偏要去教书了。我觉得，即使到村小教小学一年级，都是高抬我了。"

刘芳手指着闲靠在湖畔的一条小船说：

"你看，那儿有条船，我们去划划，有人叫再划回来，又不是偷船，好不好？"

我一点头，随着刘芳溜下湖边的石坎，解开缆绳，跳进了小船，摇起桨来。同一条船，我望着倒束着两条辫子的刘芳，其实，她长相还是相当出众，双颊白里透红，一对眼珠乌亮，给人留下健康的美感。最为难得的是自己和她在一起，毫无心理压力，也真称得上是可以信赖的朋友。可是，我的心里总是挂记着虚无缥缈的将来，不愿意让生活过早地定型，那样，许多残梦，许多来不及追逐的将来，都会伴之终结。因此，我对过早建立一个所谓的幸福家庭一点没有心理准备，甚至产生了几分杯弓蛇影的恐惧念头。兴许我是不懂生活、不解风情的那类乏味的男子，一双脚天天渴望迈上并不熟知乃至根本不存在的远方。这会儿，我与她相距近在咫尺，倒觉得不如远隔天涯才好。

"你在想什么？告诉我！"刘芳问我。

"什么都不想，没有过去，没有将来。"

"那么，只有现在，只有我们？"刘芳再问。

"不，只有蓝天上的那一朵浮云，它太像我的命运，没有稳定，没有安宁，谁知在什么时候会刮来一阵狂风，把我和我的梦想吹得无踪无影。"我的话似呢喃，似自白。

"你太悲观了，其实，在这样的时代，只要是热爱党、热爱国家、热爱人民的人，都会有前途。我问你，我什么时候不是把你看成自己人，不是视你为可以大有作为的好青年，而是对你另眼相看？"

"你没有，我真的很感激你，真怕因为被你高看，最终让你更加失望。"

"我相信，你不会让我失望，你对我也不应该仅仅停留于感

第十八章　血色斜阳

激……"刘芳的脸颊绯红，像映日荷花。

"我的能力太小，我所有向往的目标几乎无一实现，对所有关心过、帮助过我的人，我现在都欠着一大笔恩情，我也渴望自己能够报答，那时，我才是一个真正的男子汉。"我说话认真，不带丝毫调侃成分。

"你个人的目标还没实现，就拒绝一切女性，拒绝伴随年龄增长出现的正常情感吗？"刘芳的眼里有埋怨，有挑战。

"付出情感，应该与责任挂钩；同样，接受情感，需要自己有担当。不然，那就是可耻的亵渎，而世间上圣洁的情感是不容忍亵渎的。当我自己觉得自己还没有资格妄语情感的时候，最好的选择就是告诫自己不要轻率，那不仅是对他人的尊重，也是一种自爱。其实，人生的旅途需要一次次地面临量力而行的放弃，否则背不起太重的行囊。那样，不单使自己很狼狈，还拖累别人。"

刘芳闻言，眼圈红了，她掉过头用手绢擦擦，过了一会儿，平静地朝我说：

"我们上岸吧，时间不早了，我还要赶路。"

上了岸，刘芳拒绝我相送，转过身子匆匆离去。

我望着她的背影消失，五味杂陈：是对，是错，一时不能判断。不过，我知道自己不光失去了一个恋人，也可能失去了一个友人。人站在太阳的光芒里，胸间冒出一股无可名状的忧伤，觉得堵心堵喉的难受。但是，我明白，当人生的拐点突然来临，并且没留下任何回旋余地，必须向对方发出明确无误的信号，保留歧义无异于在歧路口了无休止地逗留，误人，误己，误时，误路。我决不能向她追过去，一句不计后果的表白，将为彼此付出更加高昂的代价埋下一个危险的伏笔。

　　我在家休息了两天，便赶到望江区去报到，只因新学期很快要到来了，不敢延误时辰。区文教办公室余主任告诉我，到望江区报到不一定就能留望江镇，全区六个公社，到处都差人，如果我非要留望江不可，他也可以考虑，因为我是下乡在望江公社的知青，能从母亲退休的城郊区改派望江区已经算有觉悟了。我当即回答，服从安排。这样，他便告诉我，平澜公社小学最近有个教师缺口，教五年级的课程，派我去顶岗正好应急。我没有再啰唆说推口话，他便拉开抽屉拿出介绍信填上了我的姓名。我的工作地点便完成了由县到区再到公社的转变，这在公办学校里已经深入到了最基层，人的脚步踏踏实实接了地气，算占得一个无人争抢的稳稳当当的位置。

　　等我回到插队下乡的雀山一队取自己的少得可怜的居家用品时，高队长用手挠着新剃的光头，嬉皮笑脸地说：

　　"我还说你小子，屁股一拍不再打回趟了呢！虽说不是老子推荐你走的人，你到底是一件喜事呗，未必不喝两杯烧酒就溜趟趟儿？至少算得上我没坑害过你嘛，再说你一走，老子还有些舍不得，话个别，该不该？"

　　"高队长，你别把话说疏远了。在队里喝酒，在场镇喝酒，随便你定。要请哪些人头，也由你说了算。给你交个底，你不馋我这一顿，我也会请你，相处四五年了，到底还是有情分的。"

　　高队长一拍大腿，痛快说：

　　"老子也告诉你，其实我早已有安排，我们队上请你，我家那

第十八章　　血色斜阳

只叫鸡六七斤重，冲着你，我要在它颈子上抹一刀。猪肉由队上去割，你只要提着烧酒来，和我这大老粗一醉方休，没亏你吧？"

我装出疑惑的样子开玩笑说：

"是不是你又下了一个套套儿，哄我去钻进？我是吃过你的亏的人，不放心啊。"

"你把心放回你肚子里去吧，老子不算你，算去，算来，算老子自己？现在，队里一个知青都没有，老子还搞不惯了。怪不，你在我还嫌你呢！"高队长一咧嘴，憨厚一笑。

第二天中午，我拎着盛满五斤烧酒的塑料壶，走进高队长家，等待队上的客人陆续来到。大家刚端起酒杯准备敬酒，魏胖娃带着十余个知青出现在门前叫嚷着：

"张良，你咋个招呼都不打，把兄弟们都忘了，我们却没忘记你哟。你在这儿伸筷子拈闪闪，我们转了几匹山找不到你的影子，还打主意稳坐起嗦？"

我忙立起身子迎上去，低声对魏胖娃说：

"魏兄，今天我有事，生产队出了一片心，贫下中农请我吃顿饭，你都要来搅黄？你们走吧，我有空来找你们耍。"

魏胖娃脸上有些急：

"不行，不行，今天八月初六，是大喜大庆的日子。公社骆书记娶儿媳妇，摆几十桌，你还不快把你那套毛选拿出来，带我们去走人户。"

我一听更觉得要赶快送他们走，解释道：

"我那套《毛泽东选集》是区里发的奖品，扉页上写了我的名字，还盖了区里的公章，送人不好。再说，现在去，等人走到，人家的筵席都散了。"

"不行，不行，你要去。不然，你真不记情，人家骆书记去年推荐工农兵学员，是千方百计关照过你的哟，你不要记性好，忘性大。"魏胖娃说话不分场合，声音越来越高。

魏胖娃身后的一群知青也七嘴八舌为他帮腔：

"张哥，你要去，不要寒了大家的心。"

"你不要现在有酒有肉，就不给兄弟伙的面子了？"

"走，张哥，这道门槛绊不到你的脚，你快高抬贵步！"

我正犯难，高队长从里屋抱出一套《毛泽东选集》来，堆笑递给魏胖娃说道：

"你们几个知青要去赶礼，我这里有套毛选，还是我哥娶儿媳妇时，他队里的知青送的，你要就拿去，不要客气。"

魏胖娃接过四卷雄文，抱在胸前，脸面乐呵呵地说：

"你老哥够意思，理解我们革命知青。你干脆好事做到底，让张良跟我们走吧，他是饿老鸹，嘴大肚皮空，一个人要吃掉半桌席。他走了，你们多夹几筷子，更合算。"

高队长急于送走这些不好招惹的主，向我使个眼色对魏胖娃说：

"好啊，我本想安排个人给张良送行李，你们和他走顺路捎去，还更省事，你说呢？"

魏胖娃高兴得把手上的《毛泽东选集》递给身边的一个知青抱着，掏出一支经济烟给高队长，旋即划根火柴为他点上，说道：

第十八章　血色斜阳

"帮张哥送行李,不要说你老哥打了招呼,我们自愿都要帮忙,好说,好说。"

我忙叫魏胖娃一群人等着,转过身来,举杯向桌上的队干部说道:

"我张良到雀山四五年时间,受到在座诸位的教导和抬举,一生一世不敢忘怀,不敢负恩。有朝一日如果有机会,一定效犬马之劳,希望大家不要客气。我今天,朋友突然赶来,不能陪酒到底,实在抱歉。我这里自罚三杯,权当给大家的敬酒。"

说完,我满斟三杯酒接连饮下,把酒杯翻底亮杯,以示罚酒喝得光明磊落,然后,向大家深鞠一躬,才转身随魏胖娃一行人离去。

走出村口,我压抑不住的火气终于向魏胖娃爆发出来:

"魏胖娃,今天我把话给你喊醒,你搅乱生产队给我摆的饯行酒,想逼上梁山要我陪你去喝臊皮酒,我把话挑明:我不去!你再逼我,这辈子我充其量不跟你们打交道,也不会认这个倒霉账。我有做人的原则,饥不从猛虎食,更何况这是嗟来之食。再说,这种流氓式的搅局,或者说示威,我素来不赞同。你以为让对方丢了脸?其实,这是自我作践。"

说罢,我把旁边一个知青代我挑的行李担抓过来,自己挑着。

魏胖娃脸色发青,怒瞪我一眼说:

"你不去算了,我们去!对我好的人,我对他更好;整过我的人,我就要臊他的脸皮。不然,我枉自胯下长了一条毯。是男人,就要有血性,老子就是要去耍酒疯,祝他家媳妇生个娃儿不长屁股眼……"

旁边有知青劝和：

"魏胖娃，张哥不去不勉强，我们跟你去。张哥有气情有可原，他队上的农民待他肯定不错，我刚才都觉得你硬拉他走，有些过分。"

"说得对，要得。"众人一片附和声。

果然，到了场口我分道离去，他们谁也没再为难我，倒是纷纷招手向我告别。这时，我险些掉下眼泪，他们都耿直得可爱，尽管他们的做法我不赞同，但是，他们有不向恶势力俯首称臣的傲骨，值得人敬重。甚至相比之下，我自己有些像沉湎于精神胜利法的阿Q，有清高的外壳掩饰下的委曲求全的懦弱，不过是一个苟且偷生的俗人。

到平澜小学一报到，我不禁大吃一惊。原来，平澜公社所在地的临江场，其实与冷梅下乡的生产队只隔一匹山冈，距离只有一两里路。而且，冷梅所住那个大院的教室，就是因为学校部分校舍破旧失修成危房，所以，只得合并了一些班级，把高小班设在了冷梅所住的那个大院。而我的课程，上一个五年级班的算术课，上一个三年级班的语文课，天天得翻山越岭两头跑。不过，我乐此不疲，在这条路上我能嗅到熟悉的气息，拾回青春的记忆。

没想到开学才几天，一个惊天动地的消息传来，中国共产党、中国人民解放军、中华人民共和国的缔造者毛泽东主席不幸逝世，顿时场镇上上至七老八十的农民下到蹒跚学步的娃娃都哭成一片，卖小菜的农户、商贩收摊挑担忙打回趟，转眼之间场镇上尽是胸佩白花、臂缠青纱乃至披麻戴孝的伤心人。教室里孩子们闻讯后，眼泪鼻涕哭得黏糊满脸，有的哭得满地打滚，有的伏在桌上泣不成声，

第十八章 血色斜阳

有的顿足捶胸哭得直跳,课已经无法上下去了。校长王开明立刻下令,停止上课,先放学生回家,等搭建好灵堂以后,明天再举行悼念活动。我则按王校长的安排到公社报到,成为临时抽调负责治安保卫工作的基干民兵,随着几个供销社、粮站抽来的转业军人,背着枪在场镇巡逻站岗防止阶级敌人趁机搞破坏。我肩挎着一支五四式冲锋枪,挺直胸膛走在巡逻队的尾巴上,自我感觉是空前良好,似乎我一下子成了政府的依靠力量,相对过去所遭受的那种属于可以教育好的子女的灰色处境,真是不小的改善。

平澜公社悼念毛主席的灵堂,一处设在公社礼堂内,一处设在平澜小学内,由于担心丧心病狂的阶级敌人捣乱破坏造成恶劣影响,两处灵堂都要带武器的基干民兵值夜班,我是小学的教师,顺理成章地担负小学内的灵堂保卫工作。学校的教师和同学们用柏枝、青纱、鲜花、纸花布置灵堂、悬挂灵幛时,我就挺胸收腹地持枪肃立门前。到了晚上,王校长特意来陪我聊话,他一见面就开口:

"张老师,你一来就碰上非常时期,为悼念毛主席站岗,任务光荣又辛苦。这是晚上,人少,你就坐下来歇一歇,我来给你做个伴。"

我看见王校长的头发已经花白,不忍心让他陪我熬夜,说道:

"王校长,你回家吧,我站岗不会出事。"

王校长诚恳地说:

"不是担忧你出事,是对毛主席有感情啊。今年,也真是多事之秋,一月份去了周总理,七月份去了朱总司令,外添一个唐山大地震;现在九月毛主席又离开了我们,党和国家的顶梁柱都先后倒下了，这心，还真堵得慌，着急啊！"

我没吭声，心绪很复杂。

"你觉得我们国家会出大问题吗？大海航行靠舵手，现在没有了舵手，这艘船太大，一触礁不堪设想呀。"

"我想，或许我们所担忧的一切，毛主席在生前都想到了，安排好了。再说，经过了几十年革命斗争考验的中国共产党，继往开来不乏精英，大有人在。古话说，家贫出孝子，国难显忠臣。我相信马克思主义的历史哲学，英雄是应运而生，时代呼唤什么人就会有什么人出现，你大可不必担忧。"

"你说得有道理，不过，我这颗悬着的心还一时放不下来。"

王校长叹一口气，倒背着两手起身走开了。

我站岗站到晚上十二点过，公社武装部派了一个换岗的民兵来轮岗。临回屋休息前，我看了一眼灵堂前悬挂的一副挽联："唯有牺牲多壮志，敢教日月换新天。"这原本是毛主席自己的诗词，现在，他老人家去世了，那日月该怎么换新天呢？我打了个哈欠，人感到倦怠，没有再想下去。

悼念毛主席活动过去后的一个星期天，我按农村的习惯，在场镇上买了一斤白糖、一斤泡糕，赶回雀山一队先到高队长家里拜访了他。经得他允许后，我到自己亲手种植的梅林间剪了一堆梅枝，并且移植两棵小梅树，打捆扛回平澜小学。在自己宿舍后面的荒坡上，我又种植了一片梅树，不只为思念一个远方的人，更是为营造一个属于自己的赏心悦目的风景带。我一边挖坑插枝，一边暗自思忖，那片原始梅林是刘芳教我种植方法和帮助我一起种植的，但我

第十八章　血色斜阳

心里却借它寄托了对另一个女性的思念。其实，我待刘芳到底有几分不公平，甚至算负心人吧。可是，这人的情感偏偏难以勉强，你要把一个人硬装进心里很不容易，即使有意强迫自己，也很难做到心甘情愿地接纳。依照常人的眼光来看，该放下的放不下，该手捧起来的没法捧起来，人的情感的复杂莫非恰好折射了现实世界的复杂。

种植好梅树，我看天色还早，便拿着一卷书朝冷梅生活过的大院走去。那些古柳好像从不在意人事的变迁，依然保留一派超凡脱俗的淡泊，略带凉意的清风拂面吹来，那些长长柳条似垂帘摆动，进入眼界的景色都变得似真似幻，仿佛进入了一幅意犹未尽的画卷。冷梅去了，甚至连她足印都被风吹雨洗得干干净净，我却戏剧般地追逐着她那远去的身影。说是人间如梦，说是鬼使神差，都不为过。自己从没有意料的事情，却成了让人咋舌惊叹的现实。无缘又有缘，有情又无情，凡是宿命的安排，人极少事前知道答案。

我像当初冷梅那样攀上那棵特别粗大的古柳，背倚树枝翻开书页，这会儿，人感受到一份出奇的宁静。太阳逐渐向西边移去，血色的斜光把大地映照得无比凄美，伴随寒蝉鸣唱，真惋惜时光流逝匆匆，不由得心间顿起一阵隐痛。

夜晚，我回到寝室，闷坐一段时间，终于拿出信笺纸铺在桌面，提起了钢笔。

冷梅：

你好！

我从没打算过今生提笔给你写信，因为，在生存圈里你似乎是长翅膀的空中飞禽，我则属于只有脚腿的地面走兽。你的高度，我的低度，决定了我适合在地面仰望你的精彩和高妙。并非戏言，这是对客观现实的准确勾勒。

但是，我现在得告诉你，我的生活出现了一个戏剧性的转折。我这样的家庭单靠自己在乡下打拼可以说接近无路可走，偏偏我又缺乏忍受有权主宰自己的命运的得势者蔑视目光的耐心，因此，为赌一口胃气，我毅然顶替了我母亲的工作，成为了一名小学教师，走向了一个原本不甘心如此的归宿。我原本渴望的是自己能有机会读书，结果却是自己有机会教书，真是好辛辣好深刻的嘲讽呀。

你也知道，我这样的人在社会游戏里，只能扮演被动的角色，像小说《牛虻》里扭曲身子抱着头被人脚踢得滚来滚去的小丑，残留的自尊心已经伤痕累累。分配工作时，我听任他人调遣，没想到会有惊人的意外：我分配到平澜小学教书了，而且每天还有两节课得到设在你下乡居住的那个大院的教室里上，说是步你的后尘绝不为过，它也是我今天所以提笔与你写信的缘起。

除去摆在了我面前的黄泥路外，我看不清自己的将来。只有一点我已经明确，不能仅凭现有的半壶水的初中水平去教书，必须提升自己的素质，才能不误人子弟。我已决意，准备自修学完高中所有课程，甚至不耻下问，做一个自己的弟弟张肯的校外同学。以后，我到知青点串门，将

第十八章　血色斜阳

选择老三届高中毕业生，至少可以求得一些他们的赐教。

呵，差点忘了，我又在学校寝室背后的山坡上种植了一片梅树，那种有风骨的花卉构成的如画景色，能激励我昂扬进取。

将来太渺茫，过去太遥远，当下莫轻纵。要把自己锻造成一个对国家有用的人，须得立刻脚踏实地的行动，不可以因沉湎幻梦而虚掷了光阴啊。

对你所给的关心

永远感激！

不甘平庸的土著　张良

九月十九日灯下笔

又：将来、前程、希望，这些词汇都是闪亮在荒芜的心灵间的钻石。然而，当我的眼睛前望时，却只见迷茫。所以，我笔下的这首小诗，既不甘自弃，又染一味挥拂不去的苍凉——

无　题

踩过人生的荒原，

哪怕它无边无沿；

只要把握住大方向，

又何惧路漫漫？

有人夸他一生平坦，
有人以为他已经如愿；
休再说！看伟人的足迹
还在茫茫天边……

沿着先驱的路痕，
敢闯无人的地段；
追求里，渺茫中，
会看到未来的光闪！

希望的种子，
要播在处女地上；
我们的理想，
如今无人可谈。

　　写完这封信，已经是次日凌晨时分，可是我睡意全无。我抱头仰躺在床上，眼睛看着窗外的深邃的夜空隐约闪亮的几颗疏星，感慨自己沉浮莫测的身世。人生的驿站一个接一个，都是栖歇于无法事先预定的客舍，有折柳相送的莫逆之交，有举杯哽咽的落魄际遇，而明天出门是晴，是雨，总是听天由命。高昂的口号，其价值不会超过一个充饥的冷硬馒头。空洞的承诺，不如一个路边乞丐投来的善良笑容。经历了太多因南辕北辙而扑空的劳顿后，人不再盲目听

第十八章　血色斜阳

从；尝尽了望山跑死马的苦涩，人不再轻易冲动。现实，像一条不明去向何处的泥泞路，弯弯曲曲，坡坡坎坎。人，到底可以放下奢望，却不可放弃希望。心，哪能毕生满足于梦苑自娱，去无休止地水中捞月，镜中折花。我叹息，属于自己的一条道路太坎壈、太窄狭，这怀间跳动着的一颗热心，多么向往外面那宽广无垠而脚步尚未抵达的神奇世界啊。

第十九章
拨云见天

乡区学校,学生一进校门即可看出他们所在的家庭的生存状况。秋雨绵绵的日子,场镇住家的到校打伞、穿雨衣,乡村住家的则穿蓑衣、戴斗笠。尤其是乡间住家的同学,不少人四季打赤足,家境稍好的穿双胶鞋也百般爱惜,雨天行路总会扎一条谷草绳在鞋掌上防滑。他们的雨具放进教室里,不仅把教室内的空隙占得满满的,也把地面浸得湿漉漉。见此状况,我知道他们求学不易,备课、上课都仔细认真。我常常这样想,你自己希望教自己的老师该怎样,你就该怎样去教自己的学生,做一天和尚便把钟撞响,切不可留人所不齿的骂名。

这天,我上完课拍拍手上的粉笔灰走出教室,校工魏师傅就来告诉,说有客人等候相会。我忙疾步迎过去,只见一个瘦高个儿站在那里抽着香烟。等我走近,他用重庆腔先开了口:

"张良,你认识我吗?我名叫余一帆,多余的余。一二三的一,船帆的帆。其实,像一片挂在撑不动的烂船桅杆上的脏布,不,像一只挂在深秋的秃枝上的瘪果子,一双丢在路边的破草鞋,没人伸手摘、伸手捡,哪个人都不屑一顾。如今江中岛上,我是唯一没离开的知青,说白了,是一个想走也走不了的人。"

我闻言亲热地握住他的手,看清他左额眉上有一道斜长的刀痕,面部表情冷峻,一看就知他有一段饱经沧桑的传奇故事,口里说道:

"余一帆,你这番作践自我的绕口令,不知是展示才华,还是无病呻吟。不过,我很高兴结识你。以前,我到江中岛客访,见过你的,只是没有交谈过。现在,我恰好课上完了,只是办公室里人多口杂,你说到哪里去?"

第十九章　拨云见天

"好吧,我们到茶馆里泡上盖碗茶,再慢慢聊。不过,我是叫花子吃大户,喝的是霸王茶,吃的是霸王餐,这衣袋里没几枚硬币。我们到水上漂去喝,那家茶馆窗口望得见沱江,对不?"

"那是,当然。我也喜欢看沱江,静也好,动也好,那种推陈出新的流动感觉很迷人,它能冲洗掉一成不变的生活带来的沉闷。"

我们走进茶馆,要了两碗云南普洱茶,在临窗一个安静位置坐下来。窗外,盈盈的江波和江边横陈的几尊巨大岩石映入眼帘,开阔的视野不知不觉地开阔了人的心胸,秋风徐来,让人神情一振。

"其实,我的脸皮不像你想象那么厚,知道我今天约你有什么事吗?"余一帆屁股落座,便发一句问。

我摇摇头,笑说:

"余兄长期是真人不显山露水,加之,我是一个缺乏自豪感的穷酸教书匠,充其量是拿教鞭唬学童的娃儿王,算是乡村臭老九才入门的幺弟子,也羞于抛头露面。初到平澜地皮,没来得及登门造访,已有怠慢之罪,你要拍桌子、摔杯子、指鼻子,痛骂我一顿,我也认了。"

余一帆揭开茶盏,嫌烫,用盖盏拨去漂在茶水面上的漂渣浮沫,撮嘴吹着茶水说:

"你误会了,生活在这平澜场镇和生活在农村没有多大区别,我算继续服苦役,你算流放蛮荒,其实,这里农民遭的罪并不比你我少。在江中岛当知青,虽然比鲁滨逊好一些,照旧是历尽磨难。就像你们喜欢的赵大哥交朋友爱绷面子,给初来乍到的人留下个丰衣足食的升平印象。客一走,他也和我一样,平时吃的是半饥半饱的五谷杂粮，端碗清稀饭照得见人影子，没奈何时还挖过芦笋充饥。你我都算是身世沉浮的江湖游子，谁嫌谁呀？今天约你出来，我想问你一句，最近，听到什么关于政治生活大事的消息没有？"

我一怔，把头开茶泼在地上，叫上跑堂倌提来长嘴壶续上鲜开水，口中则直倒苦水：

"没有啊，我在教师堆中比知青堆中消息更闭塞。知青见面习惯直来直去，与教师打交道戴了副自我保护的斯文面具，若说一句话，彼此要在肚皮里经九曲回环才到喉咙口。即使开口说话时，还得看别人的脸色，吐半句，留半句，见人表情不对立即打住，或者肚里想东，嘴上说西，不着边际地玩虚概念，人对人都留了一手。哪里像与知青打交道，直来直去，处得痛痛快快啊。"

余一帆把头贴近我的耳畔，低声说道：

"你知道吗？我刚从重庆回来，我到振东大哥的学校里去拜望他，他和同寝室的同学们正在痛饮啤酒庆贺，一件大喜事。你知道那是什么事吗？一个天大的消息，抓起来了！"

我心里疑惑地反问：

"哪个抓起来了？"

"四人帮，王洪文，张春桥，江青，姚文元，一堆三公一母的螃蟹，四个手段通天的坏东西，被华国锋和叶剑英下令逮捕了，这消息小吗？"

我闻言不敢相信，背脊冒冷汗，小心问一句：

"消息来源可靠吗？"

"可靠，赵大哥不说不落实的废话，不假！况且，我离开重庆

第十九章 拨云见天

时,欢呼的标语已经上街了,还有不少人当街敲锣打鼓放鞭炮,不假的。"

"公社这几天广播喇叭哑了,听说播音员请产假,邮递员也是三五天才成堆打捆地送报刊信件,这消息来得太陡,有点儿不踏实。"

"把你的心子放回肚皮头,这年头哪个人当真吃了豹子胆,活得不耐烦了,提起脑壳耍,敢开政治玩笑?"

"好些年来,人人都指望有一天能改变一成不变的乏味日子,可这念头藏在心头,不会挂在嘴边。乍一变,还有余悸在心的惶恐。那几个人,都是活跃在'文化大革命'的风口浪尖的核心人物,他们是宣传口径的定音器,是政治生活的风向标!这么说,历史的否定之否定来了,国家很快将会有大变化,对不?"

"对!"

"我才不管你带来的消息是真,是假,国家大事我关心不了。关心,也是白关心。不过,我感谢你心里还惦记着我,专程找我报消息,真不容易。今天,冲着大家都是落难知青,真是多少年来没开心笑过一次,单这一点,我也舍得花半个月的薪水,与你来一回对酒当歌,一醉方休。"

余一帆依然压低嗓音回答:

"喝个痛快,不要喝醉,要保持头脑不糊涂。古人说,乍暖还寒时候,最难将息。我们在社会底层过日子,得小心握刀把子的人找碴,大意不得。大凡乡下的事情,要比城里慢半拍,不要争出一花独放的风头。这些年来,我真好像在一个深长的黑暗隧道里爬行,眼里只见荒诞和恐怖的景象,浑身的每一根神经都像麻木了,骨架都要折腾散了。可是，黑洞依然没有尽头，没有一线希望的亮光。去赌命运吧，我出身黑五类家庭，不要说输不起，甚至连赌本都没有。现在，漫长的岁月人都熬过来了，还在乎一段社会变革的过渡期吗？"

我呷了一口热茶，动情地附和他：

"说得好，真是一段不好走的路啊，步步下脚都是烂淖路，青春的时光白白消耗掉了。"

余一帆继续感叹道：

"张良，你我恐怕都曾经一度绝望过。说实话，我们做人真难，抬头怕天下雨，低头防路上滑，苦酒闷声喝，打落牙齿和血吞，生怕人家抓住自己的小辫子，抓一个实把柄。不过，只要你看清了绝望的不是一个人，不止一群人，而是大范围的社会面，那就很快会意识到，这不一定是个人的问题，很可能是社会的问题。现在，人们开始注视上层社会所患的病症，觉醒了的人群不再愚昧，不再甘愿被愚弄。这种力量汇聚起来是很大的，是不可阻挡的，历史上多难兴邦的事例很多。现在，北京发生的事情立刻引发了民间喷井般的热情，这说明华国锋、叶剑英的断然措施顺应了历史潮流，是大得人心的。"

余一帆兴奋地用手指弹着茶桌面，饮一口茶继续说下去：

"这些年，大家早已习惯了免谈政治，可这一次我愿意关心政治。尽管，未来社会变革的具体状况很难预测，很难描绘清楚，不过，大趋势已经明了了，一定是向好的方向发展。社会一安定，就要建设，被人掀倒在污泥地上践踏的知识和知识分子，说不定会因

第十九章　拨云见天

此由臭变香，站立起来，重新恢复自己被打碎的尊严。人的心情一好，我产生了把丢开多年的书本重新翻开的欲望，想学习，哪怕不一定能派上用场，是做无用功。信不信？你们臭老九可能要来一个大翻身，没准要成香老大啦。"

我用指头蘸上茶水，在桌面上工工整整写下"建设"二字，嘴上接话：

"刚才你提到建设两个字，像一个久违的朋友，好让人激动！这些年，我目睹了太多的破坏，破坏文物，破坏秩序，破坏生产，破坏人们生存所必需的物质条件和精神生活，破坏掉大家的希望。这种破坏的结果，比一穷二白还差。仔细一想，不但是国家要建设，我们的人生也需要重建，不然，生活在废墟上那种沮丧感真够压抑人。人，若获得自己渴望的学习权利和机会，一定会精神振作，它总比自我消沉好，比颓废堕落强。一帆，我们那千疮百孔的知识底子需要补一补了，老是撒一张破网必定很难捞到一条心中理想的鱼儿。喂，听说你是老三届高中生，知识底子与我不可同日而语，有疑难之时，你能赐教于我吗？"

余一帆放下茶碗，加上盖盏，慢声说：

"别客气，说什么请教，是相互切磋。丢书整整十年了啊，我几乎是一个武功废失的江湖落魄人，你提问也是帮我恢复记忆，恢复学习能力，是一种愉快的复习和督促，欢迎你任何时候上门。再说，我们都在偏僻的穷山旮旯的烂泥淖中深陷过双脚，我们一路跋涉，摔跌得遍体鳞伤，浑身污垢。"

他的话触动了我内心的痛处，于是，我插一句：

"一帆，你说得好！这种摔跌远远不是一般语词意义的摔跌，当人终于挣扎着站立起身子时，失落的青春已经再也找不回来，不像摔碎一个碗，还捡得起残片，青春的失落简直是只剩一片无踪无影的空虚。这种内心的痛，是下乡知青的职业病，留下无数拖累一生的后患。"

余一帆好像突然醒悟过来，一口喝干茶碗，大声说：

"呵，我们说得太远了。你不是要请我喝酒吗？节约一点儿，你三天工资是多少钱，点酒菜的钱就多少，别让我的人情欠大了不说，还闹得个酒后失态。你觉得意犹未尽的话，那就再赠送给我一串爆竹，让我到江中岛上独自去狂放一通，体验一番'醉卧渔舟君莫笑，知青下乡几人回'的精神享受。你知道，高兴不一定需要挂在脸上，而要留在热心窝，冷眼看这个千奇百怪的世界，这样更适合平平稳稳地过日子，才不至于因毫无戒防摔到了自己。一个惯处逆境的下贱人，都懂得一道属于弱者的计算题，假使能够最大限度地降低出错概率，就算优秀。尽管，我们一向在低处讨日子过，甚至拿不出夸海口的功本钱，根本不可能创建什么所谓的丰功伟绩。"

"说得好！"

过分压抑的人生，需要醉，需要一次痛快的大醉，它是对人太久太清醒的忍受苦痛的特殊补偿和心灵释放。尤其与一个意气相投的人同醉，充满了冲淡异乡寂寞的快乐，好比是寸草不长的荒地却独立一株鲜艳的野花，每当回眸，心间总添一缕甘甜。

我叫来跑堂倌结过茶钱，与余一帆一起从茶馆转投酒店。我们点菜不多，一碟油炸花生，一盘卤猪耳朵片，一份糖醋排骨，一份

第十九章　拨云见天

大蒜烧鳝鱼，却叫了一斤烧酒。余一帆邀我将第一杯酒端到店外，双手高举酒杯，他口中念叨：

"余一帆、张良，在此敬谢苍天开眼！"

话毕，我们虔诚地抛洒杯中酒敬九天神祇。

等重返酒桌，正准备痛饮，余一帆却又拉我将第二杯酒端到店外。我们庄重平端酒杯，他口中咕哝：

"余一帆、张良，在此恳请大地施恩，让世间没有断头路，但使有志者事竟成！"

说完，我们再次醅酒在地，算是敬过司管世间道路的土地菩萨。

第三杯酒才是我们的互敬，他望着我，我望着他，敬酒词还是他独语：

"你我彼此不负，落难相互提携，成功举杯共庆！"

三杯礼仪酒行过，我们不再客套，从互斟到自斟，从劝饮到自饮，很快相互一望已见对方面红耳赤。我历来酒量不济，便有意留有余地，吃菜张大口，喝酒开小口，怕出有失体面的洋相。余一帆则毫无顾忌，杯杯满斟满上，口口豪饮见底，闷头喝热酒，伸筷连夹菜。我见盘碟皆空，忙叫跑堂倌添上一份粉蒸猪大肠和一盘红油猪香嘴肉片，余一帆则直嚷再加一斤酒，他睁着布满血丝的眼睛，拍着胸膛对我说：

"我喝酒不醉，醉了也不会说胡话，更不会打人吵闹，你大方点儿做东。"

我见他已经喝高了，又怕他嫌我吝啬，便伸出指头向跑堂倌示意，低声说道：

"添二两酒,上四两粮票的饭。"

谁知,还没等跑堂倌转身,余一帆已伏在桌上发出了鼾声,我忙取消添酒、上饭,胡乱夹起桌上残食下肚,结过账,背起余一帆走出店门。此时,夜色已浓,朦胧的天空闪烁几颗寒星,冷风吹来顿觉衣服有些单薄。我自己原本有了几分醉意,加之背上背个百多斤重的大活人,软绵绵的脚步如蜗牛缓行,慢腾腾地向江中岛走去。

江中岛已没有昔日访客如云的景象,当空一钩残月投下清凉的光芒映照着花零叶败的芦苇,冷冷清清的茅草屋空旷而寂寥,仿佛是一个无人光顾的史前遗址。余一帆的屋门原本没上锁,甚至连门扣也没有扣上,一掀门即可入内。我把他放在床头躺下,再去厨房里摸到火柴把煤油灯点燃,打量他是否睡妥。当我把他的胶鞋脱下来时,一股难闻的恶臭味散发出来,恶心得我欲呕吐,这家伙大约一周没洗过脚了吧?心懒、身懒,折射出主人的万念俱灰。这是懒散,还是颓废?在没有希望的阳光照耀的日子里,心灵的阴暗会导致精神发霉,乃至无可救药地溃烂。好在,已经隐约有一线希望的光芒射出来,但愿他从此振作起来。

当我发现他那床头草席的一角上翘,欲伸手去整理,却发现草席下搁放着一叠手抄书,便好奇地抽出来一看,其书名《一只绣花鞋》《梅花档案》《第二次握手》《恐怖的脚步声》《少女之心》等,良莠不齐,高下有别。我拿起手抄书凑近煤油灯浏览,不知不觉竟看入了迷。这是一些有传奇色彩的书籍,从文学价值来看,十分一般。但是,在一片文化沙漠里,被打压了的精神,遗失掉的传统,缺失了的正义,忽略了的人生,全如岩缝冒出头的竹笋,扭扭

第十九章　拨云见天

曲曲地倔犟求生，向洒有亮光的区位寻觅着发展空间。这是被幼稚包裹着的成熟，让尘埃玷污了的纯净，让幻灭掩埋着的梦想，透露出的一种在废墟里呼唤将来的渴望，因此，它是真实的文字，是在骨髓里发育着的反叛，是对虚伪口号和道貌岸然的假正经的不屈挑战。然而，它毕竟不是连接未来的思想桥梁，充其量不过是人们抛在污水沟里的几块垫脚石。可是，为什么整个社会居然在一段好长久的时间内无视人们的精神饥荒和心灵渴望呢？余一帆的鼾声夹杂着喉咙卡痰的异响，听到耳中顿起令人倒胃的厌恶。我抱在手中的书稿，其实不过是引玉的抛砖，它的作用是提示人性内部有一种越来越强烈的不安分躁动，这类书是读一而知十。于是，我把书稿放回原位，吹灭油灯，掩好屋门，穿过一片残败的芦苇丛，在凄冷的月色中踏上归途。

临到周末，余一帆赶到宿舍叩门求见，邀请我到沱江捕鱼改善生活，美其名曰是对我请客的一个回报。我兴冲冲地随他来到沱江边，跳上一条小渔船。按他的吩咐我在船尾荡桨，他提着一张借来的渔网在船头捕鱼。他身材单薄，站在摇摇晃晃的船头脚跟立不稳，总让人担心他会一头栽进江水中。可是，他有强烈的表现欲，撒网笨拙得逗人发笑，却不肯让贤，折腾了半天终于捞到三四条二三两重的过江鲫鱼。正当他得意扬扬地居功自傲喝令掉头返航时，终于一脚踩虚跌进了寒波之中。我使出吃奶的力气把他好不容易拉上船来，见他冷得上下牙齿碰得咯咯响，狼狈相逗得人直欲发笑。

船一上岸，他吆喝我用缆绳系好船，再把鱼用芦苇条串好提回屋去。在我点头认可之际，他拎起一双湿鞋狂奔而去，我以为他急着进屋换衣服,谁知他却在屋檐下取出一抱干高粱秆点起火堆,赤条条地光着身子烤脱下来的湿衣服。幸亏这岛上没人羞他,也亏他想得出来,做得出来,一身脏衣穿了不知多久,连搓洗的程序都索性免去,烤干了又穿,根本不屑考虑受众的感觉。很快他的汗臊味在空气中扩散。等把湿衣烤干穿上身,他神气活现地进屋取来一把尖刀,把鱼鳞刮掉、鱼肚剖开,扯去红鳃白肠,在瓦缸钵里搅动几下,算是做了清洗。我见他打整鱼太马虎,叫嚷他再清洗一番,他固执己见说,别看不干不净,吃了包管不害毛病。我无可奈何,任他张罗。他又转身进屋,两手分别拿出一撮食盐和少许辣椒面,让我把碗里的鱼肚扳开,他则手指微抖,将作料分匀敷进鱼肚里。我正疑惑他是哪路烹饪技术,他不声不响地取来一把弯刀,从屋边竹丛砍倒一根翠竹,劈出几根细长的新竹片,叫我插它进鱼嘴中,在余火未烬的火堆上续添几根高粱秆,趁着火势烤鱼吃。我见状哭笑不得,只好占个嘴皮上风:

"余兄,你这是明目张胆地开历史倒车,退到了比解放前更远,比封建社会更远,大概是属于原始社会状态了。你保留这历史悠久的嗜好,让我大开眼界啦。"

余一帆脸上不苟言笑,平淡地说:

"回归自然,同时节约。不瞒你说,铁锅里烧鱼,老兄我菜油都没有一滴了,要是换成白煎辣锅鱼,不更让你取笑?"

我一掌拍在自己蹲着的腿上,眼睛瞪着他叫道:

"早晓得你请我吃叫花子烤鱼,我还舍不得提二两菜油来吗?"

余一帆脸上沾满柴火灰渣,啃了一小口手中烧熟的鱼,笑眯眯

第十九章　拨云见天

地望着我：

"效果说明问题，口味不错，不信你尝一口。"

我拍拍烤鱼上的灰渣，尝试着咬一口，对他说：

"不错，没有怪味，至少比上阶级斗争教育课时的忆苦饭好吃一些。不过，好像不值得大肆恭维，不值得在知青中普及，油料成本是节省了，燃料成本却大大提高了。好在你这里的燃料可以化公为私，搞公私合一，甚至没人来找你算损公肥私的成本账。"

余一帆咧着啃得乌黑的嘴巴，朝我笑着说：

"深刻，深刻，你真是吃人也不口软。"

我反顶他一句：

"我是白吃吗？你撒网，我摇桨，出的劳力不比你少呗。"

余一帆猛然想起什么，对我说：

"张良，你腿快，到屋里红薯堆里捡几个拿出来焐在热火堆里，光这几条鱼吃不饱，别骂我搞虐待，是条件有限，条件有限。"

闻此一言，我联想到江中岛访客云集的昔日风光，不禁哑口无语，热泪欲零。我怕余一帆看见伤心，伸开沾满柴火灰渣的巴掌遮住面孔，似乎在考究属于自己那片集聚无数神秘符号的掌纹。

这次离开江中岛后，我就不想再去了。我觉得余一帆虽然也有豪情万丈的时候，却不是我期待那样以最积极的心态去直面命运，去为追求憧憬采取脚踏实地的行动。并且，因为他长时间的消极颓废，已经显得落伍于时代，知识非但不是逐年增加，简直是逐年遗忘。从一定程度上讲，他由于习惯得过且过地混日子，思想的肌肉开始变得松软乏力，甚至出现了脓肿溃烂，纵使有一天他会重新恢复健康与生机,至少现在他不是我学习的榜样。我真不愿意受他的消极病菌传染,鼓气不易泄气易,自己好歹走出了幻灭的泥沼,还想再陷进去?

当教师以后,我利用一切可以利用的时间回城,这不是贪恋城市的繁华热闹,主要是要向何老师和弟弟讨教自学解决不了的疑难;同时,趁机到县文化馆图书室借阅几本新书。渡过精神危机最佳的办法是用知识充填,知识密集的地方无疑是青春的乐园。我好像是一个从沙漠里逃出的囚犯,迫不及待地扑向出现在绿洲边缘的甘泉,痛快地吞吮,大口地豪饮,竭力滋润那濒临枯萎的心灵花朵。逢上一本好书,我恨不得变成一条书虫钻进去啃啮,其乐不亚于置身于一座遍地金锭的宝山,自己从不吝惜地以通宵达旦的阅读来表达对作者的无比敬意。

余一帆对我的最大赠予大概是培养了我坐茶馆的爱好,午间或夜晚若有一段无所事事的时间,我便捏着一本书走到茶馆间靠江临窗的位置,花五分钱要一碗茶,眼睛看手中书籍,耳朵听旁人闲聊,锻炼一番自己一心多用的本领。《增广贤文》中的流行句子,诸如"人情似纸张张薄,世事如棋局局新"、"庭前生瑞草,好事不如无"、"饶人不是痴汉,痴汉不会饶人"等句,皆是身边的茶客有心无心的馈赠。这些话,初闻不觉其内涵精当,慢慢咀嚼顿觉其深刻精辟得令人心跳。

这天,我屁股刚坐下来几分钟,头开茶还没有喝下肚,王校长已派人到茶馆里来传话,说区文教办公室代理文干刘老师到学校来检查工作,安排全体教师在课前半小时见见面。我忙离开茶

第十九章　拨云见天

座走回学校，一路揣度不知有什么上级精神要传达。等我跨进教师合署办公的大屋门槛，眼前情景大出我的意料，正面坐在王校长身边的人，不是别人，竟然是刘芳。我心里暗叫一声苦：真是躲不开的路窄冤家。

王校长见我进门，对刘芳轻声说：

"刘老师，人到齐了，这不开始？"

刘芳笔直坐着，用手牵抻了围在颈脖上的红纱巾，微笑作答：

"王校长，你把在场的教师介绍一遍吧，大家熟悉熟悉。"

王校长依次介绍了到场的教师，点到谁的名，谁就站起来亮个相，弄得我浑身不自在。好在刘芳似乎没注意到我的存在，等王校长介绍完，她便开口讲话，说是县文教局召开了专门会议，强调要认真落实华国锋主席抓纲治国的精神，狠批深揭"四人帮"宣传的读书无用论，重建被"四人帮"破坏得不成样子的教育事业，全面提高教育质量，教师上课要细备精讲，等等。等到上课钟一响，有课的教师纷纷拿起备课本、粉笔盒走出办公室，我因为第一节课是空堂，只好拿出备课本装模作样地写写画画。这时，刘芳主动走到我面前说：

"张良，我们是老同学了，握个手，再见！"

我尴尬地把手伸向她。

"你忙你的正事吧。"

刘芳说完，转身随王校长走出门，推着停在操场边的自行车与王校长交谈了几句，很快跨上车座蹬车离开。此刻，我心中怅然若失，放下手中的钢笔，收拾一番，起身向任课的分校走去。

到分校，前一节课还没结束，我便转到大院后的池塘边，默默无声地徜徉。叶片所剩无几的百岁老柳，垂下一根根枯秃的枝条，似一幅淋漓尽致渲染寂寞凄清的水墨画，而衬托出画中的人越显渺小，简直如一粒乌鸦叼进口的菜籽。

我默默数着步数，努力转移注意力，有意虚度掉属于自己的分分秒秒。这时，下课的钟声响了，我急忙向自己的临时办公点走去。

第二十章
忽闻佳音

时间像江水一样奔流,转眼间送冬迎春,别夏入秋,许多日子似浪花跌作一片碎沫,永不回头地向远方流逝。

一天,上二年级语文课的刘老师家里有事,要我去顶一天课,上课铃一响,我便拿着粉笔盒走进教室。等学生完成起立敬礼的上课仪式刚坐下,一个鼻涕糊口的同学便举手请求上厕所屙尿。我窝着一肚子的火说道:

"不准,下课再去!课前有十分钟休息,你去干啥了?刚一上课,老师还没开口,你就闹过场。"

那位同学涨红脸,委屈地坐回座位。

我把几个课堂上要新教的生字写上黑板,那小家伙又举起了手。这回,我装作熟视无睹,眼睛左瞄右扫,前瞧后眺,偏偏不理睬他。

突然,他"哇"地哭出了声,站在座位前不自然地扭动着身体。我一见,只好对他说:

"去吧,把屎尿屙干净,别再影响课堂秩序。"

这次,我准他出去方便,他却不动了。我正在诧异,坐在他旁边的同学尖叫起来:

"'流鼻龙'的裤脚都打湿了,屙的热尿流成河了,把我的鞋底都打湿了,羞死人了。"

我哭笑不得,问道:

"他的家在哪里?"

教室里一片争先恐后的回答:

"就在场镇上,他是刘铁匠的儿。"

"'流鼻龙',快回家换裤儿,去烤烤火。"

第二十章　忽闻佳音

"羞，羞，羞，把教室当厕所。"

我忙制止了学生的吵闹，给他们布置了课堂作业，拉着小家伙的手，送他回家换干衣，以免他感冒了。

中午放学后，我没吃饭的胃口，便拎着琴匣出校门，沿着水波潋滟的沱江岸边小路，向与冷梅一同攀登过的镇江塔走去。

这一段江岸景致极好，一尊尊光滑而巍峨的岩石横陈水畔，有人称呼它天鹅石，有人为它命名巨石阵。缓缓的江波不时扑在岩石上，轻微地摩擦一下，又柔和地滑落退却，江面开阔而宁静。大片沙滩为这里的风景增添了一份妩媚，夏天的清晨或黄昏人赤脚踩着松软的沙粒漫步，感觉是出奇的舒适。昨夜，下过一场雨，沙滩上密布雨点淋滴的凹窝，而一只野狗奔跑过的趾印，却充满别样的狂放生气。苍鹰毫无顾忌地盘旋在我的头顶，它平放翅膀似乎在炫耀自己良好的平衡技能。当它猛拍双翅冲上云霄，人仍然带有怕它随时扎头俯冲下来的隐忧。

登上了镇江塔，我从圆孔望窗眺望，方才觉得与冷梅登临赏景感受大不相同。现在，携着黄沙落叶呼啸而来的阵阵江风，早已从燥热转为寒凉，站立一久，风尖似箭头一样穿透衣衫，冷得我打了个寒噤。此刻，我没有必要在这里附庸风雅地演奏一曲，而弄出一场头脑发烧喷嚏不停的感冒。于是，我落落寡欢地原路撤回，心里却塞满纠缠不清的愁烦。我想起上午课堂上发生的事情，觉得自己其实对儿童心理的解读能力很差，离一个合格的教师距离太大。供职在穷乡僻壤，混迹于竖穿开裆裤、横揩鼻涕的顽童中间，每当听见课钟敲响、书声渐起，都会引发自己被过早地抛弃在求学的大门外的内心隐痛。

江风冷冷地吹着,没怎么吹冷我的身,可真吹冷了我的心。我打开琴匣,抱琴在怀。在心里没有音符的时候,一把小提琴不过是优雅造型的木质工艺品,人的指头是僵硬的,目光是呆滞的,只有愁烦如漫出山谷的云雾,有恃无恐地浮溢胸膛,袭击一颗早就在逆来顺受中疲惫的失望心灵。

这时,我想到了远方的家,想到父母盼望儿子归来的热切目光,想到他们头上出现的花发。那些饱经患难的纷乱岁月熬煎过父母的心灵,他们用沉默、承受、忍耐,不声不响地接受。多少苦果,他们毫无怨言地吞下了,脸上依然保留着微笑,还得以平和的口吻向施予者称谢感恩。我本来可以留在老人身边,偏偏由于虚荣心驱使选择了远方,这有悖于"父母在,不远游"的常理。我从没有接近过自己理想的目标,相反是离它越来越远。如今,我虽然比耕作田间少了一些劳累,可是赢得这种境遇的代价是捐出了许多支配自我时间的个人自由。

我用指头轻轻拨动琴弦,人倒退着行进,眼光一个一个地考量那些由我踩出的前后倒置的胶鞋脚印。22个年轮,从我的生命的轨道碾过了,几乎看不清它的辙痕,没有荣耀,只有无所作为的羞赧。一事无成就是对一个血性男子的心灵的无情抽鞭。我想哭,直欲宣泄出胸间的积愤,泼出眼中的蓄泪,抛它们入万顷粼粼的江波。

"张老师,你怎么没吃午饭就走了?"

一抬头,王校长出现在跟前,我有些惊惶:

"对不起,校长,这点儿小事惊动了你。"

第二十章　忽闻佳音

"不是小事。食堂李师傅告诉我,你在大灶里蒸的饭缸,还摆在案桌上。听说后,我到宿舍里找你,你不见,转到街上又不见,便找到了这里。"王校长额上有数条刀刻般的皱纹,显得饱经沧桑,眼里露出明显的牵挂。

"我这几天肠胃消化不大好,吃饭就不按顿头来,等真饿了再犒劳肚子也不迟。"

王校长的气度严厉中有慈祥,我觉得隔他太近,不由得再往后倒退一步。

"你还继续练倒走?不过,我不会跟你的步,我年纪大了。"王校长平和地说下去,"张老师,像你这样一遇学生淘神就想打退堂鼓,我见得不少。教学经验不够,刚参加工作的人一般难免,慢慢就会有经验了。不过,说实话,我觉得你从事教育工作确实有一些勉强,不太安心。"

"王校长,"我避开他的目光,埋头望着自己的胶鞋尖说,"我的心理状况瞒不过你的眼睛,我也不打算掩饰,这个问题迟早需要正视。我想我过去没有真正认清自己,其实,我不适宜做教师。我知道自己敬业精神差,缺乏恒心、耐心、事业心,加上我读书是吃夹生饭,没读够,没读好,现在是打肿脸充胖子,长久不了。"

"我不是来做你的思想政治工作的,知道你想的是读书,不是教书,对吗?"王校长有些无奈,说完叹了口气。

"是的,因为我自从走上讲台,内心一直带着一个疑问:'学问浅矣,尚能教否?'我知道自己没有资格,没有机会,我并不是伸长颈子的癞蛤蟆。你看,身边这一堆堆大石头,都是民间传说中的天鹅蛋,很好,很美,但我在梦中都没产生过搬走它的奢望。不光是搬它不动,是想都没想过。我在自修,很苦,我不怕,会坚持下去的。原因很简单,我知道自己的素质需要提升,我不愿永远面对他人有自卑感,你明白吗?"

"你的话,我全懂,明白。只是,我想重申一次,我不是来做你的思想工作,更不是企图来教训你,我来提醒你应该吃午饭了。"

王校长微微一笑,旋即摆摆头,转身离开了江边。我没有紧随他去,呆呆望着他离去的背影。过了一会儿,我才缓慢地走到乡场,在一家小吃店要了一碗豌豆粉做的黄凉粉,吩咐店东多放一点儿蒜泥,坐下来草草哄过了肚皮。

下午上完课,我便捏着一册高中代数课本走出了校门,心里烦闷,任随脚步在弯弯山路上漫游。入秋后的川南景色,并不像北国那么万木萧索,只要是行踪所至,除泡桐、杨柳等叶片易凋的树木,多数树木还是葱茏茂盛,景色依旧有入目怡人的清爽。走着,走着,我来到一座无名山峰,一座破旧的寺庙出现眼际。风刮掉的阔叶桉落叶在院坝里厚厚堆积,远远一望,即知此地很久没有行人惊扰了。庙门石门坊上刻着一副凹字颜体对联:"水流元在海,月落不离天。"我仔细琢磨觉得其间寓义精深,水的归宿是海,月在天的怀抱明灭。把视野打开,让思路扩展,许多事物都会出现全新的面貌,不至于陷于不可补救的伤悲。而庙墙上当年的红卫兵的遗墨仍依约可见:"庙小妖风大,池浅王八多。"歪歪斜斜的字体,能看出提笔写标语的人心气浮躁,其在校学业或许欠佳,也可以想象出当年寺庙里一度香火鼎盛,或有得道高僧曾经主持礼佛。在县城生

第二十章　忽闻佳音

活时，听老人讲过县人萧不凡抗战期间戎装在身，腰系绳索悬吊空中，在邻县千仞岩壁上用一把扫帚写下四个五米见方的大字"还我河山"。几个青壮石匠附壁凿刻月余后涂上红漆，十里之外举目眺望已振奋人心，这才是后世仰视的文字功德。寺庙的数尊菩萨非但已被灰蒙蛛网，更不堪入目的是诸位神灵有的缺胳膊少脚腿，有的甚至身首异处。经过几年乡下种田，我对宗教的认识已不似先前激进，不再简单地把它归咎为迷信或骗人的把戏。在纷扰不绝的世间，人们向善原本不是大逆不道的过错，这里面有值得理解、尊重的内涵。我把书插进衣袋，双手合十，向衣冠不整、肢体不全、面目全非的菩萨们一一行礼，祈愿他们重拾太平时日，多享香火供奉。礼毕，我闭上两眼靠着院坝中的一棵古松坐下来，欲在世事沧桑中审视一番自己的人生定位，真想有一位拥有超自然力量的智者告诉我，人从哪里来，还往哪里去。

这时，我听到一阵似诵似唱的声音：

"回头好，回头好，世事将来一笔扫；红尘堆里任他忙，我心清静无烦恼……"

我睁眼一看，一位老人头上围着一块布帕，手握一把砍柴刀，肩头挂着一个竹背篓，里面装了一些枯枝老藤，两眼眯成一条缝，警觉地打量着我。

我见状，没有吭声，摸出书本漫不经心地读起来。

"到寺庙读书，求静？"老人打量我一番，友善地问一句。

"求知。"我简洁作答。

"知事多时烦恼多，不如无知享快乐。头脑简单不简单，傻瓜才是聪明人。"

老人说话像在吟诗，像在参禅。转眼间，他放下了背篓，把砍刀卡在后腰上，敏捷地攀上一棵粗大的桉树砍下枯枝，看得出来他颇有些拳腿功夫。

"老大爷，何必攀上大树取枝丫，不如坐在地上等它自己掉下来，以静制动，以逸待劳，这不比下苦力更高明，比傻瓜更有福气？"我见他手脚利索，在树下以揶揄口吻和他攀话套近乎。

"七十岁能上树是福气，有双手，有双脚，枯枝不劳风吹落，别人嫌高我不嫌，别人怕苦我不怕。"老人在树上说。

"老大爷，听我说，下来！你爬这样高去弄树枝，不安全，你要小心点儿，砍柴是小事，人才是大事。"我在树下关切地劝说道。

"我不是自己贪图好柴，打的柴是送给一个老人家，尽点儿孝心，行个善事。"老人在树上答话。

"你要送柴给比你更老的人？你是说自己在学雷锋，做好人好事？"我继续发问。

"我不是好人，是人，是平常人，是通人性的人，我孝敬比我年龄更大的人，修来世福禄。我今世缺德，要积一点儿德，你懂吗？"

我闻言内心颇为震撼，一个自言缺德的老人，攀上大树为他人取柴，值得敬重。倒是那些自言高尚的人，常常干些偷鸡摸狗的缺德事。于是，我把手捧成喇叭状，对他说：

"你下树来歇歇，换我上来，我来帮你砍柴。"

"不要，我自己来。我砍柴不伤树，帮人做事自己来，才算是自己的心意、自己的功德，才能赎我自己的罪孽……"

第二十章　　忽闻佳音

"你帮忙的那个老人，是你的亲人，还是你的乡亲？"

"我的老干妈，她一个人过，年龄比我大，我算干儿子孝敬老干妈，天经地义，不叫帮忙，叫尽孝心。"

一问一答间，我明白了他的用意，忙问：

"你们为什么不进敬老院？"

"敬老院不是人人都能去，人可以动一天，就自己劳动一天。现在，不准敬神，就自己敬自己，敬需要自己帮忙的人。多做好事，不做坏事，这叫积德，积阴德。"

说话间，老人已经从树上溜下来了。他面色红润，出气均匀，利利索索地拾起枯枝，再折成短节塞进背篓，不再多和我搭话，收拾停妥后转身下山。随着他的身影渐行渐远，我心里窝着的闷气全消散了。一个乐观豁达的老人还懂得自强不息，照顾他人，我自己难道不能做到自助于困境吗？想到这里我恢复了浑身的活力，暗暗告诫自己：不要埋怨命运薄待了你，不要奢求一帆风顺的超级快意，不要在唉声叹气中被足下的石头绊倒，不要在无聊的梦想中自我陶醉，尽量做好每一件事情，哪怕它很琐碎、很淘神、很费力。同时，不要因自己的无能自卑，不要因自己的无力自弃，不要因自己的懒惰自误。至于将来，用不着张口去呼喊，用不着急切地举目去眺望，凭自己的脚步去丈量人世艰难的长度，去检验人的忍耐的极限，去抵达功到自然成的境界。这样，我可以视轻蔑为激励，视嘲笑为喝彩，视伤痕为勋章……对生命的分秒珍惜如金，又何妨经历一番事与愿违的百般承受？

那天下午，我带领学生在小操场上举行文体活动。那操场实际上只是一个略加修整的条形草坪，中间还有些许凸凹起伏，唯一的特殊处是两头支了一个用桉树板制作的篮球架，学生可以为追逐争抢一个半瘪半胀的篮球在上面蹦跳取乐。雨天一来，篮球场便宛如沼泽地，要么赤脚走，要么穿筒靴，否则，一双脚想干净来干净去简直是奇迹。篮球架的球板老态龙钟，似乎有些不堪一击，偶尔一个投球劲道大了一些，它便会吱吱嘎嘎地摇晃一阵。学生打球经常似群斗嬉闹，运动规则被抛在一边，两队不服输的学生为争一个球扭成一堆叠作人山。好也罢，歹也罢，总算让学生放松了头脑，锻炼身体的目的毕竟达到了。

这会儿，两个学生为争夺篮球互不相让，彼此拉扯着摔倒在地，我使劲儿吹裁判口哨他们全不答理。我心间窜出一团火，正欲上前去把他们拉开，这时，校工魏师傅赶到球场上招呼我：

"张老师，你快来，有你的长途电话，快去接，是个女的，急着找你……"

我心里咯噔一跳，忙问：

"是我妈妈，还是我姐姐？"

魏师傅急得有些口吃，说道：

"我，我没多问，听，听说是你的电话，赶，赶过来叫你。"

我从草地上抓起外套，转身以一百米冲刺速度跑到校办公室，拿起电话筒贴到耳畔，气喘吁吁地说：

"喂，我是张良，家里有什么事吗？"

电话里从有些杂音的电流里，传来一阵咯咯的清脆笑声：

"你弄错了吧，我是冷梅，在北京，哪里知道你家里的事情？"

第二十章　忽闻佳音

"对不起，魏师傅传话没说清楚，没想到是你。"我解释道。

"不要紧。张良，工作还愉快吗？"

"你以为到了你留过脚印的地方，就是上了天堂？这个天堂还真的山高皇帝远，不单是感到高处不胜寒，更称得上是精神上缺氧。说实话，我告诉你，我不适合当教师。可能是我的性格有问题，跟小学生打交道，既无细心，又无耐心，洋相出多了。"

"那我先告诉你，我去年被部队推荐到北师大外语系学习了，现在看来，我是末代工农兵学员。如果你是我的同班同学，你肯定是成绩最冒尖的了，我相信你。"

我自惭形秽脸上发烧，忙打断她的话说：

"你不至于是没事开个玩笑，打个电话讥讽我取乐吧？"

冷梅提高了声音，回答：

"当然，我要告诉你一个好消息，很快要恢复高考了。北京刚刚开完的科学和教育工作会议，一共开了44天，做出一个人们做梦没想到的重大决定，今年招生入校时间推迟到明年2月，12月举行全国统考。"

我听后百感交集，脸上带着苦笑说：

"上大学、统考，我是初中学历，怕报名的资格都没有，还别说人家要政审把关，黑五类要黑一辈子了，进不了考场！"

冷梅话音很清晰，它充满了关切：

"你别泄气，现在北京高中生的平均水平，大不了是'文革'前的初中一、二年级水平，你下乡后学习没中断过，讲实力未必比他们弱。我还要告诉你，你的顾虑可以彻底消除，我看过手抄的刚下达的招生文件，里面明确规定：凡是工人、农民、上山下乡和回城知识青年、复员军人和应届毕业生，只要符合条件，都可以报考。这次，恢复高考特别考虑到上千万下乡知青的实际情况，考生只要具有高中毕业或与之相当的文化水平，就可以报名，也就是说看实际水平，不计较文凭，这多好！不算给你这种勤奋自学上进的下乡知青，开了一条走得通的出路？至于政审，也放宽了条件，重在本人表现。喂，张良，你听清楚了吗？我告诉你，据说，是邓小平专门将拟定的招生原则'自愿报考，单位同意，统一考试，择优录取'四句话中，'单位同意'一句去掉了的。邓小平说，'比如考生很好，要报考，队里不同意，或者领导脾气坏一些，不同意报考怎么办？我取四分之三，不要这一句。'张良，你放心了吧？"

听着冷梅的说话，我眼泪夺眶而出，叭叭地滴在话筒上。现在，政审这道关口终于注重本人表现了，报名也不一定非要单位同意不可，真是喜出望外，我的声音变得哽咽：

"冷梅，谢谢你，谢谢你从北京带来的好消息，我真没想到会有这么好的政策，这么大的变化。只是我要选择你指明的道路，相对而言，我现在的处境还不如当知青自由，我上一个三年级班的语文课，一个六年级班的数学课，能不能脱身很难说。我早知今日，就不会选择顶替我妈妈的工作，精神上抬不起头，行动上不自由。现在，大好机会是来了，我也不敢扔下学生不管啊。"

冷梅在电话里告诫我别急，她安慰道：

"张良，现在线路有些杂音，我听得不太清楚，你千万沉住气，别急，车到山前必有路，我相信你能找出一个解决办法。另外，我

第二十章　　忽闻佳音

告诉你，我们的任课教师郑教授找来了一套北大附中六六级高考复习资料，其中政治复习题她找有经验的中学教师添了不少新内容，发动我们班上的同学连夜刻钢板油印上百套，要我们寄出去帮助下乡知青。我拿到一套，已经给你寄出加急包裹了，我希望你抓紧复习，接受祖国的历史性的挑选……"

由于线路原因，话筒里有沙沙响的杂音，冷梅的声音越来越小，我擦拭干脸上泪花，手掌罩着话筒大声对她说：

"冷梅，你是最了解最关心我的人，我就是学苏秦'头悬梁，锥刺股'发愤攻读，也不能轻易放过命运给我的也许是唯一的不再重现的良机，谢谢你！永远谢谢你！"

我放下电话掉过头来，突然发现王校长端着粉笔盒就站在身旁，立刻显得手足无措，急欲抽身走开。

王校长一把拉住我的手，问道：

"张老师，你在电话里听到了什么消息？告诉我。"

我望着王校长恳切的目光，便一横心，如实告诉他：

"王校长，北京的电话，国家今年要恢复高考了。"

王校长手中的粉笔盒啪地掉在地上，跌断的粉笔撒满地，我急忙弯下腰帮他把掉地的粉笔拾起来。

"张老师，那些土皇帝把持的关口，真的就土崩瓦解了吗？我担心还是一夫把关，万夫莫开，社会公平体现不出来，字面上的政策兑不了现，让人空欢喜一场……"王校长说话时，两条胳膊竟像怯寒一样颤抖不停。

"王校长，你有儿子当知青吗？"我试探问一句。

"是女儿，下乡两年了，我原来打算退休让她顶替，她不十分乐意，就拖下来了。"

"让她准备参加高考吧，试一试。"

"她考中专或许可以，大专不行，知识底子没你厚。"

"中专也是一条路，让她去走。"

"只有让她去走，不知她走得通不？"

"走得通，走不通，都得靠自己去走。自己走通的路有成就感，靠父母过日子很伤自尊心，年轻人会觉得有失脸面，我有体会，真恨不得路可以回头走，自己走。"

"我懂，我懂。"王校长看见我快出了门，又把我叫回来，低声对我说，"张老师，电话里的事情还没印证，对不熟悉的人不要讲，别说文件没下达，就是下达了也没必要喜形于色，自己心头有数就行。"

我向他点点头，转身向外走去。不过，我并没有完全听从王校长的劝告，抽个空当便溜向了江中岛，把这个好消息告诉了余一帆。没想到余一帆远没有像我那么兴奋，他只是叹口气，懒恢恢地丢出句冰冷的话：知识差不多全还了老师，考不考都名落孙山。他对我透露，自己快满二十九岁了，真是三十年功名尘与土，全看淡了。他准备顶替父亲的工作，到重庆嘉陵机械厂当车间工人，很快还要安个家，这个意向铁定了，不愿再来一番穷折腾。末了，他沉寂了一会儿，以抱歉的口气对我道了一声：谢谢。我觉得自讨没趣，就闲聊了一会儿，借口学校还有事情，抽身走开了。

次日，我和其他任课教师对调了课时，腾出时间急匆匆赶回县

第二十章　忽闻佳音

城。晌午时分，我热汗涔涔地跨进家院，妈妈正端把竹椅坐在门前院坝里晒着太阳织毛线衣，她一见我出现，高兴得眼睛发亮：

"儿子，我们正盼你回家呢，昨晚还托何老师给你打个电话，催你回来一趟。你快进屋，我有东西给你看。"

妈妈把织着的毛线衣放在竹凳上，抓住我的手走进屋，拿出一张折叠得平平展展的报纸递给我：

"看吧，何老师从单位带回的《人民日报》，恢复高考了，你姐姐已决心去试一试，你弟弟要等下一年，你去不去？你不是想读书都想疯了吗？"

这时，何老师拄着拐杖出现在门口，披一件抢眼的雪花呢白衣，脸上容光焕发，她插话说：

"好好看报纸，这是一次大机会，不能放过，好好争取。"

妈妈一见何老师有些诧异：

"灵玉，你中午不是习惯在单位过吗？今天回来了！"

何老师进屋坐下来，笑着说：

"我打电话到张良的学校去，知道他赶回家了，所以，今天中午就回来凑热闹了，不欢迎我？"

妈妈打个哈哈，两手举起拍落在腿上，接过话头：

"灵玉，你和我儿子聊聊，我去做饭，拜托了。"

我飞快地浏览了一遍报纸，觉得和冷梅电话里讲的大概相近，不过化成了显赫醒目的铅字，让人心里踏踏实实。我把报纸放在桌上，起身准备为何老师倒杯茶水，何老师抬手示意我坐下，她说道：

"经过'文化大革命'的十年折腾，国家人才出现了断层，恢复高考是英明决策,大得党心,大得人心。你有报名的资格,走进考场不成问题,我看你第一是要考就考大学,第二就是要选个好专业。这次高考像'文化大革命'前一样,分文科理科,文理两类都考政治、语文、数学,文科加考史地,理科加考理化,外语是外语专业的必考科目,非外语专业的选考科目,可以不考。政治、史地靠背功,当然也要有思想,你突击一番不成问题。语文你的基础不亚于老三届学生了,数学这些年你坚持自学,已学完了高中课程,把理化丢开,抓紧复习一个多月,你报考文科有胜算。只是,我担心你丢不开教学任务,要是复习时间得不到保障,可惜了一次机会。"

我细心听完何老师的话,略加思索说:

"何老师,机会,我当然不愿意错过。你倾向我报考文科,我赞成。我担忧两条:第一条,下乡知青中大有人在,尤其是老三届学生多数人虽处了多年逆境,但是,他们底子厚实,潜力不可低估。尤其是他们中的优秀人物,早已通过接受再教育与现实磨砺,不仅彻底克服了自身理论脱离实际的毛病,而且增益了其所不能,可以说是胸怀大志。与之相比,我不容置疑地处于下风。第二条,我担心自己脱不了身,复习时间得不到保障。但是,机会来了,堪称天不负我,我岂可负天?我会见缝插针挤时间,拼尽浑身力气,苦点累点不算什么,爬我也要爬进考场。我不敢说自己一定会成功,可我一定要全力以赴,去挑战极限。我希望用自己的实力,证实自己生命的价值。"

何老师用手肘支在茶几上托着腮帮,听我说完,满意地点头说:

"当初,你父亲弃笔从戎,中断学业,走出校门,开始了一次

第二十章　忽闻佳音

经历过血与火考验的远征,他是为了拯救我们处于危急之中的祖国。今天,你决定选择参加高考,要昂首挺胸走进校园,就是投入另一次远征,是一次穿越文化沙漠去寻求知识来装备自己的远征,是一次提升个人素质再造自我的远征,它如今的意义变得特别重要,不单是为你个人的前途,整个国家被践踏被摧毁的古老文明、现代文明,都需要在一片废墟上重建,这是一个最迫切的需要,我们面向的是一个有识之士都杜鹃啼血般地呼唤重新构建知识大厦的伟大年代啊,参加高考也是为了我们的祖国,多难的祖国,亲爱的祖国。"

我默默注视着何老师,静静聆听着她的叮咛,只见目光闪亮,泪波粼粼,眼圈悄然泛红,使我觉得一颗雄心快要从胸膛中蹦跳出来,脉搏中潮汐的血液在沸腾,在燃烧。末了,她用指头一抹眼角,补问一句:

"你复习资料齐了吗?"

"基本够了。"

接着,我把姐姐已将弟弟从学校借回的复习资料通宵熬夜用复写纸抄写了出来的事,以及冷梅打过电话和已寄出复习资料的经过告诉了何老师,她高兴得双手合十捧在胸前,对我说:

"好。你可不能辜负人家的一片心意啊,现在,美丽的姑娘在远方来长途电话鼓励你、期待你,你应该像孔雀开屏一样,尽情展示你的才华,用优异成绩来回报所有关心你的人!"

说话间,母亲捏块抹桌帕从里屋出来一边清洁桌面,一边对何老师说:

"灵玉,我儿子他是箭在弦上,不得不发,我希望一箭不要射偏，要射中靶心，去实现他的梦想。至于孔雀开屏，用来比喻你不更恰当？你那位不是从劳改农场出来了吗，他吸引你的心这么多年，非他莫嫁，是该他向你亮出美丽的孔雀羽毛呢，还是你该向他亮出美丽的孔雀羽毛呢？哎，一个落难的大才子，遭了好多罪，你在等他，国家也需要他贡献力量，建设四化要靠科学家呀！"

妈妈见何老师脸颊飞起两片红霞，用手轻轻一拍何老师的肩头，继续说：

"别害羞吧，我去把饭菜端出来，边吃边聊，老头子人拖沓，不等他了……"

"谁说我要人等？"

爸爸抱着一摞用长围巾裹着的书走进了屋，人显得比往日精神多了。我见状，忙随妈妈去厨房做帮手，赶紧去端菜、盛饭、拿汤勺、取筷子，张罗着吃一顿开心饭。

第二十一章
顺江而下

回平澜中心小学后,我抽空骑上学校的自行车赶了十来里路程,到望江区公所文教办公室去报名。这辆自行车人骑的时候少,闲置的时候多,到处都是一碰直掉的脱漆铁锈,蹬车迟钝耗力,如一匹随时可能会累散骨架倒下的老黄牛,真是个除了铃铛不响浑身都响的货色。为节约时间,一路上我飞奔,忍受那腿脚不灵活的笨东西的犟脾气,弄得人一身上下酸痛。

到了区公所,我根据进门就看到张贴墙上的示意图,很快找到了高考报名办公室。走进门,我有几分诧异,负责此项工作的竟是刘芳。她正抱着一个橡皮热水袋暖手,见我进门,睁大眼睛望着我笑。

"张良,别不好意思,我心里早就猜到你会来,这是好事,我举双手支持你啊。"

说完,刘芳把茶盅冲干净,倒上水递到我面前。我端起茶盅暖暖手,喝了一口又放回桌面。刘芳见状又拉开抽屉摸出一把颗粒饱胀的炒花生递给我,这才问道:

"你报中专,还是大专?"

"大专。"我觉得心里不太踏实,补问一句,"我只有初中毕业证,不知道符不符合你们执行的规定。"

"规定?只有党中央、国务院执行的招生标准,我们不敢另搞一套,埋没人才的罪名担待不起啊。你饶了我吧?这表格拿去,你自己填。"说完,刘芳从桌面拿出一张表格递过来,眼光透出笑意,"我早知道你会报大专,你心大得很!不是吗?"

我扭开钢笔帽,下笔填着表格答话:

"别笑我自不量力,你是急着看我怎样跳得高摔得痛的丑态

第二十一章　顺江而下

吧？其实，希望的大门一直对我关闭着，能走进考场去看一眼，长长见识，我就心满意足了。失败了，我有一番经历也无遗憾，总比过去喝一杯别人赏赐的闭门羹强嘛。明知可能失败，偏偏欲罢不能，即使喝不上成功美酒，吞下一个奋斗失败的苦果，也比坐失良机好呀！看吧，我任人嘲笑也绝不打退堂鼓。对于我而言，平等地享受共和国赋予的公民权利，单是报名的过程就是一种千金不换的快乐。"

刘芳接过我填好的表格，仔细浏览了一遍，对我说：

"你的字写得很好，快成书法家了。其实，我不怀疑你有实力，你不是自不量力，是为我们这一代人争气。对了，如果你明天要回城复习，一定先到我这里来一趟。你的准考证，等办好了，我会亲自给你送来。"

我剥开一枚花生扔进口中，苦笑着说：

"刘老师犯官僚主义了吧，我真的狗胆包天，敢抛开学生不管吗？我从不奢望有离岗十天半月的复习时间，到临考头一天能准我的假，使我拥有昂首挺胸跨进考场的资格，我也见菩萨就磕头了。喂，你去不去考？"

刘芳往地面看了一眼，掏出手帕转过头去擦拭了几下，再面向我时眼眶微微泛红，她说道：

"我也真想有一天能参加高考，现在我准备不够，以后再说吧。对了，是该告诉你了，我的未婚夫在海军部队，人挺不错，以后结了婚我要随军，在这里的时间不很长了，能帮多少就帮你多少。"

这时，又有报名的人走进来，刘芳站起来把手伸向我，作出一副谢客的架势。我站起来,和她匆匆一握手,告辞出门。

回到学校,王校长把我叫到校长办公室坐下来,他又犯了关节炎,冬寒未深,已经用上了烧木炭的火笼。当他从穿着的旧皮鞋里抽出脚掌取暖时,不经意暴露出一双补丁重重的破袜子,怕我看见,忙用一张报纸搭在膝盖上。他伸手去挠挠头顶,才把话题挑明:

"张老师,我知道你要报名参加高考,这机会摊在我身上,我也不会放过。你知道学校师资也缺,有责任心的合格老师,学校离不开,学生家长也看得重。区文教办公室刘芳来过电话,希望我支持你参加高考。这一点儿,我向你当面表态,没问题。但是,理想的代课老师不好请,其他老师照样是一个萝卜一个坑,每个人的课时都排满了堂,要他们再学雷锋助人为乐,难免不七拱八翘发牢骚。你呐,就体谅一点儿,校本部这个班的教学,你把课程交给我,你就集中精力教好分校那个毕业班。你知道,我的腿脚不方便,精力也顾不过来。再说,我女儿要参加中专考试,还得辅导她一下。等物色到好的代课老师,再放你回城去集中精力复习。我保证,你的课时在十一月底可以全部放在一边,给你十天时间去准备,怎么样?"

"王校长,你是领导,肩上担子重,不能再给你增加压力。再说,你女儿要奔条出路,求一个前程,这是关键时刻,你关心她更重要,我到底有份工作能混饭吃。这样吧,我的教学量不减少,认真负责地干到11月底。到了12月份,我再回城复习,加上考试时间,一共10天左右,这个期间学校请代课老师的费用,从我的工资里扣除。只是,希望对我报名参加高考的事情,你能像过去一

第二十一章 顺江而下

样再保一阵密,我不想因为成了一个被大家议论的对象而分心。"

王校长听完我的答话,沉思了一会儿:

"可以按你的意见办,如果你觉得时间有压力,随时提出来,交一个班的课程给我。说实话,我喜欢有理想有抱负有追求的年轻人,不仅我喜欢,国家不就在召唤你这样的年轻人?!你站在更高的角度看高考,你个人要前途,国家更要前途,这不是你个人的小事。至于扣工资,学校经费虽然拮据,还不至于这样小气。你的不能扣,刘芳要个人掏腰包为你请代课老师也不行,你真能考上,学校为国家输送了一个急需人才,是学校的光荣。你为学校争光,不但不该扣你的工资,有条件还该补助,该奖励。说到代课老师,我已物色了一个,星期天我再上门去面谈。说到你自愿不减课时任课到十一月底,我很高兴,这反映出你处事稳重、成熟,而且看得出你的精神状态好,你的底气足,预祝你成功!"

"谢谢你,王校长!另外,你刚才说,刘芳要自己掏腰包为我请代课老师,是吗?"

王校长笑而不语,一点头。

我内心涌出一股热流,紧接,又泛出一味愧疚。我有负于她,她关心我如旧,我却有意无意地扮演着负心人的丑陋角色。可我虽乏善可陈,又何尝心甘如此?人生道路太长,太难行,我身份又太卑微,太年轻,而且,一双不甘服输的眼睛盯住梦幻般的远方,不得不卸下心灵承载不起的情感负担。她对我的感情色调,已从爱情的玫瑰红转换为友谊的茉莉白,其内心情感罩上了一道神圣的无私光环。好在,她丢掉了我这不受抬举的釉面泥胎的烧料子,反而获得了真正属于她的璞玉,胜似一步从地面跨入天堂。她这好人,有了好报、好归宿,值得祝贺和慰藉。但是,一段有缘无分的情感如流云飘去,成为了一段追不回忘不掉的凄丽记忆,回头再望时,毕竟颇生几分牵肠挂肚的缠绵依惜。我没多说话,跨出了校长办公室。此时,一阵寒风扑面而来,往我眼里吹进一粒沙尘,弄得无名泪水潸然而下,我手扯衣袖一抹眼眶,然后,不失尊严地挺身昂头。

教书一年多来,我在这巴掌大的小镇成了人人皆知的熟面孔,走到哪里,哪里就有"张老师"的呼叫声,或者问候声。记得初来乍到时,我仗着无人认识自己,可以在饭后穿着裸臂露膀的背心,摇着一把竹篾扇,拖着一双迈步噼噼啪啪响的厚木板拖鞋,毫无拘束地闲逛青石板铺砌道路的街市。现在,识人多了,眼睛多,口舌多,我不再喜欢在场镇上溜达,甚至不愿到近郊漫步,总想找个隐蔽的去处不受干扰地看书。所以,我有时便沿着沱江岸畔急行三五里,寻一处幽静的丛林或一块坐着舒适的石头坐下来,甚至登上镇江塔最高层,掏出随身带着的书卷专注地阅读。然而,我出门的时候大多是下午放学时,太阳向西偏移,暖光不再惠我,只得多穿一双袜子、裹紧棉衣蜷缩在背风处。等到天黑尽了,手捧书本眼前只是麻子点点,乃至一片墨黑,我才回到自己的寝室,在煤油炉子上煮一碗面条胡乱充饥,扔开饭碗我又捧起书本,充分利用时间复习。天天吃面条,觉得口胃不爽,我便采取一些单身教师传授的懒经验,早晨往茶瓶胆里丢二两米,冲上沸腾开水,泡几个钟点后自然成了稀饭粥。这样,只需再添一碟泡咸菜,人就可以享受饱食之乐。可恼如此这般,夜深了想洗个脚上床,却找不到热水。顾腹不顾脚,

第二十一章　顺江而下

顾脚不顾腹，二者难两全，只好抓住一头，常常以食为重而不顾脚上不爽。奈何脚冷难入眠，只好又在煤油炉上烧热水应付；另外，人提早把脚塞进被窝暖和，也算是一个御寒良策。同时，为了既保证高考复习时间又使教学质量不下降，我有意培养了小老师，让他们带着我提供的标准答案批改同学的作业本，我再抽时间对重点问题进行串讲和统一订正作业。这番尝试，使我自己在拼劲赶趟时，学生并没有掉队，成了名副其实的教学相长、师生同步前进。

最终敲定的代课老师，是刘芳在望江场镇物色到的。那是一个名叫李和平的六七级高中毕业生，他因为右手先天性残疾，写字全用左手，属于办了病残手续免去下乡的待业青年，多年来就在家门摆个临时摊点，靠卖点凉水、水果、杂糖和针头线脑类小百货过日子。李和平的妻子小学毕业，是场镇无业居民，已生有一个三岁小孩，他已经断了继续求学的念头。安排他试讲一节课，王校长为他下了二十字的评语："知识扎实，表达清楚，讲课生动，重点突出，照应周密。"不仅当场表态接受他做代课老师，而且表示将来要积极争取使他从临时代课转为正式老师。李和平感激涕零，觉得自己先有刘芳热情举荐，再有王校长任人唯贤，决心要以士为知己者死的工作态度搞好教学，以实际行动来回报他们的知遇之恩。这件事情一敲定，刘芳第二天就来电话，要我把寝室暂时腾给李和平，赶紧到区文教办公室领取准考证，允许离岗回县城复习，以后的情况以后再说。我一算时间已是十一月二十九日，便赶到校长办公室向王校长说明了情况。王校长笑着告诉我，已经接到了区文教办公室通知，约定了我在三十日与李和平交接。我再次向王校长表达谢意，并请他继续为我保密,让我静悄悄去,静悄悄来。

晚饭过后,我没急着去捧书本,而是扔开碗筷就朝分校跑去,围绕冷梅住家门前那口池塘兜圈子。踩踩这里的地气,吸收一点儿我思念的人生活过的土壤所散发出的能量,我更有勇气去面对前进路途的坎坷辛苦。我把珍藏着的未曾使用过的那支冷梅赠送的上海永生牌铱金笔,从贴身的衣袋里抽出来,用手久久地抚摸着,反复回味着冷梅说过的那句话:

"我相信,你能用它写出青春的向往,写出前程的灿烂。"

古柳间曾经嘈杂不休的知了早已哑声,寒风把柳枝头的叶片搜刮精光,那一块块青石板铺砌的环池塘道路居然没有被住家户揭去做猪圈垫底石,尽管无数高贵和卑贱的脚印已经被频频光顾的风雨抹去,然而,这一片生存空间总在静谧中给人力量,唤起人心中那份贫穷和灾难掠夺不去的期待。我围绕着池塘慢跑了十多圈,那些烟雾隐蔽不尽的往事仿佛历历在目,一个姑娘银铃般的笑声冲淡过岁月的层层阴郁,她那明澈目光眺望过的升腾晴空的冬天早霞绽放的片片绮丽。我默默爬上冷梅躺卧过的那棵粗壮古柳坐下来,像回放电影镜头一样在脑海里静静重温数学公式、历史纪年、地理区位与政治脉络,直到霜风寒气逼袭,并且蓄意越来越野蛮地反复驱逐,我才向那间一度有倩影出入的小屋挥手作别。当然,这种作别手势等同于庄严宣誓,它昭示一个人在人生旅途的紧要关口,终结了一段漫长的灰色徘徊,决心不顾路途坎壈去争取将来。

30日早晨7点过,李和平已经赶到了学校,我们面对面地交接了十多分钟,他表示情况已经清楚了。于是,我取下办公室和寝

第二十一章　顺江而下

室的钥匙递给他，便踏上了路途。我右手提一个塞满复习书籍和换洗衣服的帆布包，左手拎着小提琴匣，迈开大步向望江镇走去。这时，天上的太阳像一个腼腆的大姑娘从云雾里探出头来，把柔和的光芒洒遍广袤的山野，醒目地映照着覆盖黄泥路面的一层薄霜。我去追自己的希望了，脚掌踏着坚实的土地，眼睛望着高天的云朵，心弦蹦跳着欢快的音符。有了这种获释般的好心情，即令行进在一条蜿蜒曲折的羊肠小路上，眼中也是阔若坦荡大道。

刘芳正如她提前在电话中打过招呼那样，已在船码头边的望江堤上等候着我。她穿了一件银灰色的束腰风衣，两条布带在身后随风飘拂不止。我远远瞧见她时，她恰好扭过头来朝我的来路盼望。见状，我加快脚步迎上去，略表一番歉意：

"对不起，让你久等了。"

刘芳没有说话，从衣袋里掏出一个红色蜡光纸包交给我。

我腾出手接过来拆开一看，那是代表我的合法身份和拥有考试资格的准考证，是一枚打开机遇门扇的钥匙。我把准考证小心包好，两眼注视着刘芳说：

"你为我所做的一切，我都刻骨铭心，希望能有报偿的一天。"

刘芳语气异常平静，把脸掉向条石护栏外的沱江：

"你以为我是像在银行存钱一样，等待你支付利息吗？或者，是我对你藕断丝连、旧情未了吗？"

我窘得手足无措，涨红脸说：

"不，你误会了，真的！你有高尚善良的人品，有对他人高度负责的态度，我是桩桩件件看在眼里，点点滴滴记在心头。说到其余事情,你知道我的家庭成分很复杂,很多路别人能走通我走不通,比如入党、参军、推荐工农兵学员等,是我和我的家庭都配不上你。你是圣洁的莲花,我是污秽的淤泥,莲花能出头,污泥不能出头,这是明摆着的事实。至于你对我的情意,永远是我最美好的回忆,我不会亵渎,不敢淡忘。"

刘芳听完从衣袋里拿出一张纸,将它缓慢展开,平和而清晰地轻声说:

"我曾经写过一首小诗,并且请县里的一个著名工人作家修改过,它没在报刊上发表过,却字字句句镌刻在我的心灵上。这首小诗,它表现了我渴望那一类人间真情,你听:

> 我讨厌失恋这个词汇,我鄙弃将单相思的苦果留在心上;我期待的是——两颗炽热的心相撞,让爱情的火花把袒露的灵魂照亮。

我认真思考过一些问题,比如婚姻要讲究般配,一种是形式上的般配,比如外貌、家世、财产、地位的相当等;一种神韵的般配,那就是理想、追求、情感、爱好的和谐等。前者是形式上的般配,随着决定形式的条件的变化,会有很多不确定因素;后者才是心与心的联结,情感的花朵会永久地芬芳。所以,我不屑日复一日地保留单方面的热情,不屑愚昧无知地强求貌合神离的组合。对你,对我,彼此都没有什么旧账可翻,我们没必要退后一步,倒是需要各自朝前一步。"

第二十一章　顺江而下

刘芳说话时，脸上带着微笑，是那种已经参透了世事和领悟了人生真谛的心笑，是那种宽谅缺陷和包容冷漠的爽笑。她的诗句所包藏的那份对生活哲学解读的深度和晓达世相的宽度，实在是远远超出了我的意料，像一轮升空的圆月给了我沐浴心智的照耀。看来，我的确是令人遗憾地错过了她，懂得生活的意义并不一定得靠上大学，靠死啃书本。

这会儿，靠岸的客轮拉响了汽笛，催促着旅客上船。

我心田涌流出一股对她依恋与敬慕交融的触绪，我凝视着她脸颊诚挚地说：

"刘芳，我真正认识你是在今天，你的一番话让我受益一生。我不认识你那一位，不过，我完全相信你们会很幸福，我祝福你！"

刘芳没有握着我伸出的手，没有正面答话，她弯腰抓起我搁在地上的旅行包，平静地说：

"走吧，我送你上船。"

刘芳踩着跳板送我到客轮上，帮我在船舱里找个位置、放好行李，才主动同我握手告别，她留下的最后一句话是：

"张良，我相信你的位置，或者说归宿，属于远方。苏格拉底一语道破了你的特征：'不做快乐的猪，要做痛苦的人。'既然你有不能放弃的目标，预祝你成功，等你的好消息。"

"他有什么好消息？"

这时，骆泰贵提着一个塞得胀鼓鼓的旅行包走进船舱，脸上堆笑望着刘芳。

"骆书记，你要进城？"

骆泰贵一磕打火机，点燃一支烟，漫不经心地用眼角的余光瞟我一下，很得意地转向刘芳说：

"县城召开地区科学和教育工作会议，冷专员要亲自来主持，18个县市的分管县长和文教局长都到会，会议规格高。我们县是东道主，会议特开了小灶，每个公社去一个主要领导。你看，一把手因公外出，我就顶上了。"

刘芳听完，亦庄亦谐地回答：

"希望你既取经，又传经。望江公社的工作可是名声在外，回来我们听你传达，你可不要保守哦。"

骆泰贵喷出一口烟圈，用手摸着刚理过的头发说：

"哪里，哪里，你别取笑，望江公社的经验过时了，不能再翻老黄历了。我还要适应新形势，认识新问题，接受新事物，不然，快成老落后了，你说是不是？"

转眼之间，刘芳离船踏过跳板上岸，回头向我挥一挥手，继而走远了。我实在不愿与骆泰贵邻座乘船，便提起行李让出座位，对骆泰贵说：

"骆书记，我想到船头透空气，你宽坐。"

我来到客舱的船头肃立着，眺望着前方。这会儿，客舱和机动船并排捆绑着昂首并肩地顺水而去，船尾吐出一条银龙般的翻滚水练。承载客轮的成千上万立方江水，气势磅礴地浩浩荡荡地在山峡里咆哮着向前奔流，船过之处掀起一道道分向两岸的排浪，一朵朵美丽的浪花伴着江中漩流和砸上礁石的猛浪纷纷绽放，这团凋残的浪花又在那团怒绽的浪花中再现，给人以生生不息的感奋。

第二十一章　顺江而下

我从提包里摸出一本老作家欧阳山著的《一代风流》第二卷《苦斗》，盘腿坐在船板上闲览。这部借阅率颇高的小说，描写的是二三十年代革命志士在大革命失败后苦闷彷徨与坚忍求索，我对其中的一个小人物胡杏的命运特别关注，因为，她所经历的磨难引起我似曾相识和同病相怜的共鸣。我联想到自己的知青生涯，那许多走过的弯路、岔路、起伏路、断头路、泥泞路，以及许多分属得志、失意、绝望、堕落、彷徨、苦斗不同类型的同代人面孔，胸间的情感好似冲出铁闸的狂涛一泻难收。想着，想着，我拔出那支插在贴胸衣袋里的钢笔，从记事本上扯下一页纸，一气呵成写出一首百感交加的小诗。

出　路
——题《一代风流·苦斗》

三家巷里
　　度过春秋
生活的风暴
　　吹散了一代风流
忍辱含屈
　　虎穴偷生
年年有
　　三百六十个日头
呵，小杏

你看看四周

多少

  亲友

有的

  颓废

有的

  堕落

有的

  不死心

有的

  在苦斗

堕落的

  在生活中沉没

彷徨的

  尝到了苦酒

追求的

  得到了报酬

啊生活

你淘汰了多少无能之辈

又使多少

  真金长留？！

啊命运

你碰破了多少人的头

第二十一章 顺江而下

又使多少人

获得自由？！

我再次起身眺望着前方，思绪的浪头一波接一波猛拍胸膛。是的，我经历过多少次风烟望津渡的踌躇满志啊，可偏偏人到水岸却觅不到渡口，等不来承载过客到彼岸的渡船，等待无望，焦急无用，前途便一程一程地耽搁了。在多歧的旅途，摆在面前的路千条万条，却不是你中意的那条；相识的面孔千张万张，却不是你盼望的那张；掀开的门有千道万道，却不是你寻求归宿的那道。错路、错过、错误，一幕幕啼笑皆非的人生戏剧，纵然是剧情高潮迭起，博得看客掌声爆响，最终自个儿备尝苦果，难逃的收局多半已归入无幸、无语、无颜的情状。岂不痛惜啊！我那些蹉跎了的无价青春，它已被那个巨大的岁月黑洞大口大口地吞噬，甚至发出悲怆叹息也只有任由风撕雨扯地虚化。

船过一条五里的长滩，轮船关闭了马达，就那么优哉游哉地顺水漂下去，湍急波流使人联想到惊涛拍岸、卷起千堆雪的赤壁江面。那震耳的涛声似沙场上千军万马厮杀的冲天呐喊，熙熙攘攘的浪头你追我赶，左挤右搡，以无序的形式向着有序的方向推进。其实，江河也好，社会也好，隔一段时日难免需要一次波涛触天的大冲洗、大涤荡，把那些陈腐、壅塞、肮脏的淤泥和浮渣来一次淘汰，否则就会堵塞航道、不堪入目、泛滥成灾。对于一个人，肢体、胸腹、心灵，也需要除旧布新的净化，才能保证灵与肉的洁净与激发生命的活力。

我迎风站立，心潮汹涌翻滚，思绪飘飞遐想。这一次回城参加高考，象征社会的大变革揭开了序幕，真是千回百转机会一闪，时过十余年才姗姗来迟的福音，无比珍贵。或许，我能如愿以偿地金榜题名，掀开一扇黄金殿堂的大门；或许，我会因名落孙山，打道回府而备受所谓自不量力的讥嘲。哪怕是大冒风险的选择，也胜似安适于得过且过的窘境，岂甘庸碌一生？不过，我相信无论是车到山前，还是船抵码头，前方的道路不会断绝，许多未曾领略过的奇妙景色属于伤痕累累跌撞而来的探险者。

　　这时，右岸可以望见绿树掩映的成就我初中学业的母校，在那高高的山坡矗立出现的一栋栋粉墙瓦顶平房，是我最渴望看到又最怕看到的地方。此刻，我需要仰视，她是梦寐难忘的知识殿堂，是我那一段已经载入青春史册的学生时代的象征符号，我和我的同学们曾经在这里高唱着词曲不和谐的《毕业歌》走入红色梦想。我们的个人命运，原本是国运的折射，不过是大悲痛下的小辛酸。我的祖国啊，五千余年来遭受过数不清的巨痛大难，焚书坑儒的暴虐，灭佛刈经的专横，血流成河的外侵，同室操戈的内乱，愚昧无知的麻木，醉生梦死的昏沉……历史的进程停滞过、倒退过，但是，这一块神圣的土地总会在沦陷的危局中崛起，在变革阵痛中寻觅复兴的出路，在分裂的漆黑中透放出整合的曙光，以生生不息、绵亘不绝的强劲活力，展示夺目时空的尊严与荣耀。

　　当一队响着哨音的鸽群飞掠头顶，客轮如履平地地越过波涛，驶进了宽阔平静的江面。这时，船舱里人头开始攒动，前方的城郭出现在眼际……

后　记

蒋涌

一部书,能够挺住滔滔岁月的浪淘,于今,已是一种概率很小的幸存。假使,它还能不失尊严的再版,对它的作者而言,是一份属于幸运者的荣耀。

屈指一算,以下乡知青身份插队当农民已近46个年头,回眸那一段没齿难忘的非常岁月,既难潇洒地自视"弹指一挥间",也难矜持地托词"青春无悔",我真做不到那么淡然、泰然。相反,假如没有"文化大革命"和"知识青年上山下乡"的运动,那一代在校学业堪称不俗的一批学生,今天的命运该是怎样?

我想追回远逝的青春,但它已经无法追回。

于是,我只好写一部书,用文字去挽留和再现自己的无价青春。与过去已出版的知青小说相比,《穿云鸟》的最大特点是秉持历史正义的使命感,没有缺失时代的大背景,没有回避需要有勇气去加以正视的"不堪回首"的一段往事,没有去抱怨生活或粉饰生活,忠实地再现了那个波澜壮阔的年代。时至而今,希望读者能理解和尊重这一句灯火阑珊处的旁白:

"我们能够承受苦难,却拒绝赞美苦难"。

《穿云鸟》脱稿后,我与其时凤凰网知青频道主编刘延清通了电话,问他可不可以连载我杀青不久的小说。他说,知青频道只发纪实性文字。我说,新生事物都要打破惯例,知青频道增加知青题材的纯文学作品点击率或许会更高。于是,他叫我把电子文本传过去看一看。第二天,他居然来了电话,告诉我他们研究后决定开先例,准备把《穿云鸟》作为知青频道连载的第一部纯文学作品,并会同读书频道、历史频道、资讯频道同时推出。峨眉山知青、著名文化专家陈星生以新视角点评过它:"《穿云鸟》之所以成为经典,是因为这部书才是真正的知青小说,几千万知青中只有很少数是兵团的、集体户的,唯插队落户的才是知青主体,他们所经历的一切才是那个时代典型的知青命运。"国家一级作家、著名诗人李加建化名"秋夜独行者"在凤凰连载《穿云鸟》的网页上留下短语:"只有这样的文字,才能留住逝去了的青春。它不仅属于作者,而且属于全体知青。在这制造遗忘的年代,我们拒绝遗忘。希望朋友们力促这本书的出版——这是被岁月埋葬了的美好生命的墓碑,也是纪念碑!"

至今为止,国内外一两百个网站转载了《穿云鸟》,仅凤凰网就有多达四十余个网页的评议,我拷下来保存的网民评议,尽管有大约十来个网页由于网站技术故障无法拷贝,现有的电子文本若以A4纸型小四号字体加以打印,编页已近四百页,肯定小说的读者点评、点赞占压倒多数,真是一次可遇不可求的机缘。总之,它说明一点:一个作家忠实地再现生活,就能获得无数读者的认可,引

后　记

发一串心弦回荡的鸣音。

《穿云鸟》责任编辑周北川很年轻，眼光犀利，知识面广，在他的建议下，我补写了本书的第九章《血肉长城》，以后，不少朋友对我说，这一章加得好，尊重真相，不亵渎历史，写得大气回荡，有一种还原真相的痛快淋漓和把握历史大格局的高度平衡感和极度震撼感。

一位朋友曾经问过我："你能用最短的话，把你的小说概括出来吗？"我当即作答：写一批"心不死、梦还在、路难行"的插队知青的艰难生路和热血心路。在这里，不妨再度借用凤凰网民的一段文字："其实，《穿云鸟》的着力点，不是仅仅停留于暴露黑暗，而是呼唤必定会冲破黑暗的光明；不是仅仅停留于诅咒丑，而是在讴歌虽然遍体鳞伤却依然倔强前行的美；不是在发出绝望的呻吟语，是在祝福流浪着的希望会有长远的将来……"

我想《穿云鸟》能够在一定程度上得到读者们的喜欢，是它有别于自我作践的抱怨书写，始终不放弃对追求的肯定，对前程的期冀，对忧患的直视，在字行中默默承受并获益于一代人的命运所带来的压力和动力，它好比是一面同代人和自己的铜镜，对着它偶尔一照即能唤醒一种风雨同舟的慰藉与共克时艰的激越。

美国加州红螺中文书店在网上如此推介过《穿云鸟》：

"本书是一部足以与《蹉跎岁月》《今夜有暴风雪》比肩的知青题材的青春小说，……这部小说文字优美极富张力，叙述犹如一组组精美浮雕，尤其是作品具有十分深厚的思想内涵和扣人心弦的理想主义色彩，并对'文革'民间文化有原貌展示与深层解读，使人享受到一份超越物欲横流的喧嚣与流俗的涤心清纯与热血激励,它对于众多饱经磨难的下乡知青是一幅掩卷难忘的写实画卷,对于风华正茂的青少年是一份滋养心志的精神养料。"

难忘啊,那一副副熟悉或陌生的可亲、可信、可敬的面颊:

荣膺首届鲁迅文学奖、郭沫若文学奖、中国作家出版集团奖(优秀作家贡献奖)的诗坛名宿、我所敬重的乡贤张新泉,他和他老伴刘文玉大姐收到我寄去的《穿云鸟》样书后,轮流交替着各自戴好眼镜每天读一章,直至读完全书。刘文玉大姐曾经担任过四川文艺出版社校对科科长,她用铅笔把书中偶尔出现的错别字一一圈出,订正,然后把这本样书返还我,并要求一换二。已故的中国传媒界的标杆人物、著名小说家、散文家、文化学者伍松乔,他是我的家乡——千年古县、"才子之乡"富顺县极具人望的书写榜样和文学青年的引路导师,多年以来,他对我及《穿云鸟》鼓励、肯定与惦念,点点滴滴都记在我心头。一位文友的母亲已年逾八十,阅读会导致眼睛淌泪不止,老太太依旧坚持着读完了这一部留有不少缺陷的长篇小说。几个不同年龄段的朋友告诉我,他们是一气呵成通宵达旦读完全书。一位老知青则在街头与我面对面地执手相叙,《穿云鸟》是他最喜欢的一部知青小说,他在书中找回了一种永远不会掉价的逆旅追求的骄傲和一份昂首做人的尊严。

我的家乡富顺县,在四川省天主教爱国会副主席李嘉良的力主下,他担责主编的《富顺文艺》破格开辟两个专版,刊载了当时所能收集到的关于《穿云鸟》的评论文章和摘发了凤凰网友写就的精辟点评。已故的著名作家、国家一级编剧、原四川省文联创作中心

后　记

主任、中国"夏衍"杯编剧奖的"三连冠"得主武志刚读罢《穿云鸟》赞许有加，他特意安排在他主编的对开大报《四川文艺》以阔绰版面集中刊发了几位国内知名作家撰写的评论文章。操持《四川日报》副刊《原上草》和《作家文汇》编务的曾鸣、杨青，他们先后热诚安排专文点评过《穿云鸟》。北京彩印画刊《中华风采人物》、山东电台、自贡电视台等传媒单位指派记者或特约记者对我进行了专访，制作专题片，予以报道。

当年重庆出版社印量不算少的《穿云鸟》文本，早已在海内外书店、网店售罄，京东网上一位北京大学生为她当过数年插队知青的远在千山外的父亲买到一册他所青睐的《穿云鸟》时，她那喜悦之情溢于言表，一段真挚感人的留言令我双眶泪潮。

本书此次再版序言，承蒙两位名家亲手操刀：资深报人杨文锰曾担任四川日报报业集团副总编辑，荣膺国务院政府特殊津贴，是四川大学新闻专业的研究生导师，他出手不凡的散文、杂文已入选"二十世纪经典阅读"书库；当代著名学者邓遂夫，是中国"草根红学家"的代表人物，中国红学会理事，自贡市李宗吾学术研究会会长，其著作《红学论稿》《草根红学杂俎》《脂砚斋重评石头记甲戌校本》《脂砚斋重评石头记庚辰校本》在国内外红学界产生了很大影响。两位名家能不弃寒微，屈尊为本书添彩，使我既喜出望外，又惶恐至极。

魏明伦是新时期最早冲破思想藩篱，极具惊世胆气、识力和才锋，在戏剧、杂文、辞赋等诸多领域开风气之先的著名作家。他是马识途寄予期许的"东方莎士比亚"，是余秋雨高度关注"魏明伦现象"继而以连续三篇长文力荐的戏剧大家,是巴金、吴祖光、萧乾赞不绝口的"中国第一流杂文家",是把古代辞赋变革为现代骈文的探索者。他六十余篇骈体碑文已在各地立碑,并集中建成碑文馆。他以犀利慧目注视过一个无名晚辈的写作得失,并以力透纸背的精粹文字为《穿云鸟》拨云破雾,对此,我唯有感恩戴德,却惭愧无以报答。

重庆出版集团副总编辑、首届全国优秀中青年图书编辑奖得主杨希之,他是本书名副其实的"第一读者",也是本书变成纸质文字的"第一推手",我对他的道德文章和儒雅赐教,铭记在心,没齿不忘。

致谢,所有熟悉和陌生的《穿云鸟》的读者们!

致谢,所有鼓励过帮助过我的文友和恩友和贵人!